Die
Ich Entdecker

Nora Brown
Stella Dunn .

Herausgegeben von
YURIT

Erste deutsche Auflage 2014 © Yurit LLC
Indian Wells, Kalifornien, USA
Aus dem Englischen von Nora Brown

Die englische Ausgabe erschien 2013 bei Yurit LLC, unter dem
Titel: *The Identity Upgrade*

ISBN: 978-0-9893829-4-6

Umschlagmotive:
Sternenfeld : gann / shutterstock.com
Savanne: dahl / shutterstock.com
Frühmensch: kindersley / thinkstock.com
Astronaut: wikimedia commons

Die englische Originalausgabe *The Identity Upgrade* ist auch
erhältlich als eBook und als Multimedia Enriched eBook für
iPad bei iTunes

Original Soundtrack zum Buch: *The Identity Upgrade* zum
Herunterladen bei iTunes

www.DieIchEntdecker.com

Für alle Selbsterforscher

Das Buch

Schluss mit den langsamen evolutionären Veränderungen. Die Zeit ist reif für den nächsten großen Entwicklungsschritt der Menschheit. Bis heute war der Mensch kaum mehr als ein Körper und etwas Hirn. Was aber bewegt diese menschliche Hülle? Wo verbirgt sich das mysteriöse ICH?

Als sich die Lebenswege eines Schweizer Anwalts, einer kalifornischen Dokumentarfilmerin, eines indischen Physikers, einer afrikanischen Spitalmanagerin und eines ägyptischen Informatikers an einem milden Frühlingsabend in Südkalifornien kreuzen, kommt es zu einem tragischen Ereignis. Die fünf Protagonisten werden unversehens mit der Frage konfrontiert: Wer und was bin ich?

Sie stürzen sich in das große Abenteuer, gültige Antworten zu finden. Auf unterschiedlichen Wegen, geprägt von ihrem kulturellen Hintergrund, erfahren sie, dass jeder Ich-Entdecker dieselben feinstofflichen Ebenen der menschlichen Existenz ausloten muss.

Die fünf Freunde sind nicht allein: Sie erhalten Hilfe von den vier Naturkräften. Diese unsichtbaren „Push-und-Pull" Kräfte allen Lebens materialisieren sich auf der Erde und rüsten die mentalen Fähigkeiten der fünf Ich Entdecker klammheimlich mit einem evolutionären Upgrade auf. Sie lernen hinter die Fassade des Alltäglichen zu blicken und entdecken die wahre Identität aller Menschen.

Inhalt

Die Hauptdarsteller

DARSTELLER	#	FARBE	ELEMENT
Shiv Singh Sitaram *Indischer Teilchenphysiker*	1	Gelb	Raum
Ali Ben Calif *Ägyptischer Computer-Experte*	2	Blau	Luft
Renato "Reto" Ritter *Schweizer Anwalt*	3	Rot	Feuer
Hakika Hasina *Afrikanische Gesundheitsfachfrau*	4	Grün	Wasser
Barb Bernstein *Kalifornische Dokumentarfilmerin*	5	Orange	Erde
Big G *Gravitation* [1]	6	Violett	
Avory *Elektromagnetische Kraft* [2]	7	Weiss	
Marvin *Schwache Kraft* [3]	8	Schwarz	
Victoria *Starke Kraft* [4]	9	Grau	
Projektor *Animierende Kraft* [5]	0	Keine	

1: Gegenseitige Anziehung von Massen. Der „Leim", der das Universum zusammenhält. Die Erdanziehungskraft gibt dem menschlichen Körper sein Gewicht.

2: Wechselwirkung zwischen elektrisch geladenen Teilchen. Hält Atome zu-sammen, um Moleküle zu bilden, die wiederum feste Körper, Flüssigkeiten und Gase bilden.

3: Wechselwirkung, verantwortlich für bestimmte radioaktive Zerfallsprozesse, die den größten Teil der Erdwärme generieren.

STEHT FÜR

Wissen, Intellekt, Lehren, Lernen, Weisheit

Bewegung, Arbeit, Geschwindigkeit, Netzwerke, Integration

Physische, finanzielle Kraft, Wettbewerb, Heldentum

Mitgefühl, Herz, Großzügigkeit, sich Kümmern, das ‚Wir'

Kreativität, Sinnlichkeit, Individualität, Drama, das ‚Ich'

Testet die mentale und physische Kraft, Prüfer

Erschaffen, ansteigende Welle, Licht

Auflösung, absteigende Welle, Dunkelheit

Erhält alles Materielle, Stabilität, Zwielicht

Setzt das Universum und alle Menschen in Bewegung

4: Bindet die kleinsten Teilchen aneinander, ist der subatomare „Leim". 100 Mal stärker als die Elektromagnetische Kraft und 100 000 Mal stärker als die Schwache Kraft.

5: Alles durchdringende, bewegungslose Substanz. Die Quelle, aus der alles hervorgeht und in die alles zurückkehrt."

Prolog

Die zwei Wolken am sonst makellosen Himmel passen so gar nicht ins Bild. Die eine ist schwarz, die andere strahlend hell. Für einen Moment verharren sie über dem Berg, der mitten in der stillen, schneebedeckten Landschaft glühendes Gestein in die Luft schleudert. Dann driften sie eilig südwestwärts, fliegen über Wasser und Land. Im Sinkflug steuern sie schließlich ein weitläufiges Strandhaus an, das hoch über tiefblauem Wasser thront. Mühelos durchdringen sie Fenster und Fassade und stoßen im Inneren auf dichten grauen Nebel.

„Schön, habt Ihr es doch noch geschafft", blitzt es aus dem Dunst.

Die Wolken feuern zurück: „Ein Vulkan hat uns abgelenkt. Tolles Spektakel. Feuerspeiende Berge! Am liebsten hätten wir gleich noch ein paar gezündet. Dann hätte Big G die Anziehungskraft eine Spur erhöhen können. Löschwasser gibt es ja genug auf diesem Planeten!"

Grau moduliert seine Farbe und taucht den Raum in ein beruhigendes Blau. „Wir sind nicht hier, um Chaos anzurichten. Unser Auftrag ist das Upgrade. Also: andocken und umwandeln!"

Die drei Naturkräfte sind in besonderer Mission unterwegs. Sie sind zur Erde gekommen, um den nächsten Akt des Stücks ‚Leben in menschlicher Gestalt' einzuläuten. Ab dem dritten Jahrtausend der Erdzeitrechnung werden Menschen auf das Geheimwissen zugreifen können, das bislang nur wenigen zugänglich war. Grau hat ein Software-Upgrade dabei, das die intellektuelle und emotionale Bandbreite erweitern wird – es aktiviert zusätzliche Schaltkreise im menschlichen Gehirn – so dass Menschen das Ziel ihres Aufenthalts auf diesem Planeten erkennen können.

Schwerelos und irisierend schillernd wie tausend Regenbögen schwebt Graus ,Werkzeugkasten' im lichtdurchfluteten Wohnzimmer des Strandhauses. Der Plasmawürfel feuert einen grellen Teilchenstrom auf die drei Naturkräfte ab. Aus schnellen Teilchen bilden sie den Chemischen Informations-Datenträger, den CID, der Talente und Charakterzüge speichert und die Wahrnehmung der Welt beeinflusst. Die langsameren Teilchen sind das Baumaterial für die dreidimensionale Menschenform, welche die Naturkräfte auf ihrer Mission von Zeit zu Zeit benötigen werden, das sogenannte Lebensgewand.

In ihrem Urzustand sind die drei formlos. Wären Schwarz und Weiß menschlich, wären sie Zwillinge, aus einem Ei geboren, jedoch mit gegensätzlichen Tendenzen. Auf der Erde ist Schwarz als Schwache Kraft bekannt. Sie bewirkt, dass Teilchen sich voneinander lösen und zerfallen. Schwarz herrscht über Wandlung und Veränderung in der materiellen Welt, ist die Ursache für ihre ständige Transformation. Sein Zwilling Weiß wirkt gegenteilig. Erst im späten 19. Jahrhundert entdeckt, wird Weiß Elektromagnetische Kraft genannt. Sie hält Atome und Moleküle zusammen, die größeren Bausteine der Natur. Damit schafft sie die Illusion von Dauer, von Festigkeit der Dinge. Weiß lässt Objekte aus Metall oder Holz, Kunststoff oder Glas handfest und solide erscheinen, obwohl sie größten Teils aus leerem Raum bestehen. Das Multi-Talent Weiß setzt auch die Annehmlichkeiten des modernen Lebens in Bewegung, sorgt für Licht, Computerverbindungen, Fernsehen und funktionierende Telefonie. Missionsleiterin Grau ist als Starke Kraft weit bedeutender als die Zwillinge. Als stärkste Kraft im Universum hält sie alles auf der subatomaren Ebene zusammen.

Während Schwarz und Weiß sich vor dem Plasmawürfel mit ausgefallenen Formen und exotischen Kombinationen von Haar-, Augen- und Hautfarbe überbieten, hat Grau ihre Wahl längst getroffen: die weibliche Version des perfekten Standard-Modells, die Fusion aller möglichen menschlichen Formen.

Später wird sie viele überraschte, unsichere, sogar schockierte Blicke auf sich ziehen, wenn sie sich unter den Menschen bewegt, denn ihr einzigartiger Gesichtsausdruck ist weltberühmt. Jedes Jahr pilgern um die sechs Millionen Menschen zum Salle des Etats im Louvre, um eben diesen Gesichtsausdruck zu sehen, der hinter Panzerglas in einem klimatisierten Raum verwahrt wird. Die Betrachter versinken in sprachloses Erstaunen, als stehe die Welt für einen Moment still. Leonardo da Vinci hat mit Mona Lisa das perfekte Gesicht geschaffen: Es ist nicht schön, nicht hässlich, nicht männlich, nicht weiblich. Es lächelt nicht – und tut es doch.

Dieser perfekte Durchschnitt menschlicher Design-Möglichkeiten ist nichts für Schwarz und Weiß. Sie beamen sich weiter durch Formen, Farben und Schnitte, bis Schwarz sich endlich mit nussbrauner Haut und Augen wie dunkle Schokolade zufriedengibt. Dazu assortiert er einen tiefschwarzen Lockenkopf. Seiner Tendenz entsprechend wählt Weiß hellere Haut und, dazu passend, Bernstein für die Augen und das dichte, lange Haar. Solidarisch entscheiden sie sich für das männliche Modell des Lebensgewands. Bei aller Verschiedenheit gleichen sich die drei: gut 1.80 Meter groß, mit gleichmäßigen Gesichtszügen und schlanken Gliedern.

Die Namenssuche löst neue Heiterkeit aus. Grau schreitet erst ein, als Weiß auf einem Frauennamen beharrt. Schließlich erklärt er sich mit Avory einverstanden, eine Tonfolge, die seine Tendenz perfekt reflektierte. Schwarz findet mit Marvin jene Klänge, die seinem Naturell entsprechen. Wie bei der Wahl ihrer äußeren Form, zögert Grau auch bei der Namenswahl nicht. So lange sie mit Menschen zu tun haben, heißt sie Victoria – Silben, die auf ihre Position zwischen den beiden Extremen verweisen.

Die Naturkräfte sind gut 150o westlich von dort gelandet, wo vor rund 2000 Jahren das letzte wichtige Kapitel menschlichen Lernens aufgeschlagen worden war. Nahe des 33sten Breitengrades. Nahe der Stadt, in der die großen Geschichten erfunden werden. Nahe Hollywood.

1

Das Menschheits-Upgrade

„Schon erstaunlich. Dieser Planet hat eine ganz besondere Spezies hervorgebracht. Sie ist fähig, die Bestimmung aller Materie bewusst zu erfüllen." Victoria trat auf die Terrasse ihres irdischen Quartiers, dessen Haupt- und Nebengebäude sich hoch über dunkelblauem Wasser und feinkörnigem Sand zwischen Sträuchern und Felsen verbargen. Der ungewohnte Gebrauch ihrer Stimme schien sie zu amüsieren. Nicht dass sie Sprache brauchten, um zu kommunizieren. Doch sie wusste: Übung macht den Meister auf diesem außergewöhnlichen kleinen Planeten.

„Welche Bestimmung? Essen, schlafen und sich vermehren?" Marvin klang noch etwas heiser als er sich neben sie ans Geländer lehnte. „Diese Erdlinge..."

Ein Blitz aus braun-grünen Augen brachte ihn zum Schweigen. „Du hast wohl die falschen Daten gespeichert. Das menschliche Steuerungszentrum enthält eine Trillion synaptische Verbindungen, fähig, die subtilsten Muster zu erkennen – selbst die universelle Antriebskraft."

„Dazu braucht es doch extrem schnelle Teilchen! Und derart helle Köpfe hätten wir schon von weit oben entdeckt. Bist du sicher, dass Einstein hier gelebt hat? Und Newton, Faraday und Fermi? Sie hätten diese Düsternis wie Suchscheinwerfer durchdrungen." Marvin schaute nachdenklich auf die Erdlinge hinunter, die auf schlanken Brettern auf dem Wasser dümpelten oder ausgestreckt auf dem goldfarbenen Sand lagen.

Plötzlich schien er besorgt: „Sind wir zu spät gekommen? Haben die ihre Lebensgewänder schon abgelegt?"

„Entspann' dich, Marv, genau das tun die da unten auch. Sonne und salzhaltige Luft scheinen ihren Gewändern gut zu tun."

Avorys Erklärung entlockte Victoria ein Lächeln. Trotz umfassenden theoretischen Instruktionen im Vorfeld hatten die Zwillinge noch einiges zu lernen über die Komplexität der Wesen in menschlicher Form – und über das wahre Ausmaß ihrer Mission.

Alle drei beobachteten das Treiben am Strand, bis ein seltsamer Reigen zweier Erdlinge ihre Aufmerksamkeit fesselte. Er steigerte sich von visueller zu intensiver taktiler Interaktion, und die Emissionen des Paars trugen eine Duftnote, die Marvin und Avory nicht einordnen konnten. Da Victoria offenbar nicht zu Erklärungen aufgelegt war, nahmen sie an, es handle sich um eine Art magnetischer Anziehung zwischen den Lebensgewändern.

Victoria stellte ein Tablett auf den robusten Tisch aus Glas und rostigem Eisen – Dinge mit denen Avory in seiner Werkstatt experimentiert hatte, um ein Gefühl für Erdmaterialien zu entwickeln. Victoria verließ sich lieber auf den Plasmawürfel. Von ihr stammten die durchscheinenden Tassen und die geschwungene Karaffe, aus der sie eine rosafarbene Flüssigkeit eingoss.

„Bevor die Erdlinge ihre Bestimmung erfüllen können, müssen sie aber gehörig dazulernen", raunte Marvin seinem Zwilling zu und erinnerte ihn an ihr Gespräch mit Big G, der Schwerkraft. Er hatte mit ihnen über die seltsame Neigung der Erdbewohner gesprochen, sich an Bestehendes, Gewohntes zu klammern. Ein völlig abwegiges Unterfangen in einem Universum, dessen einzige Konstante Bewegung und Veränderung ist. Vom kleinsten Elementarteilchen bis zu den größten Objekten im Weltraum ist alles in dauernder Bewegung und tanzt unablässig zu Big G's Melodie.

Jedes menschliche Wesen legt jede einzelne Nacht etwa eine halbe Million Meilen zurück, auf einem Planeten der mit über 100'000 Stundenkilometern um die Sonne fliegt. Diese wiederum umrundet mit dem winzigen Staubkorn im Schlepptau das Zentrum der Milchstraßen Galaxie. Und auch die Milchstraße bewegt sich...

„Was meinst du dazu, Madame Fusion?"

Victoria erlaubte sich einen stillen Seufzer. Die Zwillinge würden keine Ruhe geben, bevor sie nicht befriedigende Antworten hatten. Also erklärte sie: Ja, Erdling Wissenschaftler haben bewiesen, dass Leben ein endloses Ballett von Teilchen ist, die zusammenfinden, sich wieder lösen und neu formieren. Die menschliche Wahrnehmung kann diesen unendlichen Tanz jedoch nicht erfassen. „Kurz und gut, die meisten Menschen sind sich ihrer wahren Natur nicht bewusst. Daher besteht Big G's wichtigste Aufgabe darin, sie aufzuwecken, damit sie den wunderbaren Kreislauf erkennen können, dessen Teil sie sind."

„Hat es dir die Sprache verschlagen, Wechselbalg?" Die Stimme rollte heran wie Donner und verursachte heftige Turbulenzen in der Luft. Marvin sprang auf, um eine davonwirbelnde Tasse zu retten. „Selber Wechselbalg! Oder noch besser, Weichei. Warte, bis ich den Erdlingen deine Tricks verrate, Big G. Und bitte, räum hier nicht ab."

Bevor die beiden eines ihrer verbalen Scharmützel vom Zaun reißen konnten, ging Victoria dazwischen. Es sei wichtig, erinnerte sie die Zwillinge, Big G's entscheidende Rolle auf diesem Planeten zu verstehen. Big G ist der Menschheit größter Lehrer, ihr ständiger Begleiter und ihr Befreier. „Wer lernt der Schwerkraft zu widerstehen, gewinnt die Freiheit die tieferen Bereiche der Existenz auszuloten", fuhr sie fort, aber Marvin war noch nicht fertig mit Big G.

„Spaßbremse", murmelte er, „Spielverderber".

Big G stieg nicht darauf ein. Er habe eben eine überaus vielseitige Persönlichkeit, bemerkte er selbstgefällig. Seine Zugkraft sei bloß ein Aspekt. Im Übrigen bestehe großes Interesse an seiner Gegenwart. Eine ganze Reihe brillanter Erdling Wissenschaftler sei hinter ihm her und suche nach seinem Fingerabdruck – dem schwer fassbaren Graviton. Big G's Lachen klang wie eine rostige Dampflock. „Ich muss sagen, es macht richtig Spaß, sie an der Nase herum zu führen."

„Oh großer, imperialer an der Nase-herum-Führer", blökte Marvin. „Wir verneigen uns vor deinen Mysterien."

Und wieder biss Big G nicht an. „Ich verneige mich vor euch dreien", dröhnte er. Obwohl ihn die irdische Wissenschaft ebenfalls als Naturkraft klassifiziert, wirkt er doch ganz anders. Deshalb ließ er es auch gutmütig zu, dass Marvin ihn als perfekten Platzhalter und Partikel-Puscher bezeichnete, als ihren loyalen Diener, Mediator zwischen dem Grobstofflichen und den optisch nicht wahrnehmbaren Kräften. „Und warum nimmst du nicht Form an, wenn du uns mit deiner Gegenwart beehrst?"

„Du weißt, dass ich zum Raum gehöre. Raum ist mein Partner, das Netz, das ich bereise und über das ich kommuniziere. Ich halte die Planeten in Bewegung um die Sonne, die Menschen sicher am Boden und ihre Atemluft davon ab ins All zu entweichen. Ich halte die Dinge an ihrem Platz. Also, was für eine Form würde denn deiner Meinung nach zu mir passen? So etwas?"

Alle drei sahen fasziniert zu, wie sich wabernder Dunst zu einer bizarren Form verdichtete: übergroße Spreizfüße, Beine wie Baumstämme, ein fassförmiger, armloser Torso gekrönt von einem Sonnensystem en miniature, das sich gemächlich in der Luft drehte. Das seltsame Gebilde leuchtete in Big G's Farbe, einem satten Violett. Saturn sprach mit Big G's Stimme: „Gefalle ich dir?"

Marvin starrte mit offenem Mund. „Jenseits von schräg", lachte er, als er seine Stimme wieder fand. „Diesmal hast du dich selbst übertroffen. Tu uns allen einen Gefallen und entmaterialisier' dich!"

Aus dem lila Dunst, der noch für einen Moment über der Terrasse hing, grollte es: „Dilettant!"

Avory zog seinen Pferdeschwanz zurecht und grinste Marvin an: „Du hast nicht zufällig im Sinn, Big G zu denunzieren, und den Menschen zu verraten, wie sie ihn bei den Hörnern packen und die Schwerkraft aushebeln können?"

Marvins Augen funkelten. „Meinst du über die Erfindung von Flugzeugen und Raumfähren hinaus? Damit tricksen sie die Schwerkraft doch schon ganz schön aus. Doch, ich würde ihnen tatsächlich gern stecken, worum es auf diesem Mini-Planeten eigentlich geht. Aber das kann ich Big G nicht antun. Der spuckt Sternhaufen, wenn die Erdlinge lernen ihn auszubremsen. Wir werden so oder so genug damit zu tun haben, den Planeten einigermaßen intakt durch diesen Übergang zu steuern ohne dass er zu Sternenstaub wird. Oder wie siehst du das, Vic?"

Victoria schenkte ihm eines ihrer Mona Lisa-Lächeln. „Tatsächlich ist das nur ein Teil der Aufgabe, und nicht einmal der wichtigste."

Marvin hörte nicht richtig hin. Er war nach wie vor mit der merkwürdigen menschlichen Vorstellung von Existenz beschäftigt. Die Versuchsanordnung war doch ganz einfach. Dennoch gelang es offenbar nur wenigen Menschen, sie zu begreifen. Nun gut, laut Victoria war das keine Frage des Unvermögens, sondern der aktuellen, relativ einfachen menschlichen Software. Sie konnte in der Regel nur den ersten und den zweiten Aggregatszustand der Materie lesen und verstand deshalb nur den Körper und – auch das erst langsam – das Gehirn.

Victorias nächste Worte rissen ihn aus seinen Gedanken. „Das wird sich mit dem Upgrade dramatisch verändern. Es wird den Zugriff auf den dritten, gasförmigen Aggregatszustand erlauben, der die unsichtbare Seele betrifft."

Jetzt hatte sie die ungeteilte Aufmerksamkeit der Zwillinge. „Was? Was redest du da? Ein Menschheits-Upgrade?"

Betont langsam füllte Victoria ihre Tasse auf und schenkte ihren beiden Kollegen ein strahlendes Lächeln. „Menschen sind so viel mehr als auf den ersten Blick erkennbar. Sie sind die Krone der Schöpfung, denn sie haben eine Dimension, die sie von allen anderen Spezies unterscheidet. Sie haben ein einzigartiges Los, und jetzt ist es Zeit, dass sie die Bestimmung ihres Lebens auf der Erde kennen lernen."

„Wow." Avory sah aus wie ein Bär, der soeben die Mutter aller Honigwaben entdeckt hat. „Wow", flüsterte er noch einmal.

Und Marvin war für einmal sprachlos.

Victoria nahm einen Schluck ihrer opaken Flüssigkeit, die sie mit immer neuen Aromen verfeinerte, um ihre Geschmacksknospen zu trainieren. Die Zwillinge wollten unbedingt mehr wissen über die unerwartete Wendung ihrer Mission. Sie waren also nicht nur hier, um den Planeten in seine nächste Phase zu steuern, sondern auch um den nächsten Akt des Stücks ‚Leben auf der Erde' einzuläuten?

Victoria nickte. „Es wird ein besonders lebhafter Akt, das könnt' ihr mir glauben. Das Upgrade wird alle Teilchen auf diesem Planeten beschleunigen. Alles Materielle wird mit mehr Energie geladen, damit immer mehr Teilchen zum dritten Aggregatszustand aufsteigen können. Menschen werden sich voller Zuversicht auf das Kommende konzentrieren, anstatt das Leben und die sie umgebende Realität im Rückspiegel zu betrachten. Die Lebensgewänder werden leichter, luftiger, sie werden zu echten Action-Anzügen. Das wird auch Big G's Einfluss markant reduzieren."

Der kniffligste Teil ihrer Mission bestehe darin, fuhr sie fort, die stark beschleunigte menschliche und planetarische Evolution exakt aufeinander abzustimmen. Die langsamen Entwicklungen über Jahrmillionen gehören der Vergangenheit an. Im neuen Zeitalter steuert nicht länger die Biosphäre die Evolution, sondern kluge menschliche Handlungen.

Marvins schadenfreudiges Grinsen verschwand, als Big G einwarf, er sei erleichtert, wenn sich Menschen nicht mehr so leicht manipulieren lassen. „Mehr innere Kraft, meine Freunde, bewirkt spürbar größere physische und geistige Freiheit. Das Upgrade sorgt für mehr und neue synaptische Verbindungen, da er die Neurogenese stimuliert und aktiviert. Die analytischen Fähigkeiten werden gestärkt, die Menschen sehen sich selbst und ihre Umwelt klarer. Immerhin sind sie ja den gasförmigen Teilchen ihrer dritten Hülle bereits auf der Spur."

„Es ist wichtig, nicht über die Menschen zu urteilen", nahm Victoria den Faden auf als Big G schwieg. „Dieser Planet ist so einzigartig, weil Menschen fähig sind, den entscheidenden Schlüssel zu finden, den höchsten Level des kosmischen Spiels zu erreichen und die Mission zu erfüllen." Langsam ging sie davon. „Wir sprechen später weiter, ich habe heute noch einiges vor."

"Was? Haare, Nägel oder Gesicht machen lassen?" rief Marvin ihr nach. „Oder hast du gleich alle drei gebucht? Dieses menschliche Körperding hat es dir offenbar angetan."

„Du weißt ganz genau, dass wir das nicht brauchen..." Ein Blitz aus ihren Augen verwandelte Marvins Locken in spinatgrüne Stacheln – eine Erinnerung daran, ihre Mission ernst zu nehmen, schließlich müssen sie diesen Ort für weitere 10 Milliarden Neuankünfte bereit machen.

Die Zwillinge waren entsetzt. Bei so vielen Erdlingen auf diesem winzigen Fleck aus Fels und Wasser, brauchten sie dringend einen gewaltigen Ausbau ihrer abstrakten Denkfähigkeit, meinte Avory, der sich das Grinsen über Marvs exzentrische Haare nicht verkneifen konnte. „Und sie müssen ihre Angst vor planetarischen Veränderungen verlieren. Sie erkennen ja noch nicht einmal, dass der Planet für sie da ist und nicht umgekehrt. Er ist ja schließlich ihre Bühne."

Victoria stand zwischen den gläsernen Schiebetüren. Die schimmernden weißen Gardinen bewegten sich leicht in der Brise und hüllten ihren Körper ein wie Nebelschwaden die vom Pazifik hereinwehten. „Wir müssen noch über die fünf Menschen reden, die uns bei unserer Mission helfen werden."

Die Zwillinge erstarrten. „Was? Wo kommt denn so plötzlich menschliche Hilfe her? Was verschweigst uns sonst noch?"

„Nur, dass ich ihr Upgrade schon aktiviert habe."

In ihrer Aufregung vergaßen die Zwillinge ihre Irritation.

„Wie haben sie reagiert?"

„Was haben sie getan?"

„Sind sie explodiert, implodiert?"

„Verrückt geworden?"

Alle Pläne, diesen herrlichen Erdentag voll auszukosten, waren vergessen. Was Victoria über die fünf Botschafter des nächsten Akts zu sagen hatte, war höchst aufschlussreich. Es handelt sich offenbar um höchst versierte Darsteller im Lebensspiel mit genügend innerer Kraft, um es mit Big G aufzunehmen. Sie verkörpern die fünf hauptsächlichen menschlichen Schwingungsfrequenzen. Und nein – sie sind nicht verrückt geworden. Die neuen Programme laden zwar sauber, aber langsam und werden erst operationell, wenn sich die fünf begegnen. Sie stammen von rund um den Globus, und der vorgesehene Treffpunkt ist hier, ganz in der Nähe.

Victoria sah Marvin an. Sie sei erstaunt, dass er nicht schon längst darauf gekommen ist, warum sie sich gerade hier manifestiert haben. So weit im Westen, zwischen dem 30. und dem 33. Breitengrad. Hat er vergessen, dass sich Wissen entlang diesem Breitengrad verbreitet – vom indischen Subkontinent über Ägypten nach Kalifornien?

Marvin zuckte mit den Schultern. „Wie kann ich das wissen, wenn Ave und ich zum letzten Upgrade vor ein paar tausend Jahren nicht eingeladen waren?" Er sah Victoria strafend an, sprang mit einem kurzen „Ich bin dann mal weg" über die Brüstung und landete weich auf den Felsen darunter. Wie eine Riesenkrabbe kraxelte er weiter und ließ sich in den Sand fallen. Mit schnellen Schritten verschwand er in Richtung seines Bungalows.

Avory stemmte sich aus dem Sessel, schüttelte sein Haar aus und lächelte Victoria an: „Er möchte so gerne böse sein. Er kann einfach nicht zugeben, dass er total fasziniert ist. Bist du sicher, Victoria, dass die fünf Individuen die Veränderungen in ihrem Hirn nicht wahrnehmen, bevor die neue Software richtig läuft?"

Sie können sich über gar nichts sicher sein, da ein Mensch auch ohne Upgrade ein unglaublich komplexes biochemisches Meisterwerk ist, mit gegen 100 Billionen Zellen, von denen sich die meisten ständig erneuern. Damit dieses Konstrukt richtig funktioniert, müssen alle Zellen, Nerven, Muskeln und Organe unablässig miteinander kooperieren und in Sekundenbruchteilen Informationen austauschen, handeln. Das menschliche Gehirn, der Kontrollturm, ist der komplexeste Organismus der Schöpfung. Es enthält Abermilliarden Neuronen, die über Hunderte Billionen synaptischer Verbindungen Signale austauschen. Die Verdrahtung des Hirns allein erstreckt sich über 160'000 Kilometer. Dieser fantastische Organismus ist dauernd aktiv, reguliert die Funktionen des Lebensgewands und verarbeitet jedes noch so winzige Bruchstück, das die fünf Sinne ihm unablässig hinwerfen. Dabei werden Milliarden von Neuronen in Bewegung gesetzt, die hoch komplexe Aktivitäten aus-lösen und physiologische, emotionale oder physische Reaktionen bewirken. Dank diesem fantastischen Organismus können Erdlinge nicht nur in die Weiten des Alls reisen, um die Geheimnisse des Universums zu erforschen, sondern auch nach innen, um die Funktion des Gehirns zu studieren.

„Das Hirn ist unendlich komplex, aber es ist kein Computer. Bis zu einem gewissen Grad ist es unvorhersehbar, sogar für mich. Ich bin ziemlich sicher, dass unsere fünf Freunde keine sofortigen Veränderungen feststellen werden. Vielleicht schreiben sie ihre erhöhte Wahrnehmung der Tatsache zu, dass sie tiefere innere Schichten anzapfen können. Das stimmt ja auch!" Victoria seufzte leise.

„Keine negativen Folgen also? Wäre schade, wenn wir mit einem Rückschlag starten müssten."

„Immer mein rücksichtsvoller Freund, hm, Avory. Nein. Ich versichere dir, es wird keine bösen Überraschungen geben. Nur Freude, wenn die beiden Seiten des Gehirns verschmelzen, wenn immer feinere Muster erkennbar werden und alle Menschen schließlich die Fülle des Lebensspiels begreifen. Wenn die Menschheit ihre wahre Identität entdeckt ... Freude, Avory, große, große Freude."

2

Der Versuchung widerstehen

Der Gipfel lag noch im Dunkeln. Nur das Flüstern der Felle auf dem Schnee durchbrach die Stille. Ein Lichtstrahl aus der Stirnlampe wies den Weg. Es hatte bis in den frühen Morgen hinein geschneit. Obwohl der Mann sein ganzes Leben am Fuß der Schweizer Alpen verbracht hatte, bezauberte ihn dichtes Schneetreiben noch genauso wie damals, als er mit staunenden Augen an Großmutters Küchenfenster gestanden war und zugesehen hatte, wie die weißen Flocken, groß wie Taschentücher, die vertraute Welt in ein glitzerndes Märchenland verwandelten.

Als sich die ersten Sonnenstrahlen über den Gipfel des Piz Nair stahlen und seine Flanke erleuchteten, hielt Reto in seinem Aufstieg inne. Einen Moment lang war er versucht, sich hinzuknien, um der Göttin des Lichts und des Lebens zu huldigen. In seiner Sprache war die Sonne weiblich, und das war seiner Ansicht nach auch richtig so. Schließlich waren Wärme, Licht und die Kraft Leben zu ermöglichen und zu erhalten urweibliche Attribute. Er stand vollkommen still, konzentriert auf die glitzernde Bahn, die ihm die Sonne entgegen schickte und ihn einlud seiner Bestimmung entgegen zu gehen.

Ungeduldig schüttelte er den Kopf. Ein neuer Rekord auf seiner Lieblingsroute stand auf dem Spiel. Sonne hin oder her. Er atmete tief durch und gönnte sich einen Schluck aus der Thermosflasche. Zügig stieg er weiter bergan, um Zeit gutzumachen. Er ertappte sich dabei, wie er die ersten Töne der „Ode an die Freude" summte. Bilder von damals tauchten vor seinem inneren Auge auf, als er in den Spuren seiner Großmutter diesen Berg zum ersten Mal erobert hatte. Ihm schien, als schwebte ihr „Freude schöner Götterfunken" für einen Moment in der herrlich klaren und kalten Luft, die

Körper, Geist und Seele läuterte. Er war sieben oder acht gewesen, damals, und Nona schnell, schnell und stark und ständig darauf aus, ihm das Mannsein beizubringen. „Ein richtiger Mann erobert den Berg", rief sie ihm zu, während sie zügig voran glitt. „Ein richtiger Mann klagt nicht", wenn das Kind um eine Pause bettelte. Sie konnte aus einer unerschöpflichen Litanei des richtigen Mannseins zitieren, wie keine Angst zu haben, sein Leben für andere zu riskieren und natürlich das Kernstück: „Ein richtiger Mann handelt moralisch, Reto. Dann hat er Gott auf seiner Seite."

Erst, wenn die Sonne vollständig aufgegangen, und klein Reto am Zusammenbrechen war, legte Nona die erste Pause ein. Dann gab es den gleichen honigsüßen Tee, den er auch heute noch für jede Tour zubereitete, einen geräucherten Salsiz und ein Stück von Nonas grobem Schwarzbrot. Auf ihren gemeinsamen Ausflügen in die Natur forderte Großmutter Durchhaltevermögen, klaglos bis ans Limit, und sie weckte seine Faszination für Sonne, Mond und Sterne. Mit unendlicher Geduld, sonst nicht eben ihre Stärke, hatte Großmutter versucht, Antworten auf seine zahllosen Fragen zu finden. „Nona, warum gibt es das alles? Wie ist es so geworden? Wer hat es dort oben aufgehängt und warum fällt es nicht herunter?"

Die Fragen haben Nona überlebt. Seine eigenen Antworten sind allerdings weit weniger eindeutig, als ihre es gewesen waren. So ist sich Reto heute noch nicht schlüssig, ob dieses erstaunliche Universum rein zufällig entstanden ist oder ob eine ordnende Kraft über Jahrmilliarden die Planetensysteme entwickelt hat, innerhalb derer sich die Himmelskörper so geordnet bewegen. Wie kommt es, dass die Umlaufbahn der Erde und die Zusammensetzung ihrer Gashülle genau so angelegt sind, dass eine derartige Vielfalt von Leben entstehen konnte? Über den Anfang des Universums hat er gelesen, was die Fachleute wissen oder vielmehr zu erraten versuchen. Aber das Gelesene ließ mehr als genug Raum für eigene Spekulationen.

Nona hatte kein Problem gehabt mit Antworten. Ihr Gott im Himmel hielt die ganze Schönheit und Perfektion in seinen gütigen und liebenden Händen. Er schaute mit Wohlgefallen auf seine Schöpfung, deren Krone nichts anderes zu tun hatte, als gut zu sein, zu lieben, ihn in allen seinen großen und kleinen Kreaturen zu erkennen, in allem was da kreuchte und fleuchte, flatterte und schwamm. Aber so sehr sich Reto auch bemühte, Nonas allwissender, allmächtiger Gott war ihm verborgen geblieben, genauso wie die definitiven Antworten auf seine Fragen aus Kindertagen. Das störte ihn nicht. Als Anwalt war es seine Aufgabe, seine reiche, internationale Klientel mit eindeutigen Statements zu versorgen. Mit ein paar offenen Fragen konnte er gut leben. Obwohl er natürlich auf alle seine Fragen Antworten finden würde. Zweifellos. Irgendwann.

Nach der Gipfelrast machte sich Reto auf die Abfahrt durch den tiefen Pulverschnee. Er legte eine frische, seine eigene Spur in die unberührte Bergflanke. Der Mann, dessen Leben stark von Strukturen, Prinzipien, Regeln und Gesetzen dominiert wurde, gab sich ganz der Freude hin, allein auf der Welt, eins mit der Natur zu sein und nicht zu wissen, was als Nächstes kam. Er überließ sich seinem Instinkt und vertraute auf das Erinnerungsvermögen seiner gut trainierten Muskeln, konzentriert einzig auf den nächsten perfekten Schwung.

Zurück im Chalet, in dem er sein ganzes Leben verbracht hat, stellte Reto die Ski auf die Terrasse und wischte sorgfältig den Schnee ab. Sein Zuhause war eines der wenigen Originalgebäude, die dem Dorf noch geblieben waren - mit großem, unbebautem Umschwung. Viele Einheimische hatten das als Anachronismus betrachtet. Auf dem Höhepunkt der Metamorphose des verschlafenen Alpendorfs zu einem glamourösen internationalen Resort, nannten es einige eine „bodenlose Dummheit". Als die Landpreise ins Galaktische stiegen, verwandelte sich die Verachtung in Neid.

Die Fassade des Chalets war seit 1850, als Retos Urgroßvater das Haus gebaut hatte, kaum verändert worden.

Das Innere bot einen markanten Kontrast zum geschwärzten Holz, zu den kleinen Fenstern und ornamentalen Schnitzereien. Eine weitläufige Eingangshalle führte in einen großen Raum, der gleichzeitig als Küche, Ess- und Wohnzimmer diente. Durch deckenhohes Glas strömte die Wintersonne herein. Die Granitplatten der Terrasse führten hinaus in den Garten – im Sommer eine üppige Blütenpracht. Wo Nona Beerensträucher und Gemüsebeete angelegt hatte, um den Speiseplan der Familie anzureichern, ließ Reto jene Blumen und Büsche pflanzen, die sie so gemocht hatte. Neben fetten, runden Dahlien in allen Schattierungen, wuchsen Astern und duftender Phlox. Er hatte sogar ein paar traditionelle Geranienkisten auf die Fenstersimse gestellt. Es gab Flieder und Schneeball, Feuerdorn und Forsythien, sein Liebling jedoch war und blieb das hartnäckige Büschel Edelweiß, das sich in einem Spalt des Felsens behauptete, an den sich das Chalet lehnte. Diese Pflanze sei wie eine Botschaft, hatte Nona immer wieder gesagt. Was sie ihm damit sagen wollte, begriff Reto bis heute nicht.

Die blühende Herrlichkeit war jetzt nur Erinnerung. Sie lag verborgen unter einer weißen, mit winzigen Diamanten bestickten Decke, die in allen Farben des Regenbogens glitzerte.

Als Reto durch die Haustür trat, zirpte das Mobiltelefon im Rucksack. Er erkannte die Nummer seines Zürcher Büros. „Morgen, Frau Gyger. Sie sind aber früh dran. Mit den Jungs alles in Ordnung?"

„Danke, es geht ihnen gut, Herr Ritter." Mehr an Privatem ließ sich seine Assistentin Beatrice Gyger nicht entlocken. Sie war ein Wunder an Effizienz, das Reto dankbar annahm. Sie war gescheit, zielgerichtet, absolut zuverlässig und ein Ausbund an Diskretion, ein echtes Kleinod in seinem Anwaltsbüro.

„Ich komme heute nicht runter. Ich bleibe das ganze Wochenende hier. Falls es etwas Dringendes gibt, wissen Sie ja, wie Sie mich erreichen."

„Deshalb rufe ich an, Herr Ritter. Dieser mysteriöse Mann hat sich wieder gemeldet. Schon zum dritten Mal. Er ist sehr hartnäckig, ausländischer Akzent. Ich habe seine Stimme nicht erkannt, und die Nummer war unterdrückt. Er sagte, Sie wären ihm empfohlen worden und er müsse sofort mit Ihnen reden. Also habe ich versprochen, ich würde Sie zu erreichen versuchen, und bat ihn, in einer halben Stunde wieder anzurufen. Was soll ich ihm ausrichten?"

„Geben Sie ihm auf keinen Fall meine Mobilnummer, aber das wissen Sie ja. Stellen Sie ihn doch einfach auf meine Büronummer hier durch, wenn er wieder anruft. Er muss nicht wissen, dass ich nicht in Zürich bin. Sonst noch etwas, das nicht bis Montag warten kann? Okay, danke Frau Gyger, Ihnen auch ein schönes Wochenende."

Reto stieg in eine weite Trainingshose, streifte ein FC Barcelona Leibchen über und dachte darüber nach, wer ihn denn so dringend zu erreichen versuchte. Als Vertrauensanwalt vieler reicher und einflussreicher Männer und Frauen hatte er Kunden auf verschiedenen Kontinenten. Reto war zuverlässig, hartnäckig und diskret. Er verfügte über ausgezeichnete Verbindungen, und wenn diese einmal fehlten, konnte er äußerst kreativ sein. Außerdem war Reto nicht gierig. Er wurde gut bezahlt für seine Leistungen, sehr gut sogar, aber nicht auf einer Skala, die jeden Bezug zur Realität verloren hatte.

Das Telefon in seinem Büro klingelte, als er die breite Treppe zum Fitnessraum im unteren Stock hinab stieg. Reto wollte seinen Körper nach dem morgendlichen Ausflug einem weiteren schweißtreibenden Work-out unterziehen. Als er endlich den Anruf entgegen nahm, klang Frau Gyger atemlos: „Es ist wieder dieser Mann. Er weigert sich, seinen Namen und sein Anliegen zu nennen. Soll ich ihn durchstellen?"

Retos Neugier war geweckt. „Ritter. Was kann ich für Sie tun?"

Es war ein sehr nachdenklicher Reto Ritter, der ein paar Minuten später auflegte. Die Stimme und das, was sie gesagt hatte, war die personifizierte Versuchung gewesen. Wie die Schlange aus dem Garten Eden hatte sie ihm wunderbare Versprechungen ins Ohr geflüstert. Fantastische

Stundenansätze, fette Gewinne für ein paar Anrufe, ein bisschen Bargeld verschieben, keine aufdringlichen Fragen stellen, alles ganz legal ... Ein paar Runden mit der Langhantel würden ihm helfen wieder klar zu denken.

Die Ausstattung seines Fitnessraums im Untergeschoss war eines Profis würdig. Der Raum war entstanden, nachdem Retos Frau ihre Koffer und den Großteil der Möbel gepackt hatte und zusammen mit den zwei gemeinsamen Kindern ans andere Ende der Welt gezogen war, auf Neuseelands Südinsel. Queenstown war nicht eben ein Katzensprung, weshalb er die Kinder viel zu selten sah. Noch kamen sie zwischen Weihnachten und Neujahr in die Schweiz zum Winterurlaub. Seine wunderschöne kleine Tochter Emma begleitete ihn sogar auf Touren – auf Schneeschuhen, das Board auf den Rücken geschnallt –, während sein 10-jähriger, allwissender Sohn Julian es vorzog, sitzend auf die Gipfel zu fahren. Zu Fuß auf einen Berg zu steigen, sei für Neandertaler, pflegte er seinem Vater in aller Ernsthaftigkeit zu erklären. Reto lächelte beim Gedanken daran, wie die zwei ihn jeweils über Nonno und Nona löcherten. Was für ihn diesseits des Erinnerungshorizontes war, erschien ihnen wie aus einem anderen Zeitalter, aus der Steinzeit vielleicht.

Es war nicht so, dass Reto seine Kinder vermisste, wenigstens nicht die ganze Zeit. Er war überglücklich, wenn sie ihre Ferien mit ihm verbrachten, doch er spürte auch Erleichterung, wenn er sie nach ein paar Wochen wieder zum Flughafen brachte. Kinder waren Schwerstarbeit. Anspruchsvolle und ermüdende Arbeit. Er war so daran gewöhnt, dass die Welt sich um ihn drehte, dass er sich mächtig anstrengen musste, um sich in einen minderen Planeten zu verwandeln, der um zwei Sonnen kreise. Und wenn er endlich seinen Orbit gefunden hatte, war es Zeit zum Abreisen.

Reto stemmte die Eisen bis ihm der Schweiß über die Brust lief und der Bizeps zu übersäuern begann. Er versuchte, an nichts zu denken. Aber unter der Dusche schlich sich der Anruf wieder in seinen Kopf, und die Schlange biss zu.

Die gut gelagerten Birkenscheite loderten und knackten im offenen Kamin. Der Inhalt einer staubigen Flasche aus Retos Jahrgangskollektion hatte lange genug geatmet und glühte jetzt tiefrot in hochstämmigen Kristallgläsern. Eine würzige Wolke aus der Pfeife des Besuchers schwebte durch den Raum. Die zwei Männer, einer alt und verwittert, der andere jung und von Sport und frischer Luft leuchtend, saßen mit ausgestreckten Beinen in bequemen Ledersesseln vor dem Feuer, zwischen ihnen ein Holzbrett mit Wein, Oliven und Brocken reifen Parmesans, vor ihnen ein Schachtisch.

„Ich habe heute auf der Piz Nair Route einen neuen Rekord aufgestellt", hatte Reto vor seinem Freund ein bisschen angegeben, bevor sie mit dem Spiel begannen. „50 Sekunden gewonnen."

Gian hatte abwesend in die Glut gestarrt und gefragt: „Und in was hast du sie investiert?"

Typisch Gian. Der Bergführer und Skilehrer, im Alter eher wie ein Vater, war vielleicht Retos engster Vertrauter. Als Retos Eltern nach Zürich umsiedelten, wo sein Vater eine wichtige Aufgabe im Mutterhaus der Bank antrat, für die er in ihrem Dorf schon tätig gewesen war, hatte sich der 8-Jährige hartnäckig geweigert das Dorf zu verlassen, seine geliebten Berge, seine Schulfreunde. Nach ausgiebigen Verhandlungen war der kleine Reto der Obhut der Großeltern anvertraut worden. Die schon enge Verbindung zwischen Gian und dem Knaben wurde noch enger. Sie kannten sich, seit Reto auf der Welt war. Und in all diesen Jahren hatte Gian sich geweigert, auf die Wettkämpfe einzusteigen, die Reto aus allem und jedem zu machen versuchte – egal, ob sie Papierflieger gleiten ließen oder später Gleitschirme flogen, flache Steine über den Silsersee schipperten oder einen Viertausender bestiegen. Für Gian war schneller, höher, weiter, stärker schlicht nicht erstrebenswert. Es hatte Reto an den Rand des Wahnsinns getrieben, dass alle seine Versuche mit dem älteren Mann zu konkurrieren, sich in Geschicklichkeit, Ausdauer oder Mut zu messen, an Gian abglitten wie Wasser an blankem Fels.

„Ich gehe meinen eigenen Schritt, ich tue die Dinge so gut ich kann. Das reicht mir und dir sollte es auch reichen", war alles, was Reto jeweils zu hören bekam.

Reto leuchtete das nicht ein. Was war den toll daran, etwas gut zu können, wenn du dich nicht mit anderen messen und herausfinden konntest, wer besser, wer der Beste war?

Reto schmunzelte über Gians Frage und die Erinnerungen, die sie ausgelöst hatte. „In was ich die gewonnene Zeit investiert habe? Über mich selbst zu lachen."

Jetzt lächelte auch Gian. Auf seiner ledernen Haut breitete sich ein Spinnennetz von Falten aus, als er eine neue wohlriechende Wolke aus der Pfeife entließ. „Also gut, Junge, spuck's aus."

Reto tat gar nicht erst so als wüsste er nicht, wovon Gian sprach. Gian war mit demselben Radar ausgestattet, über den auch Nona verfügt hatte. „Ich erhielt einen Anruf. Von einem Mann mit einem äußerst verlockenden Vorschlag."

„Und seither schlägt dein moralischer Kompass wild aus..."

„Es ist keine Frage der Moral", fuhr Reto auf. „Niemand wird übers Ohr gehauen. Niemand verliert. Es ist eigentlich ein sehr eleganter Deal. Einer, der mir eine hübsche Summe einbringen würde. Und ich müsste fast gar nichts tun dafür."

„Aha", Gian betrachtete die Glut im Kamin und nahm einen Schluck Wein.

„Du brauchst gar nicht zu Aha-en, Gian." Brüsk schob Reto den Schachtisch zur Seite, sprang auf und stellte sich ans Fenster. Das geisterhafte Licht, das ein blasser Halbmond auf die Schneedecke warf, schien ihn derart zu faszinieren, dass er Gians sanftes Lächeln nicht bemerkte. „Warum rede ich überhaupt über so etwas mit dir", brummte er mehr zu sich selbst. „Du bist nie aus diesem Kaff herausgekommen, und wir wissen ja, wie diese Berge ringsum den Horizont verstellen. Die

Welt hat sich ein paarmal gedreht seit den Fünfzigerjahren, weißt du. Die Dinge haben sich verändert, alles ist schneller geworden."

Gian würzte weiter die Luft mit seinem Pfeifenrauch.

„Du brauchst gar nichts zu sagen. Ich weiß sowieso, was du denkst. Du glaubst, ich würde mich in einen dieser Habgierlinge verwandeln, die der Welt giftige Schrottpapiere andrehen und mit korrupten Politikern unter einer Decke stecken." Reto griff nach seinem Weinglas und leerte es in einem Zug. Sorgfältig vermied er es, Gian anzusehen. „Mir ist völlig bewusst, dass auch ich in der Vergangenheit ab und an mit ein paar unehrenwerten Herren zu tun hatte, aber keiner hat je darunter gelitten. Du weißt ganz genau, wie sehr ich Korruption verabscheue, genauso, wie ich die selbsternannten Meister des Universums verachte, die fast schon pathologisch besessen sind von kurzfristigen Profiten, oder diese ach so brillanten Händler, die ihre Taschen mit fetten Kommissionen füllen, während sie ihren Kunden falsche Hoffnungen mit ausgefallenen Namen andrehen. Nicht dass mir ihre Klienten sonderlich leid tun. Das ist ja auch nur eine Bande von gierigen Geiern. Und komm' mir gar nicht erst mit der Moral. Moral geht mir am Arsch vorbei. Moral ist eine Knetmasse, die je nach Interessenlage geformt wird." Reto merkte gar nicht, wie laut er geworden war, bis ein Scheit im Kamin explodierte. „Was ist? Was?"

Gian zog immer noch ruhig an seiner altertümlichen Pfeife und schielte zu seinem Freund auf. „Du hast alles gesagt, was zu sagen war. Aber nicht ich bin es, der so denkt. Also, wer ist es dann?"

Reto fiel in sich zusammen wie ein Ballon, dem die Luft ausgegangen war. Umständlich zündete er eine Zigarre aus seinem kubanischen Vorrat an, füllte die Gläser wieder auf und schaute Gian mit einem schiefen Grinsen an. „Diskussionen mit dir sind doch immer wieder eine höchst befriedigende Erfahrung. Du bist die personifizierte Eloquenz. Deine glasklaren Analysen und hoch komplexen Überlegungen hauen mich jedes mal wieder um." Er legte eine Hand auf das Knie seines alten Freundes. „Irgendjemand zahlt immer den Preis, nicht wahr. Danke, das habe ich gebraucht."

Gians Hand, mit der er Retos Finger umfasste, fühlte sich an wie der rohe Fels, den die beiden so oft zusammen eroberten.

„Versuchung", seufzte er mehr als er sprach. „Immer eine lohnende Herausforderung." Dann zeigte Gian auf den einfachen silbernen Teller, der über dem Kamin an der Wand hing. „Wann immer sie dich überfällt, schau dir dieses Ding da an. 1948 hat dein Großvater als Gemeindepräsident eine wichtige Rolle in der Organisation der Olympischen Spiele gespielt. Es war kein Geld vorhanden, und es gab kaum freiwillige Helfer, drei Jahre nach dem Krieg. Aber sie haben es hingekriegt, in weniger als 18 Monaten. 700 Athleten wurden erwartet, und über 20 Anlässe mussten organisiert werden, alle im Freien. Zudem galt es, Einrichtungen für rund 800 Medienleute aus aller Welt bereitzustellen. Kein Fernsehen, keine Satelliten, nichts Derartiges. Die Einheimischen mussten Telefonleitungen für Ferngespräche und Telegraphen einrichten. Sogar das lokale Abwassernetz musste ausgebaut werden – für den Mist, der nicht über den Äther ging oder in den Zeitungen stand." Gian lachte laut. „Neue Bahnhöfe, breitere Straßen... Die Spiele der Erneuerung wurden sie g e n a n n t . D e i n G r o ß v a t e r n a n n t e s i e d i e Knochenbrecherspiele." Wieder deutete Gian auf den Silberteller. „Und dieses hässliche kleine Ding ist alles, was ihm davon blieb."

„Und es reichte", beendete Reto Gians ungewöhnlich langen Monolog.

Der ältere Mann nickte und zündete seine Pfeife wieder an. „Es reichte, weil er wusste, dass er alles, was getan werden musste, so gut wie es ihm möglich war getan hatte."

„Er war wie Nona", sinnierte Reto und fuhr mit dem Zeigefinger über die gravierte Inschrift auf dem silbernen Teller. „Ihre tiefe Zufriedenheit war nie an irgendwelchen

Besitz gebunden, sondern daran, dass sie alles so gut wie irgend möglich tat – selbst die unwichtigsten Dinge."

„Schade, können sie dich jetzt nicht sehen", sagte Gian nach einer Weile. „Sie wären stolz auf dich."

Gians Lob brachte Reto in Verlegenheit. Gleichzeitig wusste er jetzt genau, was er zu tun hatte. Im Geist blickte er den zwei Millionen Schweizer Franken nach, die langsam im gurgelnden Wasser verschwanden. Sein moralischer Kompass zeigte wieder ruhig und bestimmt nach Norden.

Die mehrstimmige Metallharmonie der Glocken lockte die Menschen aus ihren Häusern und Stuben. Heute waren es besonders viele. Die frisch renovierte protestantische Kirche wurde eingeweiht. Grund auch für Retos ungewöhnliche Anwesenheit. Er erwiderte Grüße rechts und links und war sich der Blicke der Gemeindemitglieder durchaus bewusst, die ihm zu verstehen gaben, dass er sich schon viel zu lange nicht mehr bei einem Gottesdienst hat blicken lassen. So sehr Reto die offene und philosophische Grundhaltung des Pfarrers schätzte, erschienen ihm die religiösen Rituale als nur mehr gut einstudierte Routinen, durch jahrhundertelange Übernutzung ihrem Sinn und ihrer Kraft beraubt.

Er fühlte sich nicht wohl auf der Kirchenbank. Es mutete ihn seltsam an, einem Ritual beizuwohnen, dem die echte Überzeugung abhanden gekommen war. Sowohl protestantische wie katholische Kirchenleute spielten den gewohnten Ablauf durch und erzählten immer wieder dieselben Geschichten. Das war es, was Reto am meisten störte – der spürbare Mangel an echter Kraft. Die noblen Roben, die Rituale, ja die ganze Gesinnung waren in einer Zeit stecken geblieben, die nichts mehr mit der modernen Welt zu tun hatte. Er war sich durchaus bewusst, dass die Kirche viel Gutes tat für die Ärmsten und Notleidenden – vor allem in Afrika. Zahllose Kinder hätten nicht genug zu essen, gingen weder zur Schule noch würden sie medizinisch versorgt, wären da nicht die Heerscharen von Frauen und Männern, die ihr Leben der

Linderung von Leiden widmeten. In diesen Menschen, welche die Bedürfnisse anderer über ihre eigenen stellten, lebte denn auch die echte Kraft der Kirche. Allerdings begegnete Reto allzu offensichtlicher Barmherzigkeit mit Misstrauen. Hinter demonstrativer Wohltätigkeit spürte er oft eine Schwäche, eine Bedürftigkeit, die ihn irritierte.

Die echte Kraft lag heutzutage doch bei den innovativen Köpfen, die es wagten, ihre Ideen zu entwickeln und viel Geld zu verdienen damit. Frauen und Männer, die erfolgreiche Unternehmen aufbauten, Güter und Dienstleistungen anboten, welche die moderne Welt formten und weiter brachten. Anstatt ihre Vermögen zu horten, gaben sie einen Großteil davon wieder für sinnvolle Anliegen aus. Nicht im Namen irgendeines Gottes oder um sich einen Sitz in der ersten Reihe im Jenseits zu sichern, sondern um mitzuhelfen, die drängendsten Probleme der Menschheit zu lösen. Das war Power! Diese Menschen waren das genaue Gegenteil von jenen, die der Gier erlagen und ihr Selbstwertgefühl auf den Trümmern aufbauten, unter denen sie andere begruben. Reto meinte, über die vorwiegend ergrauten Köpfe in den Bänken Nonas Stimme herüber schweben zu hören: „Denk' immer daran Reto, Wohlstand heißt Verantwortung. Ein gieriger Mann hat keine Ehre. Und ein Mann ohne Ehre hat gar nichts."

Während der Sermon vor sich hin plätscherte, schweiften Retos Gedanken zum bevorstehenden Nachmittag mit Annina ab. Das Mädchen mit der Lücke zwischen den Schneidezähnen und den Sommersprossen auf der Nase, das helle Blondhaar zu zwei dicken Zöpfen geflochten, war im exklusiven Internat mit Kids aus aller Welt Mitglied seiner Gang gewesen. Mens sana in corpore sano hieß der Slogan, den die Schüler so interpretierten, dass sie sich alles erlauben konnten, so lange sie körperlich stark und geistig fit waren – und sich nicht erwischen ließen. Das Studium hatte sie in alle Winde zerstreut, und Annina war ins Ausland gegangen, um ihre Ausbildung zur Hotel Managerin zu machen. Reto erinnerte sich noch genau an den Moment vor ein paar Jahren, als er das neu renovierte Chantarella Kongresszentrum betrat, und von einer perfekt gestylten, zierlichen Blondine empfangen wurde. „Reteli", hatte sie ihn mit seinem verhassten Kindernamen aufgezogen, und ihre Augen ganz unverblümt über seinen kräftigen, 1.85 großen Körper wandern lassen, der in einem dunkelblauen italienischen Maßanzug steckte. Ein langsames Lächeln legte ihre Zahnlücke frei. Der teure Haarschnitt entging ihr ebenso wenig wie sein direkter Blick hinter der dunkel gerahmten Brille. Sie hatte seine Hand genommen und ihn ganz unverschämt angelacht: „Schau mal an. Was bist du doch für ein hübscher Kerl geworden."

Die Zeit hatte Anninas jugendliche Charakterzüge feingeschliffen – ihre Begabung für strategisches Denken, ihr enormes Organisationstalent, ihre Fähigkeit, für alles eine Lösung zu finden und, wenn es ihr in den Kram passte, mit einem absolut unschuldigen Blick aus ihren gletscherblauen Augen, brandschwarz zu lügen. Nachdem sie in einer Luxus-Lodge im Namibischen Busch ihre Fähigkeiten bewiesen hatte, war sie als Managerin ins Chantarella-Kongresszentrum geholt worden, in ihrer und Retos Heimatgemeinde. Die Kindheitsfreunde hatten schnell zur früheren Vertrautheit zurück gefunden und über die Jahre gelernt, sich mehr und mehr aufeinander zu verlassen. Mehr, als sie voreinander zuzugeben bereit waren, da beide ihre Privatsphäre und den eigenständigen Lebensstil sorgsam hüteten.

Die ersten Töne des Te Deum weckten Reto aus seinen Träumereien, und er stand mit den andern auf. Sein kräftiger Bariton übertönte die schüchternen Stimmen der Gemeinde. Er sang „Dich, Gott, loben wir...", nicht weil er das wirklich tat, sondern weil ihm die Melodie gefiel. Er würde zum Mittagessen bei Annina eine Flasche Champagner mitbringen um seinen Sieg über die Versuchung zu feiern. Seinem mysteriösen Beinahe-Klienten war es sehr schwer gefallen, das klare Nein hinzunehmen. Anschließend würden sie wieder einmal die Pisten unsicher machen. Die Wintersaison war in voller Fahrt, und ihre dicht befrachteten Kalender ließen Reto und Annina nur wenig freie Zeit.

„Oh, Jahrgangs-Champagner", Annina lächelte ihn über den elegant gedeckten Tisch an. Sie saßen im Erker ihrer Wohnung und blickten durch das Rundfenster auf die Hänge der Corviglia, die bereits von unzähligen winzigen Gestalten bevölkert waren. „Ich träume davon zu verreisen, Reto, irgendwo hin, wo es warm ist. In die Wüste vielleicht ... Jordanien oder Israel. Ich würde so gern Jerusalem besuchen, einfach weil mir der Name so gefällt."

Reto lächelte. Das war typisch für das Mädchen, das er früher gekannt, für die Frau, die er wiederentdeckt hatte. Etwas erregte Anninas Aufmerksamkeit, und sie gab nicht auf, bis sie es entweder besaß, gesehen oder zumindest verstanden hatte.

„Warst du schon einmal dort?"

„Oh ja. Und mir ist dort erst noch eine Offenbarung zuteil geworden – im Garten Gethsemane."

Annina hob die Augenbrauen. „Was ist passiert? Hat dich der wieder erweckte Leib Christi von hinter einem 2'000 Jahre alten Olivenbaum angesprungen?"

„Die Offenbarung hatte weniger mit Religion als mit Grundeigentum zu tun." Reto grinste und zuckte die Schultern. „Einmal Anwalt, immer Anwalt. Das krieg' ich einfach nicht weg. Aber auf dem Tempelberg wandelst du zwischen mehreren eingezäunten Bereichen, die verschiedenen christlichen Sekten gehören – den Maroniten, den griechisch oder syrisch Orthodoxen und einem halben Dutzend anderen. Und da hat es bei mir eingeschlagen: Was steckt in uns Menschen, dass wir Ideen oder Dinge immer besitzen wollen? Was bringt eine Nation dazu, ein Stück Land oder Wasser zu beanspruchen und es dann bis aufs Blut zu verteidigen?"

„Ist ja kein Wunder, dass dich ein Aufenthalt in jenem Teil der Welt auf solche Gedanken bringt. Wenn sogar verschiedene christliche Fraktionen meinen, ihren Claim abstecken zu müssen, wie sollen dann Israeli und Araber zu einer Einigung kommen? Jedenfalls helfen diese Eiferer, die sich Siedler nennen, der Sache kein bisschen…"

Mit einem Kopfschütteln blickte Reto auf die friedvolle Winterlandschaft, wo Scharmützel höchstens auf den Pisten oder an der Bar ausbrachen. „Lassen wir dieses Thema, Annina. Ich wünsche mir manchmal auch, ich könnte in solche Köpfe blicken um herauszufinden wie sie ticken. Es ist schmerzhaft, zuzuschauen, wie Opfer zu Tätern werden und umgekehrt. Vielleicht hat das ja mit einem Ausgleich des Leidens zu tun."

„Was mich wirklich wütend macht, sind die schlaffen Reaktionen der politischen Elite. Das Ganze ist eine Farce. Es beweist doch einzig, dass letztlich jeder sich selbst der Nächste ist, jede Nation nur die eigenen Interessen verfolgt." Annina goss den Champagner, der auf dem Fenstersims kalt geworden war, in die Gläser. „Es muss einen anderen Weg geben, einen besseren…"

„Den gibt es, keine Frage", Reto stieß mit seiner lebenslangen Freundin und gelegentlichen Geliebten an. „Ich hatte vor einiger Zeit einen verrückten Traum, wie es auf diesem Planeten sein könnte. Wie man die Dinge auch ganz anders angehen könnte. In der Zwischenzeit habe ich eine ganze Schublade voller Entwürfe von zeitgemäßen globalen Institutionen und Gesetzgebungen, Antworten auf die aktuellen Fragen einer globalisierten Gesellschaft. Jedenfalls gehen sie weit über ‚jeder ist sich selbst der Nächste und für mich ein bisschen mehr' hinaus. Die Angst vor der Öffnung, die Angst davor, gemeinsamen Boden zu finden, blockiert alle echten Lösungen. Dieses verzweifelte Klammern an die Macht, an Besitztümer, an Theorien und Ideologien führt uns direkt an den Abgrund. Aber man kann eben Vernunft und gesunden Menschenverstand nicht einfach befehlen."

„Wäre das nicht großartig! Vielleicht sollten wir genau dafür Rezepte verteilen." Annina nahm ihr Glas, erhob sich mit einer fließenden Bewegung und setzte sich auf Retos Schoss. „Holen Sie sich Ihre tägliche Dosis gesunden

Menschenverstand in Ihrer Apotheke! Nebenwirkungen sind zu erwarten und beinhalten ein erfüllteres Leben für mehr Menschen. Wirst du mir Deine Schublade irgendwann einmal zeigen?"

Über den Julier Pass ließ Reto seinen deutschen Sportwagen so richtig auf Touren kommen. Als einer der wenigen ganzjährig befahrbaren Pässe war der Julier seit römischen Zeiten eine wichtige Nord-Süd-Verbindung. Reto kannte jede Kurve in- und auswendig, und an diesem frühen Montagmorgen gehörte die Straße ihm. Sein glänzend schwarzer Bolide fraß die Straße nur so auf, und die meterhohen Schneemauern zu beiden Seiten erinnerten Reto an einen Bob Run. Die Fahrt in die Stadt war die reine Freude – bis er die Autobahn in Zürich Brunau verlassen musste und im Gedränge ungeduldiger oder resignierter Pendler stecken blieb, die nach einem kurzen Wochenende vermeintlicher Freiheit wieder ihren Gefängniszellen zustrebten.

Frau Gyger hatte bereits die Post sortiert, die Espresso Maschine gestartet und Retos Assistenten eingewiesen. Der junge Mann verdiente sich sein Jura-Studium, und Reto gab ihm gerne die Möglichkeit dazu. Er schätzte ihn für sein Durchhaltevermögen und für seine exakte Arbeit. Er stellte das Hintergrundmaterial genau so zusammen, wie Reto es mochte. Und, noch wichtiger: Der junge Mann stellte Frau Gyger als unangefochtene Nr. 1 nie in Frage.

„Herr Winkler." Reto nickte dem feingliedrigen Mann zu, der mit seinen 23 Jahren aussah wie ein Sonntagsschüler. „Frau Gyger, guten Morgen, der Kaffee riecht herrlich." Sofort stand seine Assistentin auf und braute ihm jenen schaumigen Cappuccino, mit dem er seinen Arbeitstag am liebsten begann. Er nahm die Tasse mit in sein Büro und trat ans Fenster um auf den geschäftigen Utoquai hinunter zu schauen. Der Verkehr war noch immer Stoßstange an Stoßstange. Die schrillen Glocken der blau-weißen Trams scheuchten Fußgänger und Fahrradfahrer aus dem Weg und bremsten drängelnde Autos aus. Hinter der Durchgangsstraße lag der See. Auf dem stillen, blau-grauen Wasser dümpelten Möwen, Begleitflieger der morgendlichen Fährschiffe, von denen täglich reichliche Frühstücksreste für die gierigen Vögel abfielen.

Reto mochte die Stadt – so lange er nicht länger als vier Tage hintereinander hier festsaß. Mit ihrer Bevölkerung von 360'000 aus über 100 verschiedenen Nationen funktionierte sie erstaunlich gut. Sie war groß und heterogen genug, um sozial und kulturell interessant zu sein, aber doch nicht so groß, dass man den Überblick verlor. Seine Stadtwohnung lag im Seefeldquartier. Sie nahm das oberste Stockwerk eines der begehrten Häuser aus dem 19. Jahrhundert ein, an einer ruhigen Seitenstraße, ein paar Schritte vom See. Wenn er sich konzentrierte, konnte er sie sogar von seinem Bürofenster aus sehen. Im Moment genoss er den Blick auf die schneebedeckten Alpen, die am Horizont aus dem See zu wachsen schienen. Heute Morgen brachte sie der Föhn so nahe heran, dass er meinte, sie berühren zu können. Als es an der Tür klopfte, wandte sich Reto von den Gipfeln ab.

„Da ist ein Herr, der Sie sprechen möchte, Herr Ritter. Und nein, er hat keinen Termin", sagte Frau Gyger, bevor Reto die Frage stellen konnte. Sie schlüpfte ins Zimmer und schloss sorgfältig die Tür hinter sich. „Es ist ein älterer Herr", flüsterte sie, als ob etwas durch das mit Leder gepolsterte Holz dringen könnte. „Italiener, seinem Akzent nach, und sehr elegant gekleidet."

Also war es nicht der mysteriöse Anrufer. Reto war erleichtert. Dessen Akzent hatte ihn anderswo situiert. Seine Assistentin las seine Gedanken.

„Er hat absolut nichts Anrüchiges an sich. Er ist im Gegenteil sehr zurückhaltend und, wie ich schon sagte, älter. Sogar ein bisschen fragil. Er hat eine Mappe bei sich und bat, Sie zu sprechen, sofern Sie ein paar Minuten erübrigen könnten."

„In Ordnung. Bitten Sie ihn herein. Und fragen Sie, ob er Kaffee möchte. Danke."

Die Tür öffnete sich wieder, und ein schmaler, leicht gebückter Mann in einem elegant geschnittenen, wenn auch etwas altmodischen Anzug trat ein, das weiße Hemd gestärkt, die Krawatte im selben Silbergrau wie sein feines, glatt zurückgekämmtes Haar. Er hatte etwas Zerbrechliches an sich, bis man ihm ins Gesicht sah: Die Züge eines Patriziers wurden dominiert von einem Paar scharfer, intelligenter grauer Augen. Der Blick, der durch die große Stahlbrille auf Reto fiel, war gleichzeitig abschätzend und wertschätzend. Er stellte seinen kleinen Koffer auf den Boden und gab Reto die Hand. In stark akzentuiertem Deutsch sagte er: „Mein Name ist Roberto Benedetti. Ich bin Professor an der Universität Padua, alte Schriften, Sprachen, solche Dinge. Ich übersetze auch ein bisschen...“

„Per favore professore, sedetevi. Dica, cosa posso fare per lei? Und wie kommt es, dass Sie ausgerechnet mich zu sprechen wünschen?“ Die Augen des älteren Mannes leuchten auf, als er Retos fließendes Italienisch hörte.

„Ich fürchte, ich habe nicht viel Zeit, um ins Detail zu gehen. Sehen Sie, ich muss in einer Stunde meinen Zug erwischen. Also, erlauben Sie mir, es kurz zu machen. Sie wurden mir als einen Mann mit Integrität und Zuverlässigkeit empfohlen. Von Menschen, deren Rat ich achte. Ich möchte Ihnen diesen Koffer mit seinem Inhalt zur Aufbewahrung anvertrauen.“ Benedetti schaute Reto an, der, wäre er ein Cartoon-Männchen gewesen, Fragezeichen in den Augen gehabt hätte. Mit einem verschmitzten Lächeln fuhr der Professor fort: „Keine Drogen, kein Schwarzgeld, nichts Illegales, das verspreche ich Ihnen. Nur ein paar alte Schriften, die nicht in die falschen Hände geraten sollten.“ Benedetti streichelte seinen alten Koffer wie eine geliebte Hauskatze. „Ich weiß nicht, wie sehr Sie sich für altertümliche Texte interessieren, aber vielleicht haben Sie schon von der Nag Hammadi Bibliothek gehört?“

Reto beugte sich in seinem Bürostuhl vor, um kein Wort zu verpassen, und Professor Benedetti erklärte ihm genau, was er von ihm erwartete.

3

Ein Star zeigt Mut

Barbs Gesicht entgleist nur für einen Moment. Es dauert nur eine Sekunde. Doch wer genau hinsah, erhaschte einen Blick in den seelischen Abgrund, in ein von Leid zerrissenes Herz. Die Talkshow-Moderatorin berührt ihre Hand, und Barb kommt in die Gegenwart und zu ihren Prioritäten zurück. Sie schüttelt ihre glänzende Mähne und lächelt in die Kamera 3.

„Dass Sie den schlimmsten, den tragischsten Moment im Leben jeder Mutter, ja aller Eltern, mit uns geteilt haben, berührt mich tief. Ich danke Ihnen für Ihre Offenheit gegenüber den Millionen Zuschauerinnen und Zuschauern da draußen, unter denen bestimmt einige Ihr Schicksal teilen." Strahlendes Lächeln, zwei Reihen perfekte Zähne. „Nach einer kurzen Pause und wichtigen Mitteilungen unserer Sponsoren kommen wir zurück und sprechen mit Barb Bernstein, der preisgekrönten Dokumentarfilmerin, über ihr jüngstes Werk, das die Routen des Drogenschmuggels entlang der US-Mexikanischen Grenze aufzeichnet. Über den Film, der ihr eine Nomination für den Academy Award eingebracht hat."

Das rote Licht an der Kamera erlischt. Barb Bernstein und Amanda Starr seufzen tief auf.

„Du hast dich fantastisch gehalten, Barb, das meine ich ernst. Echt. Ich muss natürlich meinem Publikum etwas bieten, aber was ich sagte, meinte ich ehrlich. Deine Offenheit und deine Kraft berühren mich tief, sehr tief." Theatralisch legt die Starr eine Hand auf den mit Gold behängten Busen. „Und ich bin überzeugt, dein Auftritt bedeutet Eltern, die dasselbe erlebt haben, sehr, sehr viel."

„Ich werde das nie", sagt Barb in einem ungewöhnlich gedämpften Ton, „nie wieder tun in meinem Leben."

Wow, dann hab' ich's exklusiv! Amanda ballt innerlich die Faust. Glücklicherweise war Barb nicht schon vor der Show zu diesem Entschluss gekommen. „Oh, ich kann dir das so nachfühlen, liebste Barb. Es muss ungeheuer schmerzhaft sein, darüber zu sprechen. Wie ein Messer in einer offenen Wunde." Amanda Starr lehnt sich zu Barb hinüber, als ob sie am liebsten ihren Finger in diese offene Wunde gebohrt und Barb vor ihrem weltweiten Publikum zum Heulen gebracht hätte. „Wir werden das Thema jetzt wechseln. Wir sprechen über deine Arbeit. Das ist dann viel einfacher."

„Ich warne dich", Barbs Stimme ist eisig. Ihre Augen haben die Farbe von Sturmwolken – geladen mit Blitzen. „Wenn du meinen Sohn noch einmal erwähnst, stehe ich auf und gehe. Vor laufender Kamera. Ist das klar?"

Der Fernsehstar lächelt ihr Serienlächeln und nickt. „Ich versichere dir, das wird nicht passieren." Aber wäre das denn so übel? Wenn ein beleidigter Gast während der Show davon lief, war das den Zeitungen immer eine Schlagzeile wert. Das Thema ist zwar etwas heikel. Der Tod eines Kindes, auch wenn Drogen die Ursache waren, bedeutet Mitgefühl mit der Mutter. Die Medien würden sie wahrscheinlich kreuzigen, wenn sie weiter grub, bis Barb zusammenbrach. Sie hatte ja, was sie wollte. Die hochnäsige Ms. Bernstein hatte öffentlich zugeben müssen, was für eine Niete sie als Mutter war; unfähig ihren Sohn vom Weg abzuhalten, den so viele reiche Bälger einschlugen – den highway to hell. Amanda Starr schaudert. Gott, oder vielmehr cleverer Verhütung sei Dank, hatten ihre zahllosen Affären mit ebenso zahllosen Männern keinen Nachwuchs gezeigt. Wer wollte die Verantwortung? Da investierte man haufenweise Geld, Gefühle, Zeit und Energie in die Gören, und wenn sie alt genug waren, um selbst Einkommen zu generieren, verschleuderten sie alles und bissen womöglich noch ins Gras. Das war doch nur was für Verlierer.

„Hier sind wir wieder mit der wunderbaren Barb Bernstein, die eben für einen Academy Award nominiert worden ist, für ihre mutige Dokumentation über den

Drogenschmuggel entlang der Grenze zu Mexiko." Amanda Starr ruft den Gesichtsausdruck „strahlen für die Kamera" ab und strahlt in die Kamera.

„Wir haben, liebe Barb, über Ihre Motivation gesprochen, tiefer ins Thema der illegalen Drogen einzutauchen, die unser Land überschwemmen. Sie haben die Wege aufgezeigt, auf denen die Drogen über die Grenze kommen. Für alle, die erst jetzt zugeschaltet haben: Ms. Bernstein verlor letztes Jahr ihren 17-jährigen Sohn an die Drogen. An Drogen, die in den Händen von noch viel jüngeren Kindern landen, über ein Netzwerk von Drogenbaronen, Schmugglern, korrupten Gesetzeshütern und einem riesigen, sich ständig verändernden Netz von Pushern und Dealern, darunter eben auch Kinder, die zu diesem schmutzigen Handwerk gezwungen werden. Barb, was ist die wichtigste Lektion, die Sie während Ihrer mutigen und gefährlichen Arbeit gelernt haben?"

Barb konzentriert sich auf die Kamera, die sie zur Großaufnahme zoomt. „Was mich am meisten berührt und wütend gemacht hat – mehr als alles andere – ist, wie unnötig die meisten Todesfälle im Zusammenhang mit illegalen Drogen sind."

Amanda Starr hebt nur ihre dünn gezeichneten Augenbrauen und macht Barb ein Zeichen, weiter zu fahren. Das ist gefährliches Terrain, und sie würde ganz sicher keinen einzigen Schritt in diese Richtung tun.

„Illegale Drogen sind eines der lukrativsten Unternehmen der Welt. Das Geschäft mit Drogen macht ein Prozent des gesamten Welthandels aus. Es geht also um unvorstellbar viel Geld. Allein die mexikanischen Kartelle verdienen jährlich 50 Milliarden Dollar mit diesem Geschäft, das weder Krise noch Kollaps kennt. Und wie wir alle wissen, kauft Geld nicht nur Güter, sondern auch Menschen. Es kauft Macht und Einfluss. Die Welt erkennt gerade, dass Unternehmen, die riesige Geldmengen umsetzen, reguliert werden müssen – und zwar global. Ich begnüge mich mit den Stichworten globale Banken- oder Steuergesetze. Wir müssen dringend einsehen, dass das auch für Drogen gilt. In diesem Geschäft ist die Globalisierung seit Jahrzehnten die Wirklichkeit."

„Meinen Sie damit, dass die, sagen wir G-20-Staaten, nicht nur über Handel oder Menschenrechte verhandeln sollten, sondern auch über Drogen?"

„Ja. Genau. Das. Meine. Ich! Wenn man die Zahlen anschaut, sind Drogen ein weit wichtigerer Wirtschaftsfaktor als die Filmindustrie. Aber nur eine Handvoll profitiert. Für alle anderen ist es ein Verlustgeschäft. Vor allem für die Steuerzahler. Sie, also Sie, Sie, Sie und Sie bezahlen die Rechnung für alle die Kranken, Arbeitslosen, für alle, die durch Drogen direkt oder indirekt ums Leben kommen." Barb unterbricht sich. Ihr Mund ist ganz trocken geworden in ihrer Rage. Sie nimmt einen Schluck aus dem Wasserglas und fährt weiter, Blick auf die Kamera gerichtet, „Denken Sie nur an das Heer von Gesetzeshütern, die dafür bezahlt werden, Kiffer einzubuchten. Denken Sie an die Kosten der Gerichtsfälle, der Gefängnisstrafen ... das alles kostet den Steuerzahler viel mehr als etwa College-Ausbildungen."

Trotz setzt sich in ihrem Blick fest, als sie zu ihrem Kernanliegen kommt: „ Drogen müssen legalisiert werden. Alle Drogen, samt und sonders. Das ist die einfachste und sauberste Lösung. Der Staat übernimmt die Rolle des Händlers. Er vergibt entsprechende Lizenzen. So, wie er es mit andern Drogen ja schon macht, mit Alkohol und Tabak, um nur die populärsten zu nennen. Das ist die einzige wirksame Maßnahme, um dem verbrecherischen Drogenmarkt den Boden zu entziehen, und damit auch der unsagbaren Gewalt, dem Elend und Schmutz der Drogenabhängigkeit." Während Barb selbstbewusst der Kamera standhält, erstarrt das Profilächeln in Amanda Starrs Gesicht.

Sie holt Luft, ringt um die richtigen Worte, um weiteres Unheil abzuwenden, da fährt ihr Barb erneut in die Parade: „Drogen für illegal zu erklären, war eines der besten Arbeitsbeschaffungs-Programme – zur Zeit der Prohibition. Der Staat verbot Alkohol. Alkohol wurde weiterhin gehandelt.

Zu Wucherpreisen. Der Staat bekam keine Steuern, aber er bezahlte die Rechnung, für die Kriminalität, die der Schwarzhandel provozierte, er bezahlte für Mordprozesse und die Inhaftierung der Kriminellen, er kam für die Folgen des Alkoholismus auf, der sich rasant ausbreitete. Genau so ist es heute mit den staatlich verbotenen Drogen: Vater Staat hat keine Einnahmen aus diesem schmutzigen Geschäft, aber er bezahlt die Rechnung. Die Zahlen sind erschütternd: Wir, das heißt die USA, stellen fünf Prozent der globalen Bevölkerung, aber wir haben 25 Prozent der globalen Gefangenen – und jedes vierte Verbrechen hat direkt mit Drogen zu tun." Barb beherrscht die Kameras, switcht gekonnt, wann immer die Filmer wechseln. Sie beherrscht die Show. Amanda Starr muss sie weiter reden lassen.

„Menschen konsumieren Drogen. Seit Anbeginn der Zeit. Nancy Reagans Konzept, ‚Sag einfach Nein', passt offensichtlich nicht auf alle. Drogen sind eine Tatsache. Wieso also nicht den besten Weg finden, sie zu regulieren und denen zugänglich zu machen, die nicht darauf verzichten können oder wollen? Wissen Sie was? Mit den Einnahmen und den Einsparungen könnte man die Steuern senken oder – noch besser – der Staat könnte das Geld dazu einsetzen, ein leistungs- und tragfähiges Schul- und Gesundheitssystem für alle einzurichten. Dann hätte dieses schreckliche Geschäft endlich auch einmal etwas Gutes."

Amanda Starr wünscht sich verzweifelt die nächste Werbepause herbei. Diese miese Schlampe! Nichts davon hatten sie vorher besprochen! Das war die Rache dafür, dass sie den Tod von Barbs Sohn angesprochen hatte. Die Sponsoren verlangten todsicher ihre Absetzung! Oh mein Gott, wahrscheinlich musste sie ab nächster Woche die Preise für Schweinebäuche auf Radio Iowa verkünden...

„Nun Barb, das sind wirklich interessante Gedanken zu diesem Thema. Radikal sogar. Ich wünschte wir hätten mehr Zeit, sie zu vertiefen." Amandas Lächeln ist spröde. Sie wiederholt Barbs bisherige Leistungen, bohrt verbissen noch einmal in der offenen Wunde toter Sohn und verkündet die Highlights der nächsten Woche. Sie lässt routiniert die Zeit ablaufen, ohne Barb noch einmal zu Wort kommen zu lassen. Das war's für diese Hexe. Sie würde sie nie mehr in ihre Show einladen, und wenn sie einen Oscar gewänne. Ihre Vorgesetzten sprangen wahrscheinlich im Dreieck. Die Sponsoren hatten klare Regeln: keine Politik, kein Sex. Iowa...

Amanda schätzte es nicht, wenn ihr jemand die Schau stahl, vor allem nicht eine wie Barb. Sie selbst war nicht gerade Miss Mauerblümchen, aber Barb war eine dieser Frauen, die andere immer ein bisschen daneben aussehen ließen, einen Hauch schäbig sogar. Diese Ms. Bernstein war ein Kunstwerk. Kastanienbraune Locken, die bei jeder Bewegung im Studiolicht funkelten, rahmten ein herzförmiges Gesicht ein. Das Gesicht wurde dominiert von einem Paar Augen, die mit Barbs Stimmung die Farbe wechselten, von einem tiefen Blau bis zu einem stürmischen Violett. Die Nase war stark und gerade. Der Mund sinnlich, die Oberlippe etwas voller als die untere. Ein perfekter Amorbogen über perlweißen Zähnen. Dieser bemerkenswerte Kopf saß auf einem zierlichen Körper, der in alle richtigen Richtungen kurvte. Er steckte in einem maßgeschneiderten Kostüm aus einem blassgrünen Kaschmir-Seide-Gemisch, die kleinen Füße in einem Paar Jimmy Choos in der Farbe ihres Haares. Es schien als trüge sie nichts unter ihrem Kostüm, jedenfalls nichts Sichtbares. Der einzige Schmuck war eine schwere Männeruhr am rechten Handgelenk. Der Gesamteindruck war der eines kostbaren Gegenstands, der mit größter Sorgfalt eingepackt worden war.

Amanda Starr fühlte sich mit all dem Gold und Glitzer an ihrem Körper überladen. Der Stil, den sie normalerweise so mochte und auch kultivierte, kam ihr plötzlich billig vor. Genau so fühlten sich viele Leute in Barbs Gegenwart. Sie tat das nicht mit Absicht, aber es schaffte ihr keine Freunde.

Eine kleinlaute Barb ließ sich in Dr. Maders Therapieraum in den gewohnten Stuhl fallen. Sie versuchte, die Ruhe auf sich wirken zu lassen, die Harmonie der wenigen Gegenstände – die pastellfarbenen Teppiche, die schwarz-weißen Ansel Adams Landschaften an der Wand, die niedrige Anrichte mit dem Strauß leuchtender Rosen.

Dr. Mader hörte Barbs Interpretation ihres Fernsehauftritts zu. Ihre mitfühlenden Augen schienen Barb zu umarmen, als sie zum Ende kam. „Unter allem, was ich tue, ist immer noch diese immense Trauer. Dieser Schmerz ... als wär's erst gestern passiert." Barb nahm sich ein Tuch aus dem strategisch platzierten Behälter und schnäuzte die Nase.

„Lass die Trauer kommen, das tut gut, das weißt du doch. Betrachte deine Tränen als Schmelzwasser. Der Gletscher schmilzt, Barb. Das Leben kommt zurück."

Barb schluchzte, schmerzgekrümmt. Der Damm, den sie im Studio so verzweifelt aufrecht erhalten hatte, war gebrochen. Die Therapeutin verharrte aufmerksam und still, während Barbs Trauer anbrandete und wieder verebbte. Sie hatte ihren Sohn im Leichenschauhaus identifizieren müssen. Er war im Schlafzimmer eines Freundes in Beverly Hills gefunden worden. Nackt und tot. Eine Überdosis zu reinen Heroins. Der Schmerz strömte unaufhaltsam aus dem Riss in ihrem Herzen. Ein Riss, der sich einfach nicht schloss.

„Das Leiden ist der größte Lehrmeister der Menschen. Öffne ihm dein Herz." Diese Einsicht hatte Barb in einer der letzten Sitzungen mit Dr. Mader getroffen wie ein Blitz. Aber sie weigerte sich starrköpfig. Leiden war für Verlierer, die mit dem Leben nicht zurechtkamen und es nicht nach ihren Vorstellungen zu formen wussten. Leben war doch hauptsächlich eine Frage des richtigen Stylings, oder etwa nicht? Das Leben musste man bei den Hörnern packen, ihm ins Gesicht lachen, ab und an etwas nackte Haut zeigen, bis es sich hinlegte und tat, was du wolltest. Aber dann war ihr 17-jähriges Baby gestorben, und Barb war direkt zur Hölle gefahren.

„Die Form ist nicht mehr da. Seine Essenz bleibt. Erinnerst du dich? Ihr seid für immer verbunden."

Obwohl Barb nicht ganz verstand, was die Therapeutin ihr sagen wollte, fühlte sie sich ruhiger. Sie hatte Schritt um Schritt gelernt, ihre maßlose Wut auf Ethans Freunde loszulassen, die – und davon war sie überzeugt – ihr Baby verführt, in die Irre geleitet und von diesem Dreck abhängig gemacht hatten. Sie waren schuld an seinem Tod. Es gab Zeiten, da erstickte sie schier am Hass, den sie gegenüber den Eltern dieser Jugendlichen fühlte, ja sogar wünschte, ihre Kinder wären auch tot, damit es wenigstens etwas Gerechtigkeit gab.

Es war ein entscheidender Schritt gewesen, Ethans Verantwortung für die Art und Weise wie er sein Leben lebte, anzuerkennen. Sie hatte mit der Vorstellung gekämpft, dass jede Seele, die zur Erde kommt, in einen Körper schlüpft um in menschlicher Gestalt Lebenserfahrungen zu sammeln. Und wer war sie, diese Erfahrungen zu werten? Die größte Liebe ihres Lebens war von seinem Körper befreit. Befreit auch von Schmerz oder Angst oder Enttäuschung; aber auch davon, Liebe, Zärtlichkeit und Freude zu erfahren. Ethan war seinen Weg gegangen. Es lag nicht an ihr, darüber zu urteilen. Im Grunde wollte sie nichts mehr als ihn wiederhaben, ihn berühren, riechen, sein Haar, das ihrem so ähnlich gewesen war, zerzausen. Ihr Baby. Fleisch von ihrem Fleisch, Blut von ihrem Blut. Ihr Herz. Sie gäbe alles, um ihn zurück zu bekommen.

Barb gab dem Turban tragenden Fahrer, dessen Taxi wie ein exotisches Land duftete, ein fettes Trinkgeld. Sie war dankbar für sein Schweigen auf der Fahrt zurück zu ihrem Haus in den Hollywood Hills. Hier, wo sich ihre Vorfahren vor Generationen nieder gelassen hatten, fühlte sie sich zuhause, verwurzelt. Ihr Urgroßvater, ein jüdischer Physiker, hatte Anfang des 20. Jahrhunderts in Deutschland Segel gesetzt um ins gelobte Land zu fahren. Er hatte sich mit seiner fünfköpfigen Familie an einem Ort niedergelassen, der damals Cahuenga hieß. Als die Filmemacher in die Stadt kamen, fand dieser David Bernstein, bis dahin ein ernsthafter, knochentrockener Mann, seine wahre Bestimmung. Er traf D.W. Griffith, und später den Landsmann Carl Laemmle aus Baden-Württemberg, der ihn zu einer Investition in seine Firma überredete, den Independent Moving Pictures. Der Rest ist, wie es so schön heißt, Geschichte. Ihr Großvater war ungeschickt im Umgang mit Geld, das Vermögen schmolz rasch dahin. Damit gab er ihrem Vater Ethan die Chance, von Null anzufangen und seine Fähigkeiten zu beweisen. Mit diesem Hintergrund konnte Barb sich als eine der wenigen echten Tinseltownians bezeichnen.

Sie seufzte vor Erleichterung, als sie aus ihren Stilettos stieg und, um etliche Zentimeter kleiner, barfuß in ihr Schlafzimmer ging. Sie schälte sich aus ihrem Kostüm, schlüpfte in ein Paar bequeme Shorts und ein übergroßes Lakers Shirt. Auf dem Weg auf die Terrasse schnappte sie eine Flasche kühlen Weißwein und ein Glas. Sie ließ sich auf eine der eleganten Liegen fallen, die sie ihrem Vater abgeschwatzt hatte. Die moderne Interpretation der traditionellen englischen Loom 'Sessel war so raffiniert einfach, dass sie auf den dünnen Chromröhren zu schweben schien. Dad hatte sich schnell überzeugen lassen, dass die Liegen wie für ihr Deck geschaffen waren.

Barb versuchte, die Stille zu genießen. Das fiel ihr nicht leicht. Sie stand auf, holte sich etwas zu lesen. Setzte sich hin. Stand auf, um ihre brasilianischen Zigarillos zu suchen. Setzte sich hin. Rauchte. Schenkte Wein nach. Trank. Stand auf. Setzte sich hin. Las. Stockte. Am liebsten hätte sie etwas von dem Wahnsinnsgras gehabt, das ihr Toningenieur immer dabei hatte. Oder vielleicht eine halbe Quaalude, um ihre Nerven zu beruhigen. Aber das waren alles keine Optionen mehr, seit ihr Baby ... Nie wieder würde sie diesen Dreck anrühren. Es blieb die Angst vor der Stille. Aus dieser Stille krochen die Erinnerungen. Die Erinnerungen ballten sich zu dunklen Wolken. Die Wolken waren geladen mit Kummer und Trauer. Barb stand auf und legte Dylan in den CD-Player – ihre Lieblingsmusik, wenn sie in dieser Stimmung war. Sie hatte wohl schon 200 Mal „Forever Young" gehört und sich dazu die Augen ausgeweint. Mit der Zeit hatte sie gespürt, wie die Tränen auch den Schmerz mitnahmen. Als ihr Handy klingelte, packte sie es wie einen Rettungsring.

„Ich hab' da noch ein paar Papiere zum Unterschreiben und ich möchte auch Lucy loswerden. In 20 Minuten bin ich bei dir!" Keine Frage, eine klare Ansage, wenn auch in einem liebevollen Ton.

Mercedes ‚Merc' Domingo hatte die TV-Show verfolgt und wusste, wie Barb sich jetzt fühlte. Da sie die Hoheit über Barbs Kalender hatte, privat und geschäftlich, wusste sie auch, dass ihr Boss die Nachwehen allein ertragen musste. Beiden war klar, dass die Unterschriften ein reiner Vorwand waren und Barbs Hündin Lucy liebend gern bei Mercedes und ihren großen Jungs übernachtete. Barb war dankbar. Sie wollte auf gar keinen Fall in ihre alten Verhaltensmuster zurückfallen. Zu viele weiße Linien, zu viele bunte uppers und downers und screamers und laughers. Barb hatte sich dem berüchtigten Gonzo-Journalisten oft seelenverwandt gefühlt. Zu viele Morgen in fremden Schlafzimmern und unbekannte Gesichter beim Aufwachen. Nunca más. Sie würde nie mehr eine verschwundene Person sein, so wie nach dem Tod ihres Sohns. Mercedes war damals ihre Rettungsleine gewesen und warf ihr immer noch den Ring zu, wenn ihr interner Alarm signalisierte „Frau über Bord".

Ms. Hund sprang auf Barbs Schoss, leckte kurz über ihr Gesicht und zog sich dann auf den britisch-grünen Samt ihres Hundesofas zurück.

„Hast du Lust auf Thai?" rief Mercedes aus der Küche.

„Was, du hast Thai Sticks? Warte nur, das sag ich deinen Kindern."

Mercedes freute sich über Barbs lauen Witz. Sie schnappte zurück: „Meine Kinder haben sie mir ja besorgt", und stellte eine ganze Reihe von kleinen Kartons auf den Glastisch. Sie legte Servietten und Stäbchen dazu und goss sich auch ein Glas des Pinot Grigio ein. Die leckeren Düfte, die vom Tisch herüber wehten, ließen Barb das Wasser im Mund zusammen laufen. Ganz plötzlich hatte sie Hunger.

„Ich hab' mich eben bestens mit mir selbst amüsiert. Und jetzt kommst du und machst die ganze Stimmung kaputt." Barbs gerunzelte Stirn verwandelte sich in ein Lachen, als sie die stattliche Frau in die Arme schloss. „Und Gott sei Dank dafür."

Sie hatten bereits das leckere grüne Curry, den knusprigen Fisch und den luftigen Reis vernichtet, als Barb sagte: „Deine Neugier hat dich doch hergetrieben, oder etwa nicht?"

„Was denn sonst? Ich halte dich ja kaum im Büro aus! Weshalb sollte ich mich also auch noch in der knappen Freizeit, die du mir gönnst, mit dir herumschlagen?" Mercedes füllte die Gläser auf, wischte sich den Mund ab und arrangierte ihren eleganten, 1 Meter 78 großen Körper auf der zweiten Liege.

An diesem Morgen war Miz Bernstein ins Büro gefegt, mit überbordender Energie und klaren Instruktionen. „Streich' alle Termine in den ersten zwei Maiwochen, und ich meine alle! Deine übrigens auch. Und ruf Josh an, ich brauch' ihn pronto dreimal die Woche. Muss in Schuss kommen, uns bleibt nicht viel Zeit, sitz auf ihn drauf, wenn's sein muss. Ja, du auch, Kleines, du auch." Sie hätschelte den Klumpen, den sie auf den Armen trug, wuchtete ihn auf Mercedes Pult und klaute ihr den angebrochenen Energy Drink. „Ist doch ok, oder? Und wenn du schon dabei bist, mach' mir doch einen neuen Termin bei Dr. Mader, so rasch wie es ihr möglich ist, egal um wie viel Uhr. Falls noch was anderes im Kalender steht, streich' es. Am liebsten wär's mir gleich nach dieser blöden Fernseh-Show ... Soll ich den Spa diese Woche buchen oder doch besser nächste?" Barb murmelte vor sich hin, und ihre Bürotür schlug mit einem lauten Krachen zu, noch bevor Mercedes auch nur ein „guten Morgen" hervor gebracht hatte.

„Was meinst du, Ms. Luce? Manische Phase im Anzug?" Mercedes schaute den Hund an, der auf ihrem Pult thronte –

kurz und viereckig wie etwas aus einer Schrottpresse. Lucy wedelte mit ihrem Stummelschwanz, zuckte die rehbraunen Fledermausohren und machte Anstalten, auf Mercedes Schoss zu klettern. „Oh nein, meine Liebe", protestierte die Frau im eleganten Business Kostüm und bettete die Französische Bulldogge auf eines dieser grässlichen Hundesofas, die sie auf Barbs Befehl hin hatte kaufen müssen. Dieses war dunkelrot, mit falscher Petit Point Borte.

Wie sie zwei Wochen im eng gepackten Kalender ihrer Chefin frei kriegen sollte, war ihr ein Rätsel. Aber was sie wirklich wissen wollte war, warum. So wie sie Barb kannte, würde sie nicht lange auf Antwort warten müssen. Diese Frau konnte ihre Geheimnisse nicht länger behalten als ihre Liebhaber. Nach einer Stunde telefonieren und mailen und betteln und verhandeln war Mercedes so weit. Sie machte eine weitere Büchse flüssiger Energie bereit und trat in Barbs Büro.

„Dr. Mader hat dich gleich nach dem TV-Ding dazwischen schieben können. Josh hat versprochen, diesen drittklassigen Schauspieler fallen zu lassen, um für dich da zu sein, und ich arbeite immer noch an den zwei Wochen. Müssen es wirklich zwei ganze Wochen sein? Was um alles in der Welt ist denn so wichtig?"

„Ah, das möchtest du wohl zu gerne wissen, Miss Naseweis. Barb grinste. „Ich weeeeiiisss wirklich niiicht, ob ich dich über meine Absiiiichten aufklären soll", sagte sie mit einem affektierten Südstaaten Akzent.

Mercedes hasste es, wenn Barb ihre Imitation einer Südstaaten-Schönheit brachte. Nicht nur, weil sie furchtbar war, sondern weil Mercedes diesen Menschenschlag nicht ausstehen konnte. Ihre eine Erfahrung mit einer Arbeitgeberin, die ihre pathologische Bösartigkeit hinter einer polierten Südstaaten-Fassade versteckt hatte, reichte ihr für den Rest ihres Lebens. „Fein, Missy B, wie Sie wünschen." Sie hatte sich zu ihrer vollen Höhe entfaltet, auf die schimmernden Locken herunter geschaut und war im Begriff zu gehen, als Barb –

genau wie vorausgesehen – rief: „Nein, nein, warte. Du wirst das nicht glauben!"

Wie eine Magierin hatte sie aus dem Nichts einen Umschlag hervorgezaubert und auf den Tisch fallen lassen. Dann hatte das Telefon geklingelt. Barb hatte den Umschlag in ihre Tasche gesteckt und war in diese kitschige Studio-Limousine gestiegen.

„Das wolltest du wohl in deine gierigen kleinen Finger kriegen." Spielerisch fächelte sich Barb mit dem geheimnisvollen Umschlag Luft zu. „Du könntest es sogar lesen. Es ist in Spanisch, ¿oyes?"

„Ich geb' dir gleich oyes hinter die Ohren, chica! Willst du dich wirklich mit mir auf einen Sprachwettbewerb einlassen, einen den du ganz sicher verlieren wirst? Komm', sag' endlich, worum's geht, bevor du daran erstickst!"

„Mmmh, ersticken. Nein, mit Ersticken hat das alles nichts zu tun. Außer du erstickst an einem knusprig gebratenen Meerschweinchen. Das werden wir während diesen zwei Wochen wohl ab und an vorgesetzt bekommen."

„Und wo genau wirst du diese Delikatesse verdrücken, amiguita?"

„Wir, meine Teure, wir!" Barb genoss ihre perfekt eingeschliffene Routine. „Wir fahren nach Peru."

„Peru? In den Anden?"

„Genau, Miz M. Hast du eine Kletterausrüstung?" Barb kicherte, als sie Mercedes schockierten Ausdruck sah. „Nee. Wirst du eher nicht brauchen. Wir kommen überall mit Maultieren hin." Sie sah zu, wie die dunklen Augenbrauen am glatten braunen Gesicht ihrer Freundin hochkletterten.

„Und wer hat gesagt, dass ich mitkomme? Kann mich nicht erinnern, dass du das je vorher erwähnt hättest. Und überhaupt, ich würde ja meine Füße nachschleifen auf diesen mickrigen Mulis. Und meine Kinder..."

„Deine Kinder, wie du sie so verniedlichend nennst, überragen selbst dich um etliche Zentimeter. Die brauchen dich nicht, und das weißt du genau. Ganz bestimmt nicht während zwei kurzen Wochen. Für abuela Rosaria ist es ohnehin das Größte, wenn sie sich um sie kümmern darf, und für deine Jungs genauso. Großmütter sind eh viel cooler. Viel weniger Stress zwischen den Generationen."

„Und was, um Himmels willen, wollen wir überhaupt in diesem wilden Land?"

Barbs Lächeln erstarb. Als sie wieder sprach, schaute sie Mercedes nicht an, sondern blickte über die Baumwipfel auf die Stadt hinunter und auf die Sonne, die langsam in den rosavioletten Dunst sank als glitte sie in ihr abendliches Bad.

„Ich habe viel und lange darüber nachgedacht, etwas in Erinnerung an Ethan zu tun, etwas, in das ich mich verbeißen kann. Der Dokumentarfilm war eines. Aber das ist vorbei, eine einmalige Sache. Du siehst ihn und du vergisst ihn. Wird überhaupt nichts verändern. Ich will mehr. Etwas, das bleibt, etwas Sinnvolles. Und jetzt hab' ich's gefunden. Glaube ich zumindest."

Mercedes Herz öffnete sich weit. Am liebsten hätte sie ihre Chefin, ihre Freundin in die Arme genommen und den zierlichen Körper an sich gedrückt, wie so oft in den vergangenen Monaten. Wollte einen Teil ihrer Energie in dieses Mädchen fließen lassen. Doch das war im Moment nicht angebracht. Obwohl in Barbs Augen Tränen schimmerten, spürte Mercedes eine neue Kraft, eine Entschlossenheit unter der Trauer.

„Während ich für den Film recherchierte, bin ich den Drogenrouten von Kolumbien nach Bolivien und Peru gefolgt. Ich lernte diese peruanische Familie kennen, die eines ihrer Kinder an die Drogenkartelle verloren hatte. Die entführten den Jungen und ließen ihn in der Selva arbeiten. Neben der Ölförderung und dem Abholzen dieses unglaublichen Regenwaldes – auf Land das notabene den Indigenen gehört – treiben dort auch die Drogenkartelle ihr Unwesen. Die Menschen, die ich kennen lernte, sind sehr klug und wissen genau, was sie wollen. Aber sie sind völlig auf sich selbst gestellt. Als ich sie fragte, was sie sich am meisten wünschten, wurde schnell klar, dass sie sich nach einem besseren Leben für ihre Kinder sehnen. Und das können sie nur erreichen, wenn sie Zugang zu Bildung erhalten und zum Rest der Welt. Das ist es. Das will ich ihnen ermöglichen. Ich lanciere ein Bildungsprojekt. Wir fangen ganz klein an, mit ein paar Familien, die in dieser entlegenen Region der Anden leben. Wir nutzen das Internet, damit sie online Kurse besuchen, sich mit Schulen und Lehrern austauschen können, Zugang haben zu Bibliotheken, Informationen." Barbs Augen leuchteten, als sie Mercedes in die Einzelheiten ihrer Pläne einweihte.

„Es ist schon seltsam, dass es sich so gut anfühlt, etwas für andere, für total Fremde zu tun. Ihren Geschichten zuzuhören, ihren Schwierigkeiten und Freuden, lenkt irgendwie die Aufmerksamkeit von den eigenen Sorgen ab. Und noch etwas: In der Lage zu sein, den Kummer von anderen zu lindern, lindert auch den eigenen."

Mercedes nickte. Das war ja ein Quantensprung für die selbstbezogene Ms. Bernstein, die Sonne, um die alle anderen gefälligst zu kreisen hatten.

„Diese Leute sind dankbar, dass du ihnen überhaupt nur zuhörst. Weißt du, Merc, ich musste in diese gottverlassene Ecke der Welt reisen, um zu begreifen dass ich Dankbarkeit gar nicht kann. Ich hab' mich noch fast nie dankbar gefühlt, nicht für das, was Daddy alles für mich getan hat, nicht dafür, dass du für mich da bist und meinen Wahnsinn aushältst." Mit einem tiefen Seufzer fuhr sie fort: „Ich habe es auch meinen Sohn nicht gelehrt." Dann sagte sie tränenerstickt, „ wie hätte ich das tun sollen, wenn ich es selbst nicht kann? Diese peruanischen Kinder sind so glücklich mit dem wenigen, das sie haben, und wir leben im Schlaraffenland, ständig unzufrieden, wissen nichts zu schätzen, wollen ständig mehr oder wenigstens etwas anderes..."

Zornig wischte sie die Tränen weg und erklärte Mercedes, dass sie in Absprache mit ihrem Vater das Geld, das er für seinen geliebten, nach ihm benannten Enkel treuhänderisch angelegt hatte, als Kapitalbasis für die Stiftung einsetzen würde, die dieses Projekt entwickelte.

Mercedes genoss Barbs' Enthusiasmus. Nach und nach konnte sie sich sogar auf einem Maultier vorstellen. Die peruanischen Berge wären Ameisenhügel im Vergleich zum Gipfel, den sie während des vergangenen Jahres erklommen hatten. Barb, die ihr Aussehen, ihren Charme und die starke Anziehung aufs andere Geschlecht dazu benutzte, ihren Status innerhalb des exklusiven Hollywood Zirkels zu messen, hatte also erkannt, dass es noch eine andere Welt gab. Nicht da draußen, sondern in ihrem Inneren. Sie sah andere nicht nur mehr als Spiegel ihres glanzvollen Selbst, sondern als Mitmenschen mit eigenen Gefühlen und Ambitionen. Auch sie litten und lernten und lebten, liebten und starben auf alle nur erdenkliche Arten. Anstatt sich einzig darauf zu konzentrieren, wo der Popularitätsmeter in ihrem Fall anhielt, war sie offenbar entschlossen, herauszufinden, wer diese Barb Bernstein wirklich war. Wozu sie fähig war, intellektuell, geistig, kulturell und sozial.

Dennoch fragte sich Mercedes, wie lange dieses Projekt Barbs Interesse würde fesseln können. Ihre Aufmerksamkeitsspanne war die eines Schmetterlings – dauernd weiter, zum Nächsten, zum Neuen, angezogen vom verführerischen Duft einer neuen Blüte. Und, bitte Mercedes, langweile mich nicht mit Routine, mit Alltagskram und Hamsterrad. Sie beeinträchtigen meine Kreativität. Mercedes musste lächeln.

„Du lachst du mich aus, frescales?" Barb warf ein Essstäbchen nach Mercedes, die sich ganz in ihren Gedanken verloren hatte. Tief unten waren die Lichter angegangen, so viele, dass die Sterne darin ertranken. Und wie als Antwort auf Mercedes Gedanken, sagte Barb: „Weißt du, ich habe das Gefühl, dieses Projekt ist wie ein neuer Start. Es wird in Ethans Namen sein, aber es ist nicht aus Trauer geboren. Nicht das Leiden wird seine Basis sein, sondern die Neugier. Und das ist ein gewaltiger Unterschied. Ich will wirklich herausfinden, ob dieser Idee Flügel wachsen können.

Mercedes stand auf und strahlte Barb an. Sie drückte die junge Frau an ihren Busen. „Ich bin stolz auf dich und ich weiß, dieses Ding wird bis in den Himmel fliegen mit so viel positiver Energie dahinter. Muss jetzt los, meine Babys warten auf ihre Gutenachtküsse."

„Träum' weiter", lachte Barb. Und stellte sich vor, wie Mercedes ihre drei stämmigen Jungs – richtige Männer, grösser als Mercedes und gewitzt wie nur etwas – zu Bett brachte.

„Mutter von Drogenopfer fordert: Legalisiert die Drogen!" „Regierung als Drogendealer, verlangt Filmerin." „Totes Kind nicht genug: Drogen für alle!" Barb war völlig unvorbereitet auf die Folgen ihres Fernsehauftritts. Obwohl Mercedes ihr Bestes versuchte, ihr die Schlagzeilen so sanft wie möglich beizubringen, explodierte Barb. Es war wie eine Naturkatastrophe. Mercedes konnte sich nur noch ducken und aus relativer Sicherheit zusehen, wie Erdbeben, Vulkanausbruch und Tsunami gleichzeitig losbrachen. Alles, was nicht zu schwer war, flog durch den Raum. Was nicht flog, wurde getreten. Barb tobte, Barb schrie, Barb kreischte, Barb fluchte, dass es selbst der durch den Straßenslang ihrer Söhne abgehärteten Mercedes die Schamröte ins Gesicht trieb. Das war das Werk dieser verdammten TV-Schlampe. Garantiert. Und die Schleimscheißer dieser Billigsender und Schmierblätter waren ihre willigen Lakaien. Mit hämischem Grinsen auf ihren hässlichen Fratzen wollten sie ihre fetten Finger in ihr blutendes Herz bohren. Aber da hatten sie sich mit der Falschen angelegt. Sie würde ihnen die Kronjuwelen abhacken und sie an Lucy verfüttern. Sie würde... Sie würde...

Mercedes blieb ruhig im Auge des Sturms. Sie hatte schon etliche solche Anfälle überstanden. Sie verursachten ihr weder Angst noch Unbehagen. Im Grunde war sie froh, weil Barb die Wut nicht gegen sich selbst richtete, wie sie das im vergangenen annus horribilis getan hatte. Sie schlug nach jenen aus, die sie zu verunglimpfen suchten, indem sie Barbs Aussagen absichtlich missverstanden und verdrehten. Mercedes hatte nichts anderes erwartet. Medienunternehmen wie diese populistischen Nachrichtensender und Sensationsblätter lebten vom Skandal. Jeder laue Furz einer halbwegs bekannten Persönlichkeit wurde zu einem Orkan hochgestuft. Sie orientierten sich am tiefsten gemeinsamen Nenner des Publikums und setzten auf Meinung gegen Meinung. Nicht, um die Öffentlichkeit zu informieren oder aufzuklären und sie dabei zu unterstützen, eine eigene Meinung zu bilden. Einzig um zu provozieren, Unfrieden zu stiften und jene zu verunglimpfen, die von der Parteilinie abwichen. Ganz nach dem Prinzip: teile und herrsche. Wie hatte Barb die Falle nicht erkennen können? Typisch Barb, sich von ihren Überzeugungen hinreißen lassen und die Wahrheit verkünden. Kommunikation war ihr Lebensnerv. Echte Kommunikation. Sie konnte nichts anfangen mit Leuten, die ihre persönliche Meinung für die absolute Wahrheit hielten, sich nur mit Jasagern unterhielten und Abweichler diffamierten oder lächerlich machten.

Es war ganz klar eine Espresso-Situation. Mercedes ließ die Maschine ihren Zaubertrank brauen, arrangierte zwei dunkle Schokoladen-Truffes auf einem winzigen Porzellanteller und wagte sich in die Katastrophenzone. Barb saß in der breiten Fensternische, sah dem lebhaften Verkehr zu und riss methodisch eine Zeitung in gleichmäßige Streifen.

„Warte, zerfetzt du gerade die Times? Da gibt's einen Artikel, der dich bestimmt interessiert, im Technik-Bund. Etwas über einen Typen, der hervorragende Mini-Lektionen ins Netz stellt, für alle kostenlos zugänglich, und irgendwas über CAL."

Barb sah auf. Langsam erlosch das irre Grinsen auf ihrem Gesicht. „Huh? Kal, Kalifornien, Kali, was? Ich wünschte ich wäre Kali. Ich würde diesen hypokritischen Scheißkerlen zeigen, wo die Göttin ihre Schädelsammlung her hat."

„C A L", buchstabierte Mercedes. „Computer Assisted Learning. Bildung. Peru. Kapiert?"

„Yeah. Ich hab's schon das erste Mal verstanden, Tante M. Ich wisch' mir nur noch den letzten Schaum aus den Mundwinkeln. Hier, nimm das Schmierblatt. Ich kann's nicht ansehen. Leg den Artikel auf mein Pult, bitte." Barb kippte das starke schwarze Gebräu in einem Schluck, warf eine Truffe hinterher und stopfte die andere Mercedes in den Mund.

4

Im Ende liegt der Anfang

Der durchaus angenehme kleine Planet Erde hielt noch etliche Geheimnisse für die Zwillinge bereit. Ausgelöst durch Diskussionen mit Big G, beschäftigte sie im Moment vor allem die menschliche Tendenz zu linearem Denken. Alles musste einen Anfang und ein Ende haben, sogar das Universum selbst. So war es offenbar eines der großen Ziele der Erdlingswissenschaft, diesen ominösen Anfang zu finden. Nach menschlichem Ermessen begann und endete auch das Leben an einem bestimmten Punkt, und bei beidem spielte die vierte Naturkraft eine entscheidende Rolle. Vor allem Marvin wollte genau wissen, wie denn Big G eine Seele für einen weiteren Auftritt auf der irdischen Bühne ins passende Kostüm lockte.

Victorias Antwort sorgte vorerst für Verwirrung: „Stellt euch vor, wie eure subtilsten, frei schwebenden Teilchen in eine Hülle gesogen werden, die in einer wässrigen Umgebung heranwächst und über ein Kabel mit allem Lebensnotwendigen versorgt wird." Als Marvin zu zappeln anfing und aufstand – er war keiner für lange Erklärungen – brach Victoria ihren Vortrag ab. Sie hatte zwar diesen Teil noch nicht eingeplant, aber warum nicht jetzt?

Sie beorderte die Zwillinge zum Plasmawürfel. Kaum angeschlossen, schwebten alle drei schon körperlos an der Decke eines hell erleuchteten Raums. Auf einer seltsam geformten Unterlage lag stöhnend und keuchend ein weiblicher Mensch. Sie stieß einen tierischen Laut aus, und zwischen ihren Schenkeln erschien ein beängstigend großer, von Blut und Schmiere glänzender Kopf, zusammengedrückt vom gewaltsamen Durchgang durch den engen Kanal - kein flexibles Rohr, eher eine Art Felsspalte. Ein Erdling in blassgrünem Overall manövrierte den kleinen Körper aus dem Leib der Frau und durchtrennte das Kabel, das die beiden verband. Sie schnitt es einfach entzwei. Die Zwillinge waren geschockt. War der Winzling defekt oder ganz einfach zu hässlich? Doch dann nahm er einen ersten, tiefen Atemzug. Das schien ihn in Betrieb zu setzten und bewirkte eine erstaunliche atmosphärische Veränderung. Ein Strahlen brach durch die dichte, elektrisch geladene Emotionswolke und lockte die Naturkräfte näher heran.

„Ist das nicht das Paar vom Strand, das wir gleich nach unserer Ankunft beobachteten? Das mit dem komischen Tanz?" Avory deutete auf die erschöpfte Mutter und den strahlenden Vater, der glucksende und schmatzende Laute von sich gab. Die Emissionen, die das Paar ausstrahlte, zogen ihn derart an, dass er sich beinahe materialisiert hätte.

„Meinst du das mit dem Starren und Grabschen", pulsierte Marvin.

Die Erdlinge waren vom Geschehen vollkommen absorbiert. Keiner nahm Notiz von den winzigen flackernden Lichtimpulsen an der Decke des Kreißsaals.

„Liebste, ich stelle dir einen künftigen Präsidenten der USA vor", strahlte der Vater. „Ich weiß einfach, dass George Jefferson eines Tages eine sehr wichtige Rolle in diesem unserem großartigen Land spielen wird."

Marvin platze heraus: „Wie um alles in der Welt weiß der Typ, was für eine Rolle diese Seele auf der Erde übernehmen wird?"

„Er weiß es nicht, Marvin. Er spricht nur seine eigenen Ambitionen aus." Victoria erinnerte die Zwillinge daran, was sie aus ihren Recherchen gelernt hatten: Die aktuelle menschliche Software konnte nur zwei der drei Hüllen eines Erdlings erkennen, Körper und Gehirn. Sie waren vorwiegend aus den ersten zwei Aggregatszuständen zusammengesetzt: Festem und Flüssigem, jenen Teilchen, die Big G's Einfluss am stärksten ausgesetzt sind. Die viel schneller schwingenden Partikel der dritten Stufe bleiben dem menschlichen Auge noch verborgen. Diese gasförmigen Teilchen bilden die innerste Hülle, die Seele, der Sitz der universellen Antriebskraft.

An der Decke pulsierten die Lichtpunkte in munterem Rhythmus, als Victoria die Zwillinge auf die ausgeprägte Zwei- und Fünfteiligkeit der Menschenform hinwies. Die Zweiteiligkeit ist ein Abbild der über diesen Planeten herrschenden dualen Kräfte, die Fünfteiligkeit ein Spiegelbild der fünf elementaren Energien – Erde, Wasser, Feuer, Luft und Raum.

Neben je fünf Fingern und Zehen auf beiden Seiten, mit denen sie Kontakt halten zur Materie, sind Erdlinge auch mit fünf Sinnesfiltern ausgestattet, Sammelstellen für visuelle, auditive, olfaktorische, gustatorische und taktile Informationen. Statt für Klarheit sorgen diese Sensoren unter den Erdlingen für große Verwirrung. Sie gaukeln eine feste Welt vor, obwohl alles in ständigem Werden und Vergehen begriffen ist, selbst die Zellen der menschlichen Lebensgewänder. Vielleicht hegen Erdlinge deshalb eine tiefe Sehnsucht nach Beständigkeit und suchen in einer sich permanent verändernden Welt die Unvergänglichkeit. Die Sinne verführen sie dazu, dem größten Geheimnis des Lebens außerhalb ihrer selbst nachzujagen. Ohne den geringsten Erfolg. Denn das Geheimnis aller Geheimnisse, das sich als einziges nie verändert, liegt seit jeher im Innern des menschlichen Wesens verborgen.

Im Menschen sind auch die fünf planetarischen Energien aktiv: Erde und Wasser formen das Lebensgewand. Es wird vom Element Feuer auf einer gleichbleibenden Betriebstemperatur gehalten, gespeist von Nahrung, die Wärme- und Kraftenergie liefert. Und wie sie eben mit dem Nestling miterlebt hatten, sind Erdlinge abhängig von Luft. Sie brauchen sie, um das System zu starten und das Lebensgewand zu erhalten.

Das fünfte Element, Raum, ist nur schwer fassbar, vor allem weil es die fünf Sensoren nicht wahrnehmen können. Nur, wenn alle Sinne gebündelt und nach innen gerichtet werden, kann ein Mensch das im Element Raum gespeicherte Geheimnis erhaschen. Der Raum ist, wie Avory und Marvin aus ihren Gesprächen mit Big G wussten, dessen engster Freund und Partner. Durch das Element Raum kommuniziert die Schwerkraft mit aller Materie und erinnert die Menschheit an ihre Präsenz.

Erneut konzentrierte sich das unsichtbare Trio auf das jetzt in weiße Tücher gehüllte Bündel. Eine winzige Mütze schützte den noch weichen Schädel. Im Zentrum seines fragilen Lebensgewands leuchtete das Geheimnis aller Geheimnisse, die ultimative Realität, die unsterbliche Kraft, die alle drei menschlichen Hüllen animiert.

Nach den Emissionen der Menschen im Raum zu urteilen, war es ein überaus frohes Ereignis, wenn eine Seele in ein neues Kostüm schlüpfte. Marvin fragte sich ernsthaft, warum das so war. Es musste doch unglaublich mühsam sein, dieses unhandliche Lebensgewand zum x-ten Mal überzustreifen, mit seiner Mechanik klar zu kommen – Gebrauch der Hände, aufrecht stehen und gehen, aus Lauten Wörter formen – ohne die geringste Erinnerung und vor allem ohne Vorstellung, für welche Rolle man denn diesmal auf die Erde gekommen war? Und damit nicht genug. Vom ersten Atemzug an war man Big G's Anziehungskräften ausgeliefert. Selbst ein leichter, spielerischer Ruck bewirkte, dass das Wasser im Körper südwärts floss. Dann fühlten sich die Menschen schwer, bedrückt und deprimiert.

Marvin erinnerte sich, wie Big G Avory und ihn über das Wirken der Schwerkraft auf die Erdlinge aufgeklärt hatte. Dabei spielte die Zusammensetzung des Lebensgewands die entscheidende Rolle. Big G's Zugkräfte wirken vor allem auf den ersten und zweiten Aggregatszustand – auf feste und flüssige Stoffe. Deshalb spüren Erdlinge seinen Einfluss am stärksten auf der physischen und mentalen Ebene. Seit Marvin selbst in ein solches Gewand geschlüpft war, konnte er nachvollziehen, wie schwer es war mit Big G zu tanzen. Kein Wunder hatte ihr Freund über den Mangel an freiwilligen Spielkameraden geklagt. Immerhin forderten ihn Kinder regelmäßig heraus... Big G muss damit klar kommen, dass ihn die meisten Menschen als Unterdrücker wahrnehmen. Als Plagegeist, der ihnen immer wieder Knüppel in Form von Leiden und Krankheit zwischen die Füße wirft. Dabei verdanken sie ihm doch so vieles: ihr funktionales Lebensgewand mit Knochen, Muskeln und Sehnen, den aufrechten Gang, selbst das vergleichsweise große Gehirn. Aber so lange Menschen Big G's Spiel nicht durchschauen, und ihm ihre innere Feuerkraft entgegensetzen, können sie gegen ihn nicht gewinnen.

Geräuschlos verschwanden die drei aus dem Gebärsaal und materialisierten sich wieder auf der Terrasse ihres Hauptquartiers, wo Big G schon auf sie wartete – nicht körperlich, nur als unverkennbare Stimme. Höchste Zeit, dröhnte er, die Zwillinge mit einem weiteren Aspekt seiner Persönlichkeit vertraut zu machen. Schließlich ist er nicht nur zuständig dafür, dass die Menschen zum richtigen Zeitpunkt auf der irdischen Bühne auf-, sondern auch abtreten. Das erstere hatten sie ja bereits miterlebt, nun hätten sie das Privileg, auch bei letzterem dabei zu sein. Passenderweise war der Großvater des Neugeborenen bereit für den letzten Vorhang.

„Wie weißt du, wann du den entscheidenden Ruck geben musst, Big G? Oder lassen Menschen jedes Mal ihr Kostüm fallen wenn du Schluckauf hast oder niest?"

Jedes Lebensgewand habe sein Ablaufdatum auf die Sekunde einprogrammiert, dozierte er geduldig. Vergleichbar mit einem Prozessor, der eine bestimmte Zeit zu laufen und eine definierte Anzahl Aufgaben zu bewältigen hat. „Das Spiel ist so angelegt, dass die Spieler diesen Zeitpunkt kennen, wenn sie ihr Kostüm abholen, aber vergessen, sobald sie auf die Bühne treten."

Sie versammelten sich um den Plasmawürfel, der den Blick freigab auf eine Menschengruppe, die sich vor einer langen steinernen Wand drängte. In einer offenen Nische stand ein irdener Topf. Blitzschnell durchsuchte Marvin seine

Bilddatenbank und blieb zuerst bei Briefkasten hängen, murmelte dann: „Urnenwand."

Victoria veränderte die Sequenz bis eine längliche Holzkiste ins Bild kam. Darin lag mit rosa Wangen und sorgfältig gekämmtem Haar der makellos gekleidete Opa. Trotz blühendem Aussehen handelte es sich um eine leere Hülle, die offenbar die niederfrequenten Emissionen der im Raum versammelten Menschen verursachte. Interessiert schauten die Zwillinge zu, wie die Kiste hochgefahren wurde und mit leisem Surren hinter einem Vorhang verschwand. Dahinter tat sich ein Inferno auf und verschlang die Holzkiste. In der Hitze dehnten sich die Gase im leeren Lebensgewand aus. Es vollführte einen makabren Tanz bevor es in einem Ascheregen explodierte.

„Und warum freut sich jetzt keiner? Warum feiern sie nicht so, wie sie gefeiert haben, als die Seele ihres Kükens ins Kostüm gesperrt wurde?" Die Naturkräfte schauten zu, wie die Urne in der Nische verschwand, und Marvin klang leicht enerviert. „Jetzt, wo Opa nach einer respektablen Darbietung auf der irdischen Bühne sein lästiges Kostüm endlich los ist, applaudiert keiner. Sehen die denn nicht, dass sie es verkehrt herum angehen?"

Solange Menschen sich so stark mit den chemischen Reaktionen in ihrem Hirn identifizieren, den sogenannten Emotionen, können sie das eben nicht sehen, antwortete Victoria. Erst mit dem Zugriff auf die höheren Ebenen der Wirklichkeit wird es möglich, den Kreislauf des Lebens auf der Erde zu verstehen. „Das Upgrade wird auch das richten."

Die Zwillinge waren drauf und dran, ihr ins Wort zu fallen, doch Big G war noch nicht fertig mit dem Thema. „Die Erdlinge identifizieren sich so stark mit ihrem vergänglichen Kostüm, dass sie sich ganz und gar nicht darauf freuen, es abzulegen. Tatsächlich sind die meisten überzeugt, sie seien das Lebensgewand, nur das Lebensgewand."

Avory zog den Vergleich zu den menschlichen Reaktionen auf seine Überarbeitungen von Fauna und Flora. Nahm er eine nicht mehr zeitgemäße Spezies aus dem Spiel, gab es Wehklagen über Verlust und Verarmung. Eine verständliche Reaktion, befand Big G, solange Menschen überzeugt sind, dass mit einem irreparablen Lebensgewand auch die Existenz endet.

Der Plasmawürfel blendete die Trauergemeinde aus. Victoria nickte. Kein Wunder verstanden die Zwillinge dieses Konzept nicht. Es war bei ihnen schlicht nicht geladen.

5

Den Feind lieben

Gott sei Dank hat es in den letzten Tagen nicht geregnet. Selbst unter den besten Umständen ist die Straße von Kizu eine Herausforderung. Mit beiden Händen fest am Steuer hält Haki die Rostlaube sicher in der Mitte der unbefestigten Straße und singt aus vollem Hals. Sie umkurvt die tief ausgewaschenen Schlaglöcher, eigentliche Krater, groß genug um einen kleinen Lkw zu verschlucken. Nichts kann ihr die gute Laune verderben, denn sie ist unterwegs in die Hafenstadt Matadi. Und es scheint, als seien ihre Gebete erhört worden – das altersschwache Vehikel hält. Es schnauft und keucht und hustet zwar, aber es gibt nicht auf, noch nicht, sehr zur Freude aller Passagiere – drei Kranke, zwei Marktfahrerinnen, ein halbes Dutzend Hühner und zwei kleine Schweine, die mit ihrem Gackern und Quieken den Chor der menschlichen Stimmen begleiten. Die Ersatzteile im Kofferraum schlagen einen eigenwilligen Takt.

Haki ist auf dem Weg zu ihren Mitschwestern der Kongregation der Filles de la Sagesse, Töchter der Weisheit, gegründet im Frankreich des 18. Jahrhunderts. Sie sind ihre Herde, ihr Rudel, die einzige Familie, die sie je hatte. Gut alle drei Monate unternimmt sie die beschwerliche Fahrt, um sich in der Stadt mit Vorräten, Medikamenten und Werkzeug einzudecken, mit allem, was ihre kleine medizinische Station im Busch eben so braucht. Die Vorfreude auf ihre Mitschwestern macht die sonst so mühsame und gefährliche Reise zu einem reinen Vergnügen.

Am Stadtrand entdeckt sie ein Rudel Jungs mit Schaufeln am Straßenrand herum lungern. Sie geht vom Gas und lässt die Hupe aufjaulen. Sie tönt wie eine verwundete Kuh. Schon ist der Pick-up eingekreist, lachende Gesichter und wedelnde Hände lenken Haki um die sorgfältig konstruierte Sandfalle herum. Sie würden sie nie fürs Ausschaufeln bezahlen lassen, so wie andere unwissende Reisende, die im Sand stecken blieben und von den wie aus dem Nichts auftauchenden Jungs befreit werden. Gegen ein kleines Entgelt natürlich.

Die Ankunft in der geschäftigen Hafenstadt an den Ufern des mächtigen Flusses Kongo ist immer ein Schock. Jedes Mal sind es noch mehr Gebäude, noch mehr Fahrzeuge und Tiere und Menschen. Gerüche und Lärm überfallen Haki von allen Seiten, während sie versucht, durch das Chaos ihren Weg zum Zentrum zu finden. Ihre Passagiere hat sie am Markt oder im Spital abgesetzt, jetzt sind es nur noch Haki und ihre Vorfreude, die auf die Hupe drücken, um den alten Wächter am hohen Eisentor zum Zentrum der Schwestern aufzuscheuchen. Hier befindet sich das logistische Hauptquartier einer ganzen Reihe von Diensten an den Notleidenden. Hier wohnen auch ein Dutzend junge Mädchen, die schon viel zu viel vom Leben gesehen haben. Von ihren Familien verstoßen, sind sie der Brutalität der Straße ausgeliefert. Haki kennt das Problem zur Genüge, aber sie kann und will nicht akzeptieren, dass Eltern ihre schutzlosen Kinder einfach aus dem Nest stoßen – oft unter dem Vorwand der Hexerei. Dabei geht es bei diesem barbarischen Verhalten einzig darum, ein weiteres hungriges Maul loszuwerden, nur eine von unzähligen Folgen größter Armut. Und wie in vielen Teilen der Welt, gelten auch in ihrem Land Frauen wenig, weniger als ein Stück Vieh. Das ist umso empörender, als Frauen die weitaus größere Arbeitslast tragen. In einem Land, in dem die männliche Bevölkerung vor allem redet und trinkt und sich prügelt, weil sie keine Arbeit findet, liegt es an den Frauen, sich und die Nachkommen, die ihre Männer so gedankenlos zeugen, am Leben zu erhalten.

Auf Haki wartet eine stürmische Begrüßung. Rufe, Gelächter und Küsse. Ihr hochgewachsener, schmaler Körper wird an unzählige Busen gedrückt. Es gibt warmes Wasser, um den Reisestaub abzuwaschen. Auf den bequemen, durchgesessenen Sofas unter langsam rotierenden Deckenventilatoren wird Tee getrunken und geredet. Es gibt so viel zu berichten. Alle Geburten und Todesfälle der letzten Wochen. Wer ist durchgebrannt, und wer ist wieder aufgetaucht. Gelächter und Tränen und, das Wichtigste für Haki, das Wissen, dass sie dazu gehört. Diese Zugehörigkeit zu einer weltweiten Gruppe von starken und hingebungsvollen Schwestern trägt sie durch ihre Tage und Nächte im Busch, durch die hellen und dunklen Zeiten.

Doch Haki hat keine Ruhe bevor sie nicht ihre Familien in den Güterwaggons besucht hat. Sie liegen ihr ganz besonders am Herzen, und sie will unbedingt sehen, wie es Kandi und Meme und Jasira und Sauda geht. Haben die Neugeborenen überlebt? Sind sie mit dem Virus infiziert? Hat Kaudi ihren gewalttätigen Mann endlich zum Teufel geschickt? Mit vier Mitschwestern kriecht Haki mehr als sie fährt quer durch die Stadt zum verlassenen Bahnareal, dem Zuhause der Familien, um die sich ihr Orden kümmert, so gut es ihre beschränkten Mittel eben erlauben.

Die erschreckend jungen Mütter teilen sich eine Reihe von geborstenen und von Rost zerfressenen Güterwaggons. Dort bringen sie ihre Kinder zur Welt. Dort kochen und waschen und schlafen sie in der mörderischen Gluthitze. Dort graben sie in der steinharten Erde, um ein paar Knollen zu pflanzen. Ein Wasserhahn in der Nähe gibt ab und an ein paar Tropfen kostbares Nass her, sonst schöpfen sie einfach aus einem seichten Tümpel voll kriechender und fliegender Insekten.

Sie besitzen praktisch nichts. Ein paar ausgefranste Strohmatten, um eine Illusion von Privatsphäre zu kreieren, eine Plastikschüssel, um zu waschen und die Kinder zu baden, ein Topf, um zu erwärmen, was immer sich für eine Mahlzeit zusammen kratzen lässt, ein Stück Stoff als Wickelkleid. Das ist kein Leben. Es ist schieres Überleben.

Was Gott wohl damit im Sinn hat? Haki weigert sich, zu glauben, dass diese Frauen und die winzigen, verschrumpelten Bündel, die sie in regelmäßigen Abständen in die Welt setzen, für irgendwelche Sünden bestraft werden. Die meisten hatten ja noch gar keine Gelegenheit zum Sündigen gehabt. Sie sind Teenager, gefangen im Teufelskreis der Armut. Sie werden ausgebeutet und missbraucht, bis sie krank werden und sterben. Es ist ihr auch kein Trost, dass sie möglicherweise im Jenseits zur Rechten Gottes sitzen werden. Diese Menschen haben ein Recht auf ein anständiges Leben im Hier und Jetzt.

Als sie sich den Güterwaggons nähert, vergisst Haki Gott. Sie wird von einem Schwarm Knirpse und Halbwüchsigen bestürmt, die mit glänzenden Augen, hellem Lachen und schwitzenden, schmutzigen, gierigen Händen von allen Seiten nach den Süßigkeiten grabschen, die sie ihnen jedes Mal mitbringt.

Auf dem Rückweg in den Busch genießt Haki die Stille. Sie setzt ihren letzten Passagier an einem Trampelpfad ab, der zu den Siedlungen in der weiten, leeren Landschaft des Bas-Kongo führt. In ihr kämpft die Freude über den fröhlichen Plausch mit den Schwestern gegen den Zorn über die unsäglichen Lebensbedingungen so vieler Menschen. Immer noch hat sie die Bilder des Flüchtlingslagers außerhalb der Stadt vor Augen, an dem sie auf dem Rückweg vorbeigekommen ist. Während sie die Frauen vom Bahnareal mit ihrer stillen Kraft und ihrem Improvisationsvermögen beeindrucken, stürzt sie das Lager in die reine Verzweiflung. In diesem Ozean menschlichen Leidens ertrank jegliche Hoffnung. Wie kann man in diesem Elend die Hand des Schöpfers erkennen, ganz zu schweigen von seiner unendlichen Liebe?

Diese Menschen stranden dort wegen der Männer, die behaupten, in ,Seinem Namen' zu handeln. Sie ziehen durch das Land, sie verstümmeln und töten und fühlen sich heroisch, wenn sie Schwächere unterjochen. Wie um alles in der Welt können sich solche Männer als Helden fühlen? Haben sie denn gar kein Herz? Messen sie tatsächlich einer Idee, einem Konzept – ihrer Version der Wahrheit – mehr Bedeutung zu als dem fünften Gebot? Wie viel ist ihnen das Wohlergehen eines

Mitmenschen wert, eines Menschen, der ihre Ideologie nicht einmal in Frage stellt? Wie kann man im Namen Gottes Leben zerstören?

Haki hat den Verdacht, dass Jesu' Botschaft an die Welt, sein persönliches Beispiel absoluter Gewaltlosigkeit, absichtlich ignoriert wird. Vielleicht von allem Anfang an verdreht worden ist. Schließlich war es die römische Kriegerkaste, die das Christentum als erste annahm und verbreitete. Hatten die damaligen Machthaber sie vielleicht so gedreht, dass ihr blutiges Metier besser dastand? Möglicherweise war die Botschaft der Gewaltlosigkeit aber auch ganz einfach verloren gegangen.

Was Haki aber vollends verstört, ist das Wissen, dass nicht nur die machtlosen und ungebildeten Männer ihres eigenen Landes sich so leicht von einem Anführer verführen lassen, wenn er nur mit lauter Stimme ihrem Leben Sinn und Richtung verspricht oder mit ein paar Münzen klimpert. Es ist eine globale Krankheit. Ein Blick in die Zeitungen in Matadi genügte, um das zu bestätigen.

Ein Artikel über die Kosten moderner Kriege hatte sie erschüttert. Mit dem Geld, das für eine Minute des jüngsten Kriegs zwischen so genannt zivilisierten Nationen verschwendet wird, hätten Haki und ihre Schwestern ohne weiteres drei neue Spitäler bauen und ausrüsten können. Eine Minute! Das ist nicht nur sinnlos, sondern sündhaft. Reiche Länder verprassen Unsummen, um eine gigantische Zerstörungskraft aufrecht zu erhalten. Ihre eigene, total korrupte Regierung steckt unter einer Decke mit multinationalen Konzernen und verschleudert Milliarden Dollar um ihre Truppen aufzurüsten, während sie dringend benötigtes Geld abschöpfen für Autos, Villen und unvorstellbaren Luxus. Es ist ein Verbrechen gegen Menschheit, dass reiche Länder, die seit Jahrzehnten im Frieden leben, Milliarden verdienen mit Waffenverkäufen an gewalttätige und korrupte Regimes, die ihre Bevölkerung verhungern lassen. Es gibt Momente, in denen die sanfte, verständnisvolle und alles verzeihende Haki ihre ganze Willenskraft aufbieten muss, damit Hass nicht ihr Herz vergiftet.

Wie konnten sie sich Christen nennen? Kämpfte Jesus um sein Leben als er unschuldig zu einem schrecklichen Tod verurteilt wurde? Führte er im Namen seines Vaters Krieg? Predigte er nicht viel mehr, den Nächsten zu lieben und die andere Wange hin zu halten? Wie konnte seine Botschaft so missbraucht werden?

Nicht zum ersten Mal wünscht sich Haki, ihre Gedanken mit jemandem zu teilen. Doch es ist gefährliches Terrain. Ihre Mitschwestern sind viel zu beschäftigt, um sich ausführlich mit philosophischen Fragen zu befassen, ihre weiblichen und männlichen Mitarbeiter im Spital sind nicht interessiert.

Solche grundsätzlichen Fragen beschäftigen sie, seit sie sich erinnern kann. Sie wird der Kirche deshalb nicht untreu. Die Kirche ist ihr schließlich Vater und Mutter gewesen. Sie hat ihr Schutz geboten, Bildung und eine Struktur, innerhalb derer das einsame Mädchen zu der Frau heranwachsen konnte, die sie heute ist. Haki hat das Fundament des katholischen Glaubens nie in Frage gestellt, wohl aber gewisse Mitglieder des Klerus'. Schon das lebhafte, wissbegierige Mädchen hatte ständig nach dem Warum gefragt. Die Antworten, meistens Plattitüden, Bibelzitate oder eine Kopfnuss, hatten sie weder zufrieden gestellt, noch zum Schweigen gebracht. Und wenn sie insistierte, wurde ihr Glauben in Frage gestellt und alle Diskussionen damit beendet. So viel sie auch der Kirche schuldet, Haki verschließt nicht einfach die Augen oder ihren fragenden Geist, und sie legte auch nie die Gelübde ab. Sie ist ein Mitglied der Herde – als Laienschwester.

Sie war nie gefährdet, in die Irre zu gehen, etwas, das die Kirchenfunktionäre nicht verstanden. Haki ist mit einer tiefen Überzeugung gesegnet, die sie wie ein Leuchtfeuer durch jeden spirituellen oder intellektuellen Sturm lotst. Sie weiß ohne jeden Zweifel, dass Christi Botschaft von Liebe und Vergebung, von Mitgefühl und Wohlwollen alle Krankheiten der Erde heilen kann. Mitgefühl, sagt sie allen, die ihr zuhören, sei stärker als jede Massenvernichtungswaffe. Sie weiß, dass jedes einzelne menschliche Herz für grenzenlose Liebe und Vergebung ausgelegt ist, eine Kapazität, die zu ihrem großen Leidwesen viel zu selten genutzt wird. Hass legt das Herz in Ketten und beschneidet die persönlich Freiheit, während Mitgefühl die Brücke von einem Menschen zum anderen schlägt. Für Haki gibt es in einem Menschenleben nichts Wichtigeres. Mitgefühl ist der Schlüssel zu wahrer Freiheit und dauerhafter Zufriedenheit.

Noch vor der letzten Kurve, bevor ihr kleines Spital in Sicht kommt, verschwinden die dunklen Wolken aus Kopf und Herz. Sie freut sich, hierher zurück zu kommen, wo sie seit einigen Jahren zuhause ist, wo sie jeden Baum, jedes Huhn, jeden Menschen kennt und wo die tägliche Routine ihrem Leben Struktur und Rhythmus gibt.

50'000 Menschen verlassen sich auf diese medizinische Station, und jeden Monat erblicken in der Geburtsabteilung ein paar Handvoll neue Seelen das erste Licht des Tages. Haki ist stolz auf das, was sie und ihr Team hier erreicht haben, trotz äußerst beschränkter Mittel. Vor ein paar Jahren hatten sie eine kleine Landwirtschaftsschule angebaut, die Jugendlichen den richtigen Umgang mit Tieren und Ackerfrüchten beibringt. Diese Erweiterung hilft auch mit, Patienten ohne Angehörige, die bei ihnen blieben und für sie kochten, mit Nahrung zu versorgen.

Der Pick-up springt über den holprigen Pfad und Haki flüstert ein kurzes Dankgebet dafür, dass der Rosthaufen eine weitere Fahrt überlebt hat. Seine letzte höchstwahrscheinlich, so wie der Motor stottert und schwarze ölige Wolken ausstößt. Sie muss einen Ersatz finden. Sie muss das notwendige Geld auftreiben. Sie muss eine Lösung finden. So wie immer.

Haki packt die Mitbringsel aus der Stadt aus. Wie von Zauberhand gesteuert, schwirren aus allen Richtungen Kinder heran und strecken Haki ihre Hände entgegen. Schnell sind die Süßigkeiten verteilt. Haki geht durch die Krankenstation, schüttelt Hände, sagt tröstende Worte, verspricht, wieder zu kommen.

Jetzt kann sie endlich zu den Hühnern. Haki liebt die zähen Hennen, die Tag um Tag hoffnungsvoll den Boden aufscharren. Er ist nach einer unüblich langen Trockenzeit hart wie Stein. Anstelle von saftigen Würmern finden sie einzig den gelegentlichen dürren Käfer. Haki lacht über die Sandstürme, die sie beim Staubbaden aufwirbeln. Sie wirft ein paar Küchenabfälle auf den Boden, und die Hennen kommen mit fliegenden Federn angerannt, genau wie vorher die Kinder. Der pompöse Hahn schreitet herüber, wählt den vielversprechendsten Brocken aus und ruft seine Nr. 1 Henne zum Diner. Haki muss lachen. Diese Hühnerhof-Hierarchie erinnert sie an die Kirche. Die gleiche Hackordnung: Die Männchen herrschen und weisen den Weibchen ihren Platz zu.

Haki hat nichts gegen Strukturen. Tatsächlich geben sie ihr ein Gefühl von Sicherheit. Sie mag es, zu wissen wer Chef ist, und welches ihr Platz ist innerhalb der Gruppe. Allerdings kann sie einer Hierarchie, die allein der Geschlechtergrenze entlang verläuft, nichts abgewinnen. Sie erkennt keinen Sinn darin, Frauen von wichtigen Aufgaben in der Kirche auszuschließen. Vor allem angesichts der schwierigen und gefährlichen Arbeit, die ihre Mitschwestern tagtäglich leisten. Haben die Männer vielleicht Angst davor, selbst Hand anlegen zu müssen, wenn Frauen auf der Leiter nach oben steigen? Ist das vielleicht sogar einer der Gründe, weshalb sie sich hinter der Tradition verstecken und dafür sorgen, dass der Geschlechtergraben so breit wie möglich bleibt?

Die Hierarchie hatte sie schon früh in ein Korsett gezwängt. Mit ihrer schnellen Auffassungsgabe und wissbegierigen Natur hätte Haki gern Medizin studiert, aber die Kirche schickte nur Jungs zum Studium nach Europa – natürlich in der Hoffnung, sie würden ihr später als Priester dienen. So oder so. Sie durfte wenigstens Krankenschwester werden, und dafür war sie dankbar.

Der staubige Hühnerhof mit den zerzausten Federbällen ist einer von Hakis Lieblingsorten. Am liebsten steht sie einfach still da und lässt ihre Gedanken schweifen, die gerade jetzt in eine fröhliche Richtung unterwegs sind. Wenn sie die Hühner füttert, macht sie sich einen Sport daraus, jede einzelne der zwei Dutzend Hennen zu identifizieren und beim Namen zu nennen. Obwohl viele die gleichen Eltern haben, gibt es bei näherem Hinsehen immer irgendein unterscheidendes Merkmal. Ein schräger Kamm, eine etwas andere Färbung der Federn – selbst die schuppigen Füße waren unterschiedlich.

Die Hühner haben Hakis Aufmerksamkeit geschärft. Mit wachsendem Staunen entdeckte sie nach und nach die unendliche Vielfalt der Natur. Was für die Hühner gilt, gilt auch für alle anderen Tiere, für Menschen, Pflanzen, Steine. Gottes großartige Schöpfung hielt nichts von Blaupausen. Keine Massenproduktion identischer Blätter oder Käfer. Es gibt keine Wiederholungen, nicht einmal Grashalme sind identisch. Es gibt nur Milliarden und Abermilliarden von einzigartigen Wesen. Der Architekt dieser atemberaubenden Vielfalt hatte offenbar Zugang zu einer unerschöpflichen Quelle von Ideen und Formen. Und doch behaupten Leute, das alles sei durch Zufall entstanden, durch natürliche Selektion, Bedingungen der Umwelt, Überleben der Stärksten... Konnte das sein? Haki seufzte. Niemand weiß es. Natürlich gibt es Hinweise, aber es gibt genau so viel Spekulation. Und irgendwie befriedigt sie das. Sie mag den Raum, der die Ungewissheit in ihrem Kopf öffnet. In diesem Raum können sich Staunen und Ehrfurcht ausbreiten.

Nicht zu wissen, bedeutet nicht, seine Augen vor dem zu verschließen, was rund herum passiert. Haki ist damit zufrieden, nicht zu wissen, wie alle diese verschiedenen Arten entstanden sind. Doch sie weiß sehr genau, was zu ihrem Aussterben führt. Es sind Eitelkeit, Gier und ein erschreckender

Mangel an Voraussicht, das den Lebensraum immer neuer Lebewesen vernichtet. Urwälder werden abgeholzt, um Platz für Viehherden oder schnell wachsende Hölzer zu schaffen, während traditionelle Ackerfrüchte durch genetisch manipulierte Sorten ersetzt werden, die nur eine Ernte einbringen. „Terminator-Technologie" hieß diese hirnverrückte Erfindung, die den Bauern für jede neue Aussaat Geld abpresste. Ozeane und Flüsse werden mit Abfällen und Rohöl vergiftet, die Erde mit schädlichen Dämpfen und Abgasen und Staub. Die Temperatur des Planeten steigt wie bei einem fiebernden Kind. Klimawandel fürwahr...

Manchmal hat Haki den Eindruck, der Planet versuche der Spezies, die ihn so grundlegend verändert, mitzuteilen, dass ein Klimawandel notwendig ist. Sie fühlt sich mit den Menschen verbunden, die versuchen, die Woge der Zerstörung aufzuhalten, den Planeten vor dem Ruin zu retten, die Umwelt vor der Verheerung und die verschiedenen Arten vor der Vernichtung. Umweltzerstörung ist im Grunde nichts anderes als Krieg.

Nur noch ein paar Minuten, verspricht sich Haki. Sie steht still zwischen den Hühnern und hängt ihren Gedanken nach. Einen Moment noch, bevor sie ihr Büro aufschließt und wieder in ihre tägliche Routine schlüpft, mit den endlosen Ansprüchen an ihre Fähigkeit, Dinge zu organisieren und sofort wieder umzuorganisieren, zu schlichten, zu trösten, anzuweisen oder ganz einfach ein weiteres Paar Hände zum Anpacken zur Verfügung zu stellen.

Als sie die Stimmen hört, ist es schon zu spät. Sie scheinen einem Alptraum entsprungen: die glänzende Haut nur spärlich mit Fetzen und Lumpen bedeckt. Zerrissene Armeehemden, ausgebeulte, mit Schnur befestigte Tarnhosen. Verspiegelte Sonnenbrillen. Bandanas oder Kepis auf den geschorenen Köpfen. Das Schuhwerk ein Hinweis auf die Rangordnung: Barfuß, ausgelatschte Sneakers, hoch geschnürte Kampfstiefel. Und sie sind bewaffnet, schwer bewaffnet. Als sie durch den

Busch brechen, schreit Haki: „Lauft, lauft. Versteckt euch!"
Und ihre Mitarbeiter rennen, fliehen in alle Richtungen wie
Hühner vor dem wilden Hund. Alle, außer Haki. Sie steht da
und blickt den Eindringlingen entgegen; eine hohe, schlanke
Gestalt in einem einfachen weißen Kleid, den Kopf hoch
erhoben, die leere Futterschüssel vor sich wie einen Schild. Ihre
Augen verraten nichts von dem Schrecken, der sie erfüllt. Die
zusammen gepressten Lippen drücken Entschlossenheit aus.

Es ist weder Dummheit noch Mut, die sie dazu bewegen,
sich ihnen entgegen zu stellen. Es ist viel mehr Unfähigkeit,
etwas anderes zu tun. Es ist ihr Spital, ihre Herde, ihre
Verantwortung. Sie wollen Essen, sagt der Anführer, Essen und
Trinken für 30 Soldaten, stolze Diener der Lord's Resistance
Army. Haki weiß, dass das nicht stimmt. Diese Gruppe taucht
nie so weit im Süden auf. Sie weiß auch, dass sie nicht ablehnen
kann. Sie werden sich nehmen, was sie wollen. Sie kann ihnen
nur sich selbst in den Weg stellen.

Sie beobachtet, wie sich die Männer, eigentlich noch
Kinder, auf ein Nicken ihres Führers hin im Schatten des
Küchenhauses niederlassen. Plötzlich spürt sie jemanden neben
sich. Mbodo, der alte Mann, der sich um Gebäude und Garten
kümmert, stellt sich vor sie hin und lehnt sich schwer auf seine
Hacke. „Wir haben nichts, was wir entbehren können", spricht
er den Führer mit ruhiger, bestimmter Stimme an. „Alles was
wir haben, ist für die Kranken und für jene, die im Namen des
Herrn für sie sorgen."

Haki hält den Atem an. Der Gruppenführer blickt auf.
Seine Wangen verziehen sich zu einem breiten Grinsen. Mit
gefährlich leiser Stimme antwortet er: „Dem können wir
abhelfen, Alter, kein Problem. Wir brauchen nur ein paar
Minuten, und ihr habt keine hungrigen Mäuler mehr, und wir
jede Menge zu essen."

„Wie könnt ihr euch Gottes Armee nennen und euch so
benehmen?", fragt Mbodo ernsthaft.

Der Soldat nickt zwei Jungen zu, die neben ihm stehen. Sie
treten vor, packen Mbodo, schlingen ihm ein Seil um die

Knöchel und tragen ihn, als ob er nichts wöge, zum höchsten Baum im Garten. Sie werfen das Seil über einen dicken Ast, ziehen den alten Mann hoch. Als Haki aufschreit und ihm zu Hilfe eilen will, werden zwei weitere Jungs angewiesen, sie aufzuhalten. Sie werfen sie zu Boden und halten sie fest.

„Makele!"

„Ja, General?"

„Zeig uns, dass du ein Mann bist!"

Der Junge kann nicht älter sein als zwölf. Er wirft Haki über den Haufen, kniet sich über sie. Haki schaut in glasige, leere Augen in einem abgemagerten Kindergesicht. Makele reißt schon an der Schnur, die seine um die Beine schlotternde Hose hoch hält. Haki nimmt unter dem beißenden Gestank nach Schweiß und ungewaschenem Körper den Geruch von Angst und Scham wahr. Er packt ihr Kleid und reißt es der Länge nach auf. Seine Hände zittern ganz leicht, als er in seiner Hosentasche nach einem primitiven Messer gräbt. Er schneidet ihre weiße Baumwollunterwäsche auf. Haki liegt ganz still. Sie fühlt sich eigenartig losgelöst von ihrem Körper. Vor allem verspürt sie tiefes Mitgefühl mit diesem Kind, dem die Kindheit gestohlen worden ist, das ausgebeutet und missbraucht wird. Sobald der Junge nicht mehr zu gebrauchen ist, wird er weg geworfen und entsorgt werden. Der Junge fummelt und schwitzt, während ihn seine Kameraden pfeifend und johlend anfeuern. Er tut, als stieße er in sie hinein, aber Haki spürt nichts als schlaffes Fleisch auf ihrem Fleisch. Der Junge war eben doch noch ein Junge. Er grunzt, macht sich steif in einer überzeugenden Imitation eines Ergusses, dann rollt er von ihr herunter, zieht seine Hose hoch und tut, als trete er sie in die Rippen. Als Haki die Knie anzieht und sich mit ihren Händen schützt, spuckt er sie an.

„Hure", sagt er, gerade so laut, dass die anderen ihn hören. „Hässlich wie die Sünde und trocken wie ein Astloch. Ich sollte dich aufschlitzen wie einen Sack Hirse."

Die ganze Zeit über flehen seine Augen sie an, still zu sein. Das Lachen und Johlen stoppt, als der General vor tritt und den Jungen am Genick packt. „Tolle Vorstellung, Junge, aber wir müssen weiter. Ihr...", er nickt der kleinen Gruppe zu, die den alten Mann bewachen, der wie eine fremde Frucht am Baum hängt. „Ihr wisst, was ihr zu tun habt." Dann befiehlt er seinen Männern, alles zusammen zu suchen, was ihnen nützlich sein konnte. „Vergesst nicht, die Apotheke zu durchsuchen. Rührt die Patienten nicht an – wir sind immerhin Gottes Armee!" Er lacht dröhnend und dreht sich um, um zuzusehen wie seine Jungs mit Stecken und Pfählen nach dem hilflos am Baum schwingenden Körper schlagen. Als die Truppe mit Triumphgeschrei abzieht, der General im voll gepackten Ambulanzfahrzeug, mischen sich Hakis Tränen im Staub mit dem Blut, das aus einem Schnitt im Kinn sickert. Ihre Patienten sind in Sicherheit, die Gebäude stehen noch, und Mbodo ist jenseits allen Leidens.

Mit der Nacht kommen die Frauen und Männer, die sich im Regenwald versteckt hatten, nach und nach zurück und helfen Haki, Mbodos geschundenen Körper hinter der Kapelle zu begraben. Haki setzt sich auf die Treppe zum kleinen Gebäude für die Gottesdienste. Nachdem die Truppe abgezogen war, hatte sie sich ans Funkgerät gesetzt, um einen Transport nach Matadi zu organisieren. Sie brauchten dringend Nahrungsmittel und Medikamente und Ersatz für das, was die Bande mitgenommen hat. Sie brauchten neue Hühner. Haki bringt es nicht über sich, den Hühnerhof anzuschauen. Er ist leer bis auf ein paar verstreute Federn.

Sie kann nicht aufhören, an den Jungen zu denken und an alle die verlorenen und missbrauchten Kinder, die auf unvorstellbare Art zu Waisen gemacht werden. Sie werden sogar gezwungen, ihre Eltern und Familien umzubringen und das Gewehr als Mutter oder Vater anzunehmen. Ihr Herz blutet für diese Kinder, die in den sinnlosen Kriegen der Erwachsenen kämpfen und sich ausgerechnet mit jenen verbünden müssen, die sie am grausamsten ausbeuten. Und in einem entfernten Winkel ihres Herzens findet sie eine Spur

Mitleid für die ebenso verlorenen und irregeführten Männer, die auf ihrem gewalttätigen Weg direkt auf die Hölle zu steuern.

Ein Geräusch hinter der Kapelle schreckt Haki aus ihren Gedanken auf. Sie springt auf, bereit, Alarm zu schlagen, als sie ein kleines Gesicht entdeckt, das sie aus dem mondbeschienenen Gestrüpp ansieht, einen Finger beschwörend auf den Lippen.

„Makele", flüsterte sie. „Was..?"

Die Tränen haben eine glänzende Spur auf den dreckverschmierten Wangen hinterlassen. Hakis Herz öffnet sich weit beim Anblick des Kindes, so ganz allein und verloren in dieser endlosen Dunkelheit.

Makele wäscht sich und schlüpft in viel zu große Kleider. Haki setzt ihm Suppe vor und findet ihm ein leeres Bett. Makele erzählt stockend, wie er sich im dichten Wald von der Truppe fortschlich und den Weg zurück zum Spital suchte, in der verzweifelten Hoffnung aufgenommen zu werden. Er erwähnt das, was er mit Haki gemacht hatte, mit keinem Wort. Er kann ihr nicht in die Augen sehen. Er drückt ihr eine AK 47 in die Hände und murmelt, damit könne sie sich nächstes Mal verteidigen.

„Das ist sehr aufmerksam von dir, Makele, aber ich kann dein Geschenk nicht annehmen. Ich würde niemals eine Waffe gegen einen anderen Menschen einsetzen."

Jetzt schaut Makele sie an, mit Unverständnis. „Was, wenn die nach mir suchen? Wenn ich sie hierher zurückgeführt habe?"

„Dann müssen wir eben sehen, Makele. Sie werden nicht kommen, sonst wären sie schon längst da. Es gibt hier nichts mehr zu holen. Was kümmert sie ein Kind? Sie werden einfach ein anderes stehlen."

Makeles Augen sind geschlossen. Haki streicht leicht über seinen geschorenen Kopf. Er sieht so unschuldig aus, so klein, so wie das Kind, das er nie mehr sein würde. Sie wird ihn hier behalten. Er kann mit den anderen Kindern zur Schule gehen. Sie werden sehen, welche Talente er hat, und ihn lehren, sie anzuwenden. Morgen kann er als erstes Mbodos Aufgaben übernehmen.

Haki betrachtet das schlafende Kind, und plötzlich ist alles klar. Seit Monaten nagt eine Entscheidung an ihr, die langsam aber sicher fällig wird. Die Stiftung, die das Buschhospital seit Jahren finanziell unterstützt, hat sie in die USA eingeladen. Sie hat große Pläne: Die Stiftung ist bereit, eine ganze Reihe von medizinischen Stationen im Bas-Congo auf die Beine zu stellen, sofern sie jemanden findet, der sowohl die kaufmännischen, als auch die medizinischen Aufgaben versteht. Sie hat Haki angeboten, in den USA Business Administration Kurse zu belegen und verschiedene moderne Kliniken zu besuchen. Es ist eine einmalige Gelegenheit, das ist Haki bewusst. Trotzdem zögerte sie.

Da sind auf der einen Seite die Schuldgefühle. Wie kann sie ihre Landsleute im Elend zurück lassen und sich davon stehlen in die reiche Welt? Aber auch ihr ausgeprägtes Verantwortungsbewusstsein steht ihr im Weg und, wenn sie ganz ehrlich ist, die Angst vor dem Unbekannten. Seit Wochen ist sie hin- und hergerissen. Hier ist das Spital und ihr Team, dort wartet diese einmalige Chance ihren Traum zu verwirklichen: für noch mehr Menschen noch mehr Gutes tun zu können. Jetzt scheint ihr, als habe ihr das Schicksal die Entscheidung abgenommen.

Es ist Zeit, Distanz zu schaffen zu diesem Ort. Sobald sie ihr kleines Schiff wieder auf Kurs gebracht hat, wird sie gehen. Die Schwestern werden sich um den Jungen kümmern. Er hat nun seine Chance auf ein anständiges Leben mit einfacher, ehrlicher Arbeit in einem stabilen Umfeld.

Sie streichelt zart mit dem Handrücken über die Wange des schlafenden Kindes. Sie wird gleich morgen früh mit ihrer Assistentin sprechen. Sie wird sie entsprechend anweisen und Makele dem Leiter der Landwirtschaftsschule anvertrauen, einem ruhigen und zuverlässigen Mann, dessen Söhne bereits erwachsen sind. Unter seiner Führung wird der Junge lernen, sich um andere Lebewesen zu kümmern und hoffentlich mit der Zeit vergessen und heilen. Er wird lernen, Verantwortung zu übernehmen und ein Selbstwertgefühl entwickeln. Er braucht Stabilität, Wertschätzung und klare Anweisungen. Mit Gottes Hilfe und mit der Hilfe ihrer geliebten, kleinen Insel im kongolesischen Busch wird er wieder ganz werden.

6

Ein folgenschwerer Traum

Shiv Singh Sitaram überquerte den Campus in Richtung Energieforschungs-Zentrum. Wer ihn sah, musste an eine Giraffe denken. Nicht aus Boshaftigkeit. Der junge Mann war eine durchaus angenehme Erscheinung, wenn auch eine verwirrende. Das dichte, kurzgeschnittene Haar und die langen, geschwungenen Wimpern, um die ihn jede Frau beneidete, waren unverkennbar die eines Inders. Die Form der Augen jedoch deutete auf einen Han Chinesen hin. Das ausdrucksvolle Gesicht mit den hohen Wangenknochen wiederum erinnerte an einen Tibeter. Es war der trabende Gang des ungewöhnlich großen und schlaksigen Mannes, der auf die Giraffe verwies. Seine Art, den Hals vor zu recken und mit dem Kopf voran zu gehen. Falls Shiv sich dessen bewusst war, und man kann davon ausgehen, da er schon als Kind „die Giraffe" war, so störte es ihn nicht. Er nahm Äußerlichkeiten nicht zur Kenntnis.

An diesem Morgen hatte er auch keinen Blick für die dicht stehenden Palmen, die willkommene Schatten auf die Gehwege warfen. Auch die eleganten roten Sandsteingebäude in der unverwechselbaren Handschrift von Le Corbusier sah er nicht. Der Architekt hatte nicht nur dem Universitätsgelände ein unverwechselbares Gesicht gegeben, sondern der ganzen Stadt Chandigarh.

Shiv war tief in Gedanken. Wie eigentlich immer, wenn er nicht schlief. Sein Gehirn war damit beschäftigt, einen vielversprechenden Rohdiamanten in seinem Kopf zu schleifen und zu polieren. So jedenfalls sah es Shiv. Sein Kopf war eine Schatztruhe, gefüllt mit verheißungsvollen Steinen. Die einen transparent und leuchtend, andere roh und glanzlos, voller Potenzial. Die vergangene Nacht hatte der Truhe ein neues Juwel beschert. Shiv war in den frühen Morgenstunden aus dem Schlaf geschreckt. Noch immer klang das Echo des beunruhigenden und berauschenden Traums in ihm nach.

Er kam am Zentrum für Computerwissenschaften vorbei und sein Blick blieb an einem verblichenen Portrait von Sathya Sai Baba hängen, das ein Witzbold ans schwarze Brett gehängt hatte. Der Rat des Guru war kurz und bündig: „Surft lieber im inneren Netz als im Internet". Shiv lächelte. Wie wahr. Er hatte nichts übrig für Gurus. Nicht für solche in Nadelstreifen, die das Evangelium des skrupellosen Marktes oder nationalistische Parolen verkündeten, noch weniger für die Verkäufer absoluter Wahrheiten, exklusiver Götter oder einzigartiger Erleuchtungsrezepte. Doch Sai Babas Spruch konnte er etwas abgewinnen: Es war tatsächlich lohnenswerter, im eigenen Inneren nach gültigen Antworten zu suchen als Glaubenssätze, Theorien oder Ideologien von längst toten Männern wiederzukäuen.

Shiv hat schon immer genauer hingeschaut – nicht nur mit seinen faszinierenden Augen. Er hielt das menschliche Gehirn für das hervorragendste Instrument, das mächtigste Werkzeug und die bedeutendste Errungenschaft der Evolution. Und er war entsetzt, wie wenig die meisten davon Gebrauch machten. Dieses Unverständnis machte Shiv für viele Menschen, die ihn kannten, zum intellektuellen Snob. Er hatte tatsächlich wenig Geduld mit Leuten, die ihr geistiges Potenzial in erster Linie darauf verwendeten Mobiltelefone zu bedienen. Vollends verwirrten ihn jene Menschen, die nachplapperten, was andere schon gedacht und formuliert hatten, anstatt ihre eigene Wahrheit zu ergründen. Warum, um alles in der Welt, gab es Menschen, die nicht selber denken wollten?

Viele der gut sechs Milliarden Menschen hingen heute noch an denselben Glaubenssätzen und Konzepten der halben Milliarde, die vor ein paar Jahrhunderten den Planeten bevölkerte. 500 Millionen Menschen, die sich eben erst mit den Grundlagen des Lebens vertraut machten. Mit einer Wissenschaft, die den Naturgesetzen auf die Spur zu kommen versuchte. Kein Wunder, kamen die heutigen Wissenschaftler so oft in Konflikt mit den philosophischen Konzepten, die für Jäger und Sammler und Bauern entwickelt worden waren. Sie bissen sich die Zähne aus an religiösen Doktrinen, die nicht in erster Linie die Menschen erleuchten sollten, sondern damals die Macht und den Einfluss der Herrscher festigen mussten. Die moderne Physik entwarf ein Universum in konstanter Bewegung. Materie als ein endloser, mathematisch fassbarer Tanz subatomarer Teilchen, über Jahrmilliarden von den vier Naturkräften – der elektromagnetischen, der schwachen, der starken und der Anziehungskraft – in zahllose und immer komplexere Formen gebracht. Doch die Menschen klammerten sich lieber an eherne Konzepte und starre mentale Strukturen, die in der und für die Vergangenheit gedacht und implementiert worden waren. Anstatt ihren Geist zu den Sternen zu erheben, der Quelle aller Materie auf der Erde, Planet und Menschen eingeschlossen, hielten sie die Augen auf den Boden gerichtet. Sie suchten Sicherheit im vermeintlich Bewiesenen. Sie suchten Sicherheit in der Materie. Sie fanden Vergänglichkeit und Tod. Sie fanden Angst.

Und Angst war der Nährboden für Gewalt. Davon war Shiv überzeugt. Religiöse und politische Führer waren Meister darin, diese existenzielle Angst zu verwalten und auszunutzen. Sein Land war ein perfektes Beispiel dafür, wie Politik und Religion Hand in Hand arbeiteten. Die Menschen im Punjab waren aufgehetzt worden, ihre früheren Nachbarn und Freunde zu hassen und zu fürchten, nur weil sie einem anderen Propheten folgten. Der gewalttätige Wahnsinn hatte seine Heimat zerrissen, Hunderttausende das Leben gekostet und Millionen in die Flucht gezwungen. Der Krieg in Kaschmir dauerte an, weil die religiösen Überzeugungen von Hindus und Moslem manipuliert wurden. Nicht, dass die Christen einen Deut besser gewesen wären. Ein Blick auf die entsetzliche Strafe, welche die wichtigste, die gewaltloseste Figur der Christenheit erleiden musste, genügte. Ganz zu schweigen von den Gräueltaten der Inquisitoren und der Missionare, die ruchlos zu Gewalt griffen, wenn ihre Worte nicht überzeugten.

Bevor er ins Labor ging, brauchte Shiv eine Tasse des traditionellen indischen Universalmittels. Er ging in die Teeküche und goss sich einen Chai ein. Er faltete sich auf einen Stuhl unter einem der ausladenden Sonnenschirme und betrachtete die winzigen Regenbogen, die im Springbrunnen tanzten. Hier wurde das Unsichtbare sichtbar. Auch wenn das Licht in verschiedene Farben aufgebrochen wurde, blieb es im Wesen dasselbe: elektromagnetische Wellen unterschiedlicher Frequenz. Die Analogie zu seinen vorherigen Gedanken lag auf der Hand. Wir haben alle denselben Ursprung. Wir sind Sternenstaub – Kohlenstoff, Stickstoff, Wasserstoff, Sauerstoff... Alles Leben ist aus denselben Bausteinen gemacht, die irgendwo da draußen im Universum produziert werden. Wie Licht, das von einem Prisma in verschiedene Farben aufgespalten wird, werden Menschen mit ihrem ersten Atemzug zu Individuen. Sind Farben so vergesslich wie Menschen? Vergessen Rot, Orange, Gelb, Grün, Blau und Violett unterwegs in ihrem Lichtreigen, dass sie aus derselben Quelle stammen und dorthin zurückkehren, sobald das Prisma entfernt wird?

Der milchige Gewürztee schmeckte Shiv. Er dachte an den Abend und das Essen mit allen seinen Lieblingsspeisen, das ihn bei seinen Eltern erwartete – die einzige Gelegenheit, zu denen Shiv wirklich gerne aß. Seine übliche Kalorienaufnahme war auf die Mensa beschränkt oder auf das, was er in seinem Zimmer mit Mikrowellen bombardieren konnte.

Er freute sich auf seine Eltern. Auf den Mann und die Frau, die ihn aus dem Central Khalsa Waisenhaus geholt hatten, wo er, nur ein paar Tage alt, auf den Treppenstufen abgelegt worden war. Devi und Gopal hatten ihn wie ein eigenes Kind aufgezogen. Die Liebe und Zärtlichkeit, in die ihn seine Mutter hüllte, gaben ihm Sicherheit, ebenso wie die tiefe Zuneigung und zuverlässige Führung seines Vaters. Seine Eltern ließen sich von seinem ungewöhnlichen Aussehen nicht verunsichern. Auch nicht von seinem überragenden Intellekt, der seine Lehrer schon in der ersten Klasse überfordert hatte. Auf der

Überholspur durch College und Universität, die er mit einem hervorragenden Abschluss in Teilchenphysik krönte, gaben ihm ihre Liebe und ihr unerschütterliches Vertrauen festen Boden. Mittlerweile war Shiv ein international anerkannter Wissenschaftler, der mit geistesverwandten Forschern aus aller Welt zusammen arbeitete. Ihr gemeinsames Ziel war die Energieproduktion mittels Kernfusion. Shiv war überzeugt, der Durchbruch sei einzig eine Frage der Zeit.

„In Zukunft", pflegte er zu sagen, „werden wir Energie nicht mehr aus Rohstoffen generieren, sondern aus Wissen." Und was für die Energieproduktion gelte, gelte auch für alle anderen großen Probleme, mit denen sich die Menschheit herum schlug: genug Nahrung für alle, sauberes Wasser oder die Folgen der Klimaveränderung.

Unter seinem Sonnenschirm beschäftige ihn im Moment etwas anderes: Hoffentlich versuchte ihn seine Mutter heute Abend nicht schon wieder zu verkuppeln. Sie spielten dieses Spiel nun schon seit Jahren. Die Mutter lud eine nichtsahnende junge Frau ein, in der Hoffnung, sie möge Shiv gefallen. Und er? Er war einfach nicht interessiert. Er lächelte beim Gedanken daran, wenn auch leicht gequält. Devi gab nicht auf, hoffte jedes Mal, er könnte Interesse zeigen. Doch sie brachte Shiv und die Frauen nur in Verlegenheit und Shiv schließlich dazu, Ausreden für die Einladungen zu erfinden.

Heute Abend musste er seine Eltern sehen. Und er brauchte ihre ganze Aufmerksamkeit. Er wollte Devi und Gopal seinen Traum schildern, um zu hören, was sie aus ihrem reichen Wissen über die Vedischen Schriften beisteuern konnten. Sie waren tief im Hindu-Kosmos verankert, und manchmal beneidete er sie um ihre starken Wurzeln. Obwohl auch er viel darüber gelesen und die Schriften studiert hatte, war sein Interesse auf der intellektuellen Ebene geblieben. Allerdings spürte er in seltenen Momenten eine Sehnsucht, die er nur schwer benennen konnte. Es war ein Verlangen, dazu zu gehören, das, was er in seinem Kopf als Wahrheit erkannte, zu erfahren und damit zu verschmelzen.

Er rührte in seinem Chai und beobachtete weiter das flirrende Licht im Wasser. Wie Spinnweben hing der Traum in seinem Kopf, und plötzlich kam ihm der Astrologe in den Sinn, zu dem ihn seine Eltern vor bald drei Jahrzehnten gebracht hatten. Der Weise Mann habe, so erzählte es seine Mutter, lange in die Augen des ungewöhnlich stillen, mageren Säuglings gestarrt und gesagt: „Er bringt eine Botschaft". Nichts weiter. Die Botschaft, hatte er noch gemurmelt als sie schon am Gehen waren, werde sich zu gegebener Zeit enthüllen.

Eine Hand berührte seine Schulter. Shiv erschrak. „Träumst du von einer glutäugigen Schönheit, Shiv? Oder löst du noch das letzte Rätsel des Universums?" Sein Assistent Puneet, ein hübscher junger Mann mit einem hellen Lachen, grinste ihn an und summte ein paar Takte aus dem neusten Bollywood-Blockbuster, tanzte ein paar Schritte von ihm fort und rief: „Kommst du? Das Meeting beginnt gleich."

Shiv war bei der Berührung unwillkürlich zusammen gezuckt. Er mochte keinen Körperkontakt. Zudem war es einfach, ihn mit Frauen aufzuziehen, so offensichtlich fehlten sie in seinem Leben. Shiv folgte dem Mitarbeiter zum Labor, dem einzigen Ort wo er sich wirklich zuhause fühlte. Dort hatte er sich eine Umgebung geschafften, die ihm einleuchtete. Sie war nach seinen Bedürfnissen strukturiert und enthielt die paar Bequemlichkeiten, auf die er Wert legte: Seinen dickbäuchigen Tee-Krug und drei Assistenten, die seine Sonderlichkeiten akzeptierten und ernsthaft versuchten, seinen erratischen Gedankensprüngen zu folgen. Sie holten seine Post, fanden Papiere, Schlüssel und Stifte, die er regelmäßig verlor oder verlegte, nahmen ihm seinen intellektuellen Snobismus nicht übel, füllten seinen Vorrat an Nilgiri Tee auf und sorgten dafür, dass er von Zeit zu Zeit etwas aß, was er zu vergessen pflegte, wenn er sich darin verbiss, die Sonne auf die Erde zu holen.

Kavita und Anand Gupta kümmerten sich seit Jahren um den Sitaram Haushalt. Eingespielt verrichtete das Ehepaar seine Dienste. Sie hatten Kadha Pakora mit Reis gekocht, vegetarisch und üppig. Als die   letzten Schüsseln weggeräumt waren, berührte Devi sanft Shivs Arm. „Etwas beschäftigt dich, nicht wahr, mein lieber Junge. Möchtest du darüber reden?"

Shiv hatte noch nie etwas vor seiner Mutter verbergen können. Schon als Kind hatte er sich ausführliche Strategien ausgedacht, um sie in die Irre zu führen. Aber sie musste ihn nur ansehen, um ihn zu durchschauen. „Es ist nicht ganz einfach, Mutter. Es geht um ein Thema, bei dem ich mich nicht sonderlich wohl fühle."

„Du hattest einen Traum..." Die dunklen Augen unter schweren Lidern waren voller Wärme und goldenen Lichtern.

„Woher weißt du...?" Er schüttelte den Kopf. Fragen brachte nichts. Irgendwie wusste sie einfach. „Ja, ein Traum, ein unglaublicher Traum, ein Traum wie kein anderer zuvor. So real wie meine Experimente."

Seine Eltern sanken tiefer in die formellen Esszimmerstühle, wie Kinder, die sich für eine Gutenachtgeschichte bereit machen. Shiv setzte sich gerade hin – Hals vorgereckt. Er faltete die schwere Leinenserviette zu immer neuen Formen, während er sprach. „Zuerst war es ein Klang, der an meinem Geist zu zupfen schien und sich dann in einen mir unbekannten Gehirnabschnitt schraubte. Jedenfalls nicht in den Teil, den ich für meine intellektuelle Arbeit brauche."

Devi und Gopal warfen sich einen kurzen Blick und ein wissendes Lächeln zu. „Als der Ton verklang, kamen Bilder?"

„Wie hast du...?" Shiv zuckte mit den Schultern und grinste. „Ja, da begann der Film. Drei Figuren, eine Art Energiefelder, aus winzigen Teilchen zusammengesetzt. Die mittlere Figur war grau, eine irrsinnig starke Energie, welche die anderen zwei – eine etwas heller, die andere dunkler, im Zaum hielt..." Shiv suchte nach Worten, um Dinge zu erklären, die sich eigentlich nicht erklären ließen. Er nahm einen Schluck des frischen Tees, den Anand lautlos auf den Tisch gestellt hatte.

„Hat dich die dunklere Figur an etwas erinnert?" fragte Gopal mit leiser Stimme.

Shiv nickte. Er wunderte sich nicht länger. „Ich glaube, ich sah den Gott, nach dem ich benannt bin. Aber dann wechselte Shiva in seine weibliche Form – in die Mutter Kali. Sie zeigte sich mir in der schwarzen Haut, geschmückt mit Schädelkette und Rock aus abgeschlagenen Armen, begleitet von ihrem Rudel weiblicher Schakale. Aber sie kam nicht, um zu erschrecken. Ob du's glaubst oder nicht, sie zwinkerte mir zu."

Alle drei lachten laut über das Bild der Göttin des Todes und der Vernichtung, die verführerisch mit den Wimpern klimpert. „Ich schwör's, das tat sie, und ich fand es überaus erotisch."

Gopals Stimme war ungewöhnlich ernst, als er fragte: „Was war ihre Botschaft?"

„Besuche mich in meiner westlichen Klause."

Mit flüsterndem Sari beugte sich Devi in ihrem Stuhl vor. „Besuche mich in meiner westlichen Klause", wiederholte sie leise. Ihre Augen füllten sich mit Tränen. „Ach Shiv, wie verheißungsvoll. Etwas absolut Großartiges ist dir widerfahren, die Götter…"

„Hör auf, Mutter!" fiel ihr Shiv schroff ins Wort. „Bitte", fügte er an, um seinem Ausbruch die Spitze zu nehmen. „Ich weiß, ich hab' mit dem Thema angefangen, vielmehr mein Traum hat uns darauf gebracht. Aber du weißt, dass ich mit Göttern nichts anfangen kann. Und noch weniger mit denen, die vorgeben, in ihren Namen zu sprechen." Er ließ die zerknüllte Serviette auf das Tischtuch fallen. Shiv musste sich offensichtlich zurückhalten, um nicht in eine seiner Predigten zu verfallen.

„Du solltest deine Mutter ausreden lassen, Shiv." Gopal klang nicht ärgerlich, eher belustigt über das uralte Ritual zwischen den Beiden. „Sie könnte dich überraschen, wenn du zuhörtest."

Shiv war noch nicht bereit, klein beizugeben. „Genau deswegen bin ich Wissenschaftler geworden. Ich glaube an die

Naturgesetze, die das Universum seit Anbeginn der Zeit steuern. Die Religionen haben sich wieder und wieder geirrt, was das Universum angeht. Seht euch doch nur ihre Kosmologie an! Die ist immer noch zweidimensional. Obwohl sie behaupten, in direktem Kontakt mit einem höheren Wesen zu stehen, haben sie einzig menschliche Wahrnehmungen in Stein gemeißelt – extrem beschränkte Wahrnehmungen. Das ist nur ein Grund, warum ich mich auf Fusion konzentriere. Ich suche in allem nach Einheit, während Religionen primär trennen – trotz ihren gegenteiligen Versprechungen."

Devi ließ sich durch Shivs Ausbruch nicht irritieren und nahm einen früheren Faden wieder auf: „Die Götter... Hm, diese Energiefelder, die du im Traum gesehen hast. Du hast also in einem Shiva erkannt? Den Gott der Zerstörung?"

Wieder konnte Shiv nicht an sich halten. „Siehst du Mutter, deshalb sind diese ganzen Gottgeschichten so einfältig. Sie wurden nur kreiert, um den Menschen Angst zu machen. Du weißt doch ganz genau, dass nichts je zerstört oder kreiert wird. Die Summe der Energie im Universum ist immer gleich."

Devi hörte ihrem Sohn aufmerksam zu. Immerhin handelte es sich hier um eines seiner Lieblingsthemen. Eines, für das er sich richtig ereifern konnte. Sie wartete geduldig, bis er aus seinem Universum zurückkam. Er grinste sie an. „Ok, ok, Ma, falls du deine Götter behalten und wissenschaftlich korrekt sein willst, könntest du Shiva von mir aus den Demonteur nennen."

„Oh, ich mag diesen Ausdruck, Shiv. Ich finde ihn sehr passend. Danke, dass du deine unwissenden Eltern aufklärst", sagte sie und lächelte ihn liebevoll an. „Darf ich noch eine weitere Frage stellen: Könnten die anderen beiden Energien oder Wesen, die du gesehen hast, möglicherweise den Rest der Vedischen Dreifaltigkeit darstellen? Brahma und Vishnu? Um in deiner Terminologie zu bleiben, Brahma, der Gott der zusammenbaut, der Monteur; Shiva, der Gott, der demontiert; Vishnu, der Gott, der alles erhält? Wenn du die Naturkräfte anschaust, erinnert dich das an etwas?"

Shiv brauchte einen Moment, bevor er den Mund wieder zu bekam. Er schaute seine Mutter an, als hätte sie sich in die schreckliche Göttin aus seinem Traum verwandelt.

„Was ist, sind mir Hörner gewachsen?"

„Die elektromagnetische, die schwache und die starke Kraft!" Shiv brachte die Worte nur mühsam heraus. Dann schlug er sich mit einem lauten Klatschen an die Stirn. „Wie konnte ich nur so blind sein? Wie kann ich mich Wissenschaftler nennen und diese Verbindung nicht sehen?"

Devi berührte seine Hand mit den langen, schmalen Fingern. „Du kennst ja unsere menschliche Tendenz alles zu werten, in gut und schlecht zu sortieren. Das kann uns blind machen für die Wirklichkeit. Wenn du die Götter auf den Abfallhaufen wirfst, bleibt dir ihre wahre Natur verborgen."

Shiv sprang vom Tisch auf. In seiner Forschungsarbeit war er tief in die Geheimnisse der starken Kraft eingedrungen, sie mit einer Hindu Gottheit zu verknüpfen eröffnete allerdings eine völlig neue Sichtweise. Wie eine Giraffe, die zu Boden geht, klappte Shiv seine Beine zusammen und kniete sich beim Stuhl seiner Mutter hin. Er nahm sie in die Arme und sagte: „Ich werde dich nie mehr unterbrechen, oh weise Frau des Ostens."

Als Devi in Lachen ausbrach, konnte man sehen, wie zufrieden sie war mit sich und wie tief gerührt vom raren Gefühlsausbruch ihres Sohnes. Shiv faltete sich wieder auseinander. „Wir müssen uns später noch über diese westliche Klause unterhalten. Jetzt muss ich zurück ins Labor. Ich habe alle diese neuen Ideen – und danke, dass ich heute Abend keine zufällig anwesende junge Dame unterhalten musste…"

Shiv war ein eleganter und ausgezeichneter Golfspieler. Als er den Ball aufs erste Tee legte und seine Füße in die richtige Position brachte, verflüchtigten sich auch noch die letzten Schatten des ominösen Traums. Er hatte mit Freude zugesagt, als ihn sein Vater zu einer Runde Golf am späten Nachmittag einlud. Er mochte das Spiel. Die Balance, die Präzision und die perfekt getimte Bewegung waren Herausforderungen, die Shiv liebte. Als er zwischen Eukalyptus und Jamun Bäumen zum nächsten Abschlag lief, zwischen Obstgärten mit Mango und Kikar, hob sich seine Stimmung, und sein Kopf wurde wieder klar. Er und Gopal plauderten miteinander, rühmten besonders gelungene Schläge, lachten über einen verpatzten Put. Doch unter dieser Leichtigkeit lag etwas auf der Lauer. Beide spürten es, keiner wollte es ansprechen. Sie wollten ganz einfach eine entspannte Runde Golf spielen, eher wie Freunde, denn als Vater und Sohn.

Sie gingen gemeinsam zum Clubhaus aus rotem Backstein, für ihren traditionellen Drink am 19. Loch, als Gopal fragte: „Hast du je darüber nachgedacht, was auf dem indischen Wappen steht?"

Was immer im Verborgenen gewartet hatte, drängte jetzt an die Oberfläche. „Du meinst Satyameva Jayate, ‚nur die Wahrheit obsiegt'? Nein, nicht wirklich. Weißt du, die Wahrheit kommt mir vor wie eine weitere billige Handelsware. Jeder kann sie verhökern, sofern er sie nur laut genug anpreist."

Gopal schmunzelte. „Da muss ich dir Recht geben. Trotzdem, es ist eine starke Aussage, dass allein die Wahrheit obsiegt."

Shiv zuckte die Schultern und zog sein Golfhemd aus der Hose, um sich abzukühlen. „Ich müsste mir darüber Gedanken machen. Aber ich weiß nicht, ob ich das wirklich will."

Als es sich die beiden mit kalten Flaschen Kingfisher Lager bequem gemacht hatten, sagte Gopal wie nebenbei: „Wenn du dir über etwas Gedanken machst, wie machst du das? Ich meine, wie machst du einen Gedanken?"

Die scheinbar unschuldige Frage verschlug Shiv die Sprache. Wie machte er einen Gedanken? Er goss sich Bier ins Glas, nahm einen tiefen Zug, leckte den Schaum von den Lippen, sah seinen Vater an und fällte eine Entscheidung.

Shiv fiel es nicht leicht, jemanden ins Vertrauen zu ziehen. Nicht einmal seine Eltern, denen er sein Leben anvertraut hätte, wussten, was ihn wirklich beschäftigte. Aber da er bereits so weit gegangen war, seinen Traum zu erzählen, waren sie ja sowieso Teil dieser merkwürdigen Geschichte. Also konnte er genauso gut auch den Rest loswerden.

„Komisch, dass du das fragst. Ich habe mich in letzter Zeit nämlich mit genau dieser Frage beschäftigt. Der Traum hat in meinem Kopf eine Tür zu einem mir bislang unbekannten Raum geöffnet. Was wohnt in diesem Raum? Ist es der Ort, wo der Gedankenmacher steht? Was muss man rein tun, damit ein Gedanke raus kommt? Was löst Einfälle, Visionen, Ideen aus? Ich weiß alles über Neuronen und Synapsen und blitzschnelle chemische Botenstoffe, Impulse, die den Nervenbahnen entlang flitzen, Nervenenden, die sich verbinden und physiologische Reaktionen auslösen. Aber all dieses Wissen beantwortet nicht die Frage wie der Gedankenprozess tatsächlich funktioniert, richtig?"

„Ja, vermutlich. Du beschreibst wie Hard- und Software funktionieren, aber nicht wo der Inhalt herkommt, der den Prozess in Bewegung setzt. Trotzdem sagen wir so einfach: Ich hatte diese Idee oder dieser Gedanke ging mir durch den Kopf. Aber der innere Prozess bleibt ein Geheimnis, wenn du versuchst ihn intellektuell zu fassen."

„Ach komm, bapu, lass uns nicht wieder auf diese Schiene abgleiten." Shiv ließ sein Glas gegen das seines Vaters klingen. „Auf einen kühlen Kopf, der alles heraus finden kann, wenn er richtig eingesetzt wird."

Gopal lächelte seinem Sohn voller Zuneigung zu. „Nur mit dem Intellekt wirst du wahres Glück und inneren Frieden nie finden. Glück wohnt in einem anderen Organ als dem Hirn." Er legte eine Hand auf sein Herz, während er Shiv zuprostete. „Das ist der Sitz des Glücks, mein Sohn. Und ich weiß, ich weiß es ganz genau, dass du das eines Tages herausfinden wirst."

Für einen Moment verlor sich Shiv im Lächeln seines Vaters. Es erleuchtete sein Gesicht. Sein ganzes Wesen und schien von dort auszustrahlen, wo er seine Hand hingelegt hatte.

„Ist das eine der Wahrheiten, die obsiegen werden?"

Gopal brach in lautes, herzhaftes Lachen aus. „Siehst du, ich wusste, du würdest es verstehen."

Devi war überzeugt, die Zeit sei reif für Shivs nächsten Schritt. Ihr brillanter Sohn stand an der Schwelle zu einem tieferen Verständnis des Lebens. Er brauchte bloß noch einen kleinen Anstoß.

Eine knappe Woche später saß Shiv erneut bei den Eltern am Tisch und pickte abwesend an der bunten Auswahl an Curries und Linsen, am Reis mit verschiedenen Masalas und gefüllten Parathas. Kaum überraschend, dass die Diskussion wieder auf die Botschaft aus seinem Traum zusteuerte. Aber Shiv war starrköpfig. Er manövrierte das Gespräch immer wieder auf die Attribute der drei Götter/Kräfte. Devi hob die Augen zum Himmel und sagte zu sich selbst „Wir müssen Lord Shiva einfach sein Werk tun lassen." Schließlich war Shiva, der Zerstörer aller Illusionen und falschen Gedanken, bestens geeignet, um den Schleier zu zerreißen, hinter dem sich die ewigen Wahrheiten verbargen.

„Shivas Wohnsitz ist der Berg Kailash. Vielleicht solltest du dorthin gehen", schlug Gopal vor.

Shiv griff den Gedanken auf. Schließlich fühlte er sich diesem Berg besonders verbunden. Eine ganze Reihe von politischen Unruhen und nationalistischen Ansprüchen drehten sich um diesen majestatischen Gipfel aus Fels und Eis. Visa wurden nur mit strengen Auflagen erteilt. Der heilige Berg war ein starkes Symbol der Tibetischen Kultur, und China war argwöhnisch gegenüber Unruhestiftern. Der Berg Kailash war umstrittenes Territorium, so wie Shiv, dessen nationale Identität von neuen Bekannten immer in Frage gestellt wurde. War er einer von ihnen oder gehörte er zum Feind?

Die Idee, einer bestimmten Nation anzugehören, war in Shivs Verständnis total veraltet, vor allem seit die Raumfahrt den Planeten Erde zu einer winzigen Kugel schrumpfen ließ. Reichte es denn nicht, einfach ein Mensch zu sein? Und genau so, wie die Kraft des Kailash im Berg selbst ruhte, war es mit der Essenz eines Menschen. Alles, was zählte, verbarg sich im Inneren – in grenzenlosem Territorium. Politische oder nationale Definitionen waren nicht mehr als willkürliche Restriktionen. Schlimmer noch, sie waren Ursache für unvorstellbare Tragödien. Sein Land war ein Musterbeispiel dafür, wie viel Unheil Grenzziehungen am Reißbrett anrichten konnten. Ein Blick aus dem All zeigte die Willkür von Staatsgrenzen. Sie behinderten auch seine Arbeit. Eigentlich sollte ja die Wissenschaft grenzüberschreitend sein. Doch auch Wissenschaftler waren gezwungen, nationale Haltungen zu vertreten und Forschungsresultate geheim zu halten oder unter der einen oder anderen Nationalflagge zu publizieren. Das irritierte Shiv maßlos. Wissenschaftler sollten doch im Interesse der ganzen Menschheit arbeiten, aber auch hier galt: Wer zahlt, befiehlt – ob Regierungen, Militär oder multinationale Unternehmen.

„Was? Was hast du gerade gesagt?"

„Hast du nicht kürzlich versprochen, mir immer zuzuhören?", lachte Devi und strich über Shivs warme Hand. Sie liebte es, ihn zu berühren, obwohl sie seine Abneigung kannte. Deshalb stahl sie kurze Zärtlichkeiten, wenn ihr Sohn so tief in Gedanken war, dass er sogar seinen Körper vergaß.

„Nein, nein, nein. Ich habe versprochen, dich nicht mehr zu unterbrechen. Versuch ja nicht mich auszutricksen. Auch wenn ich eine zugegeben wesentliche Verbindung in meinem Traum nicht gemacht habe, ist mein Hirn immer noch eine gut geölte Stahlfalle."

„Ganz richtig, mein Sohn. Es kann wirklich eine Falle sein, wenn man es nur in einer Richtung nutzt. Ich habe über deinen Traum meditiert und über das, was Kali dir mitgeteilt hat. Ich erinnerte mich an Swami Vivekanandas Aussage in einer seiner Reden im kalifornischen Pasadena. Die großen Yogi unserer Zeit seien nicht im Himalaya anzutreffen sondern auf den

Marktplätzen der Welt, sagte er." Jetzt nahm Devi Shivs Hand in ihre und fuhr fort: „Die Zeiten haben sich geändert. Heute sind Hände, die arbeiten, heiliger als Hände, die beten."

„Das ist ja alles gut und schön, Ma", sagte Shiv und löste sich sanft aus der Berührung. „Und ich bin froh, dass Gurus heutzutage auch gesunden Menschenverstand zeigen. Aber das sagt mir immer noch nicht, was ich tun oder wohin ich gehen soll. Nach Osten, nach Westen? Soll ich überhaupt irgendwohin? Vielleicht ist es ja eine Allegorie. Diese Götter reden nie Klartext. Das ist nur eines der Dinge, die mich so an ihnen irritieren."

„Sie hat dich in ihre westliche Klause eingeladen. Das scheint mir doch ziemlich klar. Hör zu, manchmal inkarnieren sich Seelen in Gruppen. In der Renaissance zum Beispiel. Diese Periode höchster Kreativität wäre nie möglich gewesen, ohne die vielen Künstlerseelen zur gleichen Zeit am gleichen Ort. Oder schau dir die Unabhängigkeitserklärung der Vereinigten Staaten an. Unmöglich, wenn nicht eine Gruppe großer Seelen gemeinsam an diesem Manuskript gearbeitet hätten. Ich wünschte, wir hätten auch heute derart erleuchtete Politiker."

Shiv war überrascht, dass seine Mutter Missfallen ausdrückte.

„Meinst du, ich soll im Westen wissenschaftliche Partner suchen? Es gibt da tatsächlich einen, den ich sehr gern kennen lernen würde. Sie nennen ihn den neuen Einstein. Er hat verschiedene Theorien über das Universum und seine Entstehung in der Theory of Everything oder M-Theorie zusammengefasst. Er hat diese wirklich beeindruckende intellektuelle Leistung in Kalifornien vorgestellt. Vielleicht sollte ich Kontakt aufnehmen?"

„Kali, westliche Klause, Kali-fornien..." Devi murmelte in Gedanken versunken vor sich hin.

Gopal hatte Mutter und Sohn schweigend zugehört. Jetzt sagte er: „Shiv, kannst du dich erinnern, worüber wir kürzlich auf dem Golfplatz gesprochen haben? Hast du dir darüber Gedanken gemacht?"

Shiv grinste. „Hab' ich tatsächlich. Ich meine, ich bin über Descartes hinaus gekommen. Schließlich kritisiere ich ja alle, die an Konzepten von längst toten weißen Männern festkleben." Sein Lächeln geriet etwas schief. „Um die Wahrheit zu sagen, entdecke ich immer mehr Diskrepanzen in mir selbst. Seid ihr sicher, dass ich das weiter verfolgen soll? Vielleicht werde ich zu einem Aussteiger, der nur noch Erleuchtung sucht."

Gopal und Devi kicherten wie kleine Kinder. „Wie wunderbar, Shiv. Es gibt nichts Lohnenswerteres."

„Was mich wirklich neugierig macht, ist nicht länger ‚ich denke, also bin ich', sondern wie denke ich? Wie produziere ich einen Gedanken?" Er sah seinen Vater an. „Wie wär's damit: Wir wissen, dass wir unser Herz nicht schlagen oder die Nieren arbeiten lassen. Wie um alles in der Welt kommen wir auf die Idee, dass wir unsere Gedanken machen?"

Gopal befand mit leisem Stolz, diese Überlegungen seien seines Sohnes würdig. Devi stand auf: „Lasst uns in der Bibliothek Tee trinken, ich möchte dir etwas zeigen, Shiv."

Es war eine echte Bibliothek, kein anmaßender Begriff für ein Fernsehzimmer. Drei Wände vom Boden bis zur Decke bedeckt mit eingebauten Regalen voller offensichtlich gelesener Bücher. Es gab einen großen offenen Kamin für die kalten Monate in Chandigarh, ein Paar bequeme Ledersofas, strategisch platzierte Beistelltische und intime Beleuchtung. Perfekt, um ganze Wochenenden mit Büchern und endlosen Tassen würzigen Tees zu verbringen. Devi pickte zwei Büchlein heraus. Sie wusste offenbar genau, wo sie zu finden waren.

„Das könnte dich interessieren." Sie legte eines auf ein Tischchen mit einer komplizierten Einlegearbeit aus verschieden farbigen Hölzern.

Shiv konnte sie nur mit offenem Mund anstarren. „Wie hast du…?" Er griff in seine Fahrradtasche und zog eine zweite Kopie von Swami Vivekanandas Text hervor, den dieser 1893 am Weltparlament der Religionen in Chicago vorgetragen hatte.

„Ich dachte, ihr zwei würdet euch verstehen", lächelte Devi zufrieden. „Er war schließlich ein brillanter und sehr rationaler Intellektueller im westlichen Sinn. Und er, genau wie jemand, den ich sehr gut kenne, liebte die Provokation. Besonders forderte er jene heraus, die behaupteten, die Wahrheit zu kennen. Wenn jemand über Gott sprach, fragte er: ‚Hast du ihn persönlich kennen gelernt?'" Devi lachte laut.

„Das ist mein Mann!" grinste Shiv zurück. „Er sagte noch etwas, dem ich voll und ganz zustimmen kann: Wissenschaft ist nichts anderes, als Einheit zu finden. Und ich hab' gelesen, er sei Agnostiker gewesen, so wie ich."

„Bis er dem großen Hindu Mystiker Ramakrishna begegnete. Der gab Vivekananda etwas, woran er sich die Zähne ausbeißen konnte. Als dieser ihn fragte, ob er denn Gott schon persönlich begegnet sei, sagte Ramakrishna: Ja, ich habe Gott gesehen, so real wie dich, der du vor mir stehst. Darauf ließ sich Vivekananda von ihm in einen Zustand des Samadhi versetzen. Das war der Wendepunkt. Von da an führte sein Weg eindeutig nach innen. Sein Intellekt hat darunter übrigens nicht gelitten. Er war immer noch einer der klügsten Männer seiner Zeit. Es interessiert dich vielleicht, dass seine Meditationsmethode intensive Atemtechniken beinhaltet – ganz konkret, um die Körpertemperatur zu erhöhen und so höhere Bewusstseinszustände zu erreichen."

Shiv brauchte nur einen Moment, um die Informationen zu analysieren. Sein Hirn stellte den Zusammenhang blitzschnell her. „Hitze, ha. Weißt du, was mit fester Materie geschieht, wenn du sie erwärmst? Sie verflüssigt sich. Moleküle beginnen schneller zu schwingen, werden mobiler, sind nicht mehr so dicht gepackt. Noch mehr Wärme verwandelt Flüssigkeit in Gas, noch höhere Geschwindigkeit, mehr Bewegungsfreiheit, keine starre Form mehr. Und wenn du die Hitze richtig aufdrehst – Plasma. Fusion, Mutter, meine Güte..."

Shiv kollabierte auf dem Sofa, als wäre er einen Marathon gelaufen. Das war doch etwas viel in ein paar wenigen Tagen. Zuerst die Naturkräfte, jetzt die Aggregatszustände. Shiv spürte, wie sich etwas tief aus seinem Inneren löste – mehr als intellektuelle Neugier, mehr als die Befriedigung über eine gelöste komplexe Gleichung. Er hatte das Gefühl, als sei eine Verbindung hergestellt, als sei er an die bislang abstrakte Wissenschaft angekoppelt worden. Er schaute nicht länger von außen nach innen, er war ein Cluster von Molekülen, das seinen Namen trug und seine Form hatte, untrennbar verbunden mit allem, was er versuchte mit seinem Intellekt zu verstehen. Der Mann, der so stolz war auf sein Gehirn, war erschüttert und versuchte, die widersprüchlichen Gefühle zu sortieren. Da war mehr als nur ein Hauch Unsicherheit. Sein Selbstbewusstsein, seine Identität hatten sich verschoben. Da war aber auch unbändige Freude, die sein ganzes Wesen durchflutete und von seinem Herzen auszustrahlen schien. Mit der Freude kam die Ehrfurcht. Shiv wusste, er hatte einen Blick in ein ganz neues Universum erhascht – in einen Kosmos, der keine materielle Form hatte. Er umgab ihn nicht, existierte nicht außerhalb von ihm, sondern war er – und alles andere auch.

Plötzlich wurde er sich der Stille im Raum bewusst. Seine Eltern saßen eng beisammen auf dem Ottomanen, ihre Hände ineinander verschränkt. Da war so viel Liebe und Licht in ihren Augen, dass Shiv für einen Moment wegsehen musste. Es fiel ihm schwer, mit Emotionen umzugehen. Er suchte nach Worten.

„Du brauchst nichts zu sagen, mein Sohn", sagte Gopal mit ruhiger Stimme. „Wir sind stolz auf dich. Und unsere Liebe wird dich immer begleiten, wohin das Leben dich auch führt. Das weißt du. Und wisse auch: Wo immer du im Leben stehst, du stehst am richtigen Ort."

7

Software Magier

„Kann ich Ihnen noch etwas Gutes tun?" Das Lächeln war einladend, der Blick war es auch. Und war da nicht ein Blusenknopf mehr geschlossen gewesen, als sie ihm das letzte Mal nachgeschenkt hatte? Ali musterte die Flugbegleiterin mit einem anerkennenden Blick und klappte den Laptop zu. „Danke, alles ok." Er wusste, sie würde wieder kommen. Der sehr persönliche Service des Kabinenpersonals schmeichelte seinem Ego, doch er legte keinen Wert auf die mehr oder weniger offensichtliche Bereitschaft, den Dienst am Kunden sehr weit zu fassen. Wie oft hatte er mit Getränken die Handynummer serviert bekommen, wie oft ganz direkte Angebote, zusammen Essen zu gehen oder „sonst etwas". Er wusste, die Aufmerksamkeit galt nicht wirklich ihm. Die jungen Frauen reagierten ganz einfach auf Verpackung und Accessoires. „Hardware-Typ", dachte er im Stillen.

Ein eleganter Anzug, ein Sitz in der ersten Klasse genügten, schon wurde Ali wie ein arabischer Prinz behandelt. Das rabenschwarze Haar, die dunklen Augen im kantigen Gesicht, der große Mund und die olivenfarbene Haut des Ägypters machten ihn noch attraktiver. Mit der Professionalität eines Pfandleihers schätzten die Flugbegleiterinnen die exklusiven elektronischen Spielzeuge, die Designer-Tasche und die Schweizer Uhr mit ihrer langen und teuren Geschichte. Er roch nach Geld, und sein gutes Aussehen war kein Hinderungsgrund. Ganz im Gegenteil. Der fehlende Ehering war eine zusätzliche Ermunterung. Ali lächelte in sich hinein. Nur Narren fielen darauf herein, und noch größere Narren bezogen ihr Selbstwertgefühl aus der Aufmerksamkeit für ihre Accessoires. Macht, Immobilien oder Trophäenfrauen zu sammeln, das war für Hardware-Typen. ‚Softwarer' wie er reisten ohne Ballast. Besitz war nur totes Gewicht.

Obwohl Ali vorsichtig war mit Stereotypen, hatte er dieses Klassifizierungssystem auf seinen Langstreckenflügen erfunden. Noch waren sie viele, die ‚Hardwarer', trotzdem ein Auslaufmodell, auch in seinem eigenen Land. Die Zukunft gehörte den ‚Softwarer'. Ihre Motivationsfaktoren waren nicht Gold, Beton oder junges Fleisch, sondern kreative Ideen und innovative Lösungen. Die Welt der ‚Softwarer' war beweglich, voller Potenzial, frei von vergangenen Errungenschaften.

„Möchten Sie noch etwas Saft?" Der Blick der Frau blieb an ihm hängen, als sie sich herunterbeugte, um das halbvolle Glas zu entfernen. Ali nickte und nestelte an seinem Laptop. Die attraktive junge Frau tat ihm fast ein wenig leid. Sie investierte ihren Charme in den Falschen. Er biss nicht an. Ihn interessierten nur Software-Frauen. Starke, unabhängige, stolze Frauen, seinem Geschlecht in jeder Hinsicht gleichgestellt, außer, dass sie besser rochen. Ali beschloss, das Spiel zu genießen. Spätestens bei der Passkontrolle würde seine Hoheit wieder zurechtgestutzt, würden die Blicke wieder misstrauisch und klang das „Sir" wie eine Beleidigung. Der „Sir" würde eingeladen, viel Zeit bei der Flughafensicherheit zu verbringen, musste Checks über sich ergehen lassen und endlose Fragen zum Woher, Wohin und Wofür beantworten. Ali war froh, dass er heute in ein befreundetes Land reiste. Die Einreise nach Abu Dhabi war ein Klacks, verglichen mit den USA, England oder der Tschechischen Republik.

Er freute sich auf seine Lieblingssuite im Emirates Palace. Obwohl das Hotel etwas gar üppig ausgestattet war, genoss Ali den Komfort, den erstklassigen Fitnessraum, die Tennis- und Squashplätze, die Pools – und den Whirlpool in der eigenen Suite. Ein bisschen im Luxus schwelgen war angenehm, auch wenn er zum Arbeiten nach Abu Dhabi kam. Es gab große Pläne für diesen Flecken Sand über einem Ozean voller Öl: eine neue Stadt, die keinen Tropfen Erdöl braucht – CO_2 frei, kein Abfall.

Ali war begeistert in dieses Projekt eingestiegen. Eine Stadt, die frei von fossilen Energien funktionierte. Frei von fossilen

Heizstoffen. Frei von fossilen Treibstoffen. Er entwickelte die Software für die Schnellbahn. Ali überlegte, sein Hauptquartier von Kairo hierher zu verlegen, sobald diese Stadt gebaut war. Die Zeit, die er und seine Mitarbeiterinnen jeden Tag im Verkehrsstau verloren, war horrend. Sich nicht im selbstgewählten Tempo bewegen zu können, das war Folter für Ali.

Ja, er war glücklich, die Zukunft mit dieser Stadt mitzugestalten. Eine Stadt, die nicht auf den Ruinen der Vergangenheit errichtet wurde, so großartig diese auch gewesen sein mag, sondern eine Stadt, die von Null auf neu gebaut wurde. Mit allen High-Tech Lösungen, die kreative Hirne in den letzten Jahren erdacht hatten. Wer hätte geglaubt, dass ausgerechnet diese maßlosen, Petro-Dollar-verwöhnten Araber ihre vergoldeten Hintern hochkriegten und der Welt zeigten, was Clean-Tech praktisch heißt. Ali grinste. Natürlich würde es Rückschläge geben, vielleicht scheiterten sie. In diesem Fall mussten sie nicht lange auf Leute warten, die mit dem Finger auf sie zeigten und sich freuten. Doch anstatt noch mehr Zeit und noch mehr Geld in noch eine ach so internationale Konferenz zu verlochen, die mit heißer Luft den Klimawandel zusätzlich verschärfte, handelten die Scheichs. Die Energieproduktion aus erneuerbaren Quellen und die Suche nach maximaler Effizienz waren viel größere Herausforderungen, als ein weiteres fettes Kraftwerk mit dem Wirkungsgrad eines Dinosauriers hinzuklotzen. Saubere Energie bedeutete saubere Luft. Etwas, was ein Kairoer zu schätzen wusste.

Ali spielte manchmal mit dem Gedanken, den Ameisenhügel Kairo dem Erdboden gleich zu machen und neu aufzubauen. Als eine Charter City, mit modernster Architektur, mit zukunftsweisender Infrastruktur. Mit einer verantwortungsvoll handelnden Regierung, frei von Korruption. Mit gleichen Möglichkeiten und identischen Regeln für alle. Eine Modellstadt für alle Megacities, die aus den Nähten platzten und in Slums ausuferten. Eine Alternative für jenes Drittel der Menschheit, das in prekären Umständen vor den Städten hauste. Jetzt war es rund eine Milliarde, in zehn Jahren würden es schon zwei Milliarden Menschen sein, die mehr überlebten, als dass sie lebten.

Anstatt Pandemien, Fundamentalismus und Terrorismus fruchtbaren Boden zu bieten, sollten Staaten sich zusammen tun und neue Städte auf neutralem Grund bauen, mit einfacher, moderner Infrastruktur, Sicherheit und Arbeitsmöglichkeiten. Städte, die einer Charta unterstanden, deren Umsetzung erfahrenen Managern übertragen wurde. Der Mittlere Osten war mit seinen großen Wüsten prädestiniert für einen solchen Versuch. Charterstädte würden nicht nur Arbeit und Aussichten bieten, sondern auch das Kapital von klugen Investoren anziehen. Diese Städte würden die Kabel-Ära überspringen und gleich drahtlos operieren. In der Kommunikation, klar, und auch in der Energieversorgung: solar, Wasserstoff, Brennstoffzellen, nano-basierte Energieproduktion. „Vergesst New Age. Wir steuern das Blue Age an." Ali gefiel der Gedanke. Das elektronische Zeitalter ist blau. Information, die durch die Luft reist, nicht einmal der Himmel setzt Grenzen.

Vom Abu Dhabi International Airport nahm Ali ein Taxi zum Institut für Wissenschaft und Technologie, das zum Herzen der Forschungs- und Entwicklungsgemeinschaft dieser Stadt werden sollte. Von dort aus würden künftig helle Köpfe hoffentlich weltweit zusammen arbeiten, um hochmoderne technologische Antworten auf die Fragen der globalen Energieversorgung und Nachhaltigkeit zu liefern. Sie bildeten die Speerspitze der aufstrebenden Wissensgesellschaft, die den Herausforderungen einer globalisierten Welt mit Kreativität und unkonventionellen Ideen begegnete. Kluge Lösungen würden höher bewertet als kurzfristiger Profit. Mit etwas Glück würden sie mithelfen, das vorhergesagte explosive Wachstum in Technologie und Wissen zu verwirklichen.

Ali zappelte unruhig auf seinem Sitz. Er wollte endlich an die Arbeit. Sich die Zukunft vorzustellen, beruhigte ihn ein wenig. Einer der glanzvollen Sterne in dieser Zukunft wird seine kleine Schwester sein, keine Frage. Sie war jetzt schon eine der besten ihres Jahrgangs. Vielleicht sollte auch sie aus Kairo heraus. Die Stadt erstickte an ihrer Geschichte. Sie könnte ihr Studium in dieser Zukunftsstadt absolvieren, hier atmete jedes Gebäude Zukunft.

Hätte der Taxifahrer in dem Moment in den Rückspiegel geschaut, hätte er Ali lächeln sehen. Der Gedanke an seine Schwester Lailah, den einzigen Menschen, den er wirklich liebte, zauberte automatisch ein Lächeln auf Alis Gesicht. Er richtete sich auf. Er könnte sie doch fürs Wochenende einladen. Es gab haufenweise Platz in seiner Suite, viel mehr als er brauchte oder wollte. Die Emirate bezahlten dafür, und er nahm es als Ausdruck ihrer Wertschätzung. Was für eine Freude, Lailahs Augen aufleuchten zu sehen, ihre Ohs und Ahs ob all des Luxus', ihre ‚guck doch mal' und ‚schau dir das an'... Ali holte sein Handy hervor und schickte Lailah eine SMS. „Hast du Zeit? Herflug 13 h Freitagnachmittag. Rückflug am Montagmorgen." Egal, wenn sie ein paar Vorlesungen an der Amerikanischen Universität in Kairo verpasste. Sie peilte einen Abschluss als Bauingenieurin an. Ihre Noten waren ausgezeichnet, ohne dass sie sich besonders anstrengen musste. Es faszinierte Ali, wie sich in seiner Schwester ein fast intuitives Verständnis von wissenschaftlichen Fakten mit einem enormen Talent für Musik verband. Lailah spielte seit Kindheit Geige und war jetzt schon auf der Ebene einer Konzertgeigerin.

Der SMS-Klingelton unterbrach seinen Gedankenfluss. „Boo hoo, kann nicht. Prufungen. Kuss L". Ali war enttäuscht. Er hatte sich schon auf ein Wochenende in Gesellschaft eingestellt. Nun gut. Vielleicht sollte er doch Nasrin anrufen, obwohl sie irgendwo zwischen Kairo und Luxor mitten in einer Ausgrabung bei Tell el-Amarna steckte und nur schwer zu erreichen war. Doch Ali hatte Glück. Die Antwort kam in Sekunden, und sie war positiv. Ali rief sofort bei Etihad Airways an, dann textete er zurück: „Ticket bereit. Ich auch."

Nasrin war ein vollwertiger Ersatz für seine Schwester. Nach Lailah war Nasrin seinem Herzen am nächsten. Und genau wie Lailah hatte auch sie sich nie den kulturellen Restriktionen ihrer muslimischen Welt gebeugt. Die Universität Kairo bot gemischt-geschlechtliche Klassen an, und für junge Mädchen wie Lailah war gleiche Bildung selbstverständlich. Aber das war sie nicht, ganz und gar nicht. Die Machthaber konnten sich einfach nicht von der Vergangenheit lösen und hielten an Regeln höchst obskurer Herkunft fest. Wie konnten sie es sich leisten, das intellektuelle Potenzial der halben Bevölkerung brach liegen zu lassen? Frauen den uneingeschränkten Zugang zu Bildung und zum Arbeitsmarkt zu verweigern, war ein Fehler der das Land noch teuer zu stehen kommen würde. Nur, wenn die Einzigartigkeit beider Geschlechter kombiniert wurde, konnte die Welt den entscheidenden Schritt in die Zukunft machen. Was wäre er, Ali, ohne die kreativen Frauen in seinem Büro? Sie machten grundsätzlich die gleiche Arbeit wie die Männer – mit einem speziellen Dreh. Während Männer ausgezeichnete Systematiker waren, gingen Frauen Aufgaben spielerischer an. Ihr Gehirn schien so vernetzt zu sein, dass sie Punkte verbinden konnten, welche die eher linear denken Männer nicht einmal sahen.

Ali zweifelte nicht, dass Lailah mit ihrem Mumm und ihrem leistungsfähigen Hirn eine der Frauen sein wird, die den Weg für andere ebnen. Kürzlich sprachen sie bei einem Abendessen über ihr momentanes Idol, eine amerikanische Astronautin, die an einer Shuttle Mission zum Hubble Teleskop teilgenommen hatte. „Wie kann es sein, Ali", Lailah glühte vor Empörung, „dass eine Nation ihre Frauen ins Weltall schickt, und eine andere sie zwingt, sich unter einem Sack zu verbergen?"

Ali schlug vor, das Thema aus der männlichen Perspektive zu betrachten. „Jene, die den Tschador vorschreiben, behaupten, Frauen seien die leibhaftige Versuchung, immerzu Verführung und Ablenkung für Männer, wenn sie nicht von Kopf bis Fuß verhüllt seien. Was sagt das über uns muslimische

Männer aus? Sind wir alle so schwach und eindimensional? Sind wir nicht mehr als Tiere, die auf den Duft jedes Weibchens anspringen?"

Lailah lachte vergnügt und murmelte etwas über das schwache Geschlecht. Ihre Eltern steuerten das Gespräch geschwind in weniger turbulente Gewässer. Der Vater stocherte geistesabwesend in seinem Essen und meinte, Muslime hätten der Welt doch Kultur und Wissenschaft gebracht. „Im goldenen Zeitalter des Islam waren sie die intellektuelle Elite. Die ersten Chemiker, Architekten, Mediziner, Navigatoren, Zeitnehmer... Aber das war vor über 1000 Jahren. Wo ist diese Größe geblieben?"

Als niemand eine Antwort bereit hatte, überraschte sie ihre sonst so zurückhaltende Mutter mit ihrer Meinung, die islamische Welt sei von engstirnigen Führern gefangen genommen worden, die ihre Anhängerschaft absichtlich im Dunkeln hielten.

„Du hast ja so Recht." Lailah sprang auf und drückte ihrer Mutter einen Kuss auf die Wange. „Extremismus ist hoch ansteckend, und er breitet sich überall auf der Welt aus wie eine Grippe." Ali äußerte seine Vermutung, es seien nicht die religiösen Überzeugungen, die Menschen so leichtgläubig machten, sondern ihre Frustration darüber, keine Zukunft zu haben. Wo keine Verbindung zur modernen Welt bestand, keine Perspektive, etwas Sinnvolles zu tun, hatten es die Extremisten leicht, Menschen mit Geschichten einer gloriosen Vergangenheit zu ködern und sie dazu anzustiften, diese Vergangenheit mit allen Mitteln wieder herzustellen.

„Zurück in die Vergangenheit bringt gar nichts." Alis Mutter schob den Teller weg. „Abgesehen davon, dass man das gar nicht kann. Schon gar nicht mit Gewalt. Alle Versuche in diese Richtung sind schlicht beschämend. Tolerante Muslime rund um die Welt müssten das vorleben, was unsere Kultur einst groß gemacht hat: Schönheit, Edelmut, Bildung. Schaut euch nur das Taj Mahal an oder die Alhambra in Granada, es gibt nichts, das an die Schönheit dieser Bauten herankommt."

„Bildung", nahm ihr Vater den Faden auf. „Bildung ist der Schlüssel. Wissenschaft ist schließlich eine traditionelle islamische Disziplin. Und wenn wir unsere Kinder schulen, werden sie nicht so leicht auf die absurden Versprechen von Terroristen oder Rückwärtsgewandten herein fallen." Nach kurzem Nachdenken, fügte er an: „Natürlich müssen wir sinnvolle Aufgaben für diese gut ausgebildete Jugend schaffen. Und das können wir nur, wenn wir die verkrusteten hierarchischen Strukturen und die gewaltige Korruption aufbrechen, die unsere Wirtschaft ersticken."

Ali dachte mit großer Zuneigung an seine Familie. So konventionell ihr Leben auch erscheinen mochte, sie waren stets unorthodoxe Denker gewesen, die ihn immer wieder überraschten. Er spürte tiefe Dankbarkeit. Für sich und vor allem für Lailah. Seinen Eltern galt der Dank dafür, dass sie eine erstklassige Ausbildung erhielt und eine eigene Meinung bilden und ausdrücken konnte.

Wieder rutschte er ungeduldig auf dem Rücksitz des Taxis herum. Er wollte ankommen und anfangen. An der Zukunft bauen, an der alle, die wollten, sich beteiligen konnten – unabhängig von Geschlecht, Rasse oder Religion. Ali strich über seine Computertasche. Und das hier war der Zauberstab, der das möglich machte.

Dieses einzigartige Teil veränderte die Welt weit schneller und einschneidender als alles andere in der Vergangenheit. Ein Computer und eine Internetverbindung boten der Welt überall und jederzeit, was sie am meisten benötigte – Bildung und Wissen. Die Idee beschäftigte Ali schon eine Weile: wie man via Internet Bildung zugänglich machen konnte, mit strukturierten Lektionen, gratis, zugänglich für alle. Natürlich musste man wissen, wie man solche Juwelen aus der explosiv wachsenden Menge an Daten herausfiltern konnte. Aber er nahm den Müll als eine unvermeidbare Nebenwirkung einer Hochgeschwindigkeits-Entwicklung. Schließlich hatte das Internet innerhalb von ein paar kurzen Jahren Zugang zur xfachen Informationsmenge ermöglicht wie sie die Menschheit in ihrer ganzen Geschichte angesammelt hatte.

Von den hunderten Milliarden Webseiten beeindruckte die weltgrößte Enzyklopädie Ali am meisten: Wikipedia. Eine unglaubliche Datenmenge, die nicht exklusiv von Wissenshütern produziert wurde. Die Autoren und Autorinnen waren Männer und Frauen, Kids und Omas, Schwarze, Weiße und alle dazwischen, Muslime und Atheisten, Sektierer und Agnostiker. Menschen mit ihren individuellen Erfahrungen und Charakterzügen und genügend Interesse, ihr Wissen zu teilen. Das Internet war ein Forum, in dem Ideen ausprobiert und verbreitet werden konnten, aus dem Menschen Wissen holten und tauschten, Fragen stellten, Kritik, Anerkennung und Meinungen loswurden, diskutierten, teilnahmen, Umgang pflegten. Ihre Weltsicht wurde nicht länger durch eine höhere Kaste geprägt.

Die Idee des direkten Zugangs gefiel Ali. Er stellte sich vor, wie Informationen und Daten rund um den Globus reisten, durch die Luft, ohne Pass, ohne Visum. Die Daten schlüpften einfach durch, niemand konnte sie je dauerhaft einfangen. Jene, die spionierten, filterten, sammelten und verboten, waren nur für kurze Zeit erfolgreich. Ein faszinierender Trupp findiger Hacker fand die Löcher in den Verteidigungslinien und riss sie weiter auf. Dieser Geist konnte nicht mehr in die Flasche zurück gedrängt werden. Und das Ganze hatte sein volles Potenzial noch lange nicht erreicht.

Nationalstaaten waren damit beschäftigt, ihre Grenzen zu befestigen, Sektierer schlugen sich über Tausende Jahre alten Konzepten die Köpfe ein, während findige Köpfe die Nano-Zukunft schufen, in der alle Arten von Grenzen ganz einfach nicht mehr existieren. Ali hatte gelesen, dass Nanotechnologie in naher Zukunft den nicht-biologischen Anteil der menschlichen Intelligenz Milliarden Male leistungsfähiger machen und die Vision einer Wissensgesellschaft Wirklichkeit werden ließe. Nanowissenschaft überwindet die biologischen Grenzen des Menschen. Das war doch eine aufregende

Perspektive: Wenn die Menschheit von der materiellen auf die mentale Ebene wechselt, wird sie selbst die Evolution beschleunigen. Und zwar in einem unvorstellbaren Ausmaß.

Ali lehnt sich zurück und spielt das Lieblingsspiel seiner Kindheit: Wenn ich Pharao wäre. Wäre er heute Pharao, so wäre die Abschaffung der Nationalstaaten der erste Punkt auf seiner Traktandenliste. Sie kosteten schlicht zu viel. Allein die Verteidigungsbudgets. Sie bringen Machthaber mit der schlechten Angewohnheit hervor, sich gegenseitig zu attackieren. Zudem ist kaum eine Nation daran interessiert, die Entwicklung anderer Nationen wirksam zu unterstützen. Die Vereinten Nationen werden von den Vereinten Bürgern und einem Departement für Infrastruktur abgelöst. Anstelle der Tausenden von Entwicklungsprojekten, der Milliarden von Tropfen auf Milliarden glühend heißer Steine, globalisiert er das System. Geld für echte Entwicklung ist im Überfluss vorhanden. Die Streichung der Armeebudgets macht genug Kapital frei, um so ziemlich alles in Ordnung zu bringen, was auf diesem kleinen Felsbrocken im Weltall in Ordnung gebracht werden muss.

Pharao Ali führt globale Demokratie ein. Regionen werden wie Unternehmen geführt. Die Manager dieser globalen Demokratie müssen einen Master in Wohlstandsmanagement absolvieren, inklusive Friedensmanagement, fortgeschrittene Diplomatie, Ökonomie und Bildungsinfrastruktur, Entwicklung, Anti-Korruptionsstrategien. Nur absolut integre Individuen werden als Gebietsmanager eingesetzt. Pharao empfiehlt, sie zu dislozieren, damit sie unabhängig sind von ethnischen oder religiösen Gruppen. Ein Europäer managt Asien, eine Inderin verwaltet Europa, ein Nordamerikaner geht nach Griechenland. Die Christin steht dem muslimischen Land vor. Der Buddhist kriegt die Aufsicht über das katholische Land. Das ist vor allem für Gegenden wie Kaschmir oder den Mittleren Osten wichtig. Die begabtesten Manager oder Managerinnen werden in die von Krieg zerrissenen Gegenden geschickt, um Frieden und Wohlstand zu organisieren. Frieden, davon ist der Pharao auf Zeit überzeugt, ist das wichtigste für diese Erde.

Ali hat die Kämpfe satt. Sein ganzes Leben lang ist er Zeuge gewesen, wie Konflikte neue Konflikte gebären, wie Hass zu neuem Hass führt. Die Parteien sind wie ineinander verbissene Hunde. Unfähig, loszulassen. Und wenn sie einander endlich freigeben mussten, erschöpft oder geschwächt vom Alter, steht eine neue verblendete Generation bereit, ihren Platz einzunehmen. Wenn seine Manager übernehmen, werden solche Leute in Umerziehungslager geschickt, wo sie regelmäßig Filme ansehen müssen wie „Gandhi" oder „Die Götter müssen verrückt sein".

„Sir, wir sind am Haupteingang ... Sir?"

Ali schüttelte den Kopf um die Bilder von kleinen Buschmännern loszuwerden, die eine Gruppe Terroristen betäubten. Er drückte dem Fahrer genügend Geldscheine in die Hand, um ein breites Lächeln und eine Verbeugung zu ernten und trat hinaus in den angenehm warmen Nachmittag. Als er um die Ecke des Computer-Labors bog, dröhnte ihm ein „Yo, Araber" entgegen. „Du kommst immer erst, wenn wir die ganze Arbeit gemacht haben."

Ali packte Chayim Grunwald am Ärmel, zog ihn zu sich, pflanzte ihm einen Kuss auf den kahlen Schädel. Die Männer umarmten sich. Chayim war Ali Mentor, Lehrer und Freund. „Wunderbar", sagte Ali, „also auf an den Strand."

Chayim betrachtete seinen Freund mit glänzenden Augen. „Gleich, mein Lieber, gleich. Ich hab nur noch diese Kleinigkeit, bei der du mir helfen musst. Ein kniffliger kleiner Teufel. Genau deine Kragenweite."

Ali stöhnte, dann lachte er. Das war typisch Chayim. Er hatte ein ganzes Arsenal von ‚kleinen Teufeln' auf Lager, um Alis Fähigkeiten zu testen und ihm gleichzeitig neue Tricks beizubringen. Chayim war Alis Ansicht nach der beste und brillanteste Computerexperte der Welt. Er hatte noch nie erlebt, das Chayim kapitulierte. Er konnte Tag und Nacht arbeiten, angetrieben von Cola light und grässlichen

Süßigkeiten. Er war der Beste, und das war es, was zählte. Hautfarbe? Egal. Herkunft? Egal. Religion? Egal. Das mochte Ali an dieser Branche. Know-how, Kompetenz und Grips zählten. Sonst nichts.

„Dass die dich rausgelassen haben, Alter", wunderte sich Ali. „Es scheint als habe eure Regierung dauernd Schaum vor dem Mund und kriege jedes Mal heftige Hautausschläge, wenn sie das Wort Araber hören. Wussten sie denn, wohin du wolltest?"

„Glaub mir mein Freund, die wissen's. Sie wissen alles. Mossad ist überall, und muss Mossad mal aufs Klo, sind meine Nachbarn nur zu gern bereit, Mossad zu berichten, was ich unterdessen machte. Aber ich geb' dir Recht. Es war tatsächlich schwieriger, dort auszureisen, als hier einzureisen." Chayim kratzte die Stoppeln am Kinn. Mit den dunklen Knopfaugen und der kurzen Stupsnase erinnerte er Ali an einen Igel, an einen freundlichen, glatzköpfigen Igel.

Der ältere Mann legte Ali einen Arm um die Schultern, auch wenn er sich dazu auf die Zehen stellen musste, und steuerte ihn in Richtung Spielkiste, von der „kleinen Schönheit" schwärmend, die dort auf ihn wartete. Die Bauherren hatten einen Büroraum mit aller notwendigen Hardware ausgestattet, inklusive einer Riesenauswahl an Süßigkeiten. Ali startete seinen Laptop auf, machte es sich im ergonomischen Drehstuhl bequem und widmete sich der kleinen Schönheit.

Ab und an schaute Chayim von seinem Bildschirm auf, über den matrixartige Datenströme liefen, zu Ali hinüber. Er bewunderte die Konzentrationsfähigkeit seines Freundes. Der Typ würde sich durch nichts ablenken lassen, nicht einmal durch eine Parade rosaroter Elefanten, ein Nat Adderley-Stück trompeteten. Er wagte es nicht, ihm Kaffee oder etwas Süßes anzubieten. Ali würde nicht in diese Welt zurückkehren bevor er das Rätsel gelöst hatte.

Ali war selbst ein Computer. Er sammelte Informationen, verarbeitete sie blitzschnell und verteilte sie dann an alle, die ihm zuhören mochten. Und genau wie ein Computer wertete Ali die Informationen nicht. Seine Idee von Wahrheit war das Destillat, das blieb, wenn alle Seiten eines Themas betrachtet und alle Ansichten verglichen worden waren. Es gab drei Dinge, mit denen Ali Mühe hatte und auf die er ziemlich ungehalten regieren konnte: Langweilige Menschen, steife Etikette und fixe Zeitpläne. Chayim lachte in seine Stoppeln, als er sich an den Abend an der Humboldt Universität in Berlin erinnerte. Sie sollten eine Ehrung erhalten. Ali hatte ihn überredet, die Zeremonie zu verlassen, bevor ihre Namen überhaupt aufgerufen wurden. Sie waren vor dem monotonen, selbstgefälligen Gerede des Laudators in einen deutschen Bierkeller geflohen.

Ali fuhr nicht zum Flughafen, um Nasrin abzuholen. Sie erwartete das auch nicht. Sie hatte schnell verstanden, dass es nicht diese Art Beziehung war, und das kam ihr entgegen. Sie war stolz auf ihre Unabhängigkeit, darauf, dass sie ihre eigenen Entscheidungen getroffen und sich um ihre Angelegenheiten gekümmert hatte, in einem Alter, in dem andere Mädchen sich noch hinter den Röcken ihrer Mütter versteckten. Abgesehen davon bot das Hotel ein Shuttle an.

Nasrin freute sich auf die Tage mit Ali. Sie verbrachten nicht viel Zeit zusammen, aber wenn, dann war es fast immer wunderbar, vergnüglich, voller Musik, mit guten Gesprächen und – großartigem Sex. Ihre Haut kribbelte, wenn sie nur daran dachte, was Alis beweglicher Körper, sein sinnlicher Mund und die erfinderischen Hände mit ihr anstellten. Der Mann hatte keine Ahnung, wie attraktiv er war.

Anstatt sie an Flughäfen abzuholen oder ihr Blumen zu schicken, tat Ali etwas viel Wertvolleres – er hörte ihr zu, war echt interessiert an ihren Gedanken, ihrem Leben, an ihr. Er würde begeistert sein von ihrem neuen Projekt. Sie musste eine Gruppe von amerikanischen Archäologiestudenten anleiten, die Geheimnisse der heiligen Stadt von Alis Lieblingspharao zu entdecken: Echnaton, der Sonnengott.

„Wir erwarten nichts Großartiges. Aber du weißt, wie gerne ich mit Studenten zusammen arbeite. Mir gefällt ihr Enthusiasmus, die Überzeugung, etwas Spektakuläres zu finden. Ihre Fähigkeit, eine langweilige Grabung in eine aufregende Schatzsuche zu verwandeln, erinnert mich an mich selbst in ihrem Alter."

„Ah, meine kostbare Antiquität." Ali betrachtete Nasrin, die neben ihm auf der Terrasse der Hotelsuite lag. Ihre geheimnisvoll dunklen Augen faszinierten ihn immer wieder. Er nahm ihre Hand und küsste sie. „Bald werden sie dich in einer Sänfte zu den Ausgrabungen tragen müssen ... Aber was werdet ihr dort genau tun? Irgendwelche spannende Technologie im Einsatz?"

„Ja, sicher." Nasrin amüsierte das Bild, das Ali entworfen hatte. „Wir werden nicht wirklich graben. Die Kids lernen nicht-invasive Techniken zu handhaben. Bodenradar und Geoinformationssysteme."

„Nicht invasiv, ha! Das gefällt mir." Ali lachte seine Freundin an, während ihre Zehen miteinander Verstecken spielten. „Wird ja auch in der Medizin immer wichtiger."

„Auch Sex ist zunehmend nicht-invasiv", unterbrach ihn Nasrin. „Virtueller Sex soll sogar absolut fantastisch sein. Wir können endlich das alte Schlagwort ‚kein Spaß ohne Risiko' vergessen. Für Frauen ist das eine große Erleichterung."

„Für Männer auch", nickte Ali. „Keiner ‚braucht' mehr eine Frau, um seine sexuellen Bedürfnisse zu befriedigen."

Nasrin bemühte sich, die Diskussion von diesem heiklen Thema weg zu steuern. „Die Studenten sollen in der nördlichen Stadt von el-Amarna verborgene archäologische Merkmale aufzeichnen und den Umgang mit ihren neuen Spielsachen lernen."

„El-Amarna, die Stadt meines Lieblingspharaos. Das weißt du oder etwa nicht? Dieser Revolutionär hat mich immer fasziniert. Und weißt du was? Solche Typen brauchen wir auch heute."

Nasrin schaute hinaus aufs Meer. Schade. Schmusen oder Kuscheln waren nicht angesagt in den nächsten Minuten. Ali war offensichtlich im Schnelldenk-Modus. Mit einem leisen Seufzer gab sie nach: „Wie meinst du das? Sollen wir zum System der Pharaonen zurückkehren? Das ist nicht dein Ernst, oder doch?"

„Nein, natürlich nicht. Die Zeit der Könige und Führer ist für immer vorbei. Aber Echnaton hat etwas sehr wichtiges verstanden. Als er den Schweinestall ausmistete, den die Priesterschaft aus einer noblen Berufung gemacht hatte, baute er nicht auf den alten Fundamenten auf, sondern startete von Grund auf neu, auf jungfräulichem Boden ... Und mit nur einem Gott."

„War das nicht der Beginn des Monotheismus? Vorher waren die Himmel doch von einer Unmenge Göttinnen und Götter bevölkert und dann – bumm – war es nur noch einer. Die ehrfurchtgebietende Scheibe der Sonne."

Ali nickte. „Er hat dieser Horde unheiliger Männer den Teppich unter den Füssen weggezogen, indem er die Andacht auf einen einzigen Gott zuschnitt, auf Aton, den Sonnengott. Einen Gott, den die Menschen jeden Tag am Himmel sehen konnten. Damit gab er jedem Individuum quasi direkten Zugang zur Quelle."

„Das war nicht der einzige mutige Schritt! Er hob außerdem Frauen auf die gleiche Ebene wie Männer. Er machte Nofretete zu seiner Mitregentin! Ist doch eine tolle Lektion für unsere Mullahs, meinst du nicht?"

Wieder nahm Ali ihre Hand. „Ah, meine hochgeschätzte Hauptfrau, du hast ja so Recht." Er schaute sie mit einem lüsternen Grinsen an und fuhr, wieder ernst, weiter: „Es ist im Grunde ganz einfach. Auch die meisten Unternehmer fürchten dein Geschlecht. Für mich ist das ein Riesenvorteil. So kann ich nämlich unter den Besten aussuchen. Zudem arbeite ich gern mit Frauen zusammen." Er zog ihre Fingerspitzen an seine Lippen und nuschelte: „... und nicht nur arbeiten." Laut sagte er: „Frauen sind die wertvollsten und besten Partnerinnen für

Männer, so lange sie Zugang haben zu den gleichen Bildungsangeboten und Arbeitsmöglichkeiten. Nur dumme Männer wollen dumme Frauen."

„Glücklicherweise fangen immer mehr muslimische Männer an, so zu denken, wie du. Wie wollen Araber im weltweiten Markt konkurrieren, wenn Generationen von Kindern von Müttern erzogen werden die im Mittelalter gehalten werden." Nasrin stand auf und lehnte sich an die Brüstung.

„Absolut. Die virtuelle Realität könnte hier Wunder wirken. Wir sollten eine Art Test erfinden für Prediger, Missionare und Mullahs, um ihre Kenntnisse der modernen Welt, der modernen Technologien zu überprüfen. Wenn sie nicht bestehen, müssen sie eine Tour durch die virtuelle Wirklichkeit absolvieren. Das würde sie direkt ins Hier und Jetzt kicken."

„Fragst du deshalb Leute immer danach, wie sehr sie in der Vergangenheit leben?"

Ali lachte. „Das ist dir also aufgefallen. Ich kann's nur empfehlen. Es macht ihnen bewusst, wie sehr sie im bereits gelebten Leben feststecken, in Dingen, die sich nicht ändern, sondern nur wiederholen lassen. Nur wenn du voll in der Gegenwart lebst und deinen Geist in die Zukunft richtest, erhält dein Hirn ein regelmäßiges Update."

„Sprichst du deswegen so wenig über deine eigene Geschichte?" frage Nasrin und damit nach etwas, das sie beschäftigte seit sie ihn kannte.

„Ich verstehe nicht, weshalb Leute ihre persönliche Geschichte so faszinierend finden. Was hat es mit dem zu tun, wer ich heute bin? Ich bin ein Echtzeit-Mensch, ein Hier und Jetzt Typ. Das solltest du inzwischen gemerkt haben. Wenn du zu viel Vergangenheit mit dir rumschleppst, bleibst du an Vorfällen kleben, die ihre wahre Bedeutung verloren haben, an Emotionen, die nicht mehr relevant sind. Die eigene Geschichte ist wie schweres Gepäck voller verstaubter Souvenirs. Wer will die schon mitschleppen! Sie halten dich nur davon ab, in der

Gegenwart zu leben." Mit diesem Ausbruch hatte sich Ali neben Nasrin gestellt und Richtung offenes Meer gesprochen.

„Schau dir doch alle diese Regierungschefs an, die sich immer noch mit vergangener Glorie brüsten, anstatt sich der Zukunft zu öffnen. Sie schmettern neue und unkonventionelle Ideen reflexartig als unrealistisch ab und klammern sich an das Bewährte. Wenn man ihnen zuhört, könnte man meinen, die Erde sei flach. Vor wie vielen Jahren sind Menschen auf dem Mond gelandet? Wir leben in einer Welt, die ein Mensch von vor drei Generationen kaum mehr erkennen würde. Deshalb empfehle ich hohe Dosen kulturelle und historische Amnesie für den ganzen Globus." Mit einem Lachen fügte er an: „Vor allem für jene in den am meisten betroffenen Gegenden."

„Also müssen wir den Speicher der Festplatte löschen und eine Echnaton-mäßige Revolution anzetteln?"

„Da hast du verdammt Recht. Vergiss die Vergangenheit! Gib Menschen direkten Zugang zur ultimativen Realität. Weißt du, so wie die open-source Shareware. Genau das braucht die Welt. Vergiss all die Passwort-Hüter, all diesen dummen Aberglauben." Ali tigerte hin und her und schwenkte sein Glas, um seine Worte zu unterstreichen.

Nasrin betrachtete ihn voller Zuneigung. Das war Teil seiner Attraktivität. Die Art, wie er sich über ein Thema ereifern konnte, Ideen entwickeln, Lösungen finden – um alles ganz schnell wieder fallen zu lassen und sich etwas Neuem zuwenden. Er war kein Grübler. Er mochte eine schnelle Analyse der Fakten und einen schnellen, verwegenen Ausweg aus scheinbar unüberwindlichen Problemen.

„Und dann ist Echnaton doch gescheitert ... Sobald er tot war, stellten die Priester die alte Ordnung wieder her."

„Ich weiß, ich weiß. Hauptsache, er hat es versucht. War ja nicht zuletzt auch eine Frage der Bildung. Die einfachen Menschen konnten einfach nicht verstehen, dass ihnen der direkte Zugang zum Göttlichen offen stand. Sie waren überzeugt, sie bräuchten Mittelsmänner – die im Übrigen von ihrer Arbeit lebten wie die Maden im Speck. Das immerhin ist heute nicht mehr möglich, seit so viele Leute direkten Zugang zum Internet haben."

„Apropos direkter Zugang", unterbrach ihn Nasrin, „wie geht's eigentlich deinem Bildungsprojekt?"

Alis Projekt hatte mit Nachhilfelektionen via Computer für Lailah angefangen. Jetzt war das Ziel, mit Unterstützung einer der begabten Frauen in seinem Büro ein Bildungswerkzeug zu entwickeln, das via Satellit in Weltgegenden gebeamt werden konnte, in denen Kids wenig oder keinen Zugang zu Schulen hatten.

„Ich hab' einen guten Namen dafür gefunden", sagte Ali. „SAT-ED. Gefällt's dir?" Nasrin nickte aufmunternd.

„Es macht Spaß, das Ding mit Habiba zu entwickeln. Diese Frau ist unglaublich. Ich spinne an einer Idee herum, entwerfe ein Bild wie es funktionieren sollte, und sie hört nicht auf zu tüfteln und pröbeln, bis sie eine konkrete Umsetzung gefunden hat. Wir arbeiten jetzt an relevanten Inhalten: Grundbildung plus Wissenschaft. Wissenschaft ist übrigens ideal, um kulturelle Amnesie zu fördern", schmunzelte Ali. „Diese Form der Bildung passt ausgezeichnet zu einem anderen meiner Lieblingsprojekte, die Charterstädte. Sobald eine gebaut und eingerichtet ist, und die Leute eingezogen sind, ist auch das Bildungsangebot bereit."

Nasrin liebte Alis Enthusiasmus für visionäre Projekte, auch wenn sie ihn immer wieder von der physischen Nähe zwischen ihnen beiden ablenkte.

„Bildung verfeinert die menschliche Software", fuhr Ali fort. „Mit Programmen wie SAT-ED können wir die Kinder dieser Welt – und natürlich auch alle interessierten Erwachsenen – beschäftigen, aktivieren und ihnen Vertrauen in die Zukunft schenken. Wir, als globale Gesellschaft, brauchen das dringend."

„Das ist wirklich cool, Ali. Ich hoffe, diesem Projekt ist Erfolg beschieden."

„Die Realisierung wäre so einfach. Die G20 oder so könnten solche Programme mit einem Promille ihrer

Verteidigungsbudgets finanzieren. Schließlich ist Bildung die wirksamste Prävention! Wir müssen jetzt handeln. Schnelligkeit ist wichtig heutzutage. Wir haben das Wissen, und Geld könnte problemlos frei gemacht werden. Alles, was nötig ist, ist eine entsprechende Entscheidung." Er zuckte die Schultern.

„Wann wirst du dein Programm der Öffentlichkeit vorstellen?"

„Weiß nicht. Bald bin ich unterwegs in die USA. Die kalifornische Regierung will ein paar Ideen für ein CO_2 freies öffentliches Verkehrssystem. Stell dir vor, die golden boys wollen von den Terror-Scheichs lernen."

Nasrin umfasste ihn und zog ihn an sich. „Lass uns das Beste machen aus der Zeit, die wir haben", wisperte sie in seine Halsbeuge und knabberte an der weichen Haut. Ali war noch nicht so weit.

„Ich muss mich bewegen, meine Schöne. Deine Wahl: Kraftraum oder eine Runde auf dem Fahrrad?"

Nasrin verbarg ihre Enttäuschung hinter einem Lachen. „Du bist wie ein Hochseehai. Du musst dich dauernd bewegen, sonst ertrinkst du, nicht war?"

„Ganz falsch, meine Süße. Ich bin keine Wasserkreatur. Wäre ich eine andere Lebensform, so würde ich mit solar betriebenen Flügeln durch die Luft schwirren und dich in der Luft lieben."

8

Master Level Seelen

Marvin leckt genüsslich die Salzkristalle von seinem Handrücken und lässt sich auf seinem Surfbrett von den Wellen wiegen. So ließ sich der Aufenthalt durchaus genießen auf dem dritten Planeten von der Sonne aus gesehen, in diesem Sonnensystem im Orionarm der Spiralgalaxie namens Milchstraße.

Der Planet ist zwar unscheinbar, was seine Größe angeht, doch die Versuchsanordnung ist durchaus bemerkenswert. Im Moment ist Marvin mehr als zufrieden mit seiner menschlichen Form. Er dümpelt auf dem Wasser, in Sichtweite ihres Strandhauses, und genießt die Sonnenstrahlen und das Salzwasser, das auf der Haut, die äußerste Schicht des Lebensgewandes, trocknet.

Faszinierende Kostüme. Der Grundschnitt ist für alle gleich. Sie unterscheiden sich einzig in Größe, Farbe und kleinen Details. Es ist auf den ersten Blick unmöglich zu beurteilen, ob ein Anfänger drin steckt oder ein Routinier, der schon Millionen Auftritte hinter sich hat. Männer und Frauen spielen Rollen als Sklavinnen oder Meister, als Bettler oder Königinnen, als Propheten oder Bösewichte, Liebhaber, Mütter, Väter, Brüder, Schwestern, Täter, Opfer und – neuerdings – professionelle Surfer. Menschen schlüpfen für kurze Zeit ins entsprechende Kostüm, legen es ab, treten von der Bühne ab, streifen ein neues über und beginnen das Spiel in einer neuen Rolle – je nach Lektionen, die gelernt und Erfahrungen, die integriert werden müssen. Alle Scripts sind im individuellen CID gespeichert, dem Chemischen Informations-Datenträger.

Früher am Tag, auf ihrer Terrasse, hatten Marvin und Ave Victoria mit Fragen über die fünf Menschen bestürmt, die offenbar bei der Eröffnung des nächsten Aktes Hauptrollen spielen werden. Warum ausgerechnet diese fünf? Was machte sie so besonders? Warum bekamen sie diese Rollen? Gab es ein Vorsprechen?

Anstatt zu antworten, bewegte Victoria ihre Hand langsam durch die Spektralfarben, welche die Sonne, die sich am geschliffenen Rand des Glastisches brach, auf den Boden warf. „Ein Mensch ist wie ein Prisma", sagte sie. Jeder bricht das Licht auf seine Weise und projiziert es in die Welt. Der CID bestimmt, wie jemand das universelle Antriebsprinzip ausdrückt."

Marvin hatte das Bild gefallen. Mehr als sieben Milliarden individuell geschnittene Prismen. Jedes brach das gleiche Licht auf seine ganz eigene Art. Dieser Planet müsste sich doch einem ungetrübten Auge wie ein exquisites Juwel darbieten: Jedes Wesen eine einzigartige Facette des kosmischen Kaleidoskops.

Victoria hatte die Farbmetapher beibehalten und erklärt, Erdlinge seien zwar eine Mischung aus allen Farbfrequenzen, drückten aber eine besonders stark aus. „Man könnte sagen, Menschen kommen mit farbigen Brillengläsern zur Welt". Und endlich hatte sie auch ein paar Informationen über die fünf Erdlinge preisgegeben, die ihn und Avory so interessierten. „Dank ihres erweiterten CID durchschauen sie den Brillentrick. Sie sind sich bewusst, dass sie die Welt aus einer bestimmten Perspektive betrachten, ohne zu vergessen, dass alle anderen Sichtweisen ebenso relevant sind. Sie wissen, dass Klarheit sich nur einstellt, wenn man alle Farben – alle Standpunkte – überblendet."

Damit begann der vergnügliche Teil. Marvin schlug vor, das Quintett nach der Farbe ihrer Gläser zu sortieren. Avory war sofort Feuer und Flamme und hatte die Idee, mit sich selbst zu beginnen. Zwischen Avorys eigenem Weiß, das Erschaffen, Licht und die aufsteigende Welle repräsentiert, und Marvins Schwarz, das auf Auflösung, Dunkelheit und die

absteigende Welle verweist, steht Victorias Grau:
Zusammenhalt der Materie, Zwielicht, Wellenkamm und –tal,
wo die Welle für einen Moment zum Stillstand kommt. Big G's
Farbe entspricht seiner Rolle als Hüter der Schwelle zwischen
der grobstofflichen und der nicht sichtbaren Welt: Violett, die
schnellste für das menschliche Auge sichtbare Frequenz. Die
fünf Erdlinge komplettieren die Farben des Regenbogens.

Marvin setzte der lebhaften, kreativen, dramatischen Barb
Bernstein ohne zu zögern die orange Brille auf. Orange betont
die äußerste Hülle: Form, Gestalt und Individualität der
Materie. Eine logische Wahl angesichts Barbs Obsession mit
ihrem Lebensgewand und mit dem, was sie ihre Identität nennt.
Die Zwillinge hatten am Plasmawürfel ihren Fernsehauftritt
verfolgt. Grandios, wie sie sich auf dem Altar ihrer
Überzeugungen geopfert hatte.

Auch bei Hakika Hasina waren sie sich schnell einig. Sie
erhielt das grüne Modell: ein smaragdener Strom, der feste
Formen umfließt und rigiden Egos die Kanten abschleift.
Hakika ist ganz Herz und Mitgefühl. Typisch für grün kann sie
sogar ihre Angreifer verstehen und ihnen vergeben.
Prädisponiert zu helfen, sich zu kümmern, für andere da zu
sein, egal, ob Mensch, Tier, Pflanze.

Die rote Brille ging an Reto. Ein Mann mit einer Affinität
für Macht und für die Hitze des Gefechts. Er muss sein
Lebensgewand durch extreme Aktivität auf eine hohe
Betriebstemperatur bringen. Reto mag Gesetze, Strukturen und
Regeln. Er ist gleichzeitig pragmatisch und kompetitiv. Marvin
versuchte Avory dazu zu überreden, sich bei einer von Retos
Rekordskitouren hinter ihm zu materialisieren und ihn beim
Aufstieg mit Abfahrtsgeschwindigkeit zu überholen. Das würde
Retos Ego einen bösen Kratzer beibringen.

Alis Brille verstärkt das Blau der Luftpartikel, keine Frage.
Trendsetter des neuen Zeitalters, in dem Luftpartikel im Leben
der Menschheit eine Hauptrolle spielen. Wer die Luft meistert,
ist an vorderster Front, überwindet Grenzen, kann sich mit

allen und allem vernetzen. Der Araber lässt sich weder auf philosophische Debatten ein noch geht es ihm ums Rechthaben. Das erscheint ihm alles ziemlich fruchtlos. Ali ist kein Zauderer. Er ist ein Macher, ein Tatmensch, einer, der die schnelle, innovative Lösung sucht.

Shiv kriegte das exklusivste Design, das gelbe Fusionsmodell. Er ist fähig hochfrequente Teilchen wahrzunehmen. Er hat damit den klaren Blick auf die grundlegende Wirklichkeit. Durch die gelbe Linse wird feste Materie in ihrer wahren Form sichtbar: als Teilchen in konstanter Bewegung. Mit seinen inneren Sinnesorganen hat Shiv die Wahrnehmung Einsteins, die den elementaren Klang des Universums vernimmt und Farben auf neue kreative Weise überblendet und mischt.

„Ah, ich sehe, ihr versucht es Meister Sitaram gleich zu tun, zu klassifizieren, zu strukturieren und die Dinge in eine Ordnung zu bringen." Big G's Donnergrollen brachte das lebhafte Gespräch zum Verstummen. „Nicht schlecht, was ihr hier zusammen gebastelt habt. Gar nicht schlecht. Aber Farben sind nicht die einzigen Merkmale, nach denen sich unsere fünf Freunde ordnen lassen. Habt ihr schon daran gedacht, dass sie auch die fünf Elemente repräsentieren, die – verzeiht, wenn ich das so sage – meine ganz besonderen Spielfelder sind?"

Auf Big G's Vorschlag hin stürzten sich die Zwillinge erneut ins Sortieren. Wieder waren sie sich bei Barb Bernstein rasch einig: Orange Brillengläser stehen für Erde und Form. Big G lachte in sich hinein, bis das Geschirr auf dem Tisch tanzte. „Eine echte Drama-Queen. Ich führe sie an einer sehr kurzen Leine."

Die grüne Miss Haki passt nur zu Fließendem, zum Wasser, das Big G's Geboten folgt und stets gehorsam Richtung Süden fließt. Der rote Reto verkörpert das Feuer. Der blaue Ali gehört zur Luft. Bleibt Shiv und die Farbe Gelb. „Ja, sein Element ist Raum, mein geheimer Reisepartner", grummelte Big G. „Er hat gedanklich und physisch eine Ebene erreicht, die selbst für mich schwierig zu kontrollieren ist."

Victoria unterbrach das gegenseitige Schulterklopfen der Zwillinge. Sie erklärte, diese fünf Individuen seien Seelen auf Meisterebene, so genannte Master-Level- Seelen, ausgerüstet mit einem umfassenden CID. Da sie das Spiel des Lebens schon seit Äonen spielten, sei ihr Fusionssinn kurz davor, sich zu aktivieren. Erdlinge nennen ihn den sechsten Sinn. Er ist in jedem Gehirn eingebaut.

„Der Fusionssinn bewirkt, dass das individuelle Ich seine Grenzen überwinden und das universelle Antriebsprinzip erfahren kann. Master-Level-Seelen erkennen durch die oberflächlichen äußeren Attribute eines Lebensgewandes hindurch die ultimative Identität jedes einzelnen Spielers. Der Fusionssinn wird aktiviert, sobald sich die fünf begegnen."

„Wann, Vicky, wann?"

„Bald, Marvin, bald."

Das Konzept ‚bald' bedeutete den zeitlosen Zwillingen nichts. Sie gaben nicht auf, bis Victoria weitere Einzelheiten über die Herausforderungen der fünf menschlichen Sinne herausrückte. Ohne aktiven Fusionssinn, ist es nahezu unmöglich das, was Menschen als Realität betrachten, zu dekodieren.

„In Indien etwa ist es üblich, sich einen roten Punkt auf die Stirn zu malen, ein Bindi. Der Punkt symbolisiert den tiefen Wunsch, den sechsten Sinn zu erleben, den Fusionssinn zu aktivieren", erklärte Victoria, bevor sie Avory und Marvin für das Experiment mit den menschlichen Sinnen an den Plasmawürfel schloss.

Vic hatte ihn an seinen Lieblingsstrand geschickt. Er wanderte der Flutlinie entlang und betrachtete mit seinem permanent aktiven Fusionssinn die unterschiedlichen menschlichen Formen am Strand. Ihm fiel eine Gruppe der schwergewichtigeren Art auf. Die Teilchen ihrer Lebensgewänder schwangen extrem langsam. Sie passten nicht zum durchschnittlichen Schwingungsmuster dieses

Breitengrades. Marvins Datenbank lieferte auch sofort die Erklärung: Der Teilchen-Speed gehörte zu Arten, die dicke Isolationsschichten gegen Kälte brauchten oder genügend Reserven für einen langen Winterschlaf.

Während er darüber nachdachte, warum ein Mensch in diesem warmen Klima einer derart gut isolierten Spezies ähneln wollte, deaktivierte Victoria am Plasmawürfel Marvins Fusionsstatus. Sofort fesselten Essensstände seinen Blick. Seine Nase nahm Witterung von gebratenem Speck und Frittierfett auf. Ein junger Erdling biss in einen Hamburger. Mayonnaise tropfte ihm über das Kinn. Marvins Geschmacksknospen sonderten Flüssigkeit ab. Er roch Softdrinks, Schokolade, Kuchen. Gier flutete sein System. Wohin zuerst? Er wollte, er musste alles haben. Jetzt gleich. Sofort. Mindestens eins von jeder Sorte – besser noch, beide Hände voll von allem. Als er auf die Burger-Bude zustürmte, übernahm der Fusionssinn wieder das Kommando und erlöste ihn vom reißenden Sog der Sinne.

„Ich schwöre, diese Essstände hatten die Anziehungskraft eines schwarzen Lochs!" Marvin klang vollkommen verblüfft, als er von seinem Stranderlebnis berichtete. „Ich habe den Wert eines aktiven Fusion-Sinns bislang ganz schön unterschätzt. Ohne ihn ist der Mensch Sklave seiner Sinne. Diese Sinne sind wahre Tyrannen! Sie haben die Macht, einen arglosen Menschen innerhalb von Sekundenbruchteilen in die größten Schwierigkeiten zu bringen."

Avory amüsierte sich über Marvins Schilderungen. Das konnte ihm nicht passieren, er hatte eine edle Aufgabe gefasst: Er ging ins Konzert. Die Neunte von Beethoven. Großartige Musik, Weltklasse-Orchester, Stardirigent, Top-Chor mit Top-Solisten, das hatte er recherchiert.

Avory tauchte tief in die harmonischen Schwingungen ein. Die Instrumente, die Hände, die sie in Bewegung setzten, die Stimmen, die Harmonie des gemeinsamen Tuns, der Dirigent, der den Schall verwirbelte und verteilte. Avory war die Musik.

Er war eins mit den Tönen und Stimmen. Seine Teilchen schwangen in Vollkommenheit mit den Schallwellen.

Victoria erwischte den perfekten Augenblick, um seinen Fusionssinn auszuschalten. „In dem Moment, als du den Schalter umlegtest, war es, als würde ich in fünf Stücke zerrissen", berichtete Avory. „Der unbequeme Konzertstuhl schnitt mir in den Hintern; der Typ neben mir stank nach Knoblauch; die Dame auf der anderen Seite trug ein Parfüm, das mich vernebelte. Dann fielen meine Augen in ihr tiefes Dekolletee, und plötzlich wollte ich sie unbedingt berühren." Die Musik ertrank in alledem, war nur noch ein verwirrender Sinneseindruck unter vielen. „Alles zusammen riss mich in einen schwindelerregenden Empfindungstaumel", erzählte Ave, „in eine Kakophonie der Sinne, und es machte überhaupt keinen Spaß."

Er erinnerte Marvin daran, wie sie vor einiger Zeit bei der Familie des Neugeborenen hereingeschaut hatten. Die älteren Kinder hatten eine Schachtel mit bunten, unterschiedlich großen Teilen erhalten. Ein ziemlich unnützes Geschenk, dachten sich die Zwillinge. Was war so besonders an einer Schachtel voller Fragmente? Doch die Kinder schienen sich zu freuen. Sie studierten das Bild auf der Schachtel, sortierten die Teile und bauten flink das abgebildete Raumfahrzeug zusammen.

War das nicht vergleichbar mit den fünf Sinnen, die jedes Objekt in verschiedene Teile zerlegten? Nur mit einem aktiven Fusionssinn konnte man die Wirklichkeit erkennen. Victoria nickte. Genau das werde das Upgrade liefern: Das Bild auf der Schachtel.

Marvin paddelt langsam den Wellen entgegen. Ave und er hatten sich auf diese Lektionen gefreut und auf den Spaß, der dann allerdings ausgeblieben war. Immerhin hatten sie beide jetzt viel mehr Achtung vor dem Menschsein. Es war eine echte Herausforderung, die materielle Welt mit derart limitierter Software zu entschlüsseln. Er schnippt einen Fisch weg, der an seinen Fingern knabbert - und zerlegt das aquatische Wirbeltier in seine Teilchen. Unabsichtlich. Ups! Er muss künftig besser aufpassen. Es ist eine Sache, Victorias hoch geschätzten venezianischen Leuchter zu einem Tintenfisch umzuordnen. Lebende Wesen sind eindeutig tabu.

Die Dämmerung zieht eine Schleppe in Orange, Gold und Violett hinter sich her, legt sie über Himmel und Wasser. Die Zwillinge haben einen heiß umkämpften bi-manualen Tennismatch hinter sich. Eine der selbst erfundenen Sportarten, um in Form zu bleiben und Körper- und Hirnhälften im Gleichgewicht zu halten: Schläger in beiden Händen, immer zwei Bälle auf ein Mal. Ein schnelles und komplexes Spiel, ganz nach ihrem Geschmack. Genau so können sie mit je zwei Basketbällen dribbelnd aufeinander losstürmen und sie gleichzeitig in nebeneinander hängende Körbe versenken.

„Hat es noch von diesem fermentierten Gerstensaft, Vicky ma belle?" fragt Marvin und öffnet schon den Kühlschrank. „Auch einen, Ave?"

Der hochgewachsene Mann nickt, doch Victoria stoppt sie mit den Augen. Kein Trüben oder Verlangsamen der Schwingungen heute Abend. „Ich brauche euch in Topform", sagt sie.

„Soll ich mit Big G ringen?", ruft Marvin, „das kann ich mit einer Hand auf den Rücken gebunden."

„Yeah. So wie in diesen Wrestling Shows, die du dir im Erdling-TV dauernd rein ziehst. Vielleicht materialisiert dir Victoria ja auch eins dieser hübschen Glitzerkostüme!"

Die Missionsleiterin hebt kurz ihre perfekten Brauen. „Ich habe etwas viel Besseres. Ihr werdet heute Abend die Wirklichkeit unserer fünf Freunde kennen lernen."

Um menschliche Identität zu verstehen, dürfen die Zwillinge in die sehr unterschiedlichen Umfelder des Quintetts eintauchen, nicht physisch, sondern virtuell. Aufgeregt treten sie zum Plasmawürfel, und noch bevor Marvin weitere Fragen stellen kann, steckten sie mitten in einem Schnellzug durch die sinnlichen Wahrnehmungsmuster der fünf Freunde.

Zuerst tauchten sie ein in Alis arabische Welt mit ihren speziellen Geräuschen, Gerüchen, Geschmäckern und Bildern. Gedränge, bärtige Männer, Frauen in Jeans, in Businesskostümen, von Kopf bis Fuß bedeckt. Rhythmische Musik, Muezzine rufen zum Gebet, klickende, bernsteinfarbene Perlen. Sandkörner auf unbedeckter Haut, aromatischer Shisharauch, Kaffee gewürzt mit Kardamom. Sie tauchen in Hakis afrikanische Wirklichkeit, die unerträgliche Hitze, die geruchliche und visuelle Kakophonie der Märkte, die Schreie und das Gelächter der Kinder. Undurchdringlicher Regenwald, breiter, träger Fluss. Was für ein Kontrast zu Retos wohlgeordneter Schweizer Umgebung. Kristallklare Luft über schneebedeckten Bergen. Geschäftige Straßen, geschäftige Menschen. Kuhglocken und Kirchenglocken. Und schon stecken sie mitten in Barbs Heimat. Ihre Sinne erfüllt mit dem Geruch des Ozeans, mit Autoabgasen, mit Häusern, die bis zum Himmel reichen. Süßer Duft von Orangenblüten. Zum Abschluss ihrer Tour werden sie in Shivs Indische Wirklichkeit geworfen, mit ihren reichen Düften und satten Farben. Klingelnde schimmernde Armreifen, milchiger Gewürztee, sanfte Sitarklänge und Sandelholzrauch. Menschenmassen, Sprachgemisch, verstopfte Straßen, erhabene Gebirge.

Die würzigen Gerüche verwehen, die Hitze bricht, und die Zwillinge nehmen nach und nach das Rauschen der Wellen wahr, die kühle Brise auf der Haut, den salzigen Geruch des Ozeans. Ihnen scheint, als habe die wilde Reise durch die extrem unterschiedlichen Realitäten der fünf Master-Level-Seelen ihre Sinneswahrnehmung erheblich geschärft.

„Wow! Was für ein Trip." Marvin ist immer noch ganz gefangen von den lebhaften Bildern und Eindrücken. Er streckt die Arme aus, als wolle er den ganzen Planeten umfassen. „Jetzt dämmert es mir langsam. Der CID bestimmt zwar deine Wahrnehmung, aber die Umgebung formt das Gefühl dafür, wer und was man ist. Je nachdem wo du lebst, nimmst du über deine Sinnesfilter ganz andere Schwingungsmuster auf. Stimmt's?"

Wenn ein Mensch „ich" sagt, meint er primär den Schnitt des Lebensgewands, männlich, weiblich, hell- oder dunkelhäutig, stark oder schwach, groß oder klein, sowie die individuelle mentale Interpretation dessen, was die fünf Sinne einsaugen. Ja klar, das leuchtet ein. Und es erklärt vieles, was die Zwillinge bislang nicht verstanden haben. Eine derart begrenze Vorstellung von Identität schränkt Menschen extrem ein. Sie verführt sie dazu, alles, was nicht in den gewohnten Raster ihres Ichs, Meins oder Michs passt, als falsch und unwahr zu deklarieren oder ganz einfach als inexistent auszuschließen.

„Das Upgrade steigert die Fähigkeit, das ‚Nicht-Ich' zu erkennen", sagte Victoria. „Vor allem, da ja das ganze Spektrum im individuellen CID vorhanden ist. Die Menschen wollen sich von der Monovision hin zur Multivision entwickeln."

Sie werden begreifen, dass ein Individuum nur oberflächlich weiß oder schwarz, ein Christ oder eine Muslimin, Inderin oder Amerikaner, Kommunistin oder Republikaner ist. Das ist einzig eine Frage der Verdrahtung im Hirn, des Lebensgewand-Designs, Umgebung, Farbe der Brillengläser und des mentalen Trainings. Menschen mit Upgrade durchschauen diese Differenzierungen und konzentrieren sich auf das, was sie vereint. Jene Qualitäten, die sie in einer globalen Gesellschaft brauchen werden. Und alle, die noch tiefer in die Frage der menschlichen Identität eintauchen, werden die singuläre Quelle im Zentrum aller Existenz erkennen.

„Die Sehnsucht nach der Erweiterung der eigenen Identität wird wachsen und die menschliche Gesellschaft verändern", schließt Victoria. „Es ist die Bestimmung der Menschheit, eine vereinte Spezies von Brüdern und Schwestern zu werden. Eine Schauspieltruppe, freudig und freiwillig unter demselben Regisseur in einem gemeinsamen Stück."

9

Fünf Wege kreuzen sich

„Und ich sag' dir, ich gehe allein!" Barb Bernstein stampfte mit dem Fuß wie eine bockige Dreijährige. Mercedes musste ihr Gesicht verbergen, damit Barb nicht sah, wie sie schier am Lachen erstickte. „Ich bin ein Individuum, eine Erwachsene. Ich brauche keine Handtasche auf zwei Beinen, an der ich mich festhalten muss oder die mir Status verleihen soll."

Niemand widersprach Miz B., aber sie meckerte und motzte weiter, während sie Kleider aus dem Schrank zerrte, der die ganze Länge ihres beträchtlichen Ankleideraumes einnahm. Sie war voll im Drama-Modus, praktisch nackt unter einem Hauch von durchsichtiger Spitze, auf dünnen, hohen Absätzen. Ihre kastanienbraune Mähne fiel über die zarten Schulterknochen. Das herzförmige Gesicht war vollendet geschminkt, die Augen geheimnisvoll umschattet, der perfekte Lippenbogen glühte in einem tiefen Rot. Barb marschierte an den dicht gedrängten Kleiderreihen vorbei wie ein General, der fuchsteufelswild den bedenklichen Zustand seiner Truppen inspiziert. Ms. Hund beobachtete das Schauspiel von ihrem lächerlichen Samt-Sofa aus.

„Was, um Himmels Willen, soll ich nur anziehen? Da drin gibt's überhaupt nichts Passendes", stöhnte sie und verwarf die Dutzenden von Roben, Blusen, Anzügen und anderen exquisiten Stücken ihrer Kollektion mit einem müden Wedeln der Hand. „Ich will nicht wie ein Hollywood-Bimbo daher kommen. Mercedes! Lucy! Helft mir. Was soll ich tun! Wenn ihr mir nicht helft, dreh' ich noch durch. Ich werd's nie an diese blöde Party schaffen."

Lucy schenkte ihr ein faules Schwanzwedeln und ein teilnahmsvolles Ohrzucken. Mercedes spielte das verständige Publikum. Sie stand von der mit schwarz-weißem Kuhfell bespannten Ottomane auf, peilte einen Punkt in der Mitte der schier endlosen Kleiderreihen an und griff nach einem Kleiderbügel. „Probier' die an, Liebes. War immer eins meiner Lieblingsstücke, und du hast es in diesem Teil der Welt noch nie ausgeführt."

Barb drückte ihre Assistentin an sich, vorsichtig, um das Kunstwerk auf ihrem Gesicht nicht zu verschmieren, und stieg in die schimmernde Haremshose, die tief auf der Hüfte saß, noch tiefer im Schritt, mit großen Taschen auf beiden Seiten. An den meisten Frauen wirkten solche Hosen wie volle Windeln, doch diese waren so raffiniert geschnitten, dass sie Barbs zierlichen Körper umflossen und ihre Kurven zur Geltung brachten, ohne sie einzuengen. Dann schlüpfte sie in eine Weste aus papierdünnem, schwarzem Leder und schloss sie mit drei der vier Knöpfe. „Wo sind meine Autoschlüssel? Kannst du sie suchen, Miss Merc? Du bist die Beste."

„Mmh. Sollte da nicht noch was unter oder über diese Weste? Sie schließt schon etwas tief unten", Mercedes starrte auf Barbs Busen, der ebenso geschickt wie knapp unter dem glatten Leder verborgen war.

„Sei nicht so prüde! Und hab' keine Angst, sie fallen nicht raus. Das ist der Trick mit diesem Teil. Alle warten darauf, dass es passiert und hören nicht auf zu gucken." Barb lachte laut, wirbelte vor dem Spiegel im Kreis und lief mit dem übertriebenen Hüftschwung eines Models zur Eingangshalle. Nicht nur ihr Outfit sollte die Leute zum Hinsehen bewegen. Ihre Augen mussten ihnen aus den Höhlen springen, weil die göttliche Miz B. allein zur Party kam. Nicht, dass es an willigen Begleitern fehlte. Barb wollte zeigen, dass sie nach dem Sturm, den ihr Fernsehauftritt in den Medien entfacht hatte, noch immer auf ihren eigenen Louboutins stand. Im Übrigen war sie kein dämliches Püppchen, das sich nur als Accessoire eines Powerbrokers sicher fühlte oder wenn es einen aufwändig gemeißelten Muskelmann an einer Leine hielt. Sie war nominiert für einen Academy Award, eine Frau auf der Höhe ihrer Leistungsfähigkeit, ein Frau mit einer rosigen Zukunft.

Sie hatte eine Anfrage eines großen Senders vorliegen, der von ihren Plänen für eine Bildungsstiftung wusste. Sie sollte eine Anzahl ähnlicher Projekte in Zentral- und Südamerika dokumentieren. Ein idealer Auftrag, den sie damit verbinden konnte, ihr Peru-Projekt endgültig auf die Beine zu stellen. Sie brauchte einfach noch eine kompetente und kreative Person, die sie in Sachen Computer Infrastruktur beraten würde. Die negativen Schlagzeilen aus den relevanten, besser, irrelevanten Medien hatten Barbs Aura als starke und erfolgreiche Persönlichkeit gestärkt. Eine Frau, die zu ihrer Meinung stand und nicht einfach den Mund hielt, um der Mehrheit zu gefallen.

Barb hoffte, ihren Vater an der Party zu treffen. Er war zwar nicht mehr der große Partygänger, der er einst gewesen war, hatte aber immer noch ein Händchen für Menschen. Anstatt Geschäfte aufzugleisen, nutzte er sein riesiges Netzwerk heute, um für Hilfsprojekte der Stiftung zu werben, der er vorsaß. Geschickt und schamlos leierte er allen, die dafür in Frage kamen, beträchtliche Spenden aus den Rippen. Vielleicht brachte er das afrikanische Mädchen mit, das zurzeit in seinem Haus in Indian Wells wohnte. Barb wollte sie unbedingt kennen lernen. Sie war laut Dads Schilderungen eine interessante Persönlichkeit. Und vielleicht hatte sie auch ein paar gute Ideen für das Peru Projekt. Die Probleme glichen sich. Es spielte keine Rolle, ob jemand in Afrika oder in den Anden mausarm und auf sich selbst gestellt war.

Ali war schwer beeindruckt, als er die lange Zufahrt zum Anwesen herauf kam. Es ein Haus zu nennen wäre so, wie die „Queen Elizabeth 2" als Boot zu bezeichnen. Er hätte glücklich und zufrieden den ganzen Abend auf dem Parkplatz verbringen können. Elegant und diskret glänzend versteckte sich das who's who der europäischen Autonobilität diskret hinter blühenden Jasmin Hecken. Majestätische Britische Luxusschiffe teilten sich den Platz mit stilsicherer, italienischer Aristokratie. Deutsche Wertarbeit wurde offensichtlich der einheimischen

Autoindustrie vorgezogen. Ali nötigte seiner Begleiterin ein paar Minuten mehr ab, um die Handvoll PS-starker Motorräder zu bewundern, die schwer auf ihren Ständern lehnten.

Was der Besitzer seine Scheune nannte, war ein architektonisches Prunkstück, zusammen gesetzt aus verschieden großen Würfeln. Gerade Linien, hellgrauer Beton, riesige Glasflächen. Wenn man in die luftigen Räume trat, wusste man nicht, wo innen aufhörte und außen anfing. Böden gingen in Terrassen über, und bewegliche Glaspaneele erweckten den Eindruck, als wachse die Vegetation in die Eingangshalle hinein. Tagsüber musste das Haus von Licht durchflutet sein, dachte Ali. Die Ausstattung war zurückhaltend. Nur das Minimum an italienischem Design war in den weitläufigen Räumen verteilt, jedes Stück sorgfältig ausgesucht. Auch hier, klare Linien und viel Raum, passend zur gewagten Architektur.

Das makellose Styling seiner Begleiterin passte perfekt zum Haus - dieselben klaren Linien, derselbe Designerstempel. Sandy, die Assistentin des Gouverneurs von Kalifornien, gab ihm zu Verstehen, dass auch ihr gefiel, was sie sah. Distinguiert sehe er aus, in seinem eleganten, leichten Anzug. Ali frotzelte: „Ich hätte ein Leintuch überziehen, ein Küchentuch um den Kopf binden und mein Kamel mitbringen können."

Seine Begleiterin wurde bald mit Luftküssen überschüttet, während ihm warme Lächeln, männliche Handschläge und ‚nett, Sie kennen zu lernen' zu Teil wurden. Der hohe Energiepegel der exquisit gestylten Menge war ansteckend, doch das Stimmengewirr wurde Ali schnell zu viel. Er murmelte etwas von Hände waschen und entwischte dem Griff seiner Begleiterin. Schnell schob er sich durch die dicht gedrängt stehenden Gäste und wanderte über die Terrasse zum Pool hinüber. Die hohen Dattelpalmen waren raffiniert beleuchtet. Die milde Nacht erinnerte ihn an Zuhause. Kalifornien gefiel ihm. Schon immer. Es war, nach Ägypten, der Ort, an dem er sich am wohlsten fühlte. Die Breitengrade verbanden Kalifornien mit den nordafrikanischen Wüsten und ihren geheimnisvollen Pyramiden. Wie hier, waren Dattelpalmen auch in der Gegend, wo seine Kultur zur Blüte gelangt war, einst ein wichtiger Teil der Wüstenwirtschaft gewesen.

Vor seiner Heimreise wollte er noch die nahe kalifornische Stadt Mecca besuchen. Allein der Name hatte seine Neugier geweckt. Er stellte einen weiteren Link zum Mittleren Osten dar. Allerdings war Kalifornien ein ganz eigenes Mekka. Helle Köpfe zogen nicht hierher um zu beten, sondern um die Zukunft zu erfinden, zu entwerfen und zu gestalten. Kalifornien war nach wie vor das Hightech-Mekka, mit zahllosen Firmen, die von kreativen und innovativen Leuten gegründet und geführt wurden. Ihr Ziel war es, die Kommunikation zu fördern und das Verständnis zwischen den Menschen dieser Welt. Und sie bemühten sich, Information und Wissen allen Interessierten zur Verfügung zu stellen. Ali fühlte sich zuhause in dieser Zukunftsgerichtetheit, diesem Fortschrittsdenken. Sein Engagement für die kalifornische Regierung hatte seinem internationalen Ruf auch nicht geschadet. Er war bekannt als der Mann, dem man den Entwurf innovativer öffentlicher Transportsysteme zutraute, die maximale Effizienz und Ökologie verbanden. Ja, Ali Ben Calif mochte Kalifornien. Er lächelte in sich hinein. Wie viele Menschen hier wussten, dass Kaliph der Titel ziviler und religiöser Führer eines muslimischen Staates war?

Reto fühlte sich an diesem Abend richtig gut in Form. Er war sich seines Aussehens bewusst. Das blassrosa Hemd unter dem dunkelgrauen italienischen Anzug stand ihm ausgezeichnet. Seine Arbeit war getan, gut getan, und in ein paar Tagen würde er nach Hause fliegen – mit neuen, vielversprechenden Kontakten in der Tasche. Diese Party war eine hervorragende Gelegenheit, sein beachtliches Netz noch weiter zu spinnen. Seine heutige Begleiterin gehörte ebenfalls zu diesem Netz, wenn auch eher durch Assoziation. Sie war mit

Retos Freund Peter verheiratet, einem wilden, sehr erfolgreichen Zocker mit Fingern in allen Arten von Kuchen, von Immobilien bis Luxusyachten. Reto mochte ihn sehr, den Freigeist, der – ausgerüstet mit einem jungenhaften Charme – manchmal Dinge tat, die er nicht tun sollte und oft hart an die Grenze ging. Jetzt war ihm die Steuerbehörde auf den Fersen. Es war keine Frage des Betrugs, eher eines atemberaubenden Chaos' in seinen Papieren. Da Peter das Ordnungs-Gen eindeutig fehlte, hatte seine dritte Frau Annabelle – oder war es seine vierte? – Reto bekniet, doch bitte herzukommen und ihren Mann vor dem Gefängnis zu bewahren. Nach mehreren Sitzungen bis tief in die Nacht, mit Peter, dessen Bankern und einem hochbezahlten Buchhalter namens Reto, der mit den besten Empfehlungen ausgestattet war, hatte sich der Papierwust in einigermaßen ordentliche Bücher verwandelt. Ein Deal mit den Regierungsleuten wurde ausgehandelt, eine hohe Strafe bezahlt und Besserung gelobt. Um ihren Erfolg zu feiern, hatte Peters Frau ihn zu dieser Party eingeladen, nicht nur, weil ihr Mann zurzeit die Öffentlichkeit scheute sondern auch um Retos Gefallen zu erwidern.

Aus seinem bequemen Sessel bestaunte Reto die geschmackvoll gekleidete, trendige Gesellschaft. Ihm fiel auf, dass die Leute alle so gesund und fit aussahen. Wo waren die blutunterlaufenen Augen, die eingesunkenen Wangen der Raucher und Trinker? Wo die schlaffen, schwabbeligen, welken Körper? Nicht nur die Männer waren fit und gepflegt, auch die Frauen zeigten wohlgeformte Bizepse und muskulöse Beine. Es waren praktisch keine Übergewichtigen in Sicht, dafür viele offensichtlich gesundheitsbewusste Individuen mit toller Ausstrahlung.

Das war's! Es gab praktisch keine sichtbaren Altersunterschiede, obwohl die Gäste bestimmt zwischen 20 und 60 waren. Alle sahen irgendwie alterslos aus – wie die Leinwandstars. Reto seufzte. Nun gut, schließlich waren sie hier nicht allzu weit von Hollywood entfernt, wo Trends gesetzt wurden, die rund um die Welt zogen. Was er hier sah, war eine alterslose Gesellschaft. Konnte das wirklich sein? Reto war eitel genug, um die verschiedenen Anti-Ageing Techniken studiert zu haben. Kürzlich hatte eine solche Klinik für Superreiche sogar ihre Tore in seinem Heimatdorf geöffnet. Aber hier, an diesem Fest, konnte man das, was als Zukunftsvision gepriesen wurde, an jedem Gast begutachten. Am auffälligsten waren die strahlenden Lächeln – selbst in der Dämmerung. Und es war nicht nur die Sonnenbräune, ob natürlich oder kosmetisch, die das Weiß der Zähne besonders hervorhob. Reto schaute sich mit geschlossenem Mund um. Er war sich bewusst, dass seine Zähne hier nicht mithalten konnten. Seine geliebten Zigarren und Espressi hinterließen Spuren. Immerhin konnte er mit seiner körperlichen Fitness bestehen. Doch sein Selbstbild als der Trendsetter der Schweizer Alpen erhielt an diesem schönen Abend ein paar Kratzer.

Annabelle tauchte neben ihm auf. Sie wollte tanzen. Reto schüttelte den Kopf. „Ich brauche eine Pause, wenn es dir nichts ausmacht. Ich suche mir draußen eine stille Ecke."

Reto schlenderte über den makellosen Rasen zum beleuchteten Pool hinüber. Tief atmete er die Luft ein, die so anders war als zu hause. Sie war mild, weich, so leicht zu atmen, fast wie ein Gegenmittel zur scharfen Schweizer Bergluft. Er schaute zu den hohen Palmen auf, spürte die Wärme auf seinem Gesicht und dachte, „so stellt sich ein Schweizer Bergler das Paradies vor."

Shiv versteckte sich im Pool-Haus. Nur noch ein paar Minuten. Er konnte es immer noch kaum fassen, dass er tatsächlich hier war, in Kali-fornien, in Kali-form, in Indian Wells, von allen Orten! Ein Inder in Kali-forniens Indian Wells. Er konnte seine Mutter Devi förmlich flüstern hören: „Wie unglaublich verheißungsvoll, mein Sohn." Shiv lächelte in sich hinein. Alles hatte sich ganz mühelos ergeben, sobald er sich für diesen mutigen Schritt entschieden hatte, mutig für einen, dem es schon schwer fiel, das Universitätsgelände zu verlassen.

Der Professor für Physik in Princeton, der neue Einstein, hatte auf Shivs Kontaktaufnahme enthusiastisch reagiert. Shiv fühlte sich geschmeichelt, dass der prominente Wissenschaftler seine Arbeit in Indien kannte und ihn kennenlernen wollte. Er sei unterwegs nach Kalifornien, um seinen Bruder zu besuchen, hatte der Professor geschrieben, und Shiv eingeladen, mit ihm dort ein paar Tage zu verbringen. Für einmal hatte Shiv nicht gezögert. Umso mehr als er die Göttin flüstern hörte „Besuche mich in meiner westlichen Klause".

Bis jetzt war er weder einer erschreckenden noch einer verführerischen Kali begegnet, allerdings verstand er das Interesse des Professors an einem Treffen besser. Der Mann hätte sich im Urlaub schlicht zu Tode gelangweilt ohne einen Gesprächspartner, der seinen brillanten Gedankengängen folgen konnte. Er hatte ein perfekt trainiertes Hirn, das die tiefsten Geheimnisse des materiellen Universums auslotete und versuchte, Quantenphysik mit der Schwerkraft zu verbinden, um die ultimativen Bausteine der Materie zu finden. Als Vertreter des Westens und des Ostens hatten sie ihre Diskussionen ‚Die Theorie von Allem und ihre philosophischen Konsequenzen' genannt.

Shiv hatte erwähnt, dass ihn die Frage: „Wie produziere ich einen Gedanken?", schon seit geraumer Zeit beschäftige, und dass diese Frage noch viel tiefergehende nach sich zog. Seine Gedanken, hatte er gesagt, erschienen in seinem Hirn, ohne dass er etwas dazu tat. Wenn man diesem Gedankengang bis zu seinem logischen Ende folgte, musste man sich fragen: Wo bleibt dann der freie Wille? Gibt es den überhaupt?

Der Professor hatte genickt und gelächelt. Die Richtung ihres Gesprächs gefiel ihm offensichtlich. Er beschäftigte sich ja damit, eine verbindende Theorie zu formulieren, die für alle Teilchen galt, für alle, ohne Ausnahme, auch für jene, die den Menschen ausmachten. Sie hatten über die neurologischen Studien gesprochen, die zeigten, dass Entscheidungen im Hirn schon nachgewiesen werden konnten bevor sie bewusst getroffen worden waren. Ein paar Sekunden, bevor man sich

etwa entschied, die Gabel in die Hand zu nehmen oder einen
Fuß vor den anderen zu setzen, hatte das Hirn den
entsprechenden Befehl bereits erteilt. Wer also traf die
Entscheidungen? War der Mensch nur eine Marionette seiner
Neuronen, eines Steuerungszentrums, das nicht nur den
Organismus kontrollierte, sondern auch die vermeintlich
willentlichen Entscheidungen?

Von da war es nur noch ein Gedankenschritt zum nächsten
Thema gewesen: Sofern es tatsächlich nur eine einzige Energie
gibt, die das ganze Universum formt, was ist dann der Mensch?
Ist er eine reine Projektion dieser einen Energie? Eine
Ansammlung von Teilchen, wie ein Baum oder eine Maus oder
ein Stern? Nun gut, wahrscheinlich brauchte es einen etwas
komplexeren Organismus, um die Fragen, die sie hier
aufwarfen, zu beantworten. Sie überforderten wohl die
durchschnittliche Dattelpalme oder Hausmaus. Unter
Gelächter über philosophische Nager oder Bäume, die
Gleichungen lösten, waren sie sich schnell einig geworden. Die
Antwort auf die Frage, wo und wie ein Gedanke „gemacht"
wird, lag wahrscheinlich am gleichen Ort, wie die schwer zu
fassende grundlegende Energie.

Fast gleichzeitig hatten sie die Parallelen zwischen der
modernen Physik und den uralten indischen Schriften gezogen.
Beide kamen sie zu gleichen Schlüssen, was die zentralen
Fragen der Existenz betraf. Neue Studien von Schwarzen
Löchern etwa deuteten darauf hin, dass die dreidimensionale
Welt ein Hologramm ist, eine Projektion von Informationen,
die auf einer hauchdünnen, zweidimensionalen Oberfläche
gespeichert sind. Entsprach das nicht ziemlich genau dem
Konzept von ‚Maya', einem Kernstück der Indischen
Philosophie, die besagt, dass die materielle Welt eine Illusion
ist, eben eine Projektion?

Auf diese Weise arbeiteten die beiden Wissenschaftler viele
Stunden täglich an den Themen, die ihnen beiden wichtig
waren. Sie versuchten, einen Blick in die Karten zu werfen, die
das Universum immer noch im Ärmel hielt. Als Gegenmittel zu

dieser Geistesarbeit konkurrierten sie regelmäßig auf dem Golfplatz gegeneinander.

Das hüftlange elfenbeinfarbene Nehru-Jackett mit dem kleinen Stehkragen stand Shiv ausgezeichnet. Der Anzug war wie gemacht für seinen langen, schlanken Körper. Er hatte den Mut noch nicht gefunden, das Gästehaus beim Pool zu verlassen und begnügte sich vorerst damit, das Geschehen beim Hauptgebäude zu beobachten. Seine Gedanken waren für einmal ruhig, aber sein Körper konnte sich nicht überwinden, auf den Rest der Welt zuzugehen. Er schaute auf, als der Professor herein kam.

„Wissen Sie, Sie können nicht so tun, als seien Sie ein stationäres Universum. Denken Sie daran. Wir alle klammern uns an unsere Brane..." Der Professor kicherte wie ein Schuljunge.

„Ich kann an nichts anderes denken! Wie sollte ich auch? Sie haben mein Hirn ganz schön in Bewegung gesetzt. Tatsächlich hatte ich diese Idee, über die ich mit Ihnen reden wollte."

„Es gibt eine Zeit zu denken, und es gibt eine Zeit zu trinken, mein Junge. Wir haben meinem Bruder versprochen, auf seinem Fest zu erscheinen. Schließlich vertreten wir hier die Intelligenzija – also, lassen Sie uns rein springen und Spaß haben." Der Professor wusste, dass Shiv wohl den ganzen Abend in seiner Ecke verbringen würde, wenn ihn niemand aus sich herausholte. Also nahm er seinen Arm und führte ihn sanft aus der Tür.

Shiv seufzte übertrieben und nickte. „Ich bin zu jedem Opfer bereit, wenn wir nur unsere Gespräche fortführen können." Dann lachte er. „Es gibt ja keine isolierten freien Quarks... Schon deshalb bin ich bereit mich unter die andern zu mischen."

„Glauben Sie ans Teilen?"

Barb erschrak ob der Stimme aus dem Dunkel.

„Hier drüben, im Pavillon. Tut mir leid, ich wollte Sie nicht erschrecken. Ich habe nur auf den vielversprechenden Klang von Glas an Glas reagiert."

Sie sah sich um und entdeckte eine schmiedeeiserne Struktur, halb verborgen von einem üppigen Hibiskus. Trotz des Schrecks entgingen ihr das sexy Timbre und der leichte Akzent der Stimme nicht – irgendwas Orientalisches. Barb ging um den Strauch herum und sah jetzt das Gebilde, aus dem die Stimme kam. Es schien aus einer Jane Austen Geschichte zu stammen, ein Ort wo arme aber stolze Mädchen einander ihre Träume erzählten oder heimlich unpassende Verehrer empfingen. Sehr 19. Jahrhundert und ein abwegiger, dennoch spannender Kontrast zur schroffen Architektur des Anwesens.

„Keine Angst. Ich bin nicht Graf Dracula, der auf frisches Blut wartet. Aber mein Glas ist leer und ich könnte einen Schluck von was immer Sie trinken vertragen."

Langsam stieg Barb die Stufen hinauf. Eine dicke Kerze spendete spärliches Licht. Sie konnte nur gerade die Silhouette eines Mannes erkennen, der sich auf der halbkreisförmigen Bank zurück lehnte. Mit einer Geste, die ihn dazu einlud, sich zu bedienen, stellte sie die Champagner Flasche und ihr halbvolles Glas auf den Tisch. Sie hatte zwar für einen Moment allein sein wollen, doch das hier war viel besser. Barb war im Frieden mit sich selbst und mit der Welt. Sie hörte, wie ihr unbekannter Freund beide Gläser füllte, einen Schluck nahm und zufrieden seufzte. Genau dafür war sie hergekommen, dachte sie, um hier zu sitzen und mit diesem Fremden eine Flasche Champagner zu teilen.

Sie hatte noch immer kein Wort gesagt.

In diese friedvolle Stille trat eine breitschultrige Gestalt und füllte den Eingang aus. Sie wurde von einer Wolke Zigarrenrauch begleitet. „Oh, sorry, ich wollte mich nicht aufdrängen, ich dachte ich sei der Einzige hier." Noch ein ausländischer Akzent, registrierte Barb. Das entwickelte sich ja zu einer wahren Uno-Konferenz. Sie kicherte. Und ihre unsichtbaren Freunde lachten mit.

„Sie dringen in gar nichts ein, und unterbrechen tun Sie auch nichts, außer die Stille und den Frieden, die wir hier teilen. Falls Sie dasselbe suchen, kommen Sie herein. Sie sind willkommen."

Der Neuankömmling kam langsam bis zum Tisch in der Mitte der Gartenlaube und stellte sorgfältig eine Weinflasche ab. „Tut mir leid, ich habe nur ein Glas."

„Das macht nichts, wir teilen sowieso schon alles. Dann dekantieren Sie doch, mon cher." Barb machte eine Geste als befehlige sie ihren Diener. Das belustigte Funkeln in den Augen des Mannes entging ihr nicht.

„A votre service, Madame." Er schenkte ein und bot Barb das Glas an wie ein Pfarrer den Becher zur Kommunion.

Sie schüttelte den Kopf und deutete auf ihr frisch gefülltes Glas. Erneut breitete sich in der kleinen Oase friedliche Stille aus. Keiner fühlte sich bemüßigt, sie mit Worten zu füllen.

Als Barb die warme, etwas heisere Stimme vernahm, die eine melancholische Melodie intonierte, glaubte sie zuerst, sie bilde sich das ein. Toller Stoff, dachte sie. Bringt nicht nur Frieden sondern auch Musik. Dann merkte sie, dass die beiden anderen ebenfalls aufhorchten. Der Gesang kam näher, begleitet von Schritten. Der Pavillon entwickelte sich zu einem Magneten, zum Mittelpunkt der Party.

„Barb! Wie schön, dich hier zu finden."

„Hey Dad. Komm rein. Wir hängen nur so rum hier. Wer ist die wunderbare Sängerin, die du mitgebracht hast? Dein afrikanischer Schützling?"

Ethan Bernstein trat in das Gartenhaus, und plötzlich wurde es eng. Er war ein Hühne, mächtige Brust und Schultern, zottiges graues Haar, silberne Stoppeln wie Raureif auf den Wangen. Seit er nicht länger in Hollywood seinen Geschäften nachging und sich voll und ganz Entwicklungsprojekten vorwiegend im südlichen Afrika widmete, hatte sich sein Aussehen entsprechend verändert. „Ich stelle Euch Haki vor, Hakika Hasina. Sie ist nicht mein

Schützling, wie du es so unangemessen formulierst, sondern eine angehende Managerin einer Reihe von Buschspitälern."

Barb schraubte sich auf ihre Killer-Absätze hoch und nahm die immer noch größere Haki in den Arm. „Es ist wunderbar, dich endlich kennen zu lernen. Tolles Kleid. Ich hoffe es gefällt dir … Ich habe mindestens tausend Fragen und ebenso viele Ideen, die ich unbedingt mit dir besprechen muss. Wir müssen uns so schnell wie möglich treffen. Am besten morgen. Weißt du, ich brauche Infos über Bildungsdinge. Ich habe dieses wirklich fantastische Projekt, mit dem ich bald loslegen will. Und ich bin sicher, du könntest mir extrem viel dabei helfen. Was sagst du, sollen wir…"

„Langsam, Barb, langsam." Ethan legte ihr seine breite Hand auf die Schulter. „Gib ihr Zeit, anzukommen, durchzuatmen, sich an die neue Welt zu gewöhnen. Zudem meine ich gehört zu haben, ihr wärt hier wegen der Stille."

Unter Barbs verbaler Attacke hatte sich Haki auf die andere Seite der Bank verzogen und war im Dunkeln fast über den Mann gestolpert, der dort im Schatten saß.

„Vorsicht, meine Liebe", sagte der Mann ruhig und half ihr sich hinzusetzen.

„Willst du mich nicht deinen Freunden vorstellen, Barb?" Ethan, Bierflasche in der Hand, lehnte sich an einen der Pfosten, die das gewölbte Dach stützten.

„Tut mir leid, Dad, das kann ich nicht. Ich habe nicht geringste Ahnung, wer meine Gefährten sind." Sie griff eben wieder zum Glas als sie vor dem Eingang eine Bewegung wahrnahm. „Wer immer Sie sind, kommen Sie herein, es gibt nämlich noch genau einen freien Platz."

Eine sehr lange, sehr dünne Gestalt erschien in der Öffnung. „Eine Giraffe", dachte Barb, behielt es aber für sich.

Der Fremde zögerte auf den Stufen. Er wollte keinesfalls in irgendeinen Hollywood- Gruppen-Groove geraten. Aber er wollte auch nicht unhöflich sein. „Guten Abend", sagte er, und Barb verortete ihn sofort irgendwo in Asien – Indien wahrscheinlich.

„Bitte", sagte sie freundlich. „Setzen Sie sich zu uns. Wir haben nur noch auf Asien gewartet."

„Auf Asien? Wie denn?"

„Europa, der Mittlere Osten, Afrika und die Amerikas scheinen bereits vorhanden zu sein, also vermissen wir nur noch Asien." Sie lachte leise. „Willkommen im Gartenhaus der Vereinten Nationen."

„Das Bedürfnis nach Stille und Frieden ist wohl universell", antwortete der Fremde und faltete sich auf den letzten freien Platz. Die Kerze spendete ein warmes Licht, doch nicht genug, um die Gesichter der Frauen und Männer deutlich zu erkennen. Wieder wurde es still in der altertümlichen Konstruktion. Zu hören waren einzig die Musikfetzen, Stimmen und Gelächter, die auf der warmen Brise herüber wehten.

„Ich bin neugierig", unterbrach Barb die Stille.

„Du bist so geboren", brummte Ethan.

„Bitte, Dad. Ich meine es ernst."

„Das hingegen muss eine kürzlich erworbene Charaktereigenschaft sein."

„Daaad! Wir machen hier keine Familientherapie. Falls du nichts dagegen hast, möchte ich hören, wer ihr seid, und wie es kommt, dass wir uns hier treffen. Und kein ‚Zufall' oder ‚Schicksal'. Macht es so konkret wie möglich. Ich finde es sehr ungewöhnlich, dass fünf Menschen aus fünf verschiedenen Teilen der Welt ausgerechnet jetzt, ausgerechnet auf dieser kleinen Bank sitzen. Ihr etwa nicht?" Sie wartete einen Moment, dann fügte sie an: „Und keine Angst, Dad. Ich kann immer noch zählen. Aber wir sind Familie und zählen daher als eins."

„Sie haben Recht", sagte Reto Ritter. „Diese Mischung ist ziemlich außergewöhnlich, selbst in einem Land, in dem man es gewohnt ist, Menschen aus aller Herren Länder anzutreffen. Mir scheint, als sei dieses Land auf der Fähigkeit aufgebaut, unterschiedliche Kulturen, Hintergründe oder Sprachen zu absorbieren. Es tut sich damit so viel leichter als dort wo ich herkomme." Er seufzte ein bisschen. „Aber das ist nicht, was Sie wissen wollten."

„Alle nennen unser Land den großen Schmelztiegel", nahm Ethan den Faden auf. „Diese Idee hat mich immer fasziniert. Als Kind stellte ich mir vor, dass alle Menschen, die hier eine neue Heimat suchten, in den Kellern der Einwanderungsbehörde in riesige Bottiche geworfen, eingeschmolzen und in eine Form gepresst würden. Und wenn sie am Ende des Förderbandes heraus kamen, waren sie alle frisch gemünzte Amerikaner..."

... in Levis 501", fügte Barb lachend an. „Das ist doch mal eine Mode für die ganze Welt."

Alle amüsierten sich ob dem Bild eines Förderbandes, das aus einer Vielfalt von Ethnien standardisierte, Jeans tragende Amerikaner ausspuckte.

„Das hat viel für sich", sagte Shiv. „Ich nehme an, die Hautfarbe wäre ebenfalls standardisiert, auch die Sprachkenntnisse. Allein das würde das Leben vieler sehr viel leichter machen."

„Was ist mit Religion, Ethan? Wenn deine Durchschnitts-Amerikaner aus der Presse kommen, beten sie dann alle zum gleichen Gott?" In Hakis Stimme schwang ein Lächeln mit, aber ihre Frage war ernst gemeint.

„Schön wär's", antwortete Ethan mit einem übertriebenen Seufzer. „Es wäre großartig, wenn sie alle der Religion der Toleranz folgen würden, in der jeder den, die oder das anbeten können, was sie wollen, wenn sie denn unbedingt beten müssen. Ihr wisst ja, dass Hollywood von kreativen Leuten aufgebaut wurde, die vor der Intoleranz fliehen mussten, darunter auch meine und Barbs Vorfahren. Amerika wurde auf der Idee gegründet, ein Land für alle zu sein, die Leben, Freiheit und das Streben nach Glück suchten", schloss er in einem überspitzt pathetischen Ton.

„Vielleicht sollte man die Wissenschaft zur gemeinsamen Religion machen. Dann hätten wir keinen Grund mehr, einander zu misstrauen." Shivs singendes Englisch klang weich in der offenen Laube.

„Schon fantastisch, dass Hunderttausende, ja Millionen von Immigranten alle ihre spezifischen Eigenschaften, Traditionen und Glauben in diesen Teil der Welt mitgebracht und zu einem Land verwoben haben, das ziemlich gut zu funktionieren scheint." Alle Köpfe drehten sich zu Ali Ben Calif. „Aber jetzt, mit der irrationalen Angst vor Terrorismus, droht dieses Land viel von diesem guten Boden zu verlieren."

„Klare Regeln, transparente Gesetze und verständliche Rechte sind doch wichtig", warf Reto ein.

„Sie müssen Anwalt sein." Barb blickte in seine Richtung. „Korrekt bis ins Mark. Regeln und Gesetze zuerst, tick, tack, tick, tack, über alles andere kann man reden."

Reto lachte. „Sie haben mich durchschaut. Ich bewundere den präzisen Mechanismus einer Schweizer Uhr tatsächlich. Und fachmännisch gedrechselte Gesetze haben ihre eigene Schönheit, so lange sie dem Allgemeinwohl dienen und jedem Individuum die gleiche Behandlung zusichern. Wie Sie verachte ich Regeln, die dem Eigeninteresse dienen. Und ich meine auch, dass viel von dem was im Nachhall von 9/11 geschehen ist, nicht im Interesse des amerikanischen Volkes ist."

Nun war es an Barb, zu seufzen. „Ich bin froh, sehen wir das gleich, Herr Anwalt. Ich wäre äußerst ungern aus diesem gemütlichen kleinen Häuschen ausgezogen. Aber ich wollte wirklich nicht über Politik reden. Können wir zu dem zurückkommen, was ich vorgeschlagen habe? Wärt Ihr bereit, eure Geschichte zu erzählen? Nur in groben Zügen, zehn Sätze oder weniger."

„Das ist ein gefährlicher Parameter. Ein Satz ist eine äußerst flexible Größe. Er könnte, wenn jemand das wirklich wollte, so lang werden wie Pi mit seinen Dezimalstellen." Der Singsang war unverkennbar.

„Da spricht offenbar ein wissenschaftlich geschultes Hirn", sagte Barb mit gespielter Verzweiflung. „Es scheint, als sei das hier nicht nur die Uno, sondern eine echte Versammlung von

Geistesgrößen, ein Gartenlauben-Gipfel. Vielleicht sollte ich einfach zum Haupthaus zurück gehen und mich in Champagner und Smalltalk ertränken."

„Geh nicht, Barb. Ich möchte wirklich gern hören, wo alle herkommen und was sie hierher gebracht hat. Ich finde es wunderbar, dass wir alle aus einer anderen Gegend der Welt kommen – spannend. Wieso fangen Sie nicht an?" Haki überraschte sich selbst mit ihrem Mut, und als sie Reto anschaute, war sie dankbar, dass keiner sah, wie ihr das Blut der Verlegenheit in die dunkle Haut schoss.

„Ok. Meine Geschichte ist einfach. Ich brauche keine zehn Sätze. Ich bin Renato Ritter, kurz Reto, Anwalt aus der Schweiz. Ich lebe in einem Kurort, der euch wahrscheinlich bekannt ist, St. Moritz. Einer meiner Kunden, ein guter Freund, brauchte dringend juristische Unterstützung. Also kam ich her, um zu helfen. Seine Frau bat mich, sie zu diesem Fest zu begleiten. Ich fand es sei eine gute Gelegenheit, neue Kontakte zu knüpfen. Zudem genieße ich es ganz einfach, so viele interessante und gut aussehende Menschen kennen zu lernen. Da Rauchen in Kalifornien als Todsünde gilt, packte ich eine Flasche des sehr guten Cabernet und suchte einen Ort, um ein bisschen zu sündigen."

Während Reto sprach, versuchte Haki in Gedanken ihre Geschichte zu ordnen. Sie fühlte sich nicht wohl dabei, mit Fremden zu reden und war immer noch schockiert über ihren Mut. Aber heute Abend hatte sich etwas verändert. Als Ethan sie bat, seine „Verabredung" zu sein, wie er es lachend formulierte, hatte Haki sofort abgelehnt. Aus purer Angst. Ethan hatte ihre Hand genommen und gesagt, er sehe in ihr eine Inkarnation der Königin Califia, die vor langer Zeit über diesen wunderbaren Ort namens California herrschte. Laut Legende wurde das Land von starken und mutigen Frauen besiedelt, die wie Amazonen lebten. Sie ritten wilde Tiere, ihre Waffen und alles Zaumzeug waren aus reinem Gold, weil es auf der Insel kein anderes Metall gab.

Auch die Ausrede „ich habe nichts zum Anziehen", konnte sie nicht bringen. Ethan hatte, mit der Hilfe seiner Tochter, vorgesorgt. Haki fand in ihrem Zimmer eine große Schachtel mit einem umwerfenden Kleid. Der Schnitt war einfach, das Material machte daraus ein Kunstwerk. Als Haki in die meergrüne Seide schlüpfte, fühlte es sich an, als fließe der Stoff über ihren Körper. Das Kleid war ärmellos, vorne hoch geschlossen, im Rücken tief ausgeschnitten. Es brachte Hakis gertenschlanken Körper und ihre samtschwarze Haut perfekt zur Geltung. Sie sah sich im Spiegel und fühlte sich verwandelt – genau wie in den Märchen. „Ich bin diese Frau", dachte sie, „ich bin diese schöne Frau im Spiegel." Dasselbe hatte sie in Ethans Augen gesehen, als sie die Treppe hinunter zur Eingangshalle stieg, wo er auf sie wartete. Barb war so aufmerksam gewesen, ein Paar flache, zum Kleid passende Sandalen auszuwählen. Haki hätte auf hohen Absätzen gar nicht gehen können.

„Du bist die echte Königin Califia, meine liebe, liebe Haki. Atemberaubend. Aber du brauchst weder Schwert noch Bogen. Dein Lächeln und deine Intelligenz sind deine goldenen Waffen. Ich muss keine Angst haben, dass du an dieser Party in ein Haifischbecken fällst." Sie hatten zusammen gelacht, er hatte ihr den Arm angeboten und sie hatte ihn genommen.

Sie war an der Reihe im Gartenhaus. Haki sagte: „Mein Name ist Haki. Ich lebe in einer kleinen Siedlung im Regenwald in der Demokratischen Republik Kongo, im Bas Congo. Ich bin ausgebildete Krankenschwester und manage ein kleines Buschspital. Ich bin auf Einladung der Stiftung, der Ethan Bernstein vorsteht, nach Kalifornien gekommen, um Kurse in Business Administration zu belegen. Ethan war so freundlich, mich zu dieser Party einzuladen, und ich bat ihn, mir die Gärten zu zeigen."

Nach einem Moment der Stille erklang die weiche Stimme mit dem besonderen Tonfall: „Ich bin Shiv Singh Sitaram, versuche mich in Teilchenphysik und nenne Chandigarh, Indien, meine Heimatstadt. Ich könnte jetzt eine Theorie entwickeln, wie wir fünf schon seit Äonen auf Kollisionskurs sind – genau wie weit entfernte Sterne. Andererseits kann man's auch als Zufall, Schicksal, Chance betrachten. Ich bin hier, weil ich meine Gastgeber nicht beleidigen wollte. Ich wohne zurzeit als Gast im Poolhaus. Die Party ist eine gute Gelegenheit, die native Spezies in ihrem angestammten Habitat zu studieren. Nachdem ich meine Feldstudien beendet hatte, kam ich zu dieser hübschen Konstruktion, um ein bisschen allein zu sein. Oder anders gesagt: Ich bin hier, weil ich einem Traum folgte. Doch diese Geschichte braucht mehr als zehn Sätze."

Barb entfuhr ein kleiner, zufriedener Seufzer. „Ein Wissenschaftler, der einem Traum folgt! Wie ungewöhnlich und faszinierend. Aber vielleicht haben ja die Wissenschaftler aus dem Osten eine Dimension, die den Westlern abgeht?" Sie hätte liebend gern mehr über den Traum gehört. Doch sie hatte die Regeln festgelegt, also ... Tolle Geschichten. Was für ein gütiges Schicksal hatte sie alle zusammen geführt?

Sie war sehr gespannt auf die Geschichte des hübschen Arabers. Ali war Barb schon aufgefallen, als er zur Eingangstüre des Haupthauses hereingekommen war. Er hob sich von der Menge ab. Er hatte etwas Selbstgenügsames, Entspanntes, Unabhängiges. Ein gut aussehender Mann mit einem schmalen, ausdrucksvollen Gesicht, offensichtlich aus dem Mittleren Osten. Der Anzug verlieh ihm eine lässige Eleganz. Das klassische weiße Hemd war ein schöner Kontrast zur olivfarbenen Haut. Auch der modische Dreitagebart trug zum Bild eines coolen Kerls bei. Der Typ würde in allem gut aussehen, egal, ob es aus dem Secondhand Laden oder vom Designer stammte. Er strahlte ein Selbstbewusstsein aus, das nicht beeindrucken will – und genau deshalb Eindruck macht. Als Barb ihn sah, hing noch eine winzige Blondine an ihm. Barb hatte kurz überlegt, wie sie dem Hündchen den saftigen Knochen entreißen konnte. Sie machte das gern an Partys. Doch irgendwie war ihr Herz nicht wirklich dabei gewesen. Sie war ihm eine Weile gefolgt, hatte beobachtet wie er durch die

Menge glitt, immer freundlich, aber immer auf Distanz, autonom, ohne sich an die Promis heran zu schmeißen. Nicken, lächeln, weiter gehen. Jetzt saßen sie praktisch neben einander. „Sie sind dran, Fremder", sagte sie und schaute Ali an.

„Ich bin Ali Ben Calif. Meine Basis ist Kairo. Ich bin geschäftlich in Kalifornien. Ich berate die Staatsregierung in Sachen Emissions-freie öffentliche Transportsysteme. Sandy, die Assistentin des Gouverneurs, lud mich zur Party ein. Und hier bin ich." Nach einer kurzen Pause fügte er an: „Und Sie, charmante Zirkusdirektorin? Vielleicht glauben Sie doch nicht so recht ans Teilen ... Her mit Ihrer Geschichte."

Barb lachte glucksend. „Sie haben offensichtlich die einschlägige Presse nicht gelesen, sonst würden Sie nicht fragen. Oder vielleicht können Sie mich im Dunkeln einfach nicht erkennen. Ich bin Barb Bernstein. Ich komme hier aus der Gegend. Ich mache Dokumentarfilme und werde zurzeit von den Boulevard Medien durch den Dreck gezogen, weil ich manchmal mein großes Maul nicht halten kann."

Obwohl Ali – und wahrscheinlich auch alle andern, mit Ausnahme von Shiv – gern mehr über diesen Dreck erfahren hätten, durch den sie gezogen wurde, fragten sie nicht nach. Barb war dankbar. Tatsächlich war sie äußerst zufrieden mit sich. Was für eine interessante Kollektion. Sie war überzeugt, sie seien die interessantesten Leute aus einer Gruppe, der es nicht an außergewöhnlichen Leuten mangelte. Und Barb war auch überzeugt, dass sie die vier Personen irgendwie angezogen und an diesen Ort gelockt hatte. Sogar ihr Vater hatte sie gefunden. Dort stand er, auf der obersten Treppenstufe, stark und groß wie ein Atlant, der das Dach ganz allein stützte.

Barb steht auf, geht auf Ethan zu, um sich eine Umarmung zu holen. Die Zuneigung zwischen den beiden ist offensichtlich. Plötzlich stockt ihr Schritt. Sie schreit auf. „Daddy? Was ist denn?" Die Stimmen verstummen. Die Umstehenden sind alarmiert.

Barb sieht die Szene in extremer Verlangsamung. Die dunkelbraune Bierflasche fällt Ethan aus der Hand. Sie zerschellt auf den Stufen. Zwischen den Scherben bilden sich schaumige Inseln. Ethan ringt nach Luft. Sein Gesicht wird grau. Schmerz verzerrt seine Züge. Er drückt sich auf die linke Brust. Er macht einen Schritt auf den Rasen. Er schlägt sich jetzt mit beiden Händen auf den Brustkorb, reibt sich den linken Arm. „Tut weh", stöhnt er, „tut wahnsinnig weh." Schweiß schießt ihm aus allen Poren. „Kann nicht atmen." Haki leistet sofort erste Hilfe. Ali Ben Calif denkt „Krankenwagen" und greift zum Handy. Für Reto ist klar: Herzinfarkt, massiver Herzinfarkt. Dann schießen ihm Versicherungs- und rechtliche Fragen durch den Kopf. Barb hat ihren Vater gepackt. Sie schüttelt ihn. Sie weint. Sie ruft um Hilfe. Shiv zieht sich noch tiefer in sich selbst zurück. In Gedanken sieht er Herzzellen, die vergebens nach Sauerstoff schnappen, Funktionen, die langsam eingestellt werden. Er sieht aufbrechende molekulare Ketten, Materie, die zu zerfallen beginnt.

Wie ein tödlich verwundeter Bär taumelt Ethan und fällt. Dunkel nimmt er fünf Augenpaare wahr, die ihn anstarren, seine Tochter, die ihn festhält, Haki, die auf seine massive Brust drückt. „Wer bin ich", stöhnt er. „Was bin ich", flüstert er. „Wer bin ich", versucht er zu brüllen, packt seine Tochter am Arm. Sucht, will, verlangt eine Antwort. Dann ist er still.

10

Aus der Achterbahn aussteigen

Die Emotionen, die vom Gartenhaus herüber wehten, wie energiereiche Beta-Partikel, störten Marvins Frequenz. Auch die hypnotisch blinkenden Lichter des Rettungsfahrzeugs, die eine wachsende Menschenmenge zum Schauplatz des dramatischen Geschehens gelockt hatten, empfand er als unangenehm. Er drängte darauf, zur Basis zurückzukehren.

Avory zögerte. Aus ihrem Versteck unter den Ästen der Trauerweide wollte er weiter die fünf Master-Level-Seelen studieren, deren Verhalten so exakt ihre Schwingungsfrequenz widerspiegelte. Die lebhafte Ms. Bernstein, dieses reine Orange, hatte es ihm besonders angetan. Faszinierend, wie sich ihr emotionales Muster grundlegend veränderte, als der große Mann sich anschickte aus seinem Kostüm zu schlüpfen. Avory schüttelte Marvins Hand ab, die ihn weg zerren wollte. Erst Victorias Versprechen, das Geschehen via Plasmawürfel weiterzuverfolgen, konnte ihn weglocken.

Niemand achtete auf die drei wabernden Formen, deren Kontouren verschwammen und sich auflösten wie Nebel an der Sonne.

Zurück auf ihrer Terrasse wollten die Zwillinge sofort tiefer in die Mysterien der menschlichen Natur eintauchen. Ganz besonders interessierte sie dieser mysteriöse Moment, wenn ein Mensch sein Lebensgewand ablegte. Trotz Big G's Erklärungen und der Plasmawürfel-Show der Verabschiedung einer leeren Hülle, verstand Marvin immer noch nicht, wie dieser simple und unumgängliche Vorgang derart starke Reaktionen auslösen konnte. Jeder Mensch wusste doch, dass er in einem temporären Kostüm steckte und irgendwann von der Bühne abtreten musste. Ganz egal, welche inneren oder äußeren Errungenschaften er vorzuweisen hatte.

Dafür seien so genannte Emotionen verantwortlich, dozierte Big G geduldig. „Menschen tendieren dazu, Bindungen einzugehen. In diese Bindungen projizieren sie die ganze Bandbreite menschlicher Emotionen: Liebe und Bedürftigkeit, Angst und Erwartung, Neid und Bewunderung. Wenn eine derart ‚aufgeladene' Form von der Bühne verschwindet, reagieren die Zurückbleibenden mit Schock und Trauer. Plötzlich kann dieses eine, dieses geliebte, gehasste oder einfach nur gewohnte Lebensgewand nicht mehr berührt werden, ist nicht mehr sicht- und hörbar. Sein vertrauter Geruch verschwindet. Das macht die Sinne heimatlos. Sie irren umher. Aufgrund dieser starken Projektionen berührt selbst der Tod Fremder viele Menschen, wenn auch nicht extrem tief, da ihre Sinne keine direkten Erfahrungen mit ihnen hatten."

Avory hatte zwecks Recherchen zu diesem Thema den Plasmawürfel angezapft. „Moment! Als dieser amerikanische Präsident erschossen wurde, oder jene britische Prinzessin bei einem Autounfall ums Leben kam, trauerten doch Millionen um sie. Und zwar lautstark und demonstrativ."

„Ah, mein kluger Freund. Da muss ich dir Recht geben", röhrte Big G. „Das sind perfekte Beispiele dafür, wie menschliche Sinne auch auf Distanz funktionieren. Vielleicht ist dir aufgefallen, wie manche Menschen auf berühmte Sportler oder Schauspielerinnen reagieren. Auf solche, die viel sogenanntes Charisma ausstrahlen. Charisma ist nichts anderes als ein erweitertes elektromagnetisches Feld. Nun, ihre sogenannten Fans sehnen sich danach, ihnen nahe zu sein, sie zu berühren, ihnen zuzuhören. Wenn also das angebetete oder bewunderte Lebensgewand verschwindet, werden die Sinne des Bewunderers gewaltsam abgehängt und verirren sich, genau gleich wie bei nahestehenden Menschen. Das führt zu dem, was die Menschen Leiden nennen."

Obwohl der Tod eine Hauptfigur in der Erdling-Literatur und in religiösen Konzepten ist, wird er weitgehend verdrängt. Wenn er dann zuschlägt – immerhin rund 150'000 Mal am

Tag – versinken Menschen in einem emotionalen Mahlstrom aus Trauer, Leid, Ohnmacht.

Das Upgrade werde auch diesen Aspekt des Menschseins verändern, warf Victoria ein. „Die Sicht erweitert sich über die Auflösung von festen und flüssigen Teilchen hinaus. Das Ablegen des Lebensgewands wird zu einem Teil des Lebens und gefühlsmäßig sehr viel weniger belastend, als es heute ist."

Avory war immer nachdenklicher geworden, jetzt platzte er mit etwas heraus, das er später noch bereuen wird: „Es ist wie mit dem Thema Identität. Ich verstehe diese Geschichte mit den Emotionen einfach nicht. Eure Erklärungen leuchten ein, sind aber zu abstrakt. Gefühle müssen so etwas sein wie eine Killerwelle, ein Tsunami."

Als Marvin vorschlug, ihn an den Starkstrom in seiner Werkstatt anzuschließen, hatte Victoria die bessere Idee: Ein Gramm Erfahrung würde eine Tonne Erklärungen ersparen. Schließlich sagten die Erdlinge selbst „probieren geht über studieren".

Die Zwillinge achteten nicht auf Victoria, die den Plasmawürfel aufweckte. Es gab eine irisierende Explosion. Marvin und Avory starrten einander mit offenen Mündern an. Eine unsichtbare Kraft drängte sie zu einander. Doch bevor sie übereinander herfallen konnten, beendete Victoria die Hexerei.

„Was? Was zum Teufel war das?" brüllte Marvin. „Mann o Mann, Ave! Du sahst aus wie eine nackte Barb Bernstein. Nur weiche Haut und herrliche Kurven. Ich wollte mein Gesicht für den Rest meines Lebens zwischen deinen Brüsten vergraben." Auch Avory war komplett geschockt. Er wischte sich wieder und wieder die Augen, wie um das Bild eines muskulösen, breitschultrigen Männerkörpers zu vertreiben. Der herbe maskuline Geruch. Die starken Arme, die nach ihm griffen. Der Speer, der zwischen den Beinen aufragte und in Avorys Bauch ein sehnsuchtsvolles Ziehen auslöste.

Er versuchte krampfhaft, eine Erklärung zu finden, fand aber keine Worte für das, was ihn wie ein Blitz getroffen hatte.

Im Bruchteil einer Sekunde hatte es einen Kurzschluss in seinem Gehirn gegeben. Hatte sich etwas entzündet, das er nicht benennen konnte. Sei ganzes System war wie mit Batteriesäure geflutet worden. Das also war eine Emotion. Auch Marvin verschlug es die Sprache ob der Tatsache, dass er Avory hatte bespringen wollen. Zuerst dieses explosionsartige Aufflammen, dann der totale Crash, wenn man nicht haben konnte was man so unbedingt wollte.

Emotionen. Eine geradezu teuflische Einrichtung. Eine perfekt ausgeklügelte Falle für ahnungslose Seelen. Von außen betrachtet scheint es, als lösten die fünf Sinnesfilter diese emotionalen Tsunamis aus. In Tat und Wahrheit geschieht alles simultan. Äußere Eindrücke strömen durch die fünf Sensoren, während die Verarbeitung einer immensen Datenflut in spezifischen Hirnregionen einen neuro-chemischen Sturm und physiologische Reaktionen auslöst, sogenannte Emotionen.

Immerhin heilte diese heftige Erfahrung Marvin davon, sich über Menschen zu mokieren, die sich voll und ganz mit ihren neurologischen Funktionen identifizierten. Erdlinge waren gefangen auf einer Monster-Achterbahn. Von Big G ins Wägelchen gepresst, ohne Chance, auszusteigen bis sie aus ihrem Lebensgewand schlüpften.

Die Anziehung zwischen Mann und Frau kam immerhin Big G zugute. Gewisse im Hirn produzierte Emotionen waren wie Magnete, die Menschen dazu brachten, sich zu vereinen, so wie das Paar vom Strand es getan hatte, und Big G konnte Seelen in neue Lebensgewänder locken.

„Was geschieht, wenn die aufgerüsteten Menschen erkennen wie unsinnig es ist, ihrer vermeintlich zweiten Hälfte im Außen nachzujagen und erkennen, dass jedes individuelle Steuerungszentrum voll für beide Aspekte verdrahtet ist, für männlich und weiblich?", fragte Avory. „Wenn sie aufhören, sich zu vereinigen, landen sie ganz schnell auf der Liste der bedrohten Arten."

Victoria zerstreute seine Befürchtungen. Das Aussterben der Menschen stand nicht auf dem Spielplan. Im Gegenteil. Es gab Scharen von Seelen, die auf ihre Chance warteten, in ein neues Lebensgewand zu schlüpfen. Zwar verstehen immer mehr Erdlinge, dass das Männliche und das Weibliche im Inneren eines jeden zu finden sind. Andere brauchten für die Erkenntnis einfach ein bisschen länger und machten liebend gern noch ein paar Durchläufe auf diesem Planeten. „Das Upgrade wird neue neuronale Verbindungen knüpfen und die Kapazitäten erweitern", so Victoria, „dadurch erkennen alle Menschen auf der Erde, was für ein fantastisches Spiel das Leben ist."

„Du meinst wie diese Erdling-Computerspiele?" warf Marvin ein. Je geschickter jemand spielte, desto höher stieg er in der Spielhierarchie. Mit jeder neuen Stufe wurde das Spiel spannender. Der geübte Spieler freute sich auf die nächste Mission, auf die nächste Möglichkeit, weiter zu kommen. Ja, bestätigte Victoria. Je besser ein menschliches Gehirn ein Thema oder eine Situation entschlüsselt, umso subtiler wird sein Leben. Genau wie in einem Computerspiel haben die Geschicktesten am meisten Spaß. Die weniger Erfahrenen durchlaufen viele Frustrationen, brauchen Leben um Leben auf, um zur nächsten Ebene zu gelangen.

„Ein trainiertes, reifes Gehirn gleicht einem erfahrenen Surfer. Es kann jede Welle lesen. Es kann entscheiden, ob es sie nehmen oder auslassen will. Nach dem Upgrade werden die Menschen emotionale Wellen mit viel größerer Eleganz reiten. Sie werden sogar die Flutwelle, die der Tod auslöst, mit Kraft und Würde meistern." Sie wartete einen Moment, bevor sie weiter sprach. „Mitgefühl und Respekt für alle werden Besserwissen und Urteilen ablösen. Der neue Mensch wird verstehen, dass alle anderen Menschen auch Surfer sind und ihr Bestes tun, um ihre eigenen Wellen zu beherrschen."

„Hey, das klingt viel versprechend. Ist diese Empathie ein neues Feature?"

„Empathie, Mitgefühl", fuhr Victoria fort, „ist die Fähigkeit, sich emotional mit anderen zu verbinden, sich in die Lage eines anderen zu versetzen." Wie der Fusion-Sinn ist auch

Mitgefühl kein neues Feature; es ist schon immer Teil des Lebensgewands gewesen, vor allem in der weiblichen Ausgabe. Frauen kümmern sich um den Nachwuchs, da gehört ein Maß an Mitgefühl zur Grundausstattung. Auch die männliche Variante hat die Funktion im Programm, empfindet sie jedoch als Schwäche. Daher bleibt sie unterentwickelt.

„Das Upgrade wird dieses Feature so richtig auf Touren bringen. Es wird schwierig werden, anderen Leid zuzufügen. Töten, andere hungern lassen, zusehen, wie Milliarden im Elend leben, wird unmöglich", schließt Victoria. Mit dem aktiven Empathie-Feature können Menschen die mentalen Konsequenzen der Zerstörung eines anderen Lebensgewandes gar nicht mehr aushalten.

Marvin schlenderte zum Kühlschrank auf der Terrasse, um zwei Flaschen Gerstensaft zu holen, drehte sich aber auf dem Absatz um, als Victoria den Plasmawürfel erneut anwarf.

Der Blick öffnet sich zum Gartenhaus. Die Ambulanz hat Ethan Bernsteins Kostüm geholt, verpackt, weggefahren. Die Partygäste stehen in kleinen Gruppen zusammen. Die Gesichter ernst. „So schnell kann es gehen", murmelt jemand. „Mitten aus dem Leben." „Gerade noch habe ich mit ihm gelacht!" „Schrecklich." Einer sagt: „Der Tod ist ein Arsch!", hebt sein volles Glas mit Rotwein und trinkt es in einem Zug aus.

Die vier neuen Freunde bilden einen schützenden Kreis um die schluchzende Barb. Sie begleiten die trauernde Tochter zum nahen Haus des Vaters.

Avory sah zu, wie Barb litt. Big G zog ihr Wasser südwärts, und sie hatte keine Chance, seinem Sog zu widerstehen.

„Kannst du sie nicht in Ruhe lassen, Big G?" fragte Avory.

Victoria übernahm die Antwort. Während die Menschheit viel Zeit hat, um sich an das Upgrade zu gewöhnen, absolvieren die fünf Freunde ein beschleunigtes Programm. Wie die Zwillinge gerade mitverfolgen konnten, haben ihre

Lektionen bereits begonnen. „Sie werden die Erfahrungen nicht als besonders erfreulich erleben, aber sie sind notwendig."

„Ganz Recht. Ganz Recht." Big G's dröhnende Stimme mischte sich ein. „Diese Lektionen in Ablösung sind Teil meiner Aufgaben. Es sind notwendige Schritte auf dem Weg, die wahre menschliche Identität zu entdecken."

Mit der gegenwärtigen Software kann ein Individuum den Sinn des Leidens nicht erkennen. Leiden wird als mentale oder physische Qual erlebt, ausgelöst von äußerem Geschehen. Menschen verstehen noch nicht, dass Leiden einfach nur ein mentales Training ist.

Es gibt verschiedene Techniken und Methoden, um die Gedanken aus der Gefangenschaft von Gier, Schuld, Depression, Zorn oder Hass zu befreien, um die Sinne nach innen zu richten und die eigene Situation ruhig und leidenschaftslos zu betrachten. Wichtige Voraussetzung, um das Leiden als erhabenen Lehrer zu betrachten.

Big G ergänzt, der Zwischenfall im Pavillon werde die fünf Freunde schnell einmal dazu bringen, die richtigen Fragen zu stellen. Umso mehr, als Ethan ihnen im Augenblick seines Todes das entscheidende Stichwort geliefert hat mit seinem „Wer bin ich?" „Was bin ich?"

Er kennt jetzt die Antwort. Vielleicht kann er sie mitnehmen auf seine nächste Menschenreise. Wenn nicht, wird er sich von Beginn an daran machen, die Antwort wieder zu finden. „Im Moment fragen sich die meisten im Angesicht des Todes: Was wird aus meinen Sachen!" Big G's Lachen ließ die Terrasse erzittern.

„Und die werden zu Zusatzrunden verdonnert, richtig?"

„Immer diese blumige Sprache, Marvin! Sie werden ganz einfach durch das Leiden zur Einsicht geführt. Bis sie ihre ‚Sachen' loslassen und sich der Wirklichkeit stellen. Um Zugang zur Wahrheit zu erhalten müssen sie den Weg der Einsicht gehen."

Jeder muss lernen, die fünf Sinne zu einem Laserstrahl zu bündeln und nach innen zu richten. Deshalb sind Schmerz und

Leiden so wichtig auf dem Pfad der Weisheit. Sie zwingen Menschen dazu, sich auf ihr inneres Universum zu konzentrieren und sich vom Materiellen zu lösen. Das Leiden ist eine Raffinerie, in der die menschlichen Teilchen poliert werden, bis sie den Schliff der Vollkommenheit erreichen. Für die unerfahrenen Spieler ein schmerzhafter Prozess.

„So sind nun einmal die Spielregeln", schloss Big G.

Marvin stieß Avory den Ellbogen in die Rippen: „Stell dir das bildlich vor, wie diese armen Teufel durch ein Labyrinth von Mahlwerken, Schleifwalzen und Poliermaschinen gejagt werden. Am Eingang sehen sie aus wie Neandertaler und heraus kommen sie glänzend und funkelnd, voll High-Tech."

Der Laden müsse wohl bald dichtmachen, mutmaßte Avory. Laut Big G steht dem Planeten und seinen Bewohnern eine Epoche intensiven Lernens und tiefgreifender Veränderung bevor. Und die mentalen Wachstumsfaktoren werden sich verändern. Anstelle von Schmerz und Leid treten Interesse und Neugier.

11

Ein Bund wird geschmiedet

Alles was sie wollte, war diese unglaublich eleganten aber fürchterlich engen Schuhe loswerden. Ihre Füße brannten wie Feuer. Zum Glück. Der körperliche Schmerz lenkte Barb von der herzzerreißenden Begräbniszeremonie ab. Sie musste auf die Zähne beißen und konzentrierte sich auf die Erleichterung beim Ausziehen dieser grauenvollen Schuhe.

Die Befreiung ihrer Füße öffnete die emotionalen Schleusen. Tränen strömten über ihr Gesicht und hinterließen bunte Rinnsale in der Schminke. Barb warf sich in Ethans Lieblingssessel, der noch immer nach ihm roch. Mit geschlossenen Augen konnte sie fast glauben, das weiche Leder sei seine Haut.

„Sie sieht ein bisschen aus wie ein Aquarell... Steht ihr nicht schlecht."

Shiv lächelte über Alis Bemerkung. Er wusste, Ali meinte es nicht böse. Schließlich hatte er Barb äußerst behutsam und effizient durch den Tag geleitet. Er war für sie da, wenn sie anlehnen musste, er zog sich zurück, wenn sie Raum brauchte.

Die beiden Männer standen in der Schiebetür, die zum Schwimmbecken hinaus führte. Jeder hatte ein Bier in der Hand. Sie sahen ernst aus. Reto hatte sich in einen der vielen Räume im Haus verzogen um ein paar Telefonate zu erledigen und E-Mails abzuarbeiten. Haki versuchte, Barb zu trösten.

Die Fünf hatten sich schon vorher in Ethans Haus in Indian Wells versammelt, nachdem Barb sie gebeten hatte, mit ihr das jüdische Trauerritual Shiva zu begehen. Jetzt waren sie wieder hier, um ihrer neuen Freundin beizustehen, nachdem sie Ethans Körper der Erde von Palm Springs übergeben hatten.

„Du bist auch nicht der emotionale Typ, sehe ich das richtig?" fragte Shiv und wandte sich Ali zu. Der schüttelte sich wie ein nasser Hund.

„Ich hätte lieber die Masern, als heftige Emotionen", gestand er. „Das ist halt so bei datenbasierten Typen, wie ich einer bin. Doch es ist bestimmt nicht einfach, jemanden zu verlieren, dem man so nahe stand."

„Du weißt, dass sie erst vor gut einem Jahr ihren Sohn verloren hat, ihr einziges Kind?" Haki trat zu den beiden Männern. „Dieser neue Verlust hat den ganzen, noch unverarbeiteten Schmerz wieder an die Oberfläche gespült. Sie tut mir so furchtbar leid." Verstohlen rieb sie sich die eigenen Tränen aus den Augen.

Shiv betrachtete die Kakteen, die einen künstlichen Wasserfall bewachten. Das Wasser schäumte über rostfarbene Steine von den nahen San Jacinto Bergen und kam im rechteckigen Schwimmbecken zur Ruhe. Er machte einen zustimmenden Laut, dann sagte er: „Vielleicht sollten wir die Worte, die wir in solchen Situationen wählen, genauer betrachten. Vor allem das Wort ‚Verlust'. Was geht eigentlich verloren? Wer verliert wen? Im natürlichen Kreislauf kann nichts verloren gehen. Wenn eine Form zerfällt, sich auflöst, stehen ihre Moleküle für neue Formen zur Verfügung. Demzufolge lebt alles, auch ein Mensch, einfach immer weiter, allerdings in einer anderen physischen Form."

„Aber ein Mensch ist mehr als sein Körper." Haki überraschte sich selbst mit ihrem Mut, diesem ernsten und offensichtlich hochintelligenten Mann zu widersprechen. „Es geht doch eher um den Verlust der Präsenz oder des Wesens einer Person."

„Ja, natürlich. Damit bin ich völlig einverstanden. Allerdings, dieses Wesen, der Geist – woraus besteht er, und wohin geht er?" Als seine Frage einfach im Raum hängen blieb, wechselte Shiv das Thema. „Wenn man seine Eltern verliert, wird man wirklich zur Waise, selbst als Erwachsener. Vor allem, wenn man eine derart enge Beziehung hatte wie Barb und Ethan. Es scheint, je mehr ein Mensch sich um einen sorgt, desto mehr lieben wir ihn und umso härter ist es, ihn zu verlieren."

„Vielleicht wäre es besser, gar keine engen Bindungen einzugehen. Wahrscheinlich würden wir dann viel schneller erwachsen." Ali schaute Haki mit einem fragenden Ausdruck an.

„Oh, nein, das glaube ich nicht. Dort wo ich herkomme, wachsen viel zu viele Kinder viel zu schnell auf, ganz ohne Eltern. Ich kann darin nichts Gutes erkennen."

Zwischen den Dreien breitete sich Stille aus. Der Schatten des großen Sonnenschirms über ihren Köpfen hatte sich unbemerkt nach Osten bewegt. Reto trat aus dem Haus und brach das Schweigen. „Ich weiß nicht, wie es euch geht, aber ich kriege einfach Ethans letzte Frage nicht aus dem Kopf. Sein ‚Wer bin ich? Was bin ich?' verfolgt mich. Wie kann man am Ende eines langen und erfüllten Lebens nicht wissen, wer man ist und was man ist? Gerade ein Mann wie Ethan, der seine eigenen Regeln gemacht, sichtbare Spuren hinterlassen und seine Ideen und Ideale realisiert hat. Ich meine, dieser Typ schien ja nicht nur mit seinen Werbeagenturen sehr erfolgreich gewesen zu sein. Wie ich beim Begräbnis mitbekam, war er auch bei den Damen äußerst beliebt und hatte beträchtlichen politischen Einfluss. Dann ging er hin und steckte sein beachtliches Vermögen – und alles, was er bei seinen Bekannten locker machen konnte – in Entwicklungsprojekte in Afrika. Kann man denn überhaupt ein pralleres Leben leben? Der Mann muss doch gewusst haben, wer und was er war! Glaubt ihr nicht?"

◆

„Hast du das gehört? Sie fangen an, die Schlüsselfragen zu stellen." Marvins Stimme überschlug sich fast vor Begeisterung.

Die Zwillinge versteckten sich hinter der dichten Oleanderhecke, welche die Grenze zwischen dem Bernstein Grundstück und dem Golfplatz markiert. Fasziniert beobachteten sie das Geschehen auf der Terrasse. Während sich vier unterhalten, ist eine schwer am Leiden. Kriegt ihre Teilchen poliert, wie Marvin mitleidlos feststellte.

In der Tat. Es gibt fast nichts Effizienteres als Schmerz und Leid, um einen Menschen ernsthaft in Bewegung zu setzen. Big G erwärmte sich sofort für eines seiner Lieblingsthemen. Sie sollen sich nur einmal die menschlichen Mythen und Märchen ansehen. Held und Heldin müssen die Finsternis der Unterwelt durchwandern, um frei zu werden, um dauerndes Glück zu finden und ins Licht zu treten. Auf der Reise lernen sie, dass die Hölle kein realer Ort ist, sondern eine Projektion ihrer Angst. „Der Held wird vom Glauben befreit, er sei nur Kopf und Körper. Er wird auch frei vom Leiden, weil er erkennt, dass es gar kein Leiden gibt. Freiheit gründet sich im Wissen, dass außerhalb der einen, ultimativen Wirklichkeit nichts existiert, und dass alles eine Projektion dieser einen Energie ist."

In der Geschichte der Menschheit gab es immer ein paar ausgewählte Spieler, die das Konzept der Einheit, aus der alles hervorgeht und in die alles zurückkehrt, verstanden. Sie verstanden auch, dass jedes Wesen von einer einzigen Kraft beseelt ist. Big G's Stimme nahm einen bedeutungsschweren Ton an: „Jedes einzelne menschliche Wesen ist als dichte Materie verkleidete universelle Energie. Nichts anderes. Die Eingeweihten wurden zu Stillschweigen verpflichtet. Sie lehrten diese Wahrheit nur ausgewählten Schülern, in den sogenannten Mysterien."

Am nächsten kam der Enthüllung „dieser Plato", wie ihn Big G nennt. In seiner berühmten Höhlen-Allegorie sagte er, der Mensch glaube, sein Schatten sei sein wahres Selbst. Damit meinte er nichts anderes, als dass die Schauspieler sich mit ihren Kostümen identifizieren. Der Grund, warum etwas so Grundlegendes als Geheimnis behandelt wurde, war einfach: Es hätte bei der großen Mehrheit der Menschen einen Software-Crash verursacht. Die aktuelle Software war zu wenig leistungsfähig, um dieses komplexe Identitätspuzzle zu entschlüsseln.

Marvin konnte sich nicht zurückhalten und musste seinen Senf dazu geben: „Wenn das Upgrade geladen ist, wird die menschliche Intelligenz direkt auf die feinsten Schwingungsebenen der Schöpfung zugreifen können, auf ihren eigenen Source Code sozusagen."

Bevor es so weit ist, kommt eine Zeit größerer Katastrophen auf die Menschheit zu. Vulkanausbrüche, Erdbeben, Überschwemmungen, Feuer, wirtschaftliche Zusammenbrüche und zivile Aufstände konfrontieren Menschen damit, dass sie von einem Moment auf den anderen alles verlieren können. Und ihre in der Zeit festgefrorenen mentalen Konzepte sind drauf und dran, zu schmelzen, genau wie das vermeintlich ewige Eis der Polkappen.

„Dann werden sie hoffentlich zu verstehen beginnen, dass das einzige wichtige Haus ihr Körper ist! Erst noch ganz ohne Hypothek..."

„...und nur Big G kann es pfänden!" fiel Marvin Avory ins Wort.

Big G ließ sich nicht beirren. „Auf die Menschheit kommt eine enorme und enorm lohnenswerte Herausforderung zu: Die Erkenntnis, dass es im Universum nur eine einzige Energie gibt. Eine einzige Quelle, die dieses kosmische Teilchen-Ballett steuert, die Zahl 0, weder gerade noch ungerade, die universelle Antriebskraft.. Sie werden lernen, dass diese Kraft jenseits des Materiellen liegt, jenseits der Dualität. Durch den direkten Zugriff auf diese höchste Wahrheit werden sie auch ihre wahre Bestimmung erkennen und herausfinden, dass sie unsterblich sind."

Victoria hatte sich lautlos hinter der Hecke materialisiert und schwebte ein paar Zentimeter über dem taufeuchten Gras. „Sobald Menschen das erkennen, werden sie auch verstehen, dass alles, was schlecht ist für einen, schlecht ist für alle. Egoistisches Handeln wird dann nicht mehr als normales Geschäftsgebaren akzeptiert. Am meisten Gewinn werden Partizipation und Teilen erzielen." Dann begann sie leise zu singen: „...imagine there's no countries, it isn't hard to do, nothing to kill or die for, and no religion too, imagine all the people, living life in peace..." Als Big G mitsang – grauenhaft falsch – rollten sich die Zwillinge vor Lachen am Boden und heulten wie mondsüchtige Wölfe.

Das Upgrade wird die menschlichen Spieler auch vom Ballast der Vergangenheit und der oft fatalen Bindung an die Geschichte befreien. Wer wen einst aus welchen Gründen getötet, beleidigt oder ausgebeutet hat, wird nicht mehr auf die Gegenwart abfärben und schon gar nicht die Zukunft beeinflussen. Da der vermeintliche Feind ja von derselben Lebenskraft beseelt ist wie man selbst, gibt es keinen Grund mehr zu töten, zu verletzen oder zu betrügen. Und wer versteht, dass Seelen immer wieder auf die Erde kommen, um alle möglichen Rollen zu spielen, versteht auch, dass der gegenwärtige Feind in der Zukunft die Gefährtin sein kann.

„Wird echt schwierig werden, Selbstmord-Attentäter zu rekrutieren." Avory war ganz aufgeregt. „Stell dir den Werbeslogan vor: ‚Einmalige Gelegenheit, deine frühere Großmutter oder deine künftigen Kinder abzumurksen'."

Victoria sang weiter, „imagine... a brotherhood of man, imagine all the people, sharing all the world..." Dann sagte sie: „Es gibt nur eine Lebenskraft. Das ist im Grunde der Inhalt allen Geheimwissens. Die Einheit von allem."

„Ist es nicht lustig, dass der Professor, den unser Weltallcowboy besucht, diese wissenschaftliche Weltformel, die Theorie von Allem, entwickelt hat? Sie sind auf bestem Weg, mit ihrem Intellekt die Wahrheit zu entdecken. Und wagen es nicht, zu glauben, was sie herausfinden."

„Die Menschheit ist auf dem Weg zu einem gemeinsamen Ziel, Marvin. Alle Spieler werden zu einer einzigen menschlichen Rasse geschmiedet, die sich einen einzigen Planeten teilt. Die Erde. Und wenn sie das wirklich verstanden hat, werden sie auf die Reise geschickt, gemeinsam das Weltall zu erforschen."

„Das hast du sehr schön gesagt, liebste Victoria. Wirklich sehr schön." Big G schlug die sanftesten Töne an, zu denen er fähig war. „Dann werden sie auch die einfachste, gleichzeitig auch komplexeste Erkenntnis packen, dass die ultimative Wirklichkeit nichts Separates ist, sondern jeden einzelnen Spieler im Inneren steuert."

Marvin grinste in die Richtung von Big G's Stimme. „Ja, und in dem Moment wird Mickey Mouse aufwachen und erkennen, dass er nicht der selbstbestimmte Super-Nager ist, den er zu sein meinte, sondern ein Produkt von Walt Disneys Kreativität. Und genau so wie Disney der Animator von Mickey und Daisy und Pluto ist, steuert der universelle Animator jedes einzelne Wesen."

◆

Shiv ertappt sich dabei, eine John-Lennon-Melodie zu summen. Die Melodie ist irgendwie in seinen Kopf geraten. Und hinter der Oleanderhecke tut sich Seltsames. Besser gesagt: Tat sich Seltsames. Jetzt, da er sich darauf konzentriert, ist es vorbei. Es ist wie nach einem Traum. Alles scheint so real, und wenn man es berühren will, verflüchtigt es sich.

War es Kali, die sich dort versteckte und ihn dazu verführen wollte, sie zu suchen? Ist die westliche Klause, in die sie ihn eingeladen hat, ein Golfplatz? Shiv grinst beim Gedanken an eine nackte blutige, Golfschläger schwingende Göttin, welche die Pensionierten, die normalerweise den Platz bevölkerten, aus ihren karierten Hosen schreckt. Wenn er hingeht und nachsieht, hieß das, er vertraut einem Traum. Existiert etwas nicht, nur weil es nicht manifest ist? Wie ist das mit Ethan? Ist er wirklich in dieser hölzernen Kiste, die im Boden versenkt wurde? Oder bestand der wirkliche Ethan aus dieser mysteriösen Essenz, die ihn in Bewegung setzte, ihn zum Sprechen, Fühlen und Denken brachte? Und wo ist diese Essenz jetzt? Hat sie sich in der Atmosphäre aufgelöst wie Rauch?

Shiv starrt in die Dämmerung, die langsam an den Felsen herab kriecht. Er summt den Refrain: „You may say that I'm a dreamer, but I'm not the only one..." Summend begibt er sich zurück ins Haus. Da ist das Leiden konkret. Auch wenn nur eine aus dem Quintett wirklich davon betroffen ist. Während der schwierige Tag des Abschiednehmens von Ethan Bernstein noch nachklingt, finden sich Haki, Shiv, Reto und Ali bald in einer lebhaften Diskussion über die aufwändigen Zeremonien, die verschiedene Kulturen um ein derart alltägliches Geschehen herum konstruierten. Barb hat es sich auf einer Liege bequem gemacht, ruhiger jetzt, eingelullt von den Stimmen ihrer neuen Freunde. Sie fühlt sich zugehörig, ohne dass sie etwas beisteuern muss. Sie trägt ein Paar abgeschnittene Jeans und ein Hemd von Ethan, in das sie sich verkriecht wie in ein schützendes Zelt.

„Etwas ist allen Begräbnis-Ritualen gleich: die Feier der Seele, dieser unfassbaren Essenz, die sich angeblich verflüchtigt, wenn der Körper zerfällt. Aber ist es nicht erstaunlich, dass alle Kulturen, alle Religionen über Körper, Geist und Seele sprechen, ohne sie wirklich zu verstehen?" Reto schaut die anderen erwartungsvoll an.

„Ich habe viel über diesen Widerspruch nachgedacht", sagt Shiv. „Östliche Kulturen sind überzeugt, dass die Essenz eines Menschen weiter lebt. Der Körper wird als Gewand der Seele betrachtet, ein Gewand, das in der Hindu Tradition verbrannt wird. Was die menschliche Trinität angeht, die du angesprochen hast, habe ich vielleicht eine Antwort in der – Überraschung – Teilchenphysik gefunden. Dieser subtile Stoff namens Seele könnte aus extrem hochfrequenten Teilchen zusammengesetzt sein. Teilchen, die freigesetzt werden, wenn sich das Leben aus den dichteren, langsamer schwingenden Teilen zurückzieht."

Shiv rutscht auf seinem Sessel unruhig hin und her, nicht sicher, ob er fortfahren soll. Ermuntert von den erwartungsvollen Blicken, holt er weiter aus: „Shiva ist der Hüter der Veränderung, der Vergänglichkeit des menschlichen Körpers. Gewisse Hindus tragen seine drei Aschestreifen auf der Stirn, um mit dieser Vergänglichkeit in Verbindung zu bleiben und bewusster zu leben." Shiv schweigt, um seine

Gedanken zu sammeln, unsicher, ob er Shivas Lebensbegleiterin Kali erwähnen soll. „Vielleicht habt ihr schon von der Göttin Kali gehört", fährt er nach einer Weile fort. „Sie wird normalerweise als blutrünstige, erschreckende Gestalt dargestellt. Ihr Schmuck sind Schädel und abgeschlagene Arme. Wie Shiva will sie uns zeigen, dass wir mehr sind als unsere Körper, dass der Körper nur eine Hülle ist."

Ali, der aufmerksam zuhört, sagt: „Vielleicht wird Kali deswegen in westlichen Kulturen meist missverstanden, weil diese primär den Körper verehren."

Shiv nickt. Ali fährt fort: „Diese Verehrung des Körpers hat in der Kultur der Pharaonen ihren Höhepunkt erreicht. Die komplexe Kunst des Einbalsamierens hielt den Körper über Jahrtausende intakt, in Pyramiden, gebaut um den Planeten selbst zu überdauern." Ein kurzes Lachen. „Sie wollten ganz sicher sein, dass sie nicht vom Angesicht der Erde verschwanden."

Shiv lacht mit. „Aber du weißt, dass hinter diesen Pyramiden mehr steckt?"

„Ja, auf jeden Fall. Lach' nicht, aber ich betrachte diese formidablen Bauten als eine Art Weltraum-Flughafen, von wo aus die Seele auf ihre Reise durch den Kosmos geschickt wird. Irgendwie empfand ich dieses Bild immer als tröstlich."

„Jedenfalls um einiges tröstlicher, als was der Tod in einigen afrikanischen Ländern mit sich bringt. Ein Begräbnis ist eine gewaltige finanzielle Belastung für Menschen, die sowieso schon fast nichts haben. Sie mussen die Trauernden mit Bergen von Essen und Getränken versorgen – und das über Tage. Je demonstrativer die Trauer desto besser." Haki schüttelt den Kopf. „Ein Begräbnis kann den Bankrott einer Familie bedeuten."

„Wenigstens müssen wir uns darum keine Sorgen machen." Barb schenkt Haki, ein Lächeln, das sie offensichtlich anstrengt. „Ich möchte euch noch sagen, wie dankbar ich bin, dass ihr hiergeblieben seid und mir geholfen habt, meinen Vater zu begraben. Das hätte ihm die Welt bedeutet. Ihr wisst ja, wie er es mochte, Menschen aus allen Ländern und allen Schichten um sich zu haben. Er hat ständig über Integration und Zusammenarbeit gesprochen."

Barb lässt einen entscheidenden Teil ihrer Unterstützung unerwähnt. Es war kein Mann aus der Familie da gewesen, um Ethans Sarg zu folgen. Sie hatte keine Familie mehr in den Staaten, und ihre entfernten israelischen Vettern waren nicht angereist, vor allem weil ein traditionelles jüdisches Begräbnis innert 24 Stunden stattfinden soll. Sie weiß, Ethan hätte es sehr geschätzt, dass ein Araber, ein Inder und ein Europäer diese Ehre übernahmen. Dank ihnen war es ein eindrücklicher Trauergottesdienst, im Tempel, der in der späten 1940er Jahren mit Unterstützung von Frank Sinatra gegründet worden war.

Die Mitglieder der jüdischen Gemeinschaft waren da gewesen für sie, obwohl sie kein sonderlich aktives Mitglied der Synagoge war. Der weibliche Rabbi, eine langjährige Familienfreundin, leitete die Abschiedszeremonie, während die Chevra Kaddisha – die heilige Begräbnisgesellschaft von Palm Springs – Ethans leere Hülle für ein angemessenes Begräbnis vorbereitet hatte. Die Fünf wachten abwechselnd bei Ethans Leichnam, bis es Zeit war, ihn der Erde zu übergeben. Im Gottesdienst riss die Rabbi für die Familienangehörigen schwarze Bänder ab, die sie sich an die Kleider hefteten. Barb sah gerührt zu, wie ihre vier Freunde die Bänder mit großem Ernst entgegen nahmen. Als Shiv, Reto und Ali vortraten, um den Sarg auf den Friedhof hinaus zu tragen, weinte Barb nicht nur Tränen der Trauer, sondern auch der Dankbarkeit und Liebe.

Mercedes war erleichtert, dass Barbs neue Freunde ihr so solidarisch beistanden. Sie konnten sich wohl kaum vorstellen, wie sehr Barb sie brauchte. Sie konnten nicht wissen, welche zentrale Rolle Ethan in ihrem Leben gespielt hatte.

Als Barbs Mutter die Familie verließ, um ihre Freiheit zu suchen, war Ethan zum Mittelpunkt von Barbs Universum geworden. Mama hatte sich nach Kuala Lumpur davon gemacht, als ihre Tochter mitten in der Pubertät steckte. Barb hatte sie in all den Jahren genau zweimal gesehen. Vater und Tochter waren eng zusammen gerückt. Zu eng, für Mercedes' Geschmack. Barb wurde zu Ethans Prinzessin, und er zu ihrem Beschützer und zu ihrer einzigen Liebe. Auch bei ihm hatte keine der zahlreichen Damen, die sich um seine Aufmerksamkeit bemühten, eine Chance, in diesen exklusiven Zirkel einzubrechen. Barb machte es glasklar, dass sie keine andere Frau im Haus ihres Vaters duldete.

So sehr sich Ethan Liebesglück für seine Tochter wünschte, konnte keiner ihrer Freunde seinem Maßstab genügen. Sie hatte eine Schwäche für die Hübschen und Formbaren. Auch Ethan Juniors Vater hatte in dieses Raster gepasst. Und auch er hatte sich nach ein paar Monaten aus ihrem Leben verflüchtigt. Ethan fühlte sich als Vater seines Enkels. Zusammen waren die drei eine Familie gewesen.

Was wird Barb jetzt tun, da sie niemanden mehr hat? Mercedes fürchtet sich vor den kommenden Wochen. Es gibt niemand anderen, dem Barb sich nahe fühlt. Was für ein Glücksfall, dass das Schicksal diese vier Menschen aus allen Teilen der Welt hierher geweht hat. Vor allem dieser Schweizer, Reto, und der Araber namens Ali machen auf Mercedes einen soliden, starken Eindruck. Sie wird alles tun, damit sie sich wohl fühlen und möglichst lange blieben.

Mercedes beobachtet, wie sie einen schützenden Kreis um Barb formen, die sichtbar Kraft und Trost aus ihrer Gegenwart schöpft. Sie sprechen über den Trauergottesdienst, wie berührend er gewesen sei und wie viele der Hollywood-Größen gekommen waren, selbst bei derart kurzer Ankündigung. Sie staunen über die Bandbreite der Bekannten und Freundinnen, die Ethan im Zug seines Lebens berührt hatte – Männer und Frauen mit den unterschiedlichsten Hintergründen und aus den verschiedensten sozialen Schichten.

„Und die Familie war im Frieden beisammen", zitiert Ali, und die anderen schauen ihn fragend an.

„Juden und Muslime sind eine Familie. Abrahams Familie", erklärt er mit einem amüsierten Blitzen in den Augen. „Alles fing mit Abrahams Sohn Isaak und dessen Halbbruder Ismael an. In der Genesis heißt es, Gott schloss seinen Bund mit Isaak, segnete aber auch Ismael, der ein Stammvater vieler Völker sein werde. Der Konflikt zwischen den Brüdern, im Zentrum der Jüdischen und Muslimischen Religion, wurde also ganz von Anfang an etabliert. An einer anderen Stelle in der Bibel heißt es, Ismael sei ‚nach dem Fleisch' geboren und Isaak ‚nach dem Geist'. Der Erstgeborene wurde als Lieblingssohn und Erbe ersetzt. Als Abrahams Frau Sara, die Mutter von Isaak, den Konflikt zwischen den Halbbrüdern nicht mehr aushielt, verlangte sie, dass Ismael und seine ägyptische Mutter Hagar, eine Konkubine, aus der Familie ausgestoßen werden. Gott erfüllte sein Versprechen an Hagar, dass ihr Sohn 12 Prinzen zeugen würde, die viele Völker gründeten. Sie zogen auf die arabische Halbinsel und gründeten dort die großen Wüstenvölker des Mittleren Ostens." Ali schweigt. Die anderen nicken gedankenverloren, beeindruckt von Alis Bibelfestigkeit.

„Mit anderen Worten, die aktuellen Konflikte stammen aus den ersten Momenten der Biblischen Geschichte." Reto schüttelt den Kopf.

Und Haki wirft ein: „Wie unfassbar traurig, dass Menschen seit 2'000 Jahren nicht fähig sind, Eifersucht zu überwinden oder zugefügtes Leiden zu vergeben."

„Yep. Du sagst es, Haki." Ali lächelt traurig. „Als Kind auf der Pilgerreise mit meinen Eltern umrundete ich das Zentrum des Islam, die Kaaba. Ich wusste sofort, dass Juden und Muslime Familie sind, obwohl die Geschichte von Isaak und Ismael in der Bibel und im Koran voneinander abweichen. Abraham und Ismael bauten die Kaaba an dem Ort auf, wo Adam das erste Gebäude der Erde errichtet hatte. Tatsächlich war die Kaaba ursprünglich ein Zufluchtsort für alle. Gewalt war verboten."

„Man könnte noch einen Schritt weiter gehen", unterbricht Haki das Schweigen. „Jesus war doch ein jüdischer Mann, also gehören auch Christen zu dieser Familie."

„Und es ist höchste Zeit das einzusehen und alle die schmerzhaften und absolut unnötigen Dispute aufzulösen", bringt Reto ihren Gedanken zu Ende. „Das einzige, was dem Frieden im Mittleren Osten im Weg steht, ist der Glaube der einen Partei, sie sei vom großen Boss persönlich auserwählt worden, die anderen seien bloß Bürger zweiter Klasse. So lange diese Sicht vorherrscht, wird keine dauerhafte politische Lösung möglich sein. Zuerst muss die philosophische Basis etabliert werden."

Reto nimmt einen Schluck der frischen Limonade, die Mercedes vorbereitet hat, und sagt mit einem leichten Stirnrunzeln „Angesichts der Tatsache, dass wir alle sterben, nach einer relativ kurzen Zeit auf diesem Planeten, ist es dumm, seine Zeit damit zu verschwenden einander zu hassen und zu töten. Wenn man das ganz pragmatisch anschaut, macht Töten schlicht und einfach keinen Sinn."

Er schweigt, fängt an zu grinsen und schiebt nach: „Nicht einmal für einen Major der Schweizer Armee."

Ali steht stramm und salutiert. „Weißt du, ich betrachte das Judentum, das Christentum und den Islam als drei gewaltige Eisberge. Jeder nimmt für sich in Anspruch, der einzige echte Eisberg zu sein. Aber die Hitze der Sonne bringt ihre wahre Natur an den Tag. Sie schmelzen zu einem einzigen Gewässer." Er zuckt mit den Schultern und lächelt seine Kameraden an. „Einer der Gründe, warum ich absolut für den weltweiten Temperaturanstieg bin."

Shiv entgeht kein Wort, obwohl er die ganze Zeit die Hecke anstarrt und immer noch hofft, einen klaren Blick auf das zu erhaschen, was dort vor sich geht. Er schüttelt den Kopf um ihn zu klären. „Du hast da etwas sehr Wichtiges gesagt, Ali. Anstatt auf den Unterschieden herumzureiten, sollte die Menschheit sich vielmehr Richtung Fusion orientieren. Du weißt ja, wenn man die Hitze so richtig aufdreht – ich spreche von Temperaturen wie in der Sonne – verschmelzen alle Teilchen der Materie. Spaltung, andererseits, kreiert Katastrophen. Die Welt hat eine Ahnung davon bekommen am Ende des zweiten Weltkriegs, und wir waren seither ein paar Mal am Rande eines Atomkriegs. Fusion ist unsere gemeinsame Zukunft, die Fusion von Staaten, Philosophien und...", jetzt lächelt Shiv und schlägt sich auf die Brust, „Kernfusion würde natürlich die Welt mit endloser Energie versorgen."

Wie auf Befehl schauen alle hoch und stellen fest, dass es dunkel geworden ist. Barb spricht aus, was sie denken. „Es scheint unmöglich, dass wir einander erst seit drei Tagen kennen. Ich habe das Gefühl, ich sei einmal um die Welt gereist mit euch, seit wir einander in diesem komischen Gartenhäuschen begegnet sind."

„Wo uns ein Mann zwei Fragen stellte, ein Mann der in einem Moment so voller Leben und Lachen war und im nächsten Moment so still und scheinbar leer", denkt Shiv. Er spricht den Gedanken nicht aus. Er spürt, sie sind alle entschlossen, die Antwort zu finden.

„Bitte, Freunde, bevor ihr geht, tut mir noch einen letzten Gefallen." Barb versucht, ihren Aufbruch noch etwas hinauszuzögern. „Dad hat ein Gästebuch geführt, und ihr...", sie kann kaum sprechen durch die frischen Tränen, „seid ja auf eine Art seine letzten Gäste. Bitte schreibt doch noch einen Gedanken hinein."

Shiv schreibt: „Als Wissenschaftler sage ich: Das Universum kennt weder Geburt noch Tod, nur einen endlosen Tanz von Teilchen. Lasst uns alle unseren Intellekt daraufhin trainieren, diese großartige Wahrheit zu erkennen, damit wir uns weniger stark an vergängliche Formen binden. Als Gast und Freund sage ich: Ich werde nie vergessen."

Ali schreibt: „Barb, du magst einen Vater verloren haben, aber da Abraham unser gemeinsamer Vorfahre ist, hast du in mir ein neues Familienmitglied gefunden."

Reto schreibt: „Ethan hat uns ein Rätsel hinterlassen. Lasst uns auf die Suche nach einer Lösung gehen. Und – wenn das

Leben es will – uns wiedersehen, um die Antworten zu vergleichen."

Haki schreibt: „Meine ganze Liebe und mein ganzes Mitgefühl sind immer mit dir. Wisse, dass sie keinen Anfang und kein Ende haben. Sie sind das Gewebe des Universums."

Barb liest und weint.

12

Die Kunst des Leidens

Ali flüchtet in die Wüste

Seine innovativen Ideen für die öffentlichen Transportsysteme von Abu Dhabi und Kalifornien hatten Alis internationalen Ruf gefestigt und ihm mehr Aufträge beschert, als gut für ihn war. Die öffentliche Anerkennung war die Glasur auf einer schon üppigen Torte. Ali war Weltreisender in Clean-Tech, ein vielbeschäftigter Mann, ein gefragter Mann, ein Mann, der mit Experten aus allen Herren Ländern kooperierte. Die spannendsten Partner waren ganz klar die Chinesen, die an der technologischen Spitze moderner öffentlicher Transportsysteme standen. Geld floss ihm problemlos und reichlich zu.

Ali liebte die Herausforderungen und sonnte sich im Glanz seines Erfolgs. Er baute sein Unternehmen aus, eröffnete ein Büro in Kalifornien und ging ein Joint Venture in Shanghai ein, wo Lailah seine Interessen wahrnahm. Seine Schwester war zu einer hoch professionellen jungen Frau herangewachsen, mit einem Master in Stadtplanung in der Tasche. Ihre Entscheidung, schon an der Uni Mandarin zu studieren, hatte sich als Glücksfall erwiesen.

Ali hatte geglaubt, seiner Schwester einen Gefallen zu tun, als er sie mit nach Shanghai nahm, zum Sightseeing und um ihn an eine Sitzung mit seinen Partnern zu begleiten. Zu seiner großen Überraschung blieb Lailah völlig unbeeindruckt von den komplexen Verhandlungsritualen, endlose Prozessionen von Teetassen inklusive, die ihn zum brüllenden Wahnsinn trieben. Lailah nahm seine Partner mit ihrer Sprachkompetenz und ihrem Charme sofort für sich ein. Nach vier Jahren in dieser pulsierenden Metropole hatte seine Schwester den lokalen Lebensstil mit einer Leichtigkeit angenommen, die Ali verblüffte und ihn unangenehm an sein Alter erinnerte. Lailah hatte nicht nur eine erfüllende Aufgabe gefunden, sondern auch einen Ort, der ihre wahre Leidenschaft wertschätzte – das Geigenspiel.

Alis Niederlassungen gediehen prächtig, die Programme des Computer-Magiers waren Herz und Seele seiner Projekte. Ali hatte es in der sich rasant beschleunigenden Welt geschafft. Er packte sein Tagesprogramm immer dichter, ein Meister mobiler Kommunikation, ein wahrer Jünger des Höher, Schneller, Weiter. Er quetschte selbst die Zusammenarbeit mit Barb Bernstein in seinen übervollen Terminkalender. Sie verfolgte ihr Bildungsprojekt mit einer Entschlossenheit, die an Sturheit grenzte. Als Ali eine Niederlassung in Los Angeles aufbaute, trafen sie sich öfters. Er verbrachte sogar ein paar Tage in Ethans Haus in Indian Wells. Barb löcherte ihn mit Fragen über Bildungs-Software. Und ja, die Funken flogen wieder gehörig zwischen den Beiden. Sie ließen sie verglühen. Ali zögerte, sich auf jemanden einzulassen. Er war zu beschäftigt, um sich in etwas hinein ziehen zu lassen, das Zeit und Nerven kosten würde. Barb gab keine Zeichen, dass sie mehr wollte, als ihre Anziehungskraft auszutesten.

In den seltenen Momenten, wenn nichts und niemand seine Aufmerksamkeit in Anspruch nahm, spürte Ali manchmal ein tiefes Bedauern. Barb war eine schöne Frau, sexy, mit einem hellen Kopf, der schnell denkt – und meistens klar. Sie war emotional, fragil, eigensinnig, unabhängig. Sie war impulsiv, überschwänglich in einem Moment, distanziert im nächsten. Für Ali war sie wie ein Kaleidoskop – farbig, faszinierend, überraschend. Wenn sie sich in etwas verbiss, das ihr wirklich etwas bedeutete, wie das Peru Projekt, konnte sie ihre gesamte Energie darauf fokussieren. Auch das gefiel ihm.

Mit den anderen des scheinbar so zufällig zusammen gewürfelten Quintetts hielt Ali losen Kontakt. Shiv tauchte regelmäßig auf einschlägigen Wissenschafts-Webseiten auf. Mit Reto wollte er eigentlich Ski fahren, doch wo die Zeit nehmen? Mit Haki in Verbindung zu bleiben war eine echte

Herausforderung, denn sie hat nur sporadisch Zugang zu einem Computer. Ali wusste, es ging ihr gut. Sie trotzte bislang allen Gefahren des Lebens im Kongo und verwaltete zufrieden Ethans Erbe: eine Reihe von kleinen Buschspitälern.

Am Tag, an dem sein internes Software-Upgrade greift, bricht Alis Leben zusammen. Es hat die Ablösungs-Übungen geladen. Überflieger Ali Ben Calif stürzt ab. Später wird er die Erfahrung mit einer beliebten Trickfilm-Sequenz vergleichen: Die Trickfigur ist auf der Flucht und rennt in der Luft weiter. Irgendwann schaut sie nach unten und – fällt.

Ali wacht eines Tages auf, schaut nach unten und merkt, dass es absolut nichts gibt, was er tun will. Nichts. Für einen Dauerläufer wie ihn kommt das dem Tod gleich. Für einen Mann, der ständig in Bewegung bleiben, Dinge anreißen und sich in knifflige Aufgaben verbeißen muss, ist der Wunsch, einfach liegen zu bleiben und keinen Finger zu rühren, etwa so fremd, wie es das chinesische Geschäftsgebaren einst war. Unverständlich.

Ali langweilt sich. Zum ersten Mal in seinem Leben. Komplizierte Fragestellungen fordern ihn nicht mehr. Die Suche nach der optimalen Lösung inspiriert ihn nicht. Begegnungen mit Menschen, fremde Länder, frische Umgebungen, exotische Kulturen – glanzlos, reizlos, fad. Selbst seine Unabhängigkeit, zu tun und lassen was ihm passt, fühlt sich an wie ein Falle.

Ali verdampfte. Wie eine Sternschnuppe. Der helle Lichtstreif, den er über den Nachthimmel gezogen hatte, verglühte.

Jahre später, als er endlich darüber reden konnte, beschrieb er es so: Er sei eines Tages aufgewacht und habe das Passwort vergessen, den Zugriff auf sich selbst verloren ... Der Bildschirm sei einfach schwarz geblieben. Ali war vom Nichts verschluckt worden, in ein Schwarzes Loch gestürzt, das alles aufsog – Freude, Trauer, Enthusiasmus, Neugierde, sogar Schmerz.

Bald hielt Ali die aktiven, motivierten Leute rund um sich herum nicht mehr aus. Der Ameisenhügel Kairo mit seinem hektischen Verkehr auf Beinen und Rädern raubte ihm noch den letzten Rest seiner Energie. Er blieb schließlich einfach zuhause und schloss sich in seinem elektronisch hochgerüsteten Haus ein. Die Stunde Null kam an dem Tag, an dem er nicht einmal mehr seinen Computer hochfahren wollte.

Aus dem Stillstand kroch die Angst. War es die verfrühte Midlife-Krise? Oder etwas Schlimmeres? Ali fürchtete, sein Gehirn weiche sich auf. Er hatte große Schwierigkeiten, sich über längere Zeit zu konzentrieren. Er versuchte, mit Nasrin über seine Ängste zu reden, ohne die richtigen Worte zu finden. Er irrte im Haus herum wie ein unruhiger Geist, starrte sich im Spiegel an, suchte nach sichtbaren Zeichen eines bösartigen Tumors oder einer Geisteskrankheit. Er überlegte, einen Spezialisten zu konsultieren, einen Neurologen vielleicht. Schließlich wurde er nicht jünger – er war schon weit über 30.

Sein letzter Job war nicht gut gelaufen. Er sollte ein nicht allzu kompliziertes Programm schreiben für eine neue Hochgeschwindigkeits-Magnetschwebebahn in Shanghai. Dabei war ihm eine ganze Reihe von Anfängerfehlern unterlaufen. Nach dem ersten Schock über sein offensichtliches Versagen, gab er mangelnder Konzentration die Schuld. Vielleicht sollte er sesshaft werden. Frau und Kinder haben. Er stellte sich eine Tochter vor. Wie Lailah. Klug, schön, selbstbewusst. Oder einfach mal Urlaub machen, um zu sich zu kommen?

Er musste fort. Um nachzudenken. Soviel war klar. Die Sorgen, die sich seine Familie wegen seines Burnouts machte, so die offizielle Diagnose seines Vertrauensarztes, waren zwar gut gemeint, drohten ihn aber zu ersticken. Mehr essen war die Medizin seiner Mutter für alle Krankheiten ... nebst mehr Schlaf und mehr Bewegung.

„Geh aus, feiern, tanzen. Verlieb' dich! Alle Mädchen, die ich kenne, fliegen auf dich." Auch Lailah verfolgte besorgt den sichtbaren Verfall ihres Bruders. Der hell leuchtende Stern hatte sich in ein Stück Kohle verwandelt. Ihr Rat entlockte Ali nur ein müdes Lächeln. Nasrin, die Frau, die ihm am nächsten stand, war keine Option mehr. Diese Chance hatte er verpasst. Sie teilte ihm kurz und bündig mit, sie sei weiter gezogen, heirate den geistreichen, witzigen Amerikaner, den sie bei einer ihrer Ausgrabungen kennen gelernt hatte.

Eines Morgens sitzt Ali auf dem Bettrand, vergräbt den Kopf in den Händen, unfähig, sich dem Tag zu stellen. Schließich schält sich ein Bild aus der Leere: ein endloser, eintöniger Ozean aus Sand.

Ali fliegt rund 500 Kilometer zur Oase Siwa, am Rand des großen Sandmeers. Dort hatten schon größere Männer als er Antworten gesucht. Selbst Alexander der Große war vor über 2000 Jahren hierher gereist, um das Orakel von Amun zu konsultieren ... Ali mietet sich in einer kleinen, eleganten Öko-Lodge am Fuß einer hohen Felswand ein. Wie alle traditionellen Häuser der Oase ist auch sie aus sonnengetrocknetem Salz, Lehm und Sand gebaut. Die Zimmer haben weder Strom noch Telefon, was Ali sehr entgegenkommt, dafür bieten sie Stille im Überfluss und einen von einer Quelle gespeisten Pool mitten im üppigen Garten. Auch der schimmernde Salzsee ganz in der Nähe trägt zur fast gespenstischen Ruhe dieses Ortes bei.

Ali macht es sich auf seinem Liegestuhl bequem, im Schatten leise raschelnder Palmen. Tief aus seinem Inneren steigt ein Seufzer auf. Er ist todmüde, erschöpft bis ins Mark, wie wenn er sich ein Leben lang im Schnellgang bewegt hätte – was der Wahrheit ziemlich nahe kommt. Er trägt einen Kaftan aus Baumwolle. Das traditionelle Gewand ist eine Botschaft. Er ist bereit, sich von allen Einschränkungen zu befreien, selbst von seiner westlichen Kleidung. Er schaut dem Licht- und Schattenspiel zu, das die Palmen auf die Terrasse werfen und lässt seinen Gedanken freien Lauf. Dazu ist er hergekommen. Unstrukturierte Zeit. Keine Termine, keine Deadlines, keine Verabredungen, kein Programm. Er hatte sich von seinen iDies und iDas in Geiselhaft nehmen lassen, war 24 Stunden am Tag, sieben Tage die Woche, wie ein hysterischer Hamster in einem Rad gerannt. Ali schließt die Augen … Er begehrt nichts, möglichst viel vom Nichts.

◆

„Wie wär's mit einem kleinen Sandsturm, um den Jungen wach zu kriegen?" Marvin steht zuoberst auf einer hohen Düne, bereit, auf dem scheinbar unendlichen Großen Sandmeer zu surfen.

„Du verstehst es wirklich nicht. Er muss nicht aufgeweckt werden. Er braucht keinerlei Action. Darum geht es doch gerade bei dieser Übung. Die neue Software hat seine Kreativität gesteigert, auch seine Fähigkeit mehrere hoch komplexe Aufgaben zu jonglieren. Aber er hat seinen Scharfsinn vorwiegend zur Lösung technischer Probleme eingesetzt. Das sind eins a Köder! Erfolg, Applaus, und natürlich der Neid deiner Kollegen. Davon kann man schnell süchtig werden."

„Du bist ein guter Beobachter, Avory." Victoria hat sich lautlos neben ihnen materialisiert. Sie trägt ein elegantes Wüstenkostüm mit vielen hauchdünnen Schichten, die sie von Kopf bis Fuß umhüllen. „Es scheint, als sei das Programm bei der Introspektion angekommen. Dort tauchen Fragen auf wie ,Wer ist dieser Mann, Ali Ben Calif, und was will er mit seinem Leben anfangen'?"

„Also muss unser guter Freund Ali dafür büßen, dass er ein Erfolgs-Junkie geworden ist?"

„Warum so biblisch, Marvin? Das hat nichts mit Busse zu tun, sondern mit ablösen, mit Distanz schaffen. Und, diese Logik sollte dir besonders gefallen, bevor man sich lösen kann, muss man…"

„…festgetackert sein! Abhängig. Ok, ich hab's kapiert." Brummelnd kickt Marvin Sand auf und verzieht sich auf die nächste vielversprechende Düne. Dort setzt er sich hin und beobachtet Ali, der sein bestes gibt, nichts zu tun.

Marvin weiß: Es wird spannend. Anders, als bei jenen, die schnell einmal in die spirituelle Spur wechseln, um dem Leben auszuweichen, wird die Veränderung des Energiemusters bei einem Typen wie Ali, der sein Leben im materiellen Sinn voll ausgekostet hat, dramatisch.

◆

Ali schlief. An den meisten Tagen bewegte er sich vom Bett zur Liege im Schatten beim Pool und schlief wieder ein. Er konnte nicht länger als eine Stunde am Stück wach bleiben. Dann versorgte er seinen Körper mit dem Notwendigsten: ein paar saftige Datteln, frisch von einer der 300'000 Palmen, die der Oase ein Einkommen garantierten, ein paar Löffel köstliches Couscous und frisches Gemüse aus der Lodge-Küche.

Nach Tagen totaler Trägheit war sein Körper immer noch zufrieden, auf dem Liegestuhl zu ruhen, doch im Kopf begannen sich die Rädchen wieder zu drehen wie in einem Karussell das langsam Fahrt aufnimmt. Er kontrollierte Alis Körper wie ein Puppenspieler, zwang ihn alle fünf Minuten die Stellung zu wechseln. Ali setzte sich auf, dann – unfähig dem Drang zu widerstehen – stand er auf und ging herum. Setzte sich wieder und beobachtete seine zuckenden Finger. Sein Gehirn spie einen endlosen Gedankenstrom aus, eine Art Zufallsrauschen. Er versuchte sich die Ausschalttaste seines Computers vorzustellen. Es half nicht. „Ich werde den Stecker ziehen müssen", dachte er, „die Festplatte stoppen." Ali konnte den Akku nicht finden. Schon bald hätte er seine linke Hand gegeben für einen Blick auf sein Smartphone, einen schnellen Suchdurchlauf im Internet oder zumindest ein paar Minuten an seinem Laptop.

Wieder und wieder musste er Gedanken einfangen, die in seinem Kopf herum schwirrten wie ein Schwarm geschwätziger

Stare. Ein besonders hartnäckiger Gedanke flog immer wieder Richtung Westen, um an einer Frage herum zu picken, die ein sterbender Mann vor Jahren gestellt hatte: „Wer bin ich? Was bin ich? Wer, was, wer, was bin ich, ich, ich…?" schoss wie Querschläger durch sein Gehirn. Und Ali fügte hinzu: „Warum fühle ich mich so leer, obwohl ich alles habe? Warum leide ich, obwohl ich auf dem Höhepunkt sein sollte?"

Eine Woche später hing er immer noch an den Fragen fest. Das Quäntchen Logik, dessen er noch fähig war, gab ihm eine einfache Antwort ein: Da er sich nicht mehr über seine Arbeit definieren konnte, brauchte er dringend eine neue Identität. Und am ehesten bot sich dafür wohl seine angestammte arabische Kultur an, die Religion, mit der er aufgewachsen war. Konnte er sich vielleicht an den fünf Säulen des Islam orientieren?

Die erste Säule, Schahada, besagt, es gibt keinen Gott außer Allah und Mohammed ist sein Prophet. Gut, ok, mit dem ersten Teil kann er leben. Es gibt eine einzige Energie am Ursprung des Universums. Das leuchtet ihm ein. Und Mohammed hatte seinen Botschafterjob offensichtlich prima gemacht. Er musste ein sehr mächtiger und charismatischer Typ gewesen sein, sonst könnte er kaum noch Jahrtausende nach seinem Tod so viel Leidenschaft in Menschen entfachen. Schon eigenartig wie viele sich bemüßigt fühlten, Mohammed gegen den ‚Missbrauch' als Cartoon- oder Romanfigur zu verteidigen. Der Mann hatte immerhin die Kraft, fast ein Viertel der Weltbevölkerung über Jahrhunderte davon zu überzeugen, seiner Doktrin zu folgen. Das war ja, als versuchten Ameisen einen Elefanten vor einem Mäuseangriff zu verteidigen.

Dieser Gedanke ist belustigend. Ärgerlich sind die paar Buchstaben, die im Lauf der Zeit zwischen ‚sein' und ‚Prophet' geschmuggelt worden sind. Ein winziges Wort, das alles veränderte. Das Wort ‚einziger' unterstellt, dass nur Muslime auf dem rechten Weg in den Himmel sind. Alle anderen sind Ungläubige. Als in der Wolle gefärbter Demokrat kann Ali diese Ausschließlichkeit nicht akzeptieren. Und überhaupt, nach einem Blick auf die Bilder, die das Hubble Weltraumteleskop aus den Tiefen des Weltraums mitgebracht hat, ist es absurd zu glauben, ein einziges menschliches Wesen könne die Kraft repräsentieren, die diesen überwältigenden Kosmos schafft. Fundamentalisten aller Art wollen diese gigantische Energie auf einen exklusiven Herold reduzieren. Beschränktes Denken, findet Ali.

Ali sucht jeden Tag den Salzsee auf, der mitten im endlosen Sand wie ein tiefblaues Auge in den Himmel starrt. Er liebt es, am Ufer zu sitzen und sich in der für eine Wüste so ungewöhnlichen Farbe zu verlieren.

Ali lehnt sich an die zweite Säule des Islam, Salat. Sie ruft die Gläubigen auf, fünf Mal am Tag Richtung Mekka zu beten. Ali hat nie gern in einer Moschee gebetet. Zu viele Männer. Noch mehr exklusive Zirkel. So einfach war das. Männer und Frauen waren Partner, gleichberechtigt. Sie sollten nicht nur die Kinder gemeinsam aufziehen, sondern auch zusammen arbeiten und zusammen beten. Glücklicherweise hatten seine gebildeten Eltern diesen Glauben an Gleichwertigkeit tief in ihm und seiner Schwester verankert und auch keinen Wert auf demonstrative Glaubensbekenntnisse gelegt. Sie hatten ihn gelehrt, dass Allah ihn und seine gleich gut ausgebildete Schwester überall und zu jeder Zeit hörte, ob er nun Fahrrad fuhr oder im Bus saß.

Daran hat sich nichts geändert. Ali ist alles Auffällige oder zu Offensichtliche zuwider. Es erscheint ihm als reine Schauspielerei. Und so lässt er auch die zweite Säule hinter sich.

Die dritte Säule des Islam, Zakat, fordert die Menschen zum Teilen auf, den Armen Almosen zu spenden. Das ist eine ehrenhafte Regel. Weltweit angewandt und korrekt gehandhabt, würde sie die Erde verändern. So lange die Kluft zwischen Arm und Reich weiter aufreißt, gibt es keinen Frieden. Der tiefe Graben bietet fruchtbaren Boden für Fundamentalisten, welche die Jugend mit Versprechen von

Einkommen locken, Neid und Hass gegen jene schüren, die mehr haben oder anders denken. Alis Vater sah Zakat als persönliche Verantwortung und kam dieser muslimischen Pflicht gerne und regelmäßig nach. Auch Ali spendet Geld mit leichter Hand. Bisher konnte er problemlos neues verdienen, wenn er es brauchte. Die Arbeit bedeutet ihm mehr, als ihr finanzielles Nebenprodukt. Diese dritte Säule muss verstärkt werden, findet Ali, und es gab Anzeichen, gerade auch in seinem Teil der Welt, dass genau das geschah.

Die vierte Säule ist Saum, das Fasten. Im Monat des Ramadan zu fasten ist eine echte Herausforderung für einen internationalen Geschäftsmann. Andererseits legt Ali keinen besonderen Wert auf üppiges Essen, auf Essen überhaupt. Und gerade jetzt hält er, auf seine Art, persönlichen Ramadan.

Schließlich kommt Ali bei der fünften Säule an, Haddsch, die Pilgerreise zur heiligen Stadt. Daran hat er wunderbare Erinnerungen. Mekka ist ein magisches Wort im Wortschatz seiner muslimischen Freunde. Und die sechs Tage mit seinen Eltern auf dieser Pilgerreise gehören zu den schönsten Erinnerungen seiner Jugend. Er hat den geheimnisvollen schwarzen Stein und die Kaaba so klar vor Augen wie damals. Abraham und sein Sohn Ismael hatten dort gebetet. Wie wunderbar, dass dieser heiligste aller heiligen Orte der Muslime in direkter Linie mit dem Gründervater der Juden verbunden war. Es ist offensichtlich, dass Juden und Araber Brüder sind und immer schon Brüder waren. Zudem beten in der Kaaba Frauen und Männer gemeinsam.

Ali ist überzeugt, dass Geschlechtertrennung nicht die Absicht des Propheten war. Was die modernen Interpreten seines Willens vorschreiben, ist ein Widerspruch in sich: Männer und Frauen umkreisen gemeinsam die Kaaba, beim Mekka-Schnellimbiss müssen sie getrennt anstehen.

Ein Luftzug bläst Ali Sand ins Gesicht. Es holt ihn aus Mekka zurück. Der Nachmittag ist beinahe vergangen. Trotz allem Nichtstun hat Ali das Gefühl, etwas erreicht zu haben. Er ist auf den Wellen seiner Gedanken gesurft, ohne sofort handeln zu müssen. Das ist doch einmal eine ganz neue Erfahrung.

◆

„Warum hast du das getan?"

„Schau' ihn dir doch an! Der war ja so was von weg. Hat gar nicht gemerkt, dass kein Schatten mehr da ist. Hätte ich ihn nicht aufgescheucht, hätte er jetzt einen Sonnenstich."

„Weg ist nicht ganz korrekt, Marvin. Vielleicht auf einer höheren oder tieferen Ebene, wäre treffender, wenn wir seine Konzentration anschauen." Victoria winkt die Zwillinge zu sich, in den Palmengarten bei der Quelle. „Seht euch das Schwingungsmuster seiner Teilchen an, fällt euch etwas auf?"

„Au ja! Sichtbare Beschleunigung ... Was für ein Witz. Von außen gesehen ist er so langsam, dass eine Schnecke im Vergleich wie ein Sprinter aussieht. Im Inneren beschleunigt er wie ein Formel 1 Fahrer."

Avory fällt ihm ins Wort. „Was genau löst diese Kehrtwende aus? Ist es nicht eine Riesenverschwendung, Menschen zuerst in die falsche Richtung laufen zu lassen, nur um sie an einem bestimmten Punkt herum zu reißen?"

Victoria: „Es gibt keine richtige oder falsche Richtung. Menschen gehen durchs Leben und sammeln Erfahrungen. Wenn ihr kleines Ich sie zu langweilen beginnt, dieser Teil, den sie Ego nennen und der immer im Mittelpunkt stehen muss, beginnen sie nach etwas zu suchen, das auch auf Dauer spannend bleibt. Das setzt jedoch ein hohes Maß an persönlicher Power voraus. Denkt daran, es braucht eine Weile, um das zu verstehen."

„Nicht nur körperliche Freuden oder Beschwerden halten Menschen auf Trab. Es gibt ein ganzes Arsenal von wunderbaren Fallen, in die Menschen tappen – schnelle Autos, schnittige Frauen." Marvin grinst übers ganze Gesicht.

„Das sagst ausgerechnet du, du Gigolo! Vergiss nicht Bier und Rauchzeug."

Bevor die beiden einen Wettbewerb „nenne die meisten Fallen" vom Zaun reißen können, schreitet Victoria ein. „Die Reise nach innen ist auch eine Reise durch die vier Aggregatszustände der Materie. Die Ich-Identität wird Schritt für Schritt durch jede Ebene geführt, mit dem Ziel, alle Ebenen zu integrieren und sich schließlich aus allen Bindungen zu lösen. Und das, mein ungeduldiger Marvin, braucht Zeit. Wobei Zeit gar keine Rolle spielt. Jede Seele erhält genügend Leben, um ans Ziel zukommen."

♦

Auf einem Felsvorsprung, rund eine Meile von der Lodge, begrüßt Ali das Morgenlicht, das sich über den Horizont stiehlt. Er ist bei Tagesanbruch aufgebrochen und über den kühlen Sand gewandert – die Identitätsfrage noch immer zuvorderst in seinen Gedanken. Dieses ‚wer' oder ‚was' er war lässt ihm einfach keine Ruhe. Millionen Menschen identifizieren sich mit ihrer Religion. „Ich bin Muslim, Jude, Christ, Buddhist..." sagen sie stolz. Aber was bedeutet das? Kann er seine Identität in der Art und Weise begründen, in der er mit der Schöpfungskraft des Universums kommuniziert? Nein, dieser Pfad ist ihm definitiv versperrt. Er kann sich nicht über eine Doktrin, die alle anderen ausschließt, definieren.

Vielleicht genügt es, einfach ein anständiger Mensch zu sein? Das scheint ihm jedenfalls vertrauenswürdiger, als die zahllosen verschiedenen Sekten, Glaubensgemeinschaften und Religionen, die sich um die Deutungshoheit über das Göttliche balgten, überzeugt, die Wahrheit für sich gepachtet zu haben. Wie konnte ein kritischer Kopf sie überhaupt ernst nehmen? Nebst dem riesigen Sortiment an identitätsstiftenden religiösen Überzeugungen, gibt es auch noch 200 verschiedene Staaten und Territorien, die ein Stück des Planeten für sich beanspruchen und um seine begrenzten Ressourcen konkurrieren. Auch die nationale Zugehörigkeit ist ein mächtiger Identitätsfaktor – wie der religiöse mächtig genug, um sich darüber die Schädel einzuschlagen.

Während seinen Hunderten von Stunden in Flugzeugen hatte Ali immer gern auf die Erde hinunter geschaut. Sie erschien ihm so kostbar wie Lapislazuli. Tiefblau, gefleckt mit Grau, Grün und Braun, durchzogen von blendend weißen Bändern. Keine sichtbaren Grenzen, die den Zugang, manchmal auch die Wegzug, versperrten. Grenzen, die meist an weit entfernten Schreibtischen gezogen worden waren, um größtmögliche Macht und optimalen Gewinn zu garantieren. Was vielleicht vor Jahrhunderten noch Sinn gemacht hatte, war heute überflüssig. Die Kosten, um dieses antiquierte System aufrecht zu erhalten, sind irrwitzig – in Form von Geld wie von Menschenleben. Diese nationalstaatliche Fragmentierung ist archaisch in einer Welt, die Handel und Kommunikation so eng verflochten haben. Kann Ali sich damit identifizieren, Ägypter zu sein? Ist er nicht mehr, viel mehr? Ein Mitglied der Menschheit, mit nahezu identischer DNA und einem gemeinsamen wunderschönen Planeten?

◆

„Nach seinem Teilchen-Schwingungsmuster zu urteilen, hat sich seine Wahrnehmung bereits stark ausgedehnt. Er wird die Person Ali mittlerweile im Kontext des ganzen Planeten sehen. Ich muss sagen, ich bin sehr zufrieden mit diesem Upgrade. Wir hatten ja gehofft, dass dieses Vernetzungs-Modul schnell laden würde." Victoria ließ den warmen Sand durch die Finger rieseln. „Der nächste Teil sollte den Sack zumachen, wie man hier sagt. Er wird sein Leben betrachten wie einen Kinofilm. Das hilft ihm zu verstehen, dass er an diesen Punkt gekommen ist, nicht weil er etwas falsch oder richtig gemacht, richtig oder falsch entschieden hat. Er wird verstehen, dass sein Leben ganz einfach sein Leben ist."

„Leiden ist also keine Strafe für falsches Verhalten, sondern nur eine Haltestelle auf der Reise. Na ja, eher ein

Hauptbahnhof." Marvin war zufrieden, als Victoria nickte. Auch er nahm eine Handvoll Sand und ließ die feinen goldenen Körner in anmutigen Spiralen vor dem fast schmerzhaft blauen Himmel wirbeln und tanzen.

◆

Bequem installiert auf seinem palmbeschatteten Liegestuhl bricht Ali zu einer inneren Reise auf. Er versinkt in Bildern, die aus seinem Gefühlsarchiv aufsteigen, aus tief verborgenen inneren Aufzeichnungen. Die Szenen sind mit starken Emotionen befrachtet: Das Bild seiner Mutter, die von einem Berg Kissen gestützt ihre neugeborene Lailah bewundert, überschwemmt Alis System mit tiefer Freude. Ihr durchdringender Schrei, als sie ihren Mann an seinem Schreibtisch findet, tot durch Herzinfarkt, löst jähen Kummer aus. Szene um Szene erfüllt ihn mit Freude, Elend, Euphorie und tiefem Bedauern. Ali schaut zu wie in einem Kino, lässt die Emotionen aufwallen und abflauen. Er ist ein neutraler Beobachter, der auch seine physiologischen Reaktionen auf den sich ständig verändernden Inhalt betrachtet. Sobald er die zu den Szenen passenden Gefühle noch einmal erlebt, werden sie deaktiviert und gelöscht. Es ist wie unbrauchbar gewordene Dinge zurückzulassen. Von jetzt an wird Ali mit leichterem Gepäck reisen.

Am dritten Tag seines Lebensrückblicks wartet Ali nur noch auf The End. Er beschließt sein neu gewonnenes Verständnis und die tiefe Versöhnung mit allem mit einer Handvoll Siwa Datteln zu feiern. Mit schwungvollem Schritt bricht er in die Wüste auf. Erfüllt von einer neuen Leichtigkeit und innerer Kraft. Er blickt mit Vertrauen und Zuversicht in die Zukunft. Aber noch fehlt ihm eine Antwort.

Die Morgendämmerung ist erst eine Ahnung, als Ali seinen Platz bei den Felsen in der Wüste einnimmt. Stunden vergehen. Unwillkürlich richten sich seine halbgeschlossenen Augen auf die Nasenwurzel. Die Bilder sind ganz anders als der gestrige

Film, eher wie eine Fata Morgana. Ali ist sich seines Körpers und seiner Umgebung nicht mehr bewusst. Er ist voll und ganz auf das konzentriert, was sich vor seinem inneren Auge abspielt: In einem verrückten Schnellvorlauf rast eine Ameisen-artige Ali-Figur durch die Gegend, wuselt von hier nach da, von da nach dort, ohne sichtbaren Sinn und Zweck. Plötzlich kollabiert sie, liegt da, verwirrt und unsicher, bis sie sich aufrappelt und wieder in Bewegung setzt. Die Veränderung ist frappant. Jetzt ist es ein Ali mit Kontouren. Seine Bewegungen sind zielgerichtet, absichtsvoll. Er ist irgendwie mehr ... mehr hier, mehr real.

Ali taucht aus seiner Vision auf. Er ist glücklich. Er staunt über das, was er gesehen hat: Eine Ali-Marionette, wild zuckend, ein menschliches Strichmännchen in meist sinnloser Bewegung. Es verwandelte sich in einen ruhigen, zielstrebigen Ali, der sich seines Handelns bewusst ist. Ist das das große Geheimnis? Die Antwort, die er hier sucht? Kann es so einfach sein? Er muss seinen gewohnten Alltag gar nicht aufgeben, muss sich nicht für einen bestimmten spirituellen Pfad entscheiden oder vorgeschriebene Rituale vollziehen. Er kann mit dem Gewohnten weiterfahren, einfach weniger davon, gelassener und mit voller Aufmerksamkeit.

Ali stößt seine Faust in die klare Wüstenluft. Jaaaaaa! Genau so würde er sein Leben von jetzt an leben. Schon faszinierend, wie sein Gehirn Antworten produziert hatte. Fast so, als sei es mit einer Software ausgestattet, die Lektionen auf einen virtuellen Bildschirm projiziert. Löst die individuelle DNA im Hirn Impulse aus die als Emotionen wahrgenommen werden? Wenn ja, wer ist der Regisseur dieser visuellen und emotionalen Tour de Force? Schließlich hat er nicht um ein bestimmtes Programm gebeten. Dennoch war das, was er gesehen hat, ein sehr persönlicher Film gewesen, ein Programm, das ausschließlich für ihn zusammengestellt worden war. Er hat die Bilder nicht absichtlich projiziert. Wie hätte er das auch tun können?

Das Ali-Ich ist der Beobachter. Soviel ist ihm klar. Nur, wer oder was ist dann dieses andere Ich? Jenes, das im Tiefschlaf aktiv ist oder wenn er träumt? Wer ist das Ich, das im inneren Film agierte? Ali kann nur staunend den Kopf schütteln. Er, und wahrscheinlich die meisten, begegnen diesen verschiedenen Ichs ohne groß darüber nachzudenken. Menschen sind doch so stolz auf ihre Fähigkeit zum abstrakten Denken und darauf, im Gegensatz zu allen anderen Spezies über einen freien Willen zu verfügen. Dennoch spulen sie vorwiegend ihr tägliches Programm ab. Nicht wesentlich anders als eine Ameise, wenn man darüber nachdachte.

Eines ist ganz sicher: Weder sein abstraktes Denken noch sein freier Wille sind die Quelle dieser jüngsten Erfahrungen. Und hat er nicht erst kürzlich etwas über neue Forschungsresultate gelesen, die zeigen, dass das Hirn den entsprechenden Impuls auslöst, bevor ein Mensch die bewusste Entscheidung getroffen hat?

Wenn das stimmt, ist es von einiger Tragweite. Die Menschheit wird jedenfalls ein ziemlich großes Fragezeichen hinter das Adjektiv ‚frei' im Zusammenhang mit Wille setzen müssen. Der Status als Meister des Universums steht zur Debatte. Während der Kopf von seiner Befehlsgewalt überzeugt ist, regiert und kontrolliert wahrscheinlich etwas ganz anderes das Bewusstsein. Als Ali zum ersten Mal von diesen Untersuchungen hörte, war er nicht überrascht, dass der Autor, ein deutscher Wissenschaftler, zum Schluss kam, die Menschheit sei wohl noch nicht bereit für seine Forschungsresultate. Das mochte so sein. Aber Ali ist bereit.

Er will unbedingt eine Antwort auf die Frage finden, die ihn im Moment beherrscht: Ist Stillsitzen und die Gedanken auf einen Punkt fokussieren ein Weg, zum Kern der eigenen Identität vorzudringen? Ist das bewusste Ich schlicht ein Beobachter des sich entfaltenden Lebens? Ist das Philosophie? Ali kann mit Philosophie nicht viel anfangen. Zu viele lange Wörter, zu viele verschlungene Gedanken. Er mag technische Probleme viel lieber: schnelle Analyse, schnelle Lösung. Was, wenn er dieses Identitäts- und freier Wille Rätsel als technische Herausforderung betrachtet, als eine Interaktion zwischen Hard- und Software?

Mit neuer Kraft und Dynamik macht sich Ali ans Packen. Die Wüste hat ihn reich belohnt. Sie hat ihn gelehrt wie erfüllend es sein kann, sich mit sich selbst zu beschäftigen, ohne Ablenkung oder Unterbrechung. Etwas, das er bisher nie zu schätzen wusste. Stillsitzen war nie eine Option gewesen. Nasrin hatte Recht gehabt. Wie gewisse Haie wäre er ertrunken, wenn er sich nicht ständig bewegte. Und jetzt das! Die Stille hat ihn auf eine neue und aufregende Identitätssuche geschickt. Er bezweifelt jedoch, dass er über diese Erfahrung mit anderen reden kann. Die meisten dachten wahrscheinlich, er habe beim Spielen im großen Sandkasten seinen Verstand verloren. Schwerer Sonnenstich vielleicht.

Barb könnte er doch kontaktieren, vielleicht auch die anderen drei. So viele Jahre sind vergangen. Hat er wirklich so lange gebraucht, um eine mögliche Antwort auf Ethans Frage zu finden? Er könnte sagen: „Es ist wie wenn ich das richtige Passwort gefunden hätte. Du tippst es ein und erhältst direkten Zugriff auf den Großrechner." Direkter Zugriff. Was immer der Code, den er geknackt hat – später dämmert es Ali, dass es vielleicht sogar ein Geschenk gewesen war – er hat einen geheimen inneren Raum geöffnet, der den wertvollsten Schatz verbarg. Direkter Zugriff, wie wahr.

Für den zeremoniellen Abschied macht sich Ali im ersten Licht des Tages auf zur heißen Quellen von Bir Wahid. Die monochrome nächtliche Wüste beginnt eben Farbe anzunehmen. Um diese Tageszeit hätte er den bezaubernden Ort bestimmt für sich allein. Er lässt seinen Jeep stehen, um zu Fuß weiter zu gehen. Eine einsame Gestalt kommt ihm entgegen. Der Mann ist wie ein traditioneller Berber gekleidet: Stoffturban, Haik über Chalwar Hose. Seine Augen nehmen Alis Aufmerksamkeit gefangen. Sie sind erfüllt mit einer fast greifbaren Güte. Ali kann nicht wegsehen, sein Bewusstsein wird in diese Augen gezogen, und plötzlich sieht er sich selbst langsam näher kommen. Er fühlt nichts. Für ein paar Sekunden beobachtet er einfach diesen Ali durch die Augen eines anderen Mannes. Dann gehen sie aneinander vorbei, und Ali ist wieder in seinem eigenen Selbst.

Er setzt sich an die Quelle, komplett verwirrt. Sich selbst durch die Augen eines anderen zu sehen, hob die Frage nach dem Was oder Wer dieses Ich war, auf eine ganz neue Ebene. Gibt es tatsächlich nur ein einziges Bewusstsein? Kann das sein? Auf der Ebene der Biologie und Chemie sind wir in unsere Körper eingeschlossen. Auf der Ebene der sehr subtilen physikalischen Strukturen oder Wellen hingegen können wir offenbar die Grenzen unseres Körpers überwinden. Das ist ein großer Schritt für jemanden, der nie über Bewusstsein nachgedacht hat. Der neue coole, gelassene und konzentrierte Ali zwinkert seinem Spiegelbild im Quellwasser zu. Diese Eigentümlichkeiten waren irgendwie großartig. Er denkt darüber nach und spürt aufgeregte Freude. Hatte dieser Berber vielleicht denselben Quellcode wie er? Oder haben auch andere direkten Zugriff, eine Art Remote Access über ein Wi-Fi Netzwerk? Es hatte sich nicht angefühlt, als sei seine Identität gehackt worden. Er hatte gar nichts gefühlt. Seine Erfahrung war rein visueller Natur gewesen. Ist Bewusstsein vielleicht das Netz in dem sich die Ich-Identität bewegt? Ein universelles Netz? Ihm, dem High-Techie, leuchtet das ein. Schließlich ist das Hirn ein elektro-chemisches Organ, dessen Gedankenimpulse angezapft werden können, um Computer zu steuern, Autos sogar. Was auch immer. Ali nimmt dieses Erlebnis einfach als logische Fortsetzung seiner Erfahrungen in der Wüste hin. Sie ist jedenfalls ein echter Fortschritt im Vergleich zur inneren Projektion einer Ali-Ameise, die durchs Leben torkelt.

Die Idee der drahtlosen Kommunikation von Hirn zu Hirn setzt Ali richtiggehend unter Strom. Das Gehirn ist ein Rechenwunder, das unzählige verschiedene Körpersignale verarbeiten kann, wahrscheinlich mehrere Hundert Megabyte pro Sekunde. Ali hat schon von futuristischen Erfahrungs-Beamern gehört, die menschliche Sinneswahrnehmungen speichern und anderen zugänglich machen können – zum Beispiel über das Internet. Man schließt sich an einen fremden sensorisch-emotionalen Beam an und kann erfahren wie es ist, ein Anderer zu sein. Nanobots ist das Schlüsselwort. In Zukunft sollen sie auch eingesetzt werden, um die Hundert Billionen interneuronalen Verbindungen zu verstärken und die menschliche Denkkapazität auf unvorstellbare Ebenen zu heben. Diese Technologie wird eines Tages sogar die drahtlose Kommunikation von Hirn zu Hirn ermöglichen.

Fein. Er weiß das alles. Er kann es sich sogar vorstellen. Was er eben erlebt hat, brauchte weder Nanobots noch Zukunftstechnologie. Keinerlei technische Hilfsmittel. Aber genau so ist es doch mit menschlichen Erfindungen. Sie sind nichts anderes als Projektionen eines Gehirns. Deshalb imitieren die von Wissenschaftlern und Technikern ausgedachten Geräte mechanisch oder elektronisch was das Gehirn sowieso schon kann. Ali grinst. Er wird von jetzt an nicht nur ein Hard- und Softwareexperte sein, sondern auch in einem Feld mitreden können, das die Geeks Wetware nennen, das im Menschen eingebaute Informationssystem.

Ali schaut zurück über den endlosen Ozean aus Sand. Vermeintlich immer gleich, ist er ununterbrochen in Bewegung und verändert seine Form. Was für eine perfekte Umgebung, um zu entdecken, dass es unter den Milliarden von Formen und Gestalten offenbar nur ein Bewusstsein gibt. Eine Kraft, die alles formt und alles zusammen halt. Das uralte Siwa-Orakel hat wieder Wunder gewirkt.

„Stand", ruft Gian zu Reto hinauf, der von seinem Standplatz weiter oben in der fast senkrechten Felswand die Route bestimmt. Reto strahlt vor Aufregung. Er will diesen Mistkerl von einem Berg noch einmal über die am wenigsten begangene Route bezwingen. Es ist erst das zweite Mal, dass er und Gian sich aufmachen, um diesem Haufen Steine den Meister zu zeigen. Gian hatte insistiert, es langsam anzugehen. Es ist eine schwierige Route, ohne wirklich gute Standplätze. Sie mussten ihr ganzes Können aufbieten, um diesen Überhang zu meistern, aber Reto drängte darauf, vorwärts zu machen. Was für ein Hochgefühl, jeden Muskel im Körper zu spüren, sich fast intuitiv zu bewegen, das perfekte Gleichgewicht zu halten. Das Klettern nimmt sein ganzes Wesen in Anspruch. Nur mit totaler Konzentration kann er die Urangst vor dem Abgrund verdrängen. Er hört Gians Ruf und lässt los. Die Sicherung übernimmt sein ganzes Gewicht, ein Klemmkeil reißt aus dem Fels ... und der Abgrund ist da.

Auf einem schmalen Felssims kam Reto wieder zu sich. Er wusste sofort, dass etwas nicht stimmte. Ganz und gar nicht stimmte. Noch tat ihm nichts weh. Er signalisierte Gian, alles ok. Nichts war ok. Reto konnte seine Beine nicht bewegen. Er konnte sie nicht einmal spüren. Und dann kam der Schmerz. Ganz plötzlich. Tausend rotglühende Nadeln bohrten sich in seinen Rücken. Die Nadeln verwandelten sich scharfkantige Klingen, die ihm tief ins Fleisch schnitten.

Mitten in diesen feurigen Schmerz hinein begann sein Gehirn Bildsequenzen einzuspielen: Menschen in Rollstühlen, verstümmelte Menschen, Glieder auf irgendeinem Schlachtfeld abgerissen, Opfer von Selbstmordattentätern... Dann überlagerte ein Gedanke alles andere, selbst das quälende Bohren im Körper. „Was, wenn ich nie mehr gehen kann?"

Sein Leben wäre vorbei. Das war's. Er würde einen Weg finden, dem, was noch übrig war, ein Ende zu setzen. Er wusste mit absoluter Gewissheit, dass er nicht mit einem halben Körper leben konnte – ohne über seine ganze Kraft zu verfügen. Weder alles Geld auf der Welt noch der tollste Job konnten das kompensieren. Seine Kraft ist mit seinem Körper verbunden. Er ist nicht dafür gemacht, ein Opfer zu sein, ein vom Leben Verwundeter. Alle Gedanken und Empfindungen verlöschten. Reto wurde ohnmächtig.

Gians vorsichtige Berührung brachte ihn zurück an die Oberfläche. Erneut füllten Bilder von gebrochenen und versehrten Menschen seinen internen Bildschirm. Aber diesmal waren sie auffallend anders. Die vorher so Hilflosen, Schwachen und Beschädigten strahlten jetzt Kraft aus. Ein Kraft, die in Retos Weltbild den Reichen und Einflussreichen gehörte. Diese hingegen erschienen im Vergleich wie leere Hüllen. Bevor der Gedanke in seinem Kopf wirklich Gestalt annehmen konnte, glitt Reto wieder in die Bewusstlosigkeit.

◆

„Hey! Wer war das? Kommt, gebt's zu! Jemand? Seid ehrlich! Wer hat dieses arme Schwein aus dem Fels gepflückt? Du bist voll das Monster, Big G", sagte Marvin halb schockiert, halb bewundernd.

„Ja, die Schwerkraft ist etwas Seltsames und manchmal Erschreckendes." Big G behielt einen sorgfältig neutralen Ton bei. Er gab nichts zu und stritt nichts ab.

„Reto ist hart zu knacken. Das musst du zugeben, Marv." Avorys Augen klebten am Plasmawürfel.

„Ja, er hat einen eisernen Willen, Überzeugungen aus Granit. Ich fürchte, es braucht ziemlich drastische Maßnahmen, um die Dinge in Bewegung zu bringen. Aber schaut! Er ist drauf und dran, etwas sehr Wertvolles zu lernen. Dieser Upgrade hält wirklich was wir uns davon versprochen haben." Victoria klopfte leicht auf den Würfel, um ihn auf die Bilder zu fokussieren, die sich in Retos Kopf aufbauten als er wieder in die Bewusstlosigkeit fiel.

Später wird er es bedauern, die komplizierte Helikopterrettung verschlafen zu haben. Die Hi-Tech Ausrüstung und die Kompetenz des Teams hätten ihn beeindruckt. Reto blieb die ganze Zeit in tiefer Bewusstlosigkeit, und wieder und wieder wünschte er sich in diesen Zustand zurück. Er konnte sich einfach nicht abfinden mit dem, was ihm passiert war. Er hatte den Tag als gesunder, starker und erfolgreicher Mann anfangs Vierzig begonnen, und jetzt war er an ein Spitalbett in Zürich gefesselt: uralt, hilflos, abhängig, in einem Meer von Schmerzen treibend, sobald die Wirkung der Medikamente nachließ. Etwas in seinem Rücken sei gebrochen, sagten sie. Sie versuchten es zu reparieren, sagten sie. Der Ton angestrengt optimistisch und beruhigend, während sie ihm gleichzeitig ein Formular unter die Nase hielten, in dem er per Unterschrift bestätigte, vor einer permanenten Lähmung gewarnt worden zu sein.

Trotz der kurzen Einsicht in der Felswand, bevor er in die Dunkelheit fiel, würde er niemals ein Leben in einem kaputten Körper wagen. Zum ersten Mal seit er erwachsen ist, hat Reto richtig Angst. Er ist nur ein schwacher Abklatsch jenes bekannten Golf-Pros, der über seine Krankheit, die ihn an den Rollstuhl fesselte, sagte: „Ich spiele den Ball so wie er liegt." Dieser Typ hatte echte Power. Im Vergleich mit ihm ist Reto ein Schlappschwanz, ein totaler Feigling. Ok, ok, er muss sich ja nicht total nieder machen. Vielleicht ist er einfach noch nicht soweit. Er denkt daran, wie Reto, der stolze Ritter, bemitleidet und von den Mächtigen verachtet wird – und stürzt wieder ab.

Ihm scheint, als sei er mit dem Sturz vom Berg gleichzeitig auch in Ungnade gefallen. „Zurück an den Start", denkt er, genau wie in dem Spiel, das er mit Nona so gern gespielt und sie jedes Mal in den schnellen Bankrott getrieben hatte. „Zurück an den Start, ohne Startgeld zu beziehen." Er brauchte dringend die „Ohne Busse aus dem Gefängnis" Karte.

„Jetzt müsst ihr genau hinsehen. Es kommt eine neue, eine wichtige Einsicht. Beachtet, wie sie das Schwingungsmuster seiner molekularen Körper/Hirn Struktur beeinflusst." Selbst Victoria schien aufgeregt. „Ihr könnt wieder beobachten, wie Bewusstsein durch die verschiedenen Aggregatszustände der Materie aufsteigt, um zu einem tieferen Verständnis der menschlichen Natur vorzustoßen."

◆

Retos Hirn schaltet auf das, was er später den ‚Helden-Modus' nennen wird. Vor seinem inneren Auge verwandeln sich die armseligen Verlierer, Weichlinge und Schadhaften in kraftvolle Individuen, die von innen heraus strahlen. Er sieht Legionen von unbesungenen Helden. Männer und Frauen, die außerhalb des Scheinwerferlichts den schlimmsten Abscheulichkeiten mit großer Würde begegnen. Kann er so sein wie sie? Er hat solche Menschen bislang noch nicht einmal richtig wahrgenommen. Hat, wenn er ehrlich ist, höchstens auf sie herabgesehen, manche wegen ihren Behinderungen bedauert, andere für ihre Schwäche verachtet. Jetzt aber nimmt er sie wahr in der Rolle der Helden. Echtes Heldentum giert nicht nach öffentlicher Aufmerksamkeit, versteht er, heischt keinen Beifall. Echtes Heldentum heißt, in stiller Würde zu leben, mit Empathie für das Leben und die Lebenden. Solche Menschen zu bemitleiden war pure Arroganz.

Kann er das auch? Leben, ohne auf eigenen Füssen stehen zu können? Kann er den Ball spielen so wie er liegt? Tief aus seiner Verzweiflung heraus vernimmt er eine innere Stimme. „Kannst du damit umgehen, mächtiger Ritter? Bist du Manns genug?" Es ist nicht böse gemeint. Eher eine mitfühlende Herausforderung. Die Stimme klingt so sehr wie Gians, dass sich Reto in seinem Spitalzimmer nach ihm umsieht. Aber Reto ist ganz allein ... allein mit seinen Gedanken, seinen Ängsten, seiner Verzweiflung – und ohne Antwort.

Die blauen Flecken verblichen, die Zähne wurden ersetzt, das gebrochene Handgelenk war immer noch etwas steif, aber halbwegs funktionstüchtig. Die Chirurgen hatten einen hervorragenden Job gemacht; selbst sein Rücken war einigermaßen in Ordnung nach mehreren Operationen und der Versteifung von drei Wirbeln. Er musste ein Stützmieder tragen, aber dank den regelmäßigen, vorgeschriebenen Übungen und seinem ‚Schlankheitsgürtel' konnte sich Reto endlich wieder allein und sehr vorsichtig in seinem Chalet bewegen. Er ging nicht oft aus. Der Sturz hatte mehr zerbrochen, als nur Knochen. Er hatte Retos sichere Verankerung in der Wirklichkeit heraus gerissen. Reto hatte in seinem Leben schon etliche Herausforderungen gemeistert. Er liebte Herausforderungen und provozierte das Leben immer wieder ‚es ihm zu zeigen', so dass er sich beweisen konnte. Aber diesmal war es sehr viel schwieriger, den Fehdehandschuh aufzuheben, den ihm das Leben hingeworfen hatte – nicht nur weil er sich nicht bücken konnte.

Sein ganzes Sein drehte sich um eine einfache Frage, auf die er bislang keine befriedigende Antwort bekommen hatte. Sein Gehirn hatte sich an der Frage ‚Wer bin ich, wenn meine Fähigkeiten, meine Kraft weg sind?' festgebissen, und am ungelösten Rätsel ‚Wofür zum Teufel soll Leiden gut sein?'. Reto litt noch immer. Die spitzen Nadeln waren nicht verschwunden. Immer wieder fielen sie ihm in den Rücken, stichelten und stachen. Körperliche Arbeit war fast unmöglich, da die Schmerzanfälle kamen und gingen wie sie wollten. Er konnte auch keinen Sport treiben. Das fehlte ihm besonders, da Sport ihm immer geholfen hatte, sein seelisches und geistiges Gleichgewicht zu behalten. Es gab kaum etwas, das ihn von der Hölle ablenkte, die sein Körper ihm verursachte. Gian und Annina besuchten ihn regelmäßig, aber er hatte bereits genug von ihrer Fürsorge und ihrem Mitgefühl, so zurückhaltend sie auch angeboten wurden. Er wollte nicht über seine Schmerzen reden. Er hasste es schwach zu sein, abhängig, bedürftig – trotz allem, was er gesehen hatte. Was ihm passiert war, war empörend, ein persönlicher Affront. Und er war nicht bereit, zu vergeben.

Mit zunehmender Besorgnis beobachtete Gian wie sich sein junger Freund immer mehr in einem Netz von Zorn, Schmerz und Selbstmitleid verhedderte, scheinbar unfähig, sein Schicksal anzunehmen. Er wusste, Reto fand keinen Trost, indem er mit irgendeinem Gott sprach, und schon gar nicht mit jemandem vom Bodenpersonal. Aber Gian musste seinen Freund abbringen von seiner Obsession mit körperlichen Beschwerden, vom zwecklosen Ringen mit dem Schicksal.

Es war einer dieser kristallklaren Spätsommertage, die auf den Herbst verwiesen, mit goldenen Lärchen unter einem kobaltblauen Himmel. Die beiden Männer saßen auf ihrer gewohnten Bank am See. Gian sog an seiner Pfeife und Reto betrachtete das perfekte Spiegelbild der Berge im stillen Wasser.

„Ich weiß, dass du leidest, mein Junge. Und ich meine, es ist Zeit, dass du das zu deinem Vorteil nutzt. Sei deinem Schmerz dankbar."

Retos Kopf schnellte empor wie eine gereizte Schlange. „Was zum Teufel willst du..."

Aber Gian unterbrach ihn mitten im Satz, mit so viel Mitgefühl, so viel Liebe und Wärme in den Augen, dass Reto ganz ruhig wurde, sich von diesem Blick halten und trösten ließ.

„Durch die schreckliche Gnade Gottes kommt die Weisheit, sagte einer dieser alten Griechen. Und er wusste etwas, das die meisten Menschen auf die harte Tour lernen müssen. Erinnerst du dich an die Märchen, die dir Nona zu erzählen oder vorzulesen pflegte? Sie haben doch alle etwas gemeinsam, oder nicht?"

„Was redest du da? Verhökerst du jetzt etwa Philosophie und Fabeln?" Reto klang unwirsch.

„Sie haben alle eine ähnliche Struktur. Ich bin sicher, das ist auch dir aufgefallen. Held und Heldin werden auf abenteuerliche Reisen geschickt, müssen eine Reihe von schwierigen Prüfungen bestehen. Sie begegnen Drachen und Hexen und Feen. Diese mythologischen Erzählungen und Figuren sind nichts anderes als Beschreibungen des menschlichen Lebenswegs, Herausforderungen, die einem Individuum auf dem Weg zu Verständnis und Wissen begegnen."

„Gut, Gian, ist ja gut. Sogar ich habe von der tiefenpsychologischen Interpretation von Rotkäppchen und Konsorten gehört. Was hat das mit irgendwas zu tun?"

„Was glaubst du, wozu Schmerz und Leiden gut sind, mein Junge?"

Nach ihrem Ausflug und dem Gespräch mit Gian, war Reto fix und fertig und glücklich, in seinem ausladenden Sofa zu versinken. Er war kein Junge mehr, auch wenn ihn Gian manchmal so nannte. Schließlich war er stramm auf dem Weg Richtung fünf null. Aber Gian hatte natürlich Recht mit seinen Märchen, Mythen und den großen Sagen, die Reto als Kind verschlungen hatte. Er wollte es einfach nicht zugeben. Wozu war Leiden gut? Zu gar nichts. Handkehrum, was brachte es, gegen den Schmerz zu kämpfen? Er war jetzt Teil seines Lebens, er konnte gerade so gut lernen, damit umzugehen anstatt seine ganze Energie aufs Zurückschlagen zu verschwenden. Retos Lachen war eher ein Stöhnen. Man konnte genau so gut einem Adler sagen, er solle das Fliegen lassen...

Aber warte mal! Wollte ihm dieses Meditations-Ding nicht genau das beibringen? Es hatte ihm wirklich geholfen sich zu entspannen, so dass er sich nicht ständig mit seinen Schmerzen beschäftigte. Mein Gott, wenn seine Kollegen ihn sehen könnten: Der mächtige Ritter, der sich – eingestöpselt in sein Smartphone – einer tibetischen Meditation hingab. Annina hatte ihn darauf gebracht. Nach einer ausführlichen Recherche im Netz hatte er ein App heruntergeladen und übte jeden Morgen während rund einer Stunde - und fühlte sich, zumindest am Anfang, wie ein kompletter Idiot. Nach ein paar Wochen verflüchtigte sich das Idiotengefühl, und die Übungen entspannten und erfrischten ihn.

Wieso nicht gleich, wenn er schon daran denkt? Reto beginnt mit der Atemtechnik. Nach einer Weile spürt er, wie er in die schmerzhaften Stiche im Rücken hinein und durch sie hindurch sinkt. Er entzieht sich dem Schmerz und lässt ihn dort, wo er hingehört, zu seinem Körper. Jetzt ist Retos Bewusstsein nicht länger an seine feste Form gebunden. Es gibt tatsächlich eine Ebene jenseits des Schmerzes, die man mit der richtigen Art von Konzentration erreichen kann. Dorthin zu kommen, ist nicht einfach. Die Eigernordwand zu bezwingen ist im Vergleich dazu ein Sonntagsspaziergang. Es ist Arbeit, harte Arbeit, und verlangt strikte Disziplin und Entschlossenheit. Reto lächelt. Das kann er!

Bilder aus seinem veränderten Bewusstseinszustand schweben ihm durch den Kopf. Er und Gian in der Felswand. Es gibt keine scharfen Konturen. Alles flimmert. Je genauer er hinsieht, desto mehr lösen sich die festen Formen auf, wie ein Computerbild das verpixelt. Er blickt auf ein Universum aus Teilchen, die sich mit unterschiedlichen Geschwindigkeiten bewegen und alle für das menschliche Auge sichtbaren Formen bilden – Gian und er und der Berg eingeschlossen. In diesem Moment weiß er: Wenn er diesen Geisteszustand und diese Art von Konzentration beibehalten kann, wird er sich über den Schmerz erheben können. Er weiß, so wird er mit dem Schmerz leben und ihn mit der Zeit auch überwinden können.

Mit einem Seufzer, der aus dem Zentrum der Erde kommt, kehrt Reto in die feste Welt zurück, ins weiche dunkelblaue Leder des Sofas. In seinem Rücken stechen die Nadeln weiter. Er nimmt sie mit neuer Distanz wahr. Er nimmt sie nicht mehr so persönlich.

Vielleicht kann er Gian jetzt sagen, dass er versteht oder wenigstens eine Ahnung davon hat, was dieser alte Grieche mit seinem Leidens- und Weisheitsspruch gemeint hatte. Dieser flüchtige Blick auf eine andere Ebene machte ihm klar, dass

Schmerz und Leid verteufelt wirkungsvolle Werkzeuge sind, die das Leben einsetzt, um einen aus der täglichen Routine heraus zu brechen – so dass man anfängt, es wirklich zu leben anstatt nur die entsprechenden Bewegungen zu machen. Jetzt kann er sogar verstehen, was Gian meinte mit dem Dankbarsein. Dieser Schmerz, der die schreckliche Gnade ihm schickte, hat seine rigiden Konzepte, seine eingefahrenen Lebensmuster, seine Routinen und Lieblingsvorurteile gehörig ins Wanken gebracht.

Er wird niemanden mehr bemitleiden. Niemanden. Am allerwenigsten sich selbst. Mitleid ist ein schwaches Konzept. Und Selbstmitleid schwächt erst recht. Die Kraft liegt im Verstehen, in der Empathie, im Mitfühlen. Das gelingt nicht ohne Einsatz. Ein breiter Erfahrungshintergrund, unter ganz unterschiedlichen Bedingungen gelebt zu haben, war hilfreich, um andere Menschen zu verstehen. Nona pflegte zu empfehlen – „Nimm meine Augen und schau." Wie Recht sie doch hatte. Wahres Verstehen setzt voraus, dass man sich mit anderen verbinden kann. Diese Art Verständnis führt zu Respekt und Mitgefühl nicht Mitleid.

Aus diesem Blickwinkel betrachtet, wurde es schnell einmal klar, dass sich jeder Mensch auf einem Heldenpfad befindet, wie in Gians Märchen. Reto wird künftig vorsichtiger über andere urteilen. Wie er jetzt weiß, ist es unmöglich nachzuvollziehen, was andere durchmachen – mit welchen inneren Herausforderungen sie zu kämpfen haben. Er könnte sogar versucht sein, jene, die sich von Reichtum so beeindrucken ließen, darüber aufzuklären, dass nur echtes Gold findet, wer im Inneren danach sucht.

Erneut löste sich ein tiefer Seufzer aus seiner Brust. Reto fühlte sich total erschöpft von diesen Einsichten. Wie konnte Denken physisch derart anstrengend sein? Noch eine neue Erfahrung für den Mann, der alles wusste über alles, was es wert war zu wissen. Reto lächelte, dann lachte er laut. Verstehen war großartig. Der Hammer. Mindestens so ein High wie mit einem fadenscheinigen Gleitschirm von einem

4'000 Meter hohen Berggipfel zu springen. Einsichten waren ein echter Kick. Als sich Reto vorsichtig auf dem Sofa aufsetzte, murmelte er zu sich selbst: „Bleibt nur noch die erfolgreiche Umsetzung." Er schaute sein Spiegelbild an in der Glasfront, die auf die Terrasse hinausführte, und salutierte stramm. „Wir werden's schon schaffen, Kumpel. Schließlich gehört die Umsetzung neuer Strategien zu unseren Kernkompetenzen."

Vielleicht war Kumpel nicht ganz der richtige Ausdruck. War er nicht viel mehr ein Soldat in einem unblutigen Kampf? Die entscheidenden Schlachten tobten im Inneren. Auf Heimaterde. Und dort wurden auch Ehre und Auszeichnungen verteilt. Reto schlug sich an die Stirn. Jetzt verstand er, was mit diesem kryptischen Zitat gemeint war, mit dem Gian ihn vor einer Weile beglückt hatte: ‚Wer die ganze Welt erobert hat, ist sicher ein großer Mann, aber wer sich selbst erobert, ist der Größte von allen'. Wo hatte dieser Typ solche Dinge nur her? Er war kaum je aus ihrem Heimatort heraus gekommen. Er hatte auch Recht gehabt mit seinen verdammten Märchen. Er, der mächtige Ritter, war jetzt auf dem einzigen lohnenswerten Kriegspfad, en route sein inneres Königreich zu erobern. Was immer ihn dort auch erwartete, er war bereit, es herauszufinden.

Als er eine Flasche 1997er Sangiovese aussuchte, erinnerte sich Reto an den Abend, Jahre war es her, als er mit einer kleinen Gruppe Fremder Wein getrunken hatte. Überrascht stellte er fest, wie schön es wäre, mit ihnen über seine neuen Erkenntnisse zu reden. Mit wem denn sonst? Weder seine Sportskollegen noch seine Geschäftspartner waren Typen, mit denen man über komplexe und persönliche Dinge reden konnte. Annina würde natürlich zuhören, wie sie es immer tat – mit viel Sympathie – während sie sich im Kopf durch ihren dichtbefrachteten Kalender blätterte und tausend Dinge erledigte, die ständig auf sie warteten.

Nicht überraschend also, dass die Gesichter von Barb, Shiv, Haki und Ali aus der Dunkelheit auftauchten, die sich über das Dorf und die Berge gelegt hatte. Manchmal, wenn er mit Gian am See saß oder über die schattigen Pfade wanderte, kehrten Retos Gedanken in das kleine Gartenhaus jenseits des atlantischen Ozeans zurück, wo er jenen Menschen begegnet war, denen er sich immer noch so nahe fühlte. Dorthin, wo ihm die Frage gestellt worden war. Ethans Abschiedsgeschenk an sie alle. Es wäre spannend, herauszufinden, ob die anderen einer verlässlichen Antwort näher gekommen waren. Tatsächlich entwickelte sich dieser leise Wunsch allmählich zu einem ernsthaften Plan. Hatten seine Freunde Ethans Geschenk gleich verstanden wie er? Als Auftrag, den es zu erfüllen galt?

Frau Gyger tat ihr bestes, um Reto wieder in der Welt der Werktätigen willkommen zu heißen. Sie hatte eine üppige Schokoladentorte gebacken mit einem „Willkommen Chef" in weißer Schrift auf der dunkel glänzenden Glasur. Sie versammelten sich alle im Konferenzraum, dekoriert mit Girlanden und Ballons. Die Atmosphäre war etwas zwischen einer Büroparty und einem Kindergeburtstag. Reto war's egal. Er war gerührt, dass seine Angestellten sich überhaupt die Mühe machten. Als er in den luftigen Kuchen beißen wollte, vernahm er ein zögerndes Klopfen an der offenen Tür.

„Professore", Reto nickte dem eleganten alten Mann zu, den er seit Jahren nicht mehr gesehen hatte. „Bitte, kommen Sie doch herein. Wie wär's mit einem Stück von Frau Gygers weltberühmter Schokoladentorte?"

Seine Sekretärin errötete vor Freude.

„Oh, danke, danke. Ich will nicht stören. Wenn ich Sie nur ganz kurz sprechen könnte, Avvocato. Dann werde ich mich gleich wieder auf den Weg machen", sagte Roberto Benedetti mit einem entschuldigenden Achselzucken.

Reto wischte sich die Schokoladespuren aus den Mundwinkeln und führte den Professor in sein Büro. Mit einem unterdrückten Stöhnen setzte er sich in seinen orthopädischen Stuhl. Die versteiften Wirbel verursachten ihm immer noch Schmerzen. Aber die Atemtechnik – mittlerweile fast schon seine zweite Natur – half ihm nicht nur bei Schmerzen, sondern war zu einem Kraftreservoir geworden.

Roberto Benedetti, der weltbekannte Linguist der Universität von Padua - Reto hatte von seinem Ruf erst nach seinem ersten geheimnisvollen Besuch vor Jahren erfahren -, schien noch zerbrechlicher. Sein dunkler Anzug war makellos, genau wie sein weißes Hemd mit dem gestärkten Kragen. Er rückte seine Stahlbrille zurecht und fragte „Haben Sie Schmerzen, Avvocato? Was ist passiert?"

Reto erzählte seine Geschichte, überrascht, wie leicht er sich diesem alten Herrn anvertrauen konnte. Sein Gegenüber strahlte ein seltenes Verständnis aus, eine Offenheit, die nicht wertete oder Dinge gleich einsortierte. Die alten Augen waren ruhig und voller Wärme. Benedetti hörte Retos Leidensgeschichte schweigend zu. Schließlich zitierte er mit einer für eine derart fragile Gestalt erstaunlich resonanten Stimme:

„Wenn du wüsstest wie zu leiden,

Müsstest du nicht leiden.

Lerne zu leiden

Und du wirst vom Leiden befreit sein."

Jetzt schwieg Reto. „Ist das aus einem Text, den sie übersetzt haben?" fragte er. Das Staunen war herauszuhören. Dieses Zitat, diese knappen Worte, deckten sich genau mit den Schlüssen, die er aus dem Umgang mit seinen Schmerzen gezogen hatte.

„Das sind die Worte eines Fachmanns in Sachen Leiden. Einen den Sie sicher auch kennen, Jesus von Nazareth. Aus einem Text aus dem zweiten Jahrhundert. Jesus erklärt seinen Nächsten, dass ein Mann sein Bewusstsein über Schmerz und Sorgen erheben muss, wenn er Weisheit finden will."

„Sie machen mir ein großes Geschenk mit diesem Zitat, Professore. Dies ist die erste sinnvolle Erklärung des Konzepts Leiden, die ich gehört habe. Und sie drückt genau das aus, was ich aus meinem Unglück gelernt habe."

Nach einem Moment schüttelte er den Kopf. „Oder vielleicht sollte ich sagen, aus meinem Glück. Hier sind wir, 2000 Jahre nachdem dieser erleuchtete Mann uns gesagt hat, wir sollen uns nicht an unser Leiden klammern, und wir haben immer noch keinen Schimmer warum wir alle so viel leiden. Auch ich musste lernen, mit meinem Schmerz zu leben, ohne zu wissen warum oder wofür."

Reto schaute die gepflegte Erscheinung in seinem Besucherstuhl an. „Hätte ich gewusst, dass Leiden eine Art Eintrittstest ist, um einen Blick aufs große Ganze werfen zu dürfen, wäre ich es ganz anders angegangen." Er lächelte und breitete seine Arme aus: „Ich hätte den Schmerz vielleicht als einen würdigen Gegner betrachtet, den ich überwinden ... oder vielleicht umarmen muss. Nun, das habe ich letztlich auch getan, aber immer mit diesem quälenden Gedanken im Hinterkopf ‚Warum ich? Warum muss ausgerechnet ich mich damit herum schlagen?'."

Benedetti nickte und drehte die Handflächen nach oben, in dieser typischen italienischen Geste.

„Haben Ihre Übersetzungen weitere derart hilfreiche Schlüssel zu einem guten Leben ans Licht gebracht?"

„Oh ja, in der Tat. Die Gnostischen Texte aus dem ersten bis dritten Jahrhundert nach dem Tod des Nazareners sind extrem reich an solchen Einsichten. Sie wissen, dass gnosis das griechische Wort für Wissen ist? Ich habe mein ganzes Leben damit verbracht, diese Texte zu übersetzen. Sie sind von Menschen geschrieben worden, die Erfahrung mit Dingen hatten, über die andere nur sprachen. Von Menschen mit einem höheren Wissen, einem inneren Wissen. Auch deshalb erlauben diese Texte tiefe Einsichten in den Sinn und das Ziel menschlichen Lebens."

Während Benedetti sprach, stand Reto auf, plötzlich ein viel jüngerer Mann, voller Enthusiasmus und strahlend vor Freude.

„Warum publizieren Sie nicht? Warum warten? Wäre es nicht hilfreich, wenn die Welt lernen würde, warum wir

Menschen auf diesem Planeten sind? Sehen Sie sich um. Wenn wir so weitermachen wie bisher, wird bald nichts mehr übrig sein."

Benedettis Lächeln war das eines alten Fuchses. „Ich will mich nicht der Kontroverse aussetzen. So einfach ist es. Warum über etwas streiten, das nur von wenige verstanden und von den meisten falsch interpretiert oder bekämpft wird? Meine Übersetzungen werden nicht publiziert bis ich tot bin. Basta." Dann brach ein mutwilliger Funke durch die dunklen Wolken. „Keine Angst, das wird bald genug sein. Ich kann Ihnen versichern, lieber Signore Ritter, was ich gefunden habe in diesen Schriften, ist sehr kontrovers und wird gewaltige Konsequenzen haben."

Reto wollte rufen „Konsequenzen für wen?" Wie konnte so etwas Einsichtsvolles und Praktisches gleichzeitig so kontrovers, sogar gefährlich sein? Aber Reto war ein Profi, und Diskretion einer seiner wichtigsten Aktivposten. Wie nach seinem ersten Besuch übergab ihm Benedetti einen weiteren dicken Packen Papier zur sicheren Verwahrung, zusammen mit detaillierten Instruktionen was mit diesen Papieren zu geschehen hatte, sollte der Tod den Professore unerwartet heimsuchen. Dann begleitete Reto Benedetti zur Tür, dankbar für das Geschenk des Zitates über das Leiden. Er würde es nicht vergessen. Die Worte waren vor 2'000 Jahren gesprochen worden, aber sie warfen ein neues, ein klares Licht, nicht nur auf seine Situation.

Was Dad ihr und den anderen vier hinterlassen hatte, empfand Barb als schweres Erbe, als Verpflichtung. Ihr schien, als sei sie mit seinem letzten Wunsch auf eine Visionssuche geschickt worden, in der Tradition der indianisch-amerikanischen Kulturen, um eine Antwort zu finden auf die ewige Frage „wer bin ich?"

Bis jetzt hatte sie völlig versagt.

Wenigstens brachte sie ihr Bildungsprojekt in Peru voran. Das war so ziemlich das einzige, wofür sie überhaupt noch Energie aufbringen konnte. Die Zusammenarbeit mit Ali bezüglich Inhalt, Software und praktischer Anwendung war ein Lichtblick in der zunehmenden Düsterkeit. Mercedes hoffte und betete, der gutaussehende Araber könnte Barb davor bewahren, in den Abgrund zu stürzen. Aber wie der Prinz im Märchen, der die Dornenhecke nicht auf Anhieb schafft, war Ali irgendwann von der Bildfläche verschwunden. Und sobald das Peru Projekt angelaufen, und ihre enge Freundin Haki mit einem ausgezeichneten Abschluss in Business Administration nach Afrika zurückgekehrt war, stürzte Barb ab.

Anstatt sich in die Wildnis zu wagen, auf einen Berggipfel oder tief in eine Höhle, um nach einer Antwort zu suchen, vergrub sich Barb im Haus ihres Vaters in Indian Wells. Sie ging tatsächlich in den Untergrund, rutschte in eine derart tiefe Depression, dass sie sich nicht mehr bewegen konnte. Nicht einmal Lucy konnte sie aus ihrem dumpfen Brüten heraus reißen. Auch Mercedes' tapfere Versuche, sie aus dem Sumpf zu ziehen, fruchteten nichts. Barb wollte, konnte den Rettungsring nicht fassen. Selbst Dr. Mader, ihre seit Jahren vertraute Therapeutin, konnte Barb nicht dazu bringen, Hilfe anzunehmen.

Sie war keine Mutter und keine Tochter mehr. Damit konnte sie nicht umgehen. Die Verluste hatten ein Vakuum kreiert, und sie war unfähig diese neue Barb Bernstein in den Griff zu kriegen. Keine Familie mehr, keinen Vater, der alle

Probleme löste und missliebige Aufgaben übernahm, keinen Sohn, den sie in die Arme schließen und in ihre Liebe einhüllen konnte. Fort, beide fort. Unerreichbar. In ihrem Kopf drehte sich ein Karussell mit den immer gleichen Botschaften: Ich bin es nicht wert, dass jemand bei mir bleibt. Ich habe niemandem etwas zu bieten. Ich verdiene es, verlassen zu werden. Ich bin eine inkompetente Mutter, die ihr Kind nicht hat schützen können und eine anspruchsvolle, klammernde Tochter, unfähig, auf eigenen Beinen zu stehen.

„Wer bin ich?" wollte ihr Vater unbedingt wissen, bevor er starb. Genügte es nicht, ihr Vater zu sein, ihr Held, die wichtigste Säule in ihrem Leben? Und was, um Himmels willen, war dieser verschrumpelte Haufen Fleisch und Knochen, diese jämmerliche Frau, die allein zurecht kommen musste, verlassen von allen, die ihr wirklich etwas bedeuteten, die ihr eine Identität gaben, einen sicheren Hafen im Sturm?

Also blieb Barb zuhause. Es fing ganz langsam an. Sie ging weniger und weniger aus, bis sie eines Tages – Jahre nach dem traumatischen Geschehen – ganz zuhause blieb. Mercedes stellte sicher, dass das Haus geputzt, die Pflanzen gegossen, der Garten in Ordnung gehalten wurden. Selbst eine künstliche Pflanze wäre in der Obhut von Miz B. in ihrem jetzigen Zustand eingegangen. Es zerriss Mercedes das Herz zuzusehen, wie ihre Freundin und Vertraute in die Hölle zurück schlitterte, nachdem sie nach dem Tod ihres Sohnes so hart daran gearbeitet hatte, wieder Tritt zu fassen. Jetzt, da ihr Vater – der Mensch, an den sich Barb immer wenden konnte, egal in welchem Schlamassel sie steckte – ihrem Sohn hinter die Bühne gefolgt war, hatte Barb niemanden mehr, außer sich selbst.

Sie waren in Peru gewesen, zweimal sogar. Mercedes hatte es großen Spaß gemacht, trotz ihrer Vorbehalte. Seither? Nada. Sie sind seit Jahren nirgends mehr gewesen. Mercedes nicht sicher, ob es ein Vorteil war, dass Barb kein Geld verdienen musste. Vielleicht wäre es besser gewesen, sie hätte etwas produzieren müssen. Andererseits wäre sie vielleicht in einer billigen Absteige gelandet, abhängig von irgendwelchem

Zeug. Das Erbe, zusammen mit ihrem eigenen beträchtlichen Vermögen, erlaubten ihr, Mercedes zu behalten. Auch das Haus in den Hügeln und das Anwesen ihres Vaters, wo sie ins Wasser starrte, das in den Pool fiel, die Golfer auf den Fairways betrachtete, die Berge, die hell wurden und dunkel und wieder hell.

◆

„Lassen wir sie einfach so im Sumpf stecken? Das bringt doch nichts." Avory fühlte mit Barb. Es schien, je länger sie sich mit diesem Auftrag befassten, desto mehr konnten sie Emotionen nachempfinden. Das war nicht unbedingt unangenehm, so lange man genau wusste, was sie waren und wie man damit umging. Die Naturkräfte waren in ihr Hauptquartier zurückgekehrt und versammelten sich um den Plasmawürfel.

„Du spürst Mitgefühl, Avory. Für Menschen ist das etwas Gutes. Unsere selbst kreierten Lebensgewänder registrieren eigentlich diese physiologischen Impulse nicht. Vielleicht nimmst du jedoch diese Art Schwingungen auf andere Weise wahr, während Marvin eher auf die kaltschnäuzigeren anspringt..."

Marvin tat Victorias Bemerkung mit einer wegwerfenden Handbewegung ab. „Ave hat Recht. Dieser Sumpf-Groove wird langsam langweilig. Erinnert mich an Quarks am absoluten Nullpunkt."

„Du erinnerst dich, dass Barb Erde repräsentiert – feste Form – und ihre Charakteristiken sind Emotion und Drama. Selbst mit dem Upgrade dauert es Monate, bis Einsichten die Schichten der dichten Materie durchdringen. Allerdings ist Zeit kein Thema, und wenn ich das Schwingungsmuster ihres Gehirns anschaue, meine ich, es wird bald etwas geschehen – eine Veränderung steht an." Sie deutete auf den Würfel.

„Ja, jetzt seh' ich's auch. Ihr Leben lang surft sie schon auf emotionalen Monsterwellen. Nur blöd, dass sie eine so schlechte Surferin ist. Ständig diese wipe out. Und jetzt ist sie am Ertrinken. Da sie sich vorwiegend auf Äußerlichkeiten konzentriert, ist es ein großer Schritt sich ihrer inneren Bühne zuzuwenden. Ich meine, sie braucht einen Tritt in den Hintern!" Marvin tat, als wollte er das gleich selbst übernehmen.

♦

Am nächsten Morgen, beim Tee auf der Terrasse, machte Mercedes Nägel mit Köpfen. „Hör mal, Missy. Ich denke, du hast jetzt lange genug Trübsal geblasen. Es ist Zeit, vorwärts zu schauen."

Barb warf ihr einen völlig desinteressierten Blick zu.

„Weißt du, seit diesem Eselsritt in Peru habe ich mich auf ein nächstes Mal gefreut. Ich werde auch nicht jünger, siehst du?" Sie deutete auf das breite Silberband im dunklen Haar. „Und ich will verdammt sein, wenn ich in mein Grab gehe, ohne dass ich noch einmal auf einem solchen Tier durch diese Anden geritten bin."

Barb schenkte ihr ein müdes Lächeln und wedelte mit der Hand. „Geh. Um Himmels willen. Geh einfach. Buch ein Ticket. Miete ein Maultier. Ich zahl's. Viel Spaß." Sie wandte sich ab um wieder ins sprudelnde Wasser zu starren. Das konnte sie stundenlang.

Mercedes änderte die Strategie. Sanft sagte sie: „Ich habe gestern einen guten Freund deines Vaters getroffen, guapa. Nathan David. Er lässt dich grüßen. Wir hatten ein spannendes Gespräch, er und ich. Und er würde gern mit dir reden."

Die zwei Frauen sahen einander über den niedrigen Tisch mit dem Teegeschirr und Barbs Lieblingsplätzchen aus der Küche von Mercedes' Mutter an. Das Gesicht ihrer Assistentin spiegelte ihre tiefe Sorge über diese fragil wirkende Frau, deren einst feuriges Haar jetzt strähnig ins ausdruckslose Gesicht hing. Barbs zierlicher Körper war unsichtbar unter ihrer Uniform aus weiten Hemden und abgeschnittenen Jeans. Sie sah ihre Freundin nicht an. „Du sprichst hinter meinem Rücken über mich? Mit Freunden von Daddy?" Barb klang untröstlich. Mercedes hatte eigentlich auf einen von Barbs berühmten Vulkanausbrüchen gehofft. Sie hätte liebend gern hinter einer Miz B. aufgeräumt, die brüllend durch ihr Büro wirbelte und mit Dingen um sich warf. Aber Barbs Stimme klang brüchig und weinerlich.

„Nathan David ist Professor an der UCLA, Direktor im Departement Hirnforschung. Die machen da aufregende Dinge, bahnbrechende Forschung über Depressionen."

„Toll. Willst du mich als Versuchskaninchen vermitteln? Was tun sie? Zeigen dir lustige Filmchen und messen die Hirnströme? Geben dir Elektroschocks um den Glückssektor anzukurbeln? Komm' Merc, lass mich zufrieden mit solchem Mist."

Mercedes unterdrücke einen Seufzer. Sie musste einen Ansatz finden, der Barbs Interesse weckte. Schließlich machte sie diese Eigenschaft zu einer derart hervorragenden Dokumentarfilmerin – Neugierde, zusammen mit ihrem Talent, Geschichten zu erzählen.

„Keine Angst, Mädchen. Nix von diesem Frankenstein-Zeug. Du wirst nicht an einen Generator angeschlossen, wenn es draußen blitzt. Tatsächlich hat seine Forschung mit einem deiner Fachgebiete zu tun."

„Was meinst du? Trübsal blasen? Das ist das einzige, worin ich eine ausgewiesene Expertin bin."

Mercedes lächelte über den lahmen Witz. „Ich spreche über ein spannendes Thema, Spitzenforschung auf einem Gebiet, auf dem du dich dank deiner professionellen Erfahrung bestens auskennst. Zudem könnte es enorm wichtig sein für die gesamte Gesellschaft. Du hast doch das Talent, den Finger auf das zu legen, was im System falsch läuft. Weißt du noch? Genau diese Qualität braucht es heutzutage dringend. Das ist alles."

„Was verkaufen Sie? Wunder wirkendes Schlangenöl?"

„Noch einmal. Es hat mit Dingen zu tun, über die du viel weißt, mit Drogen und dem, was sie in Individuen und in der Gesellschaft anrichten. Dr. David und seine Kollegen erforschen, wie bewusstseinserweiternde Substanzen Menschen zu tiefen Einsichten führen können. Es wäre ein tolles Thema für dich. Du könntest eine andere Seite dieses Themas zeigen, vielleicht sogar eine positive."

„Du willst ernsthaft, dass ich Drogen nehme, Merc? Wirklich extrem einfühlsam von dir. Und überhaupt, wieso soll ich irgendetwas tun? Wieso arbeiten, mir den Arsch aufreißen, die Massen aufklären, sie zum Hinsehen bewegen, zum Nachdenken? Hat meine Arbeit je etwas geändert? Die Welt fährt zur Hölle in einem Hummer Turbo Diesel, und mein Leben ist im Loch. Was geht mich irgendetwas an?"

Mercedes freute sich über die Reaktion. Es war einige Zeit her, dass Barb so viele Sätze aneinander gereiht hatte.

„Warum sprichst du nicht mit ihm, Liebes? Hör einfach, was er zu sagen hat. Wir werden ihn einladen, damit du nicht irgendwo hin musst. Vielleicht morgen zum Frühstück. Was meinst du? Hör einfach zu. Du musst nichts tun, was du nicht willst."

Barb senkte den Blick und nickte. „Fein. Tu was du willst. Ich geh' ja nirgends hin. Aber lass mich jetzt einfach in Ruhe, ok?"

Mercedes stand sofort auf und lächelte übers ganze Gesicht. Der Köder war geschluckt, jetzt war es an Professor Nathan David, den Fisch an Land zu ziehen.

Da der Mann ein alter Freund ihres Vaters war, machte Barb sich zumindest die Mühe, etwas anderes anzuziehen. Sie begrüßte ihn in einem Paar Khaki-Shorts und einem einfachen schwarzen T-Shirt. Beim Kaffee sprachen sie über Golf und die Hitze, wobei Barb ziemlich einsilbig blieb. Professor Nathan David – „nennen Sie mich Dave" – unterhielt sie mit Geschichten über die wilden Collegezeiten mit Ethan, bevor er das Gespräch langsam dorthin steuerte, wo er hin wollte. Nach einem ausführlichen Telefonat mit Mercedes hatte er lange darüber nachgedacht, wie er die Sache angehen wollte. Er würde ganz schamlos die Hilfe von Ethan Senior und Junior in Anspruch nehmen.

„Wissen Sie, Barb, ich bewunderte Ihre Arbeit über die Verheerung, die illegale Drogen anrichten. Sie war wirklich mutig, vor allem ihre Schlussfolgerungen. Tatsächlich gibt es in einigen europäischen Ländern erste Ansätze, Drogen zu legalisieren um dieses dreckige und tödliche Geschäft unter Kontrolle zu bringen. Ihr Vater war sehr, sehr stolz auf Sie. Wir redeten oft darüber, was wohl der vernünftigste Umgang mit dem Drogenkonsum in einer zivilisierten Gesellschaft wäre. Es war uns klar, dass Menschen immer neue Wege suchen werden, um ihr Alltagsbewusstsein zu verändern. Schließlich haben sie das seit Anbeginn der Zeiten getan."

„Dad hat sich für dieses Thema interessiert? Das wusste ich nicht ... Natürlich sagte er mir, wie stolz er auf meine Arbeit war, aber wir haben nie wirklich über Drogen gesprochen."

Barbs direkte Reaktion ermutigte Dave zum Weitermachen. „Oh ja, er war überzeugt, dass neue bewusstseinserweiternde Substanzen durchaus nutzbringende Wirkung haben. Nachdem sein Enkel starb – ich weiß wie sehr er ihn geliebt hat – vertiefte er sich richtig in unsere Forschungsresultate. Er hat viel darüber gelesen, wie diese Substanzen wirken, und wir hatten etliche spannende Diskussionen. Tatsächlich war er einer der Hauptsponsoren unseres Forschungsprogramms über die Integration mentaler Traumata. Ich weiß nicht, wie wir das Ganze ohne ihn überhaupt auf die Beine gestellt hätten. Die Regierung stellt kein Geld für diese Art Forschung zur Verfügung, egal wie sehr die Gesellschaft davon profitieren könnte. Durch Ihre Arbeit wissen Sie selbst am besten, dass die behördlichen Drogengesetze eher auf fixen Ideen basieren als auf wissenschaftlichen Fakten."

Daves offensichtliche Frustration entzündete in Barb ein vertrautes Gefühl. Sie erinnerte sich vage daran, dass sie einst die gleiche Leidenschaft für ihre Arbeit empfunden hatte. Die Überzeugung, etwas Wichtiges für die Gesellschaft zu tun, nur um von Bürokratie behindert zu werden, von Desinteresse, Neid und simpler Dummheit. Es war typisch Dad, sein Geld in so etwas zu stecken. Vielleicht sollte sie diesem Mann Dave zuhören. Wenn Dad an ihn und an seine Arbeit geglaubt hatte, sollte sie zumindest Interesse zeigen.

„Wie auch immer. Das Ziel unserer Forschung ist es, Menschen zu helfen traumatische Lebenserfahrungen zu integrieren, und durch künstlich erzeugte Bewusstseinszustände sogenannte Schlüsselerfahrungen heraus zu destillieren. Wir suchen eine Antwort auf folgende Frage: Leiden Menschen um spezifische Dinge zu lernen, und können diese Dinge benannt werden?"

„Wollen Sie eine Liste mit allen möglichen Gründen für menschliches Leiden erstellen, und den Menschen dann sagen, wozu das gut ist?"

Dave lächelte. „Das muss ihnen nicht gesagt werden, das finden sie ganz allein heraus."

„Ok, also was für Schlüsselerfahrungen mache ich, wenn ich ‚Verlust des einziges Sohnes und des Vaters innerhalb eines Jahres' ankreuze?"

Dave lächelte nicht. Er wusste, wie tief der Abgrund war, in den diese Verluste Barb gestürzt hatten. Er berührte kurz ihre Hand und sagte „Wir sind noch nicht ganz dort. Aber ein Grund für meine Arbeit ist, dass ich mir dieses gewaltigen menschlichen Leidens bewusst bin – und frustriert, nicht zu wissen, was uns dieses Leiden lehren kann."

„Ist es denn für irgendwas gut? Sind Sie sicher, dass es diese Schlüsselerfahrungen gibt?"

„Das, meine liebe Barb, versuchen wir durch unsere Arbeit herauszufinden."

Dave erzählte ihr vieles von dem, was er schon Mercedes erklärt hatte. Sie hatte mit ihm Kontakt aufgenommen, nachdem sie in einem Magazin einen Artikel über ihn gelesen hatte. Der Artikel löste eine kontroverse Debatte aus. Er berichtete von den zahllosen durch Kriege beschädigten Menschen: Eine Schattenarmee von Männern und Frauen, die mental den Heimweg von den Schlachtfeldern nicht mehr finden. Sie schleppen ihre Erinnerungen und Traumata mit sich nach Hause, in ihre Familien und Gemeinschaften, wo sie weiter schwären.

Dave sprach über die unzähligen Menschen, die aus psychiatrischen Anstalten und Spitälern entlassen werden, weil Geld und Kapazitäten fehlten; Menschen, die nicht in ein selbstbestimmtes Leben zurück geführt, nicht mehr in die Gesellschaft eingegliedert werden können. Er erwähnte, wie schwere Burnouts, Depressionen und Suchtverhalten aller Art exponentiell zunehmen, vor allem unter Jugendlichen. Und Barb hörte zu. Hörte zu und nickte. Sie stimmte sogar lautstark zu, als Dave über die generelle Unwissenheit über gewisse Substanzen sprach, wie Forschung unfair beschnitten wurde, wie sie davon abgehalten wurden, das Leiden von so vielen Menschen zu lindern.

„Es ist einfach absurd, dass Politiker über die Legalität von Drogen entscheiden. Die meisten haben keinerlei persönliche Erfahrung mit Drogen, außer mit Alkohol und Nikotin und hie und da ein paar weißen Linien natürlich. Wissen Sie, vor ein paar Jahren sprach ich mit Dennis Naught, einem bekannten Britischen Forscher. Er wurde von seinem Posten als Drogen-Ratgeber der Regierung gefeuert, weil er sagte, gewisse von den Behörden verteufelte Substanzen seien etwa so gefährlich, wie ein Pferd zu reiten", sagte Barb, strich sich die Haare aus dem Gesicht und schüttelte den Kopf.

„Ja, ich kenne ihn und seine Forschung, die übrigens sehr gründlich und sehr seriös ist. Die meisten Regierungsentscheidungen basieren leider nicht auf wissenschaftlichen Fakten. Und ich sage Ihnen noch etwas: Die Substanzen, die wir untersuchen, haben das Potenzial Leute aus der Abhängigkeit von zerstörerischen Drogen zu befreien, von

Heroin oder Alkohol zum Beispiel." Dave sah, dass er jetzt Barbs volle Aufmerksamkeit hatte. Langsam begann er, die Leine einzuholen. „Wir können vielleicht auch Menschen helfen, die unter schweren Ängsten und Phobien leiden, und wir haben mit schweren Depressionen gute Resultate erzielt."

Schweigen breitete sich aus. Barbs Augen suchten Halt im fallenden Wasser. Sie fühlte sich wie eine Schnecke, die es gewagt hatte ihre Fühler auszustrecken, nur um sie sich abhacken zu lassen. Sie wollte sich zurückziehen, sich in die hinterste Ecke ihres Hauses flüchten. Aber irgendwo hatte sie sich verhakt, kam nicht weg. Dave durchbrach die Stille nicht. Er wusste genug über die menschliche Natur, um nicht vorzupreschen. Er war gut im Warten.

„Vor Jahren, als mein Sohn starb, starb auch ein Teil von mir." Barbs Stimme war nur ein Flüstern. „Ich habe damals Hilfe gefunden. Von einer wunderbaren Therapeutin, die mir half, zu überleben. Ich habe viel über das Leiden gelernt – das Leiden, das vom Verhaftetsein kommt – und wie es mich stärker machen kann. Aber dann starb mein Vater, und alles wurde sinnlos. Warum soll ich irgendetwas tun? Warum soll ich leben, wenn die Vernichtung hinter der nächsten Ecke lauert? Warum soll ich lieben oder mich für etwas interessieren, wenn es jeden Moment vorbei sein kann? Warum fühlen, tun, denken? Da bin ich jetzt. Ich komme einfach nicht aus diesem Loch heraus und ich bin nicht einmal sicher, ob ich überhaupt will."

Dave war viel zu intelligent, um Barb Plattitüden zu servieren über das Leben, das es immer wert ist, blablabla. Er sagte nur: „Nehmen Sie an unserer Forschungsgruppe teil! Sehen Sie selbst, was diese Substanzen Ihnen zeigen können, vor allem was das Verhaftetsein angeht. Das ist nämlich einer der faszinierendsten Aspekte unserer Arbeit. Diese Substanzen erlauben einen distanzierten, leidenschaftslosen Blick auf die eigene Situation. Man beobachtet, was man erlebt, was man verloren hat. Ohne Schmerz, ohne Kummer. Nur ein Aha nach dem andern. Meine Einladung steht: Machen Sie mit und dokumentieren Sie. Ich gebe Ihnen vollen Zugang zu unserer Forschung und unterstütze Sie auf jede mögliche Art, sollten Sie eines Tages an die Öffentlichkeit gehen wollen.“

Dann erklärte ihr Dave die unterschiedlichen Substanzen – jene, die das Ego stärkten und jene, die einen Blick auf das eigene Selbst in einem größeren Kontext erlaubten. „Die erste Gruppe ist die gefährliche. Sie führt oft in die Abhängigkeit und in den Missbrauch, denn für das Ego ist genug nie genug. Das Ego kennt den Begriff oder den Zustand ‚genug‘ nicht. Die zweite Gruppe dagegen hebt einen auf eine Ebene, wo man einen distanzierten Blick auf seine Position im Leben werfen und den Kontext dieser Position anschauen und einordnen kann. Sie nehmen einen mit auf eine innere Reise, auf der man Einsicht gewinnt, Verständnis und Kraft. Oft genügend Kraft um den nächsten entscheidenden Schritt hin zu einem erfüllten Leben zu tun.“

Barb seufzte und sah Dave zum ersten Mal direkt an. „Sie kannten meinen Vater, und er vertraute Ihnen. Bevor ich mich entscheide: Was wissen Sie über die Gefahr der Abhängigkeit von diesem Zeug? Sie wissen, dass Drogen das Todesurteil für meinen Sohn waren. Ich habe viele Freunde mit langen Drogengeschichten. Auch Missbrauch. Von synthetischen wie bio-organischen Substanzen, die Mutter Natur bereitstellt. Auch ich habe Erfahrung damit. Aber als mein Ethan starb, schwor ich, das Zeug nie mehr anzurühren so lange ich verdammt bin, zu leben. Soll ich das, was Sie vorschlagen, vielleicht als eine Art Medizin betrachten.“

„Ganz ehrlich? Alles kann im weiteren Sinn abhängig machen. Sie wissen, dass Zucker die schlimmste abhängig machende Droge in unserer Gesellschaft ist. Die zuständige Regierungsbehörde würde ihm heute wahrscheinlich sogar die Zulassung verweigern. Die Stoffe, mit denen wir arbeiten, sind in dieser Hinsicht weniger gefährlich als Alkohol oder Nikotin. Sie haben Recht, anstatt sie als Drogen zu betrachten, sehen Sie sie als ein Heilmittel, als ein Pharmazeutikum. Umso mehr, als die Substanzen vollkommen synthetisch sind.“

Dave sah Barb ernst an. „Dennoch, ein Wort der Warnung. Sie könnten sich nach einer Sitzung traurig fühlen, wenn das höhere Selbst verschwindet und Ihr Alltagsselbst zurückkehrt. Es ist an Ihnen, sich nicht hinunter ziehen zu lassen. Das beste Mittel dagegen ist Bewegung. Gehen Sie joggen, ins Fitness-Center oder spazieren."

Mit einem Stirnrunzeln sagte Barb „Ich glaube nicht, dass ich das aushalte. Ich stecke schon so lange in diesem tiefen Loch. Ich glaube nicht, dass ich mit noch mehr Schmerz umgehen kann."

Nathan David sah sie mit einem verständnisvollen Lächeln an. Er schüttelte leicht den Kopf. „Ich habe Sie nicht zuletzt wegen ihrer inneren Stärke ausgewählt. Die habe ich gleich wahrgenommen, als wir uns begegneten. Obwohl Sie in einer tiefen Depression stecken, spüre ich, dass es festen Boden gibt, Kraft und einen starken Willen. Die experimentellen Sitzungen ermöglichen Ihnen einen Blick auf Ihren mentalen Zustand. Es ist an Ihnen, dieses Wissen in Verhaltensmuster umzumünzen. Sie erhalten die nötigen Einsichten – Werkzeuge wenn Sie so wollen – um zu verstehen und sich mit Ihrem Leben auszusöhnen, mit dem Menschen, der Sie wirklich sind. Das wiederum wird Ihnen helfen, der Schwerkraft zu widerstehen, und den festen inneren Boden zu erobern. Sie werden Entschlossenheit brauchen, das richtige Essen, Bewegung und kein Selbstmitleid." Dave lächelte, um die letzten Worte abzumildern.

Sie trafen Barb dennoch. Sie konnte die Energie nicht aufbringen, um sich zu wehren, klarzustellen, dass sie kein Weichei war. Sie überraschte Dave und sich selbst, als sie die Melodie von ‚unchain my heart' zu pfeifen begann.

Zögernd schlüpft Barb in den leichten Schlafsack, setzt sich die schwarze Augenmaske auf und stöpselt Silikonpfropfen in die Ohren. Jetzt hört sie nur noch ihren eigenen Herzschlag und das Blut, das im Kopf rauscht. Sie hat Angst, richtiggehend Angst. Sie ist noch nie so völlig von der Welt abgeschnitten gewesen, und nach einer kurzen Weile entfernt sie die Ohrstöpsel und schiebt sich die Maske auf die Stirn. Die kleine Glocke, die sie läuten sollte, wenn sie Gesellschaft wollte, rührt sie nicht an.

Sie hatte Dave um Kopfhörer gebeten und um Musik anstatt Ohrstöpsel, was Dave ablehnte. Musik beeinflusst das Hirn, erklärte er, zieht es in verschiedene Richtungen und löst eine ganze Reihe von Emotionen aus, je nach Musikrichtung und Kontext. Sein Ziel sei es, herauszufinden, was das Hirn produziert, wenn es durch keinerlei äußere Faktoren beeinflusst wird.

Mit einem kleinen Seufzer stopft sich Barb die Stöpsel wieder in die Ohren und zieht die Maske herunter. Im angrenzenden Raum sieht Dr. David zu, wie Barb mitmacht. Bevor sie anfingen, sagte sie ihm, sie habe Angst vor dem, was ihr auf diesen Reisen begegnen könnte. Dann stellte sie überrascht fest, dass diese Angst neue Energie in ihrem Körper freisetzte. Energie, die sie seit Monaten nicht mehr gespürt hatte, sogar seit Jahren. Sie beschrieb das Gefühl wie einen Fluss, der alle Hindernisse in seinem Weg fort spülte.

Barb schluckt die Kapsel, die Dave ihr gab, und nach etwa zehn Minuten beginnt sie, tiefer und tiefer zu atmen. Ihr Körper wird warm. Ihre Wangen röten sich. Es ist ein ähnliches Gefühl, wie auf einem Laufband zu laufen, ohne sich zu bewegen. Ein angenehmes Gefühl der Ruhe und Zufriedenheit breitet sich in ihr aus. Sie gibt sich ganz dem Gefühl hin, einfach zu sein und zu atmen. Sie spürt, wie ihre Lungen arbeiten, wie ihr Herz sich ausdehnt. In dieses Wohlgefühl schweben Bilder von ihrem Sohn und ihrem Vater. Barb atmet weiter und schaut in ihre Gesichter. Sie atmet tiefer und tiefer. Als Dave sie sanft an der Schulter berührt, nimmt sie die Maske ab, zieht die Ohrstöpsel heraus und kann kaum glauben, dass zwei Stunden vorbei sind. Die Zeit zieht sich zusammen, erfährt sie, wenn sich ein Mensch voll konzentriert.

Barb berichtet von ihren Erfahrungen. Sie ist überrascht, wie gelassen sie über ihre beiden Liebsten sprechen kann. „Bis jetzt konnte ich nicht einmal ihre Fotos anschauen, ohne dass es mir das Herz zerriss. Und jetzt begegne ich ihnen in meinem Kopf, sehe sie so wirklich wie im Leben. Aber ich fühlte keinen Schmerz, auch keine Freude, nur irgendwie ... neutral vielleicht? Ich war einfach eine Beobachterin bekannter Gesichter."

Dave berührt ihre Hand. „Schmerz bewirkt, dass sich der Herzmuskel zusammenzieht, damit werden die Atmungsmuster sehr flach. Du hast durch die ganze Erfahrung hindurch tief geatmet. Das macht den großen Unterschied. Atem ist ein wirkungsvolles Werkzeug um unerwünschte Emotionen zu bekämpfen und zu neutralisieren."

Auch in der zweiten Sitzung erscheinen Vater und Sohn. Barb atmet weiter, während sie die beiden Figuren beim Herumgehen, bei täglichen Verrichtungen, beobachtet. Beim dritten Mal kommt auch sie ins Bild. Sie schaut sich selbst zu, wie sie mit ihrem Sohn auf der Terrasse frühstückt, mit ihrem Vater über ihre Arbeit diskutiert – als schaue sie einen Film an. Ihr fällt auf, dass ihr geistiges Bild von sich selbst unvollständig ist. Im Bereich ihres Herzens erkennt sie zwei unterschiedlich große Leerstellen. Sie versteht, dass Vater und Sohn diese Löcher hinterlassen haben. Sie schaut ihren Sohn an, sieht, wie sie mit einer Art Kette miteinander verbunden sind. Verzweiflung bricht über sie herein. Sie atmet tiefer, schwer, als müsse sie eine große Last einen Berg hoch schleppen. Die Bilder verschwinden, sie atmet weiter.

„Du hast heute tolle Arbeit geleistet, Barb. Wenn ich die Muster ansehe, weiß ich, dass du heute eine beträchtliche Last gestemmt hast." Daves Stimme ist beruhigend. Er deutet auf den Ausdruck ihrer Hirnströme.

Er muss ihr aufhelfen und sie auf dem kurzen Weg zum „Chill-out" Raum stützen, wo sie jeweils ihre inneren Reise besprechen. Barb ist erschöpft. Das Gewicht der Erkenntnis erdrückt sie schier. „Ich habe diese gewaltige Energie gesehen, diese unendliche Bedürftigkeit, die ich stets auf meinen Vater, und noch mehr auf meinen Sohn, projizierte. Wie kann das sein? Ich habe mich immer als stark, erfolgreich, unabhängig betrachtet. Jetzt habe ich gesehen, was unter der glänzenden Oberfläche liegt." Dann fügt sie mit tiefer Überzeugung an: „Die Wahrheit über das eigene Leben kann man nur im Inneren finden."

Dave strahlt sie an. „Du bist wirklich auf dem richtigen Weg, das sehe ich. A propos Projektion: Du musst wissen, dass die meisten von uns mit großen inneren Leerstellen leben. Dafür muss man sich weder schämen, noch sich schuldig fühlen. Wir tendieren dazu, die Last, diese Leere zu füllen, auf jene zu packen, die wir am meisten lieben. Das Leben ist, neben vielen anderen Dingen, auch ein Energieaustausch-Spiel. Wir wissen noch so wenig über das Leben. Jetzt, dank neuen Techniken und Entdeckungen, beginnen wir, gewisse Dinge besser zu verstehen. Wenn wir Zugang erhalten zu den grundlegenden mentalen Mustern menschlicher Existenz, werden wir erfülltere und unabhängigere Leben führen können. Menschen wie du, Barb, helfen uns auf diesem Weg. Durch den Mut, euer Selbst zu erforschen und das, was ihr auf euren mentalen Reisen lernt, mit anderen zu teilen."

Barb hört genau zu. Sie will unbedingt verstehen, was mit ihr geschieht, wenn der Bewusstseins-Erweiterer auf ihre normale Wahrnehmung einwirkt. „Es ist mir immer noch nicht ganz wohl dabei, eine Droge zu nehmen. Irgendwie fühlt es sich einfach nicht richtig an. Gibt es denn keine ‚natürlichen' Methoden, um solche Einsichten zu gewinnen?"

„Oh doch, wahrscheinlich schon. Gewisse physische und mentale Disziplinen wie komplexe Körperübungen oder Meditation. Aber die brauchen normalerweise Jahre intensiver Praxis. Meine Forschung hat mich auf diesen Pfad geführt. Und ich bin überzeugt, das ist die Zukunft. Diese Substanzen stimulieren das höhere Selbst, indem das Alltagsselbst beobachtet werden kann. Man könnte es auch den inneren Therapeuten nennen, eine unbestechliche Autorität, die uns aus dem Unwissen ins Wissen führt."

Mercedes rief Dave nach Barbs erster Sitzung an. Sie wollte wissen, ob sie etwas Bestimmtes tun oder auf etwas achten sollte. Er beruhigte sie. Alles sei in bester Ordnung. Allein, dass sie den Schritt gewagt hatte, brachte Barb auf den Weg der Gesundung. Und tatsächlich. Sie kehrte Schritt um Schritt ins Leben zurück. Sie war sogar wieder in ihr Haus in den Hügeln von Hollywood gezogen - „nur für die Dauer dieses Experiments" –, fühlte sich jedoch wohl in ihren eigenen vier Wänden. Selbst Ms. Hund wollte sie wieder bei sich haben, etwas, das Lucy mit unkontrolliertem Schwanzwedeln und ausgiebigem Schlabbern auf ihrem englischgrünen Sofa quittierte.

Mercedes schaute oft unter irgendwelchen Vorwänden vorbei, doch Barb sprach nie viel über ihre Arbeit mit Dr. Dave. Nach der jüngsten Sitzung hatte sie Mercedes mit leuchtenden Augen angeschaut, als sie sich frisch gepressten Saft und luftige Croissants teilten. „Leben ist nicht nur das, was du in deiner täglichen Tretmühle spürst oder siehst oder tust. Es ist viel, viel mehr. Es gibt diese Tiefenströmungen, diese verborgenen Energieströme, von denen nicht einmal die Gebildetsten etwas wissen. Die tiefe Liebe einer Mutter für ihr Kind, zum Beispiel, kann gerade so gut Bedürftigkeit oder Abhängigkeit sein. Sie ist durchaus nicht nur dieses selbstlose Gefühl, wie wir immer meinen. Oh nein! Du kannst sie deinem Kind umhängen wie ein Joch." Barb weinte, als sie das sagte. Aber es waren nicht dieselben Tränen wie vorher. Mercedes spürte keine Verzweiflung in diesen Tränen, eher eine Versöhnlichkeit, ein Loslassen.

An ihrer zehnten und letzten Sitzung – Dave setzte dieses Limit, weil noch zu wenig über die Langzeitwirkungen bekannt war – stößt Barb auf ihren größten Schatz. Wieder begegnet sie dem Sohn, dem Vater. Sie spürt ihr harmonisches Verhältnis zu ihnen. Die Szene ist ähnlich wie die vorherigen; als sähe sie

denselben Film zum x-ten Mal, jedes Mal mit größerer
Tiefenschärfe und immer neuen Details.

Sie sieht sie fallen, erst den Sohn, dann den Vater. Aus den
leblosen Körpern steigt je eine schimmernde Kugel. Mit tiefem
Staunen und Ehrfurcht betrachtet sie, was sie als Seele erkennt,
die den Körper verlässt. Im Zentrum der Kugeln strahlt ein
blendend weißes Licht. Mit absoluter Sicherheit weiß sie, dass
sie den Piloten entdeckt hat, den Fahrer, den Animator – die
subtilste aller Kräfte, die Quelle der Schöpfung. Sie versteht,
dass dieses strahlend helle Zentrum für die Kugel dasselbe
bedeutet, wie die Kugel für den Körper. Und genau wie die
Kugel den Körper zurück lässt, so verlässt die innerste Essenz
schließlich die Kugel. Was immer diese strahlende Essenz ist,
sie enthält die abschließende Antwort auf Ethans Frage ‚wer
bin ich?'.

Der Tod, begreift sie, ist nicht das, was man normalerweise
darunter versteht. Der Tod ist kein Ende. Er ist nur eine
Zustandsveränderung, ein Spielzug in einem endlosen Spiel. Ein
Körper wird geboren, stirbt. Die austretende Essenz jedoch
kennt weder Anfang noch Ende. Und tief in ihrem Inneren
söhnt sich Barb mit der Tatsache aus, dass die Essenz ihres
Sohnes, ihres Vaters zur Quelle zurückgekehrt ist.

„Hier sind wir, mehr als 100 Jahre nach dem Ford Modell
T, aber nur wenige wollen wissen, wie ein Motor funktioniert.
Genauso fühle ich mich im Moment. Ich lebe seit bald 40
Jahren in diesem Körper, habe mich aber nie gefragt was Barb
antreibt. Das haut mich einfach um. Sehen andere dieselben
Dinge, Dave?" Sie saßen nach der letzten Reise in seinem Büro.
Und kaum hatte Barb ihre jüngsten Erlebnisse erzählt, schien
sie in den Dokumentations-Modus zu schalten.

„Die Bilder sind sehr individuell. Es gibt allerdings
ähnliche Grundthemen, möglicherweise diese schwer fassbaren
Schlüsselerfahrungen. Gewisse Testpersonen sehen gar keine
Bilder. Bei ihnen verändert sich einzig das Atmungsmuster, und
sie fühlen sich sehr viel ruhiger nach den Sitzungen. Wir haben

noch zu wenig Erfahrung, um bereits signifikante Schlüsse zu ziehen."

„Wann wirst du deine Forschungen veröffentlichen?"

„Nun ja, wir wollen mindestens 500 sorgfältig dokumentierte Experimente. Dann werden wir die Übereinstimmungen herausfiltern. Ich finde diese Arbeit richtig aufregend, weil ich überzeugt bin, dass die Menschheit aufwachen muss – und zwar pronto. Sieh nur die gewaltigen Herausforderungen, denen wir uns alle stellen müssen! Aber viele legale Substanzen, zusammen mit den immensen Mengen, die von illegalen Drogenkartellen verschoben werden, beeinträchtigen entweder die Denk- und Einsichtsfähigkeit oder sie verstärken die Aggressionen. Also, das ist mein Kreuzzug: Ich will der Menschheit Substanzen zur Verfügung stellen, die zu Weisheit führen und das Verständnis für das Leben vertiefen."

„Bravo!" Barb klatschte in die Hände, das Lächeln, das sie Professor Nathan David schenkte, war voller Licht und Freude. „Du weißt, was ich von Drogen halte. Die meisten verursachen nur totale Katastrophen. Aber diese Substanzen sind anders. Vielleicht sollten wir das Zeug ins Trinkwasser tun, wie Fluor, um Menschen nachdenklicher zu machen, anstatt für starke Zähne zu sorgen." Barb kicherte wie ein Teenager. Schon wieder zum Provozieren aufgelegt. Was für eine Veränderung gegenüber der blassen leblosen Kreatur, der Dave erst vor ein paar Monaten auf der Terrasse in Indian Wells begegnet war. Wenn diese Substanzen Patienten tatsächlich aus schwerer Depression herausholen konnten, wären ihre Resultate spektakulär.

◆

Auch Marvin und Avory klatschten Beifall. „Was für eine Vorstellung! Denkt ihr, Professor Dave wird heilig gesprochen? Fürs Wunderwirken und so?"

„Es ist wirklich eine eindrucksvolle Transformation." Avory deutete auf den Plasmawürfel, der Barb auf der filigranen Liege zeigte, die sie vor einer Ewigkeit vom Haus ihres Vaters entführt hatte. Ihre Finger huschten über die Tastatur des Laptops und versuchten, mit dem Ideenfluss für ein Script mitzuhalten. „Mir gefiel auch ihre Analogie mit dem Ford."

„Ich geb dir noch eine andere", schaltete sich Marvin ein. „Strom! Du drückst einen Schalter, und er ist da. Du drückst erneut, und er ist weg. Wo geht er hin? Niemand will das wirklich wissen, so lange er da ist, wenn sie den ‚An' Knopf drücken. Ist doch dasselbe mit einem Menschen! Wird einer gezeugt, wird der ‚An' Knopf gedrückt. Wenn einer stirbt, wird die Energiequelle abgeschaltet. Wohin geht sie? Was war sie? Woher kam sie überhaupt?"

„Man könnte diesen Vergleich noch weiter ziehen. Wenn sie die Lampe ausschalten oder den Laptop, dann denken sie auch nicht, der Strom sei für immer weg", nahm Avory die Analogie auf. „Wenn ein Mensch jedoch in den off-Modus geht, sind die meisten überzeugt, das Spiel sei endgültig vorbei. Genau wie unser Mensch Barb dort drüben. Sie konnte das nicht begreifen. Genauso wie es eine Energiequelle für die Lampe gibt, gibt es eine Energiequelle für die Körper, an denen sie so sehr hing."

Mit ein Grund, warum die meisten Menschen das nicht verstanden, sei die Unkenntnis der innersten Hülle, rief Victoria den Zwillingen in Erinnerung. Das Upgrade ermögliche ihnen ein neues Verständnis der Seele, jenem Teil ihrer selbst, den sie unsterblich nennen. „Im menschlichen Zeitverständnis ist sie das auch. Sie ist etwa so unsterblich wie ein Stern, der ausbrennt, wenn seine Zeit gekommen ist. Denn alles, was aus Teilchen zusammengesetzt ist, ist endlich – auch die Seele. Während der gesamte Informationscode aller vergangenen und künftigen Leben in der gasförmigen Substanz der Seele gespeichert ist, sind Hirn und Körper wie ein einzelnes Kapitel im Buch der menschlichen Seele – eine

Geschichte von Tausenden. Und so, wie es scheinbar unendlich viele Sterne im All gibt, gibt es ebenso viele Seelen auf ihren Reisen."

Mit überraschend sanftem Grollen, schaltete sich Big G in die Diskussion ein. „Das einzig Ewige und Unsterbliche ist die universelle Antriebskraft. Sie ist bewegungslos, jenseits von Zeit und Raum, alles durchdringend. Und alle, die lernen ihre Sinne zu bündeln und den Fusionssinn zu aktivieren, werden sie überall wahrnehmen, werden sich ihrer Omnipräsenz bewusst." Nach einer kleinen Pause schnarrte er in völlig verändertem Tonfall: „Kommt, bewegt euch! Ein weiterer spektakulärer Ausbruch von Bewusstsein steht bevor." Er war plötzlich ganz aufgeregt, was den Möbeln nicht sonderlich gut bekam. In einem Augenblick waren die Naturkräfte verschwunden.

„Wir verlieren sie! Ihr Herz steht still…"

„Lieber Gott im Himmel! Ihr müsst doch etwas tun können. Ihr müsst sie retten. Ihr müsst einfach!" Makele war außer sich.

„Wo ist der blöde Defibrillator? Wo zum Teufel sind die anderen?"

Haki blickte auf das Chaos unter ihr. Eine reglose Gestalt auf einem schmalen Bett. Ein Gewusel von weiß gekleideten Menschen. Ach ja. Das Operationszimmer im Kizu Buschspital. Und dort drüben, ist das nicht Makele? Warum rennt er so verstört herum, mit Tränen im Gesicht? Und die Gestalt auf dem Bett? Aha, das ist ja sie selbst.

Was tut sie dann hier oben? Sie erinnert sich an dieses eigenartige Gefühl, als ob sich ihr Herz ausgedehnt hätte, sich öffnete, was ihr erlaubte, aus sich heraus zu treten. Es fühlte sich großartig an. So unbekümmert. Sie ist durchdrungen von Wohlbefinden und Freude. Sie ist leicht, sie ist frei, sie ist ganz. Gemächlich ist sie an die Decke geschwebt, ihre Wahrnehmung weit geöffnet, und beobachtet jetzt alles in diesem einfach ausgestatteten Raum. Ohne die Augen bewegen zu müssen, nimmt sie wahr was oben, unten, hinter und vor ihr ist. Die verzweifelten Stimmen, die hektischen Aktivitäten, das gewohnte rhythmische Krächzen des Deckenventilators, dessen Flügel sich in einer Art Slow-motion unter der neuen Deckenlampe drehen, die sie erst vor ein paar Wochen aus der Hauptstadt mitgebracht hatte. Trotz Drunter und Drüber nimmt Haki jedes Geräusch wahr: den tropfenden Wasserhahn, die Käfer, die mit ihren harten Köpfen gegen den Maschendraht an den Fenstern stoßen, das Keuchen der Frauen und Männer, die versuchen, den Körper auf dem Bett kurzzuschließen, ihn offenbar wieder zurück ins Leben zu holen.

Das ist lustig. Sie ist lebendiger als je zuvor, ihr Bewusstsein weit geöffnet. Sie ist Wonder Woman – ihre fünf Sinne gebündelt zu einem Supersinn.

◆

Die vier Naturkräfte schwebten ebenfalls. Für sie war die ätherische Haki genau so real wie die physische. „Jetzt könnt ihr ein wahrhaft interessantes Phänomen beobachten, einen Menschen zwischen Leben und Tod. Immer noch hier, aber auch schon dort, und beides nicht ganz. Wir müssen vorsichtig sein, damit sie uns in ihrem Zustand erhöhter Wahrnehmung nicht sieht", pulsierte Victoria, und Marvin feuerte eine Warnung ab: „Yo, Mr. G! Zuck' ja nicht. Wenn du Schluckauf kriegst, stürzt dieses Baby ab."

„Ich bin doch kein Tattergreis. Nur weil du mich als alten Knacker zu bezeichnen pflegst, heißt das noch lange nicht, dass ich einer bin. Anstatt Sprüche zu machen, würdest du gescheiter meine Kunstfertigkeit mit respektvollem Schweigen bewundern. Ein Leben perfekt im Gleichgewicht zwischen den Ebenen zu halten ist das Werk eines Meisters!"

Nun mischte sich auch Victoria ins muntere Pulsieren. „Was immer es ist, es ist eine einmalige Gelegenheit zu beobachten, was geschieht, wenn die am schnellsten schwingenden Teilchen sich vom langsam schwingenden physischen Körper zu lösen beginnen."

„Aber die Software funktioniert doch nicht ohne die Hardware! Und da sie das Upgrade schon gekriegt hat, wär's eine schreckliche Verschwendung. Marvin hat Recht."

„Sie geht nirgendwohin, keine Angst Avory. Ich halte sie hier in der perfekten Balance. Dies ist ihre Lektion in Ablösung. Dieses mitfühlende Herz, das so sehr unter der Not und dem Elend der Welt und ihrer Mitmenschen leidet, darf nun einen kurzen Blick in eine größere Wirklichkeit werfen."

◆

Haki schwebt und beobachtet. Sie ist umhüllt von einem Regenbogen. Die Farben sind reiner und strahlender als alle, die sie je mit ihren Alltagsaugen wahrgenommen hat. Die Farben haben Tiefe, fast schon Substanz. Grün und Orange lösen sich aus dem Regenbogen und bewegen sich auf sie zu. Wollen sie ihr etwas mitteilen? Oder sie zum Tanz bitten? Das Grün umfließt sie, hüllt sie ein, wiegt sie. Sie hört den Klang ha-ha-ha, empfindet ihn wie einen Energiepuls. Das Grün zieht sich zurück und Orange rückt näher, der Klang verändert sich zu ki-ki-ki. Im Vergleich zum fließenden, strömenden Grün, ist Orange kompakter, fester. Ihr Name, das sagen ihr die beiden Farben, bedeutet Wasser und Erde.

Jetzt schwebt Haki durchs Blau. Sie erfährt es als schwerelos, liebkosend, luftig. Rot verströmt Kraft und Wärme. Sie fühlt sich von einem Quartett von Brüdern und Schwestern willkommen geheißen. Alle haben ihre ganz eigene Qualität und werden von einem Band der Freundschaft zusammen gehalten. Jetzt taucht Haki in das ehrfurchtgebietende Gelb ein. Es tritt wie ein geheimnisvoller, entfernter Vetter auf – ein Familiengeheimnis. Schließlich kommt sie in einem reinen strahlenden Violett an, einer ernsten Kraft, eine Art strenger Onkel, der darauf aus ist, ihre Kraft zu testen, bereit auch, seine Kraft auf jene zu übertragen, die von ihm lernen wollen.

◆

„Ahhh, sie hat meine äußerste Schicht gestreift!" Big G tat sein bestes, um seine Aufregung im Zaum zu halten. Schließlich wollte er das fragile Gleichgewicht, in dem er Haki hielt, nicht gefährden.

Marvin pulste: „Was hast du getan? Ihre Batterien aufgeladen? Ihr einen Trojaner ins System geschmuggelt? Die Festplatte gelöscht?"

„Das geht dich nichts an. Du verstehst sowieso nicht, wie es sich anfühlt, wenn menschliches Bewusstsein in deine Ebene eindringt. Es ist unbeschreiblich. Wenn ich es in Worte fassen müsste, würde ich sagen, es ist wie ein gewaltiger Energiestoß. Du wärst wahrscheinlich sofort süchtig danach..."

„Die menschliche Wahrnehmung ist durchaus fähig, unsere Ebene zu erreichen. Aber nur wenn sie nicht von all den Dingen der materiellen Welt vollgestellt ist, welche die fünf Sinne ständig zum Verarbeiten anschleppen", ergänzte Victoria. „Übrigens, wenn die Lebensgewänder leichter und transparenter werden, können sich auch immer mehr menschliche Spieler zeitweise etwas daraus lösen, ohne zu sterben natürlich. Was unsere Freundin Haki gerade erlebt, werden immer mehr Menschen erfahren. Die neuen Generationen werden sich viel eher an die Rollen erinnern, die sie in früheren Leben hatten, da ihre Gewänder weniger dicht sind."

„Ich weiß nicht, ob das eine gute Sache ist", warf Marvin ein. „Was, wenn ein Junge sich daran erinnert, dass er letztes Mal einen König spielte und sein Vater den Stallknecht oder, noch schlimmer, einen Verräter? Untergräbt irgendwie die Autorität von Herrn Papa. Macht's schwierig, den Junior zu Schularbeiten zu zwingen."

„Sich an vergangene Rollen zu erinnern wird das Konzept von Elternschaft verändern. Da hast du Recht. Es wird alles ein bisschen lockerer, wenn Menschen erkennen, dass sie schon in allen erdenklichen Kombinationen Mütter und Söhne und Töchter und Väter gewesen sind. Eltern werden schließlich akzeptieren, dass ihre Aufgabe einzig darin besteht, das passende Lebensgewand zu produzieren, in dem eine Seele ihre nächste Rolle auf der Erde spielen kann."

„Das könnte einen tollen Nebeneffekt haben, Big G", pulsierte Avory. „Weniger Fokus auf die Qualitäten des Lebensgewandes oder des Intellekts – in der Schule oder im Sport oder wenn sich Eltern bemüßigt fühlen, ihre Kinder in eine bestimmte Richtung zu drängen, so wie Daddy Forrester. Dafür werden sich Eltern vielleicht mehr darauf konzentrieren, welche Rolle diese einzigartige Seele, die den ersten Teil ihrer Reise mit ihnen verbringt, zu spielen gekommen ist."

◆

Haki wird ins Zentrum des 3-D-Regenbogens gezogen, zu einem strahlenden Licht. Doch sie wird auf Distanz gehalten und wagt es kaum, den mächtigen Herrscher anzusehen, dem sich die anderen sechs Farben unterzuordnen scheinen. „Noch nicht", teilt er ihr mit. Sie ist weder traurig noch enttäuscht. Sie ist eingehüllt und durchdrungen von vollkommener Liebe. Sie versteht mit jedem einzelnen Molekül die der Schöpfung innewohnende Richtigkeit. Sie versteht, dass es an ihr liegt, diese Schöpfung zu lieben, zu schätzen und zu genießen. Dann wird sie sanft durch den Regenbogen zurückgezogen und nimmt seinen Segen mit sich.

Ihre Sinne verbinden sich wieder mit der physischen Form. Langsam öffnet sie die Augen und flüstert: „Ich habe doch den Defibrillator mit in die Hauptstadt genommen, um ihn reparieren zu lassen. Weißt du nicht mehr?" Makele starrt sie mit offenen Mund an. Dann hebt er abwehrend die Hände wie wenn er einen Geist gesehen hätte und stolpert ein paar Schritte rückwärts. Sich immer wieder bekreuzigend stammelt er: „Was um... Wie hast du... Wo um Himmels willen...?"

Aber Haki versinkt schon wieder in tiefe Bewusstlosigkeit, und Makele sackt im einzigen Stuhl im Raum zusammen, das Gesicht in den Händen verborgen.

◆

Haki war tatsächlich wieder einmal nach Matadi gefahren, ausnahmsweise, denn sie kam nur noch selten nach Kizu. Seit sie ihre Ausbildung in den USA beendet hatte, war Hakika Hasina in die Hauptstadt Kinshasa umgezogen, von wo aus sie die Konstruktion der Gebäude und die Rekrutierung und Ausbildung des Personals für die neuen medizinischen

Stationen im ganzen Land koordinierte. Sie leitete das Unternehmen mit starker Hand, etwas, das etliche große, kräftige Männer, die den Stahl unter dem täuschend sanften Auftreten unterschätzten, zuerst lernen mussten.

Ja, sie hatte die Route eingeschlagen, die sie mit Ethan Bernstein besprochen hatte – in einem anderen Leben wie ihr schien. Sie hatte fleißig gelernt und gearbeitet, nicht, um ihren Mentor stolz zu machen, er war längst schon über solche irdischen Dinge hinaus, sondern um sein Vermächtnis zu ehren und das Vertrauen, das er in sie gesetzt hatte. Ganz abgesehen davon liebte sie es, ihre Grenzen zu testen.

Die Zeit in den USA war nicht nur Spiel und Spaß gewesen. Im Land des Überflusses zu leben erwies sich als echte Herausforderung. Ein wahrer Charaktertest. Haki fiel es schwer, die so eklatante Ungleichheit hinzunehmen, die Ungerechtigkeit. Was die Leute dort verschwendeten, hätte gereicht, um ihr halbes Land zu ernähren, zu kleiden, unterzubringen, auszubilden, zu beschäftigen, in Bewegung zu halten. In den ersten paar Monaten musste sich Haki sehr zurückhalten, um nicht mit einem besonders dickfelligen Kommilitonen in Streit zu geraten, einem verwöhnten, stark übergewichtigen jungen Mann ohne einen Hauch von Problembewusstsein.

„Es gibt gute Gründe, warum Völlerei eine der Todsünden ist", wollte sie ihm vorhalten. „Völlerei führt zu Rücksichtslosigkeit." Wenn die Menschen aus dem Norden das Leben doch nur aus ihrer Perspektive sehen könnten. Es sollte viel mehr Studentenaustauschprogramme geben, die Jugendliche aus dem Norden in den Süden schickten und umgekehrt. Eine Zeitlang in der Realität der andern zu leben, würde mehr zum gegenseitigen Verständnis beitragen als hundert Gipfeltreffen.

Ja, es gab vieles, das ihre Kapazität für Mitgefühl zu sprengen drohte. Klar, Menschen handelten oft rücksichtslos, weil sie es einfach nicht besser wussten. Aber Haki musste zahllose Laufkilometer abspulen, um immer wieder ihr inneres

Gleichgewicht zu finden. Es war eine einmalige Chance, in den Norden zu kommen und zu lernen, alles dank dem großzügigen Herzen eines einzigen Mannes. Sie war entschlossen, das Beste daraus zu machen und diese Chance nicht mit nutzlosem Zorn zu verschwenden. Wann immer sie Wut und Empörung in sich auflodern spürte, hielt sich Haki an ihr Vorbild Nelson Mandela. Er war ein Star in den USA, für viele rund um die Welt ein Idol, dank seiner grenzenlosen Fähigkeit zu vergeben, selbst jenen, die ihn fast drei Jahrzehnte eingesperrt hatten.

Hass, Neid und die Unfähigkeit zu Verzeihen waren alles Formen des Leidens. Das war Haki bewusst. Wer sich nicht der Schönheit des Lebens öffnen konnte, litt im Herzen. Da war sie sich ganz sicher. Ein liebendes, mitfühlendes Herz dehnte sich aus, bis es das ganze Universum umfasste, während Gefühle wie Zorn, Gier, Eifersucht oder Hass einen Menschen von seiner Umgebung isolierten. Sie waren eine Art Selbstzensur, die den Menschen von der Fülle des Lebens abschnitt. Tief im Inneren wollte jeder Mensch die Fülle des Herzens erfahren.

Haki war überzeugt, dass Mitgefühl die eine verlässliche Brücke ist, die alle und alles verbindet. Es besänftigt und bändigt das Ego, dessen einzige Aufgabe es ist, eine falsche Identität zu konstruieren und das Individuum auf Distanz zu allen anderen zu halten. Sie hatte irgendwo gelesen, dass Mitgefühl im selben Hirnabschnitt angesiedelt ist wie das höhere Bewusstsein. Das leuchtete ihr ein, denn beide bringen inneren Frieden und anhaltendes Glück.

Dank ihrer Arbeit hatte Haki wirklich verstanden, was es bedeutet, seine Feinde zu lieben. Mitgefühl ist keine Schwäche, wie viele glaubten, und es ist keine Angst vor Macht. Was für ein Irrtum! Es gibt keine größere Macht als die des Mitgefühls. Denn Mitgefühl sucht Lösungen, die allen Beteiligten dienen, und schafft damit Zufriedenheit und Frieden. Ein ehemaliger U.S. Präsident hatte richtig gesagt: „Wir wollen niemals Verhandlungen fürchten, aber auch nie aus Furcht verhandeln." Das bedeutete nicht, auf schlechte Deals einzugehen. Die Kraft liegt darin, mitfühlend zu handeln. Schlicht und einfach, weil es der Seele gut tut.

Mit wachsendem Schrecken hatte Haki im Radio und Fernsehen Leute im Namen einer der gewaltlosesten Figuren der Religionsgeschichte sprechen hören, die aus Jesus einen Waffenbefürworter machten. Wie konnte jemand den Weltfrieden beschwören, während er gleichzeitig über genügend nukleares Potential verfügte, um die Welt 200 Mal zu zerstören? Ihr Intellekt war offenbar nicht konstruiert, um diese Art Logik zu begreifen. Diesem Denken fehlte das Mitgefühl, und es hätte noch vor Hiroshima abgeschafft gehört. Nur Menschen, die sich durch wahres Mitgefühl leiten ließen, konnten auf gefährliche Gedanken einwirken, auf Menschen, die durch Gehirnwäsche auf bestimmte Glaubensfragen eingeschworen oder zu Tode erschreckt worden waren. Nur Mitgefühl hatte die Kraft einen Menschen, der Böses im Sinn hatte, auf einen friedvolleren Pfad zu führen. Mitgefühl kannte keine Grenzen, keine Theorien oder Konzepte. Mitgefühl floss von Herz zu Herz.

Und doch war es ein rares Gut. Menschen taten sich schwer damit. Es fiel den meisten extrem schwer, sich dem Leben zu öffnen, sich ihm in die Arme zu werfen und sich dem wilden Tanz hinzugeben. Haki hatte über diesen Fragen gebrütet, zum hundertsten Mal, als ein entgegenkommender Laster ein Rad verlor und ihr Auto in einen Baumstamm schleuderte.

Eine gebrochene Rippe hatte die Lunge durchstoßen. Wunderbarerweise war ein weiterer Lkw auf dieser kaum benützten, unbefestigten Straße aufgetaucht. Der Fahrer rettete ihr Leben, indem er mit ihr ins nahe Kizu Spital raste. Dort taten die Leute das Unmögliche, den Blutfluss zu stillen, und bewahrten sie davor, sich davon zu stehlen.

Nachdem sich die Aufregung über Hakis wunderbare Rückkehr ins Leben gelegt hatte, wollte Haki vor allem allein sein. Sie musste mit einigem zu Rande kommen, ohne dass ständig jemand um sie herum schwirrte, heulte, lachte, betete, sie berührte und eine Million Fragen stellte. Fragen hatte sie selbst genug.

Nach der Rückkehr von jenem Ort der absoluten Freiheit, wo sich das Hirn ausdehnte und Wissen die Leerstellen von allein füllte, fühlte sich Haki wie in ein Korsett geschnürt. Mit einem Schock war sie wieder in ihrem Körper auf dem Operationstisch gelandet und hatte sich gefragt, wie sie in diesem viel zu engen Kostüm weiter leben konnte. Sie wurde von so vielen unendlich glücklichen Gesichtern willkommen geheißen. Also schenkte sie allen ein zögerliches Lächeln und versuchte, sich mit ihrer unpassenden Hülle zu arrangieren.

Haki erholte sich. Sie hatte mehr als genug Zeit zum Nachdenken, wenn sie nicht gerade von den wenigen Auserwählten bemuttert wurde, die ihr persönlicher Bodyguard Makele durch die Tür ließ. „Das also ist sterben", wagte sie endlich zu denken. Und es war ein großer Sprung für jemanden, der zeitlebens von tragischen Toden umgeben gewesen war. Schon ihre Mutter hatte sie aus einem abgezehrten Körper gepresst, der bald endgültig aufgebraucht war. Es gab keinen Vater in der Hütte, in der die fünf Kinder zuhause waren. Missionare hatten die Geschwister aufgeteilt und sie in Institutionen untergebracht, die einen heiß begehrten freien Platz hatten. Zeit ihres Lebens hatte Haki Menschen beim Sterben zusehen müssen. Tod durch Gewalt oder Hunger, wenn der Regen nicht kam. Als Krankenschwester hatte sie sich der Verheerung des HIV Virus stellen müssen, der beinahe eine ganze Generation auslöschte. Und den Kindern und Erwachsenen, die von Kriegstreibern und Rebellen verwundet und geschändet worden waren. Ihr Kontinent hatte in so vieler Hinsicht einen miserablen Deal erhalten. Das war einer der Gründe, warum sie Krankenschwester geworden war, obwohl sie nur Tropfen aus einem Ozean des Leidens löffelte. Wie oft saß sie an einem Krankenbett und verlangte Antworten von Gott, warum er so viele verfrühte, unnötige Tode zuließ.

Und jetzt das! War ihre Frage ein für allemal beantwortet worden? Oder zog sie falsche Schlüsse aus ihrer Erfahrung? Es war nicht schwierig, den Körper zu verlassen. Viel schwieriger war es, in einen hineinzuschlüpfen und ihn zu tragen! Wie würde dieses neue Wissen ihr Leben verändern? Dort, wo sie gewesen war, gab es kein Leiden, nicht einmal die Idee des Leidens. Würde dieses Wissen ihre berufliche Tätigkeit verändern? Wahrscheinlich nicht, zumindest nicht nach außen. Sie würde nach wie vor ihr bestes geben, um Leiden und Schmerz zu lindern und Kranken das Leben so erträglich wie möglich zu machen.

Doch ihre Einstellung zum Tod und zum Sterben hat sich grundlegend und unwiderruflich verändert. Sie kann nicht länger den Tod eines Menschen beweinen, sondern wird ihnen von Herzen „gute Reise" wünschen. Sie weiß jetzt aus eigener Erfahrung, dass Sterbende auf eine außergewöhnliche Reise aufbrechen. Sie wird nicht länger das Leben um jeden Preis verlängern wollen, sondern den Patienten an der Schwelle – und ihren Angehörigen – von ihren Erlebnissen erzählen. So kann sie ihnen die Angst vor dem Tod etwas nehmen und jenen, die sich verzweifelt ans Leben klammerten, helfen, loszulassen.

Haki nimmt ihre Arbeit als anderer Mensch wieder auf. Sie ist mit einer neuen Art Energie aufgeladen. Zutiefst dankbar empfindet sie ihren Blick in eine andere Ebene als Segen. Sie hat jegliche Angst verloren, auch vor dem Leben. Sie weiß jetzt, dass kein Lebewesen je allein ist, nie verlassen oder isoliert in dieser Welt steht. Und mit der Schöpfung ist alles in bester Ordnung. Es gibt keine Schuldigen oder Unschuldigen, kein Guten, keine Bösen. Es gibt nur Leben, das sich entfaltet auf alle möglichen Arten. Alles ist verbunden und miteinander verflochten. Sie hat die verschiedenen Eben der sich bewegenden Teilchen gesehen, als leuchtende, miteinander tanzende Farben, die diese ganze sichtbare Welt der Form enthüllen. Diese Erfahrung erleuchtet Hakis ganzes Wesen. Sie strahlt Mitgefühl, Liebe und Verständnis aus. Wenn Menschen verzweifelt fragen "Wer bin ich?", hat sie jetzt eine Antwort. Sie weiß, dass die Essenz eines Menschen weiterlebt, wenn sie den Körper verlässt. Und diese tiefe Überzeugung schenkte denen, die loslassen mussten, Trost.

Ethans letzte Frage ging Haki immer wieder durch den Kopf. Und sie überlegte, Barb, Shiv, Ali und Reto zu kontaktieren. Sollte sie ihnen schreiben und sagen, dass sie Erfolg gehabt hatte auf ihrer Suche nach einer Antwort? Haki schwankte. Auf der einen Seite wollte sie dieser lebensverändernden Erfahrung Zeit geben, sich zu setzen – auch um zu sehen, ob sie anhielt. Andererseits war sie überzeugt von ihrer Heilkraft und wollte ihr neues Wissen mit der Welt teilen. Wenigstens wusste sie jetzt, wie sie ihre Botschaft formulieren würde. Sie würde sagen: „Der Körper ist ein Vehikel für eine Lebenszeit, wie ein Auto, das wir benutzen, um herum zu kommen. Die Essenz eines Menschen ist jenseits des Körpers. Es ist etwas, das weiterlebt, wenn du aus dem Auto aussteigst. Und für mich selbst weiß ich, dass mein Körper das Vehikel ist, das ich benutze um in diesem Leben Liebe und Mitgefühl zu verbreiten, um Leiden zu lindern und Menschen die Angst vor dem Tod zu nehmen."

Shiv litt nicht. Er war einfach nicht der Typ dazu. Er erlitt wohl den einen oder anderen kurzfristigen Rückschlag in seiner Arbeit oder Frustrationsanfälle über die Begriffsstutzigkeit seiner Mitmenschen. Aber das konnte nicht leiden genannt werden. Es ging nicht tief und war höchstens ärgerlich. Seine Zeit, geistige Kapazität und was er an Emotionen aufbringen konnte, wurden absorbiert von der Erforschung der Geheimnisse der Teilchenwelt und von der internationalen Zusammenarbeit mit gleichgesinnten Spezialisten.

Shiv bewegte sich in seinem gewohnten Rahmen, bis ihn seine Mutter aus dem Gleichgewicht brachte. Sie hatten sich wieder einmal über Religion und Glauben unterhalten und ihre sehr unterschiedliche Bedeutung für Menschen. Shiv plädierte klar und überzeugend für die Wissenschaft als Religion für das 21. Jahrhundert. Beide Disziplinen versuchen die Geheimnisse des Universums und der Menschen zu entschlüsseln. Während Wissenschaft jedoch durch Analyse nach Erkenntnis strebt, Strukturen und Verbindungen zu entdeckten sucht und die Resultate allen Interessierten zugänglich macht, gibt sich Religion – seiner informierten Meinung nach – damit zufrieden, veraltete moralische Konzepte nachzubeten und unverständliche Mythen zu rezyklieren, die der Interpretation bedurften. Die Wissenschaft entwickelt sich mit der Zeit, und sie ist tief demokratisch. Jeder, unabhängig von Hintergrund, Geschlecht oder Religion kann neue Einsichten präsentieren, die traditionelle Konzepte erweitern. Religion andererseits ist im großen Ganzen hierarchisch strukturiert, singulär in der Bedeutung und – wie er schon wiederholt erklärt hatte – festgefroren in der Zeit.

„Oh, ich bin absolut mit dir einverstanden." Devi lächelte und berührte seine Hand. „Aber ich frage dich: wo ist der Mensch in den wissenschaftlichen Konzepten? Warum schließen sich so viele Wissenschaftler aus ihren

Beobachtungen aus? Ist das menschliche Teilchenbündel denn nicht das faszinierendste aller Objekte im Universum?"

Das hatte einen abrupten Punkt hinter ihr Gespräch gesetzt. Shiv musste zugeben, seine Mutter hatte Recht. Obwohl Wissenschaftler wussten, dass alles im Universum in ständiger Bewegung und vielfältig vernetzt war, sahen viele sich selbst nicht als Teil dieses sich bewegenden, schwingenden Stoffs. Es gab einen sehr guten Grund, warum sie sich heraushielten und von außen hinein schauten. Einen ziemlich banalen. Selbst mit den jüngsten Resultaten aus dem Teilchenbeschleuniger im CERN verstand niemand wirklich die Kraft, die alle diese Wunder hervorgebracht und das Universum sozusagen in Bewegung gesetzt hatte.

„Wie wär's denn mit einem wissenschaftlich akzeptablen Konzept, das erklärt, was Körper, Geist und Seele wirklich sind?" hatte ihn seine Mutter herausgefordert, ohne zu wissen, wie ihre spielerisch geäußerten Worte den Lebensweg ihres Sohnes beeinflussen würden. Shiv war klar, wie oft auch diese Dreieinigkeit beschworen wurde – selbst in der Werbung für Nahrungsmittel oder Dusch-Gels um Himmels willen – machte sich niemand die Mühe, tief genug zu schürfen und ein wissenschaftliches Konzept von Körper, Geist und Seele vorzuschlagen.

Mit ihrer einfachen Frage stieß Devi ihren Sohn nicht ganz unbeabsichtigt aus der wissenschaftlichen Komfortzone. Vielleicht konnte er in die Fußstapfen der großen Rishis treten, jener Wissenschaftler des Geistes und Seher der Vergangenheit, die von ihren mentalen Reisen die zeitlosen Veden zurück gebracht hatten. Sie hatten ihre Wahrnehmung nach innen gerichtet, weg von der Illusion, von einer Myriade materieller Objekte umgeben zu sein. Nach innen, wo sie die eine, allem zugrunde liegende Essenz fanden.

◆

„Ich mag Mütter", seufzte Avory mit einem träumerischen Ausdruck auf dem Gesicht.

„Ja, ich auch! Die Art, wie sie mit ihren Kids umgehen – egal wie alt, klug oder mächtig – wie Aufziehspielzeug. Beeindruckend." Marvin zupfte an seinem safranfarbenen Dhoti herum. Er mochte die hiesige Mode. Ein einfaches Stück Stoff, um Rumpf und Beine gewickelt.

Das jähe Donnergrollen ließ Marvin zusammen zucken. „Tsk, tsk. Ich will keine abfälligen Bemerkungen über Ama Sitaram hören, verstehst du?" Big G's Stimme ließ keinen Raum für Interpretation. „Sie spielt ihre Rolle mit größter Finesse und Charme. Eine große Dame, und eine äußerst versierte Akteurin."

Marvin hob seine Hände in einer Parodie des Aufgebens. „Schon in Ordnung, G. Du brauchst nicht gleich auf Mach 2 zu gehen. Ich bewundere ja, wie sie unseren Freund Shiv handhabt – ich habe nicht manipuliert gesagt – ohne dass er's merkt."

„Manipulation hat so einen negativen Beigeschmack. Sie schubst ihn nur ganz sanft auf seinen Pfad, das ist alles." Avorys Augen glänzten immer noch. „Muss ein unglaubliches Gefühl sein, so eng verbunden zu sein..."

„...und erst noch, ohne sich gleich an die Wäsche gehen zu wollen, so wie du mir damals." Marvin konnte einfach nicht mit Avorys Sentimentalität umgehen.

„Das ist doch jetzt alles unwichtig, Jungs. Ich kann es kaum erwarten, zu sehen, was mit unserem Shiv geschehen wird, wenn das Upgrade lädt. Wenn ich sein Muster richtig interpretiere, wird das jetzt gleich der Fall sein."

Während die Naturkräfte sich zankten, stand Victoria daneben, auf den großgewachsenen Mann fokussiert, der auf wundersame Weise seine ellenlangen Beine zu einem perfekten Lotussitz gefaltet hatte.

◆

Mit der Zielstrebigkeit, mit der er alles anging, was seine Vorstellungskraft fesselte, machte sich Shiv auf die innere Reise. Die ersten vorsichtigen Schritte hatte er kurz nach seiner Rückkehr aus Kalifornien unternommen. Dann hatte die wissenschaftliche Arbeit seine intellektuelle und kreative Kapazität wieder absorbiert – enorm stimuliert vom regelmäßigen Austausch mit seinem Princeton-Professorenfreund.

Unter Devis sanftem, beharrlichem Druck begann Shiv, regelmäßig zu meditieren. Mit überraschender Leichtigkeit meisterte er die Technik, die fünf Sinne auf die subtilere Wirklichkeit seines inneren Wesens zu richten. Die Wirkung war viel stärker, als er zugeben wollte. Zu Beginn half es, den Geist zu beruhigen und zu konzentrieren. Nach ein paar Jahren eröffnete sich ihm ein ganz neues Universum. Er war jetzt an einem Punkt, wo er die frühmorgendlichen 90-minütigen Sitzungen mehr schätzte, als seinen ganzen Tag im Labor.

Shiv wäre nicht Shiv, wenn er das Thema nicht ausführlich recherchiert hätte. Er war fasziniert davon, wie erfahrene Meditierende starke Gammawellen im Gehirn produzierten. Menge und Amplitude nahmen mit der Tiefe der Meditation zu. Er fand heraus, dass diese Gammawellen Menschen Verbundenheit erfahren ließen. Sie leiteten die Wahrnehmung zu einem Ort, wo die Schwingungen des Hirns so minim waren, als wären sie gar nicht vorhanden.

Meditation erzeugt eine Stille, in der man die automatisch ablaufende Kettenreaktion betrachten konnte, die gemeinhin Leben genannt wurde. Er konnte beobachten, wie Hirnaktivität emotionale und physiologische Reaktionen auslöste. Als frisch gekürter Experte für Introspektion war Shiv natürlich vor allem daran interessiert, die Quelle dieser Kettenreaktion zu eruieren, die subtilste aller Energien, die dichtere Materie in Bewegung setzte. Und er wollte dieses Ziel erreichen, ohne einen 26 km langen Teilchenbeschleuniger bauen zu müssen, mit dem Wissenschaftler tief unter Schweizer und französischem Boden versuchten, dem Ursprung der Materie auf die Schliche zu kommen. Er wollte das einzig mit der Kraft seines Geistes erreichen. Konzentration war das Schlüsselwort. Um den winzigsten Teilchen auf die Spur zu kommen, musste er seine fünf Sinne nach innen richten, auf die subtilsten Bewegungen seiner Hirnwellen.

Genau wie in der klassischen Wissenschaft, führte der Pfad der Einsicht vom Groben zum Feineren. Beide Wege zielten auf das schwer zu fassende, das winzigste Teilchen. Auf dem Pfad der Introspektion konnte man diese subtilsten Ebenen erfahren, sogar damit verschmelzen. Der Zugang mit Hilfe der Technologie dagegen blieb ein intellektuelles Konzept, ein Schauen von außen.

Shiv verglich Meditation mit dem Blick auf eine leere Wand. Sie brachte Ruhe und tiefen Frieden. Dieser Zustand war völlig unspektakulär und doch erstrebenswerter als alles, was seine fünf Sinne heranschaffen konnten. Mit der Zeit hatte ihn seine Meditation auf die Ebene gebracht, die seiner Mutter so wichtig war. Einen Ort, an dem es keine Trennung gab. Hier konnte er den Stoff des Lebens berühren, die einzelnen Fäden ausmachen und sogar den Weber erahnen.

Nach und nach entwickelte Shiv so etwas wie einen Supersinn. Er tauchte ein in eine wirbelnde Welt von Teilchen, der sein Körper, sein Geist, seine Seele und auch die aller anderen Menschen angehörten. Diese Teilchen bewegten sich mit unterschiedlichen Geschwindigkeiten und formten die vier Aggregatszustände der Materie, von fest bis plasmatisch. In dieser Welt der Form wurde jedes subatomare Teilchen durch die subtilste aller Energien belebt. Nicht diese Erkenntnis verblüffte ihn zu tiefst – schließlich wusste er um diese wissenschaftliche Tatsache seit seiner Kindheit. Was ihn völlig aus der Fassung brachte, war die Kluft zwischen intellektuellem Verständnis und echtem Wissen.

Shiv erlebte Fusion. In der Tiefe der Meditation überwand er seine physischen und mentalen Grenzen und verband sich mit der allem zugrundeliegenden, alles umfassenden Kraft. Es war die feinste, die flüchtigste aller Substanzen. Der Geist konnte sie wahrnehmen, aber nicht werden. Wenn man mit ihr eins werden wollte, musste man Geist und Körper gehen lassen.

War das vielleicht „die Botschaft", die ihm der Astrologe aufgebürdet hatte vor bald einem halben Jahrhundert? Musste er das der Welt mitteilen? Nicht als Guru oder Schamane oder Mönch aus einem tibetischen Kloster, sondern als ein weltweit anerkannter Fusions-Wissenschaftler.

Musste er der Welt sagen, dass es keine Dualität gibt – keine Geburt und keinen Tod – nur eine einzige lebenserhaltende Energie in Abermilliarden verschiedenen Formen. Alle Energien, alle materiellen Dinge haben ihren Ursprung in dieser einen Quelle, und alle kehren sie dahin zurück. Diese Substanz beseelt das Universum so wie sie Shiv beseelt und alle seine Reisegenossen auf der Erde.

Dieses Wissen beantwortete auch die jahrzehntealte Frage seines Vaters, die er ihm zum ersten Mal an der Bar des Golf Clubs gestellt hatte: „Wie machst du einen Gedanken?" Es war ein Spiel gewesen, und Shiv hatte gelacht. Jetzt wünschte er, er könnte seinem Vater, der vor Jahren seinen Körper abgelegt hatte, sagen: „Es ist nicht das Ich, das einen Gedanken macht. Wenn es keine Dualität gibt, gibt es nur eine Kraft, welche die Herzen schlagen und Gedanken projizieren lässt." Und er würde in das gütige Gesicht seines Vaters schauen und ihm sagen, es gibt keinen Anfang und kein Ende. Aber wahrscheinlich wusste sein Vater das sowieso schon, angesichts der Gelassenheit mit der er auf die nächste Ebene gewechselt war. Als seine Zeit zu sterben kam, hatte er keine Angst gehabt, war sogar neugierig gewesen, was jenseits des Physischen lag.

„Ich weiß, du bist dir bewusst, dass diese Idee vom Anfang und vom Ende, dieses lineare Denken, vom menschlichen Hirn kreiert wird. Und da das Gehirn einen Anfang und ein Ende hat, projiziert es das gleiche Konzept auf alles andere, auch auf das Universum. Es erschafft einen Urknall, weil es unbedingt einen Anfang braucht. Du und ich, Dad, wir wissen jetzt, das ist nur eine nette Theorie. Wirklichkeit ist jenseits von

Bewegung. Und da keine Bewegung auch keine Zeit bedeutet, ist die Wirklichkeit die Ewigkeit."

Du musst es erfahren, um es zu verstehen, würde sein Vater vielleicht sagen und über die Seher sprechen, die seit urdenklichen Zeiten diese Gipfel des Wissens erreichten. Von dort aus, wo die Teilchen aufhörten sich zu bewegen, erhaschten sie einen Blick auf die alles durchdringende Substanz, der sie Namen wie Brahman, Allah, Vater, Jahwe, Ishvara oder Qi gaben.

Sie war die Antwort auf Ethans Frage. Und sie war die Ursache für alles. Alles! Shiv lächelte und erahnte den Widerspruch seines Vaters. Natürlich konnte man sie auch „Nichts" nennen. Das würde all jenen einleuchten, die an keine Art Schöpfergott glaubten. Die Chinesen mit ihrem offiziellen Atheismus hätten sicher einen Vorteil, dieses Konzept zu verstehen. Wissenschaftler könnten sich möglicherweise darauf einigen, diese Kraft Null zu nennen. Das war passend, weil die Null verschiedenen Leuten verschiedene Dinge bedeutet. Für einige ist 0 nichts, während für andere – die Geldmenschen oder die digitale Generation etwa – 0 alles ist. Was für ein elegantes Konzept. Die Null allein repräsentiert nichts, während sie die Kraft jeder anderen Zahl vor ihr vervielfacht.

Tief im mentalen Gespräch mit seinem Vater, fällt Shiv plötzlich sein Professor-Freund in den Staaten ein. Unmittelbar nach dem denkwürdigen Besuch, der so dramatisch endete, hatte sich Shiv noch tiefer in die "Theorie von Allem" vergraben. Er bewunderte das intellektuelle Gefüge, die Kühnheit der Gedanken und die mathematische Eleganz. Er genoss es, solch komplexe Konzepte zu durchdringen. Aber die physiologischen Konsequenzen dieser Theorie tatsächlich zu erfahren, war total irre. Shiv ertappte sich bei einem lauten Lachen. War der schlaue Professor vielleicht sogar durch eine ähnliche Erfahrung auf dieses elegante Gefüge gekommen?

Und was war mit Ali, Reto, Barb und Haki? Hatten sie Antworten gefunden auf das „Wer bin ich?" Er war besonders neugierig auf Reto, diesen so anständigen Schweizer, dessen bodenständige Art Shiv sehr schätzte. Der Mann war wie einer der Berge, aus denen er stammte. Trotzdem hatte er eine geistige Offenheit, die ihn vor zu viel Bodenhaftigkeit bewahrte, eine Bereitschaft, seinen Standpunkt zu ändern, wenn ihn etwas überzeugte. Das war es, was es brauchte. Egal, welchen Charakter man hatte – wer offen bleibt, kann fliegen.

Der Gedanke ans Fliegen löste in Shiv Unbehagen aus. Diese Erfahrung würde er ganz bestimmt für sich behalten. Er würde sie nie vergessen, und er wollte sie auch nicht wiederholen. Es war vor ein paar Wochen passiert. Hatte sich wie Fliegen angefühlt. Wie Schweben zumindest. Er hatte in der Meditation gerade die volle Konzentration erreicht, als sein Ich-Bewusstsein zu schmelzen begann. Was geschah, war schwierig in Worte zu fassen. Sein Körper hatte sich vom Boden gelöst – nicht geistig – körperlich.

Wie sollte er das jemandem erzählen? Über einem Kaffee mit den Kollegen im Labor? „Hey, übrigens, ich bin gestern ein bisschen geflogen." Genau das war passiert. Er war geschwebt, wie diese tibetischen Mönche und christlichen Mystiker. Er überwand tatsächlich die Schwerkraft. Oder die Schwerkraft ließ ihn für einen Moment los, um ihn Schwerelosigkeit erfahren zu lassen. Er hatte das Ende seiner Existenz als Shiv Singh Sitaram erreicht. Sein Bewusstsein, seine Identität lösten sich komplett auf in der Substanz, die er nicht benennen konnte.

Dann griff die Schwerkraft wieder und zog ihn sanft in die Substanz und in die Bewusstheit zurück. Er wurde sich seiner selbst wieder gewahr. Sein Geist brachte etwas mit zurück, das Shiv später Wahrheitsformel nannte, und das in seiner Kultur unter dem Begriff Mantra bekannt war. Er murmelte:

Ich bin das Ewige – das Unsterbliche – das alles Durchdringende. Das bin ich.

Shiv war tief beglückt von der Formel. Sie war der Beweis, dass er an dem schwer fassbaren Ort gewesen war, den viele östliche Schriften beschrieben.

Er wollte seine Erfahrungen mit seiner Mutter teilen, als Geschenk an sie. Devi brachte ihren Sohn einmal mehr völlig aus der Fassung. Sie sank tatsächlich auf die Knie und versuchte, seine Lotusfüße zu küssen. Als ob er ein Guru wäre! Er hatte sie schnell hochgezogen, in einen Sessel gesetzt und ihr in unzweideutigem Ton gesagt, sie soll sich wieder einkriegen. „Dieser Guru-Blödsinn ist das Gegenteil dessen, was meine Erfahrung mich gelehrt hat! Jeder kann dorthin kommen. Jeder Mensch ist dafür ausgestattet. Und anstatt das nachzuplappern, was andere erlebt haben, sollen sich Leute gefälligst selbst bemühen. Der einzige Guru, der etwas wert ist, ist die eigene innere Wirklichkeit. Anstatt auf Meister oder Lehrer zu hören, sollen Menschen selbst denken und das gebrauchen, was die Natur ihnen gegeben hat. Also, bitte, akzeptiere die Tatsache, dass ich ein Wissenschaftler bin, und ich werde als Wissenschaftler sterben."

„Ja, natürlich bist du das, mein außergewöhnlicher Sohn. Bedenke jedoch, eine durchschnittliche Person kann Wissenschaft oder Schöpfung nicht auf deiner Ebene verstehen. Diese Menschen brauchen spirituellen Aufbau und Führung. Deshalb die Götter und Gurus."

Diesen Punkt gestand Shiv seiner Mutter zu. „Ich muss zugeben, dass ich in meiner wissenschaftlichen Arroganz Gurus, Heilige und das ganze Sortiment Götter als Dummköpfe betrachtet habe. Meine Ansicht hat sich geändert. Innere Sicht ist eine Tatsache. Die schwierige Frage ist, wie gibst du das weiter? Soll man es überhaupt weitergeben? Nun gut, man kann es in Zahlen ausdrücken wie Pythagoras; es in Worte kleiden wie Plato, komponieren wie Beethoven in seiner 9. Symphonie, malen wie Leonardo da Vinci oder besingen wie Guru Nanak. Man kann es in Geschichten verpacken und Erfahrungen Identitäten geben wie im Epos Mahabharta zum Beispiel. Für mich persönlich ist die Mathematik die reinste Form."

Devi lächelte und fand ihre Fassung wieder. Die dunklen Augen, im Alter noch tiefer gesunken, immer noch strahlend vor Liebe für diesen Sohn, der ihr anvertraut worden war. Sie sah einen Mann, der tiefer in die Geheimnisse des Lebens eingedrungen war, als sie es sich je hätte vorstellen können. Sie dachte an eine Geschichte aus den Veden: Der Geist sei wie ein Magnet, der die Seele dazu bringt sich wieder und wieder zu inkarnieren, so lange sie noch Dinge zu erledigen hat. Je nach mentalem Material inkarniert die Seele an einem bestimmten Ort, bei bestimmten Eltern. Sie und Gopal hatten offenbar Raum lassen müssen für diese ganz besondere Seele. Mit tiefer Dankbarkeit verbeugte sie sich vor den Göttern, die ihnen diese shivan mukta, diese befreite Seele, anvertraut hatten.

„Ganz egal wie du darüber denkst, du bist jetzt ein Buddha."

Verärgert kam zurück: „Du kannst es einfach nicht lassen."

„Da ist nichts Jenseitiges oder Esoterisches daran, Shiv. Denk doch mal nach. Buddhi ist das Sanskritwort für Intellekt. Und jemand, der die Einheit von allem in sich selbst entdeckt, hat seinen inneren Intellekt aktiviert, buddhi, und wird daher Buddha genannt."

„Also ist Buddha eine Art technischer Ausdruck?"

„Ja, das könnte man so sagen. Oder du könnest es einen Job-Titel nennen, wie Buchhalter oder Physiker", lächelte Devi. Sie wusste, mit einem technischen Dreh würden sich Shivs Nackenhaare nicht gleich sträuben.

„Also ist ein Buddhist ein Student des inneren Intellekts." Und wie wenn er sie testen wollte, fragte er: „Aber wie würdest du diesen inneren Intellekt genauer beschreiben?"

„Buddhi vermittelt eine ganzheitliche Sicht auf alles, was in dir und um dich herum ist. Wir nennen diese Erfahrungen Einsichten, während das, was die meisten Menschen Intellekt nennen, nicht mehr ist als eine Fähigkeit Dinge auswendig zu lernen – zusammen mit einem ausgezeichneten Gedächtnis."

Nicht zum ersten Mal staunte Shiv über das eklektische Wissen seiner Mutter. Und als er ihr das sagte, lächelte sie fast ein wenig schüchtern.

Shiv zeigt nicht, wie dankbar und glücklich er ist. Es ist, wie wenn er diese Gefühle in seinem Inneren bewahren wollte. Während ihn diese Schwebe-Angelegenheit noch immer etwas verlegen macht, ist er höchst zufrieden damit, die Fusion von Wissenschaft und Religion erlebt zu haben. Was er erfahren hat, was andere vor ihm erfahren und in religiöse Geschichten verpackt haben, ist wissenschaftlich fassbar. An solchen Geschehnissen ist nichts Mirakulöses, nicht einmal an diesem Typen, der im Mittleren Osten vor ein paar Tausend Jahren einen Spaziergang über den See gemacht hatte. Leute nannten das Wunder, weil sie bislang niemand rational erklären konnte, weil schlicht die wissenschaftlichen Grundlagen und Erkenntnisse noch fehlten. Sobald man die Gesetze des Universums verstand, konnten auch diese Phänomene rational erklärt werden.

Shiv – Körper, Geist und Seele – ist mit sich im Frieden.

13

Unabhängigkeit die von Innen kommt

Im Kontrollzentrum fläzte sich Marvin mit ausgestreckten Beinen in seinem Drehstuhl. Er starrte auf einen transparenten Bildschirm und beschwor einen Abschnitt der antarktischen Küste herauf. Der Erde kältester und windigster Kontinent, bedeckt von bis zu zweieinhalb Kilometern Eis, wachte aus seinem Winterschlaf auf. Marvin schaute fasziniert zu, wie Eisblöcke, groß wie Wohnhäuser, abbrachen und ins Wasser donnerten.

Schon ein minimaler Temperaturanstieg reichte, um dieses scheinbar ewige feste Eis zu verflüssigen. Marvin war zufrieden. Temperatur ist schließlich nichts anderes als ein Messwert für Teilchengeschwindigkeit. Wenn die Geschwindigkeit aller Teilchen auf diesem Planeten erhöht werden soll, muss die globale Durchschnittstemperatur ansteigen. Die höhere Geschwindigkeit ermöglicht Teilchen mehr Bewegungsfreiheit, eine Voraussetzung für das saubere Laden des Upgrade. Wenn er und seine drei Kumpanen ihren Job richtig erledigten, würden sie die unbesungenen Helden sein, die Mutter Erde in die nächste Phase steuerten, ohne sie zu stark zu beschädigen. Ok, ein paar Millionen Menschen in tiefliegenden Küstengebieten könnten nasse Füße kriegen. Das war wohl unvermeidlich. Doch die meisten hatten genügend Zeit um sich vorzubereiten und umzusiedeln. Andere hätten da weniger Glück.

Beim Berechnen der Marschroute sahen die Zwillinge bald einmal eine Häufung sogenannter Naturkatastrophen voraus. Und nicht nur Standards wie Flut, Feuer und Dürren. Auch massive Erdbeben und Vulkanausbrüche werden die Menschen auf Trab halten. Doch das Chaos wird Menschen von ihrem eigenartigen Trieb befreien, Besitztümer anzuschaffen und zu horten. Persönliche Habe ist nur Ballast, wenn größtmögliche Mobilität gefragt ist.

Ave und er verwandeln diesen Planeten in ein riesiges Lernlabor, mit einem einzigen Zweck: Globale Zusammenarbeit auf der Basis von radikal neuen Ideen. Es wird in mehr als einer Hinsicht eine Klimaveränderung geben! Die globale Gemeinschaft wird zu koordiniertem Handeln angespornt: massenhaft Möglichkeiten für alle Seelen, die auf diesen Planeten kommen, Erfahrungen zu sammeln. Marvin stellt sich vor wie eifrige Seelen, scharf darauf an die Arbeit zu gehen, die Ärmel ihrer Action-Kluft hochkrempeln, um den Job namens Leben anzupacken. Post-Upgrade werden Menschen endlich erkennen, dass sie gasförmige Seelen in einem festen und flüssigen Overall sind. Und für diese willigen Seelen gibt es genug zu tun – es wird kein Herumlungern und Jammern und einander im Weg Stehen geben, denn es gilt, den Planeten für die Ankunft von Milliarden neuen Jobsuchern vorzubereiten.

„Wie sieht's aus mit den Erschütterungen, Bro? Alles wieder ruhig?" unterbrach Avory seine Gedanken.

„Nun ja, die Indikatoren sind instabil. Die Rotationsgeschwindigkeit verändert sich ständig. Wenn sie sich nicht stabilisiert, könnten wir ganz schön ins Trudeln geraten. Ich will gar nicht daran denken, was dann passiert. Dann gibt's hier noch ein weiteres Szenario, das mich beschäftigt: Wenn zu viel Schmelzwasser von der Grönländer Eiskappe ins große ozeanische Förderband gerät, könnten unsere Hintern festfrieren."

„Das wäre für unser Upgrade nicht eben förderlich! Wir wollen keine Eiswürfel, welche die generelle Teilchenbeschleunigung abkühlen."

„Die Sache ist verzwickt. Vielleicht kannst du mir helfen, wenn dir dein Spezies-Update Zeit lässt."

Victoria unterbrach die beiden. Sie machte Marvin darauf aufmerksam, dass die globale Oberflächentemperatur eine Spur zu hoch liegt. Vielleicht wäre es von Vorteil, sich auf die Antarktis zu konzentrieren.

„Ach du liebe Güte, Miz V. Ich hatte soviel Spaß, dem Abbruch dieser Riesendinger zuzusehen, dass ich ganz vergaß, die Temperatur zu überwachen. Kein Problem, ich kümmere mich gleich darum." Marvins Nonchalance war nicht überzeugend. Er wusste, wie wichtig Sorgfalt und Akkuratesse waren. Der Planet musste während der Transformation einigermaßen stabil bleiben. „Bevor ich anfange, gibt's was Neues von unseren ... nein, ich werde sie nicht Laborratten nennen. Von unseren fünf Musterexemplaren? Unseren strahlenden Sternen?"

„Solltest du damit unsere fünf menschlichen Freunde meinen, welche die große Aufgabe übernommen haben, das Zeitalter der inneren Unabhängigkeit einzuläuten? Ja, tatsächlich, wir werden sie bald wieder sehen."

„Oh bitte, liebste Victoria", säuselte Marvin mit gespielter Unterwürfigkeit. „Welch' wunderbarer Fügung verdanken wir diese Freude?"

„Dein viktorianisches Gehabe ist nicht überzeugend, Marvin. Es wird Zeit, unsere Aufgabe auf der Erde zu Ende zu bringen. Wenn sich die Fünf in Indian Wells wieder versammeln, werden sie tun was nötig ist, damit die neuen Programme in allen Menschen zu laden beginnen."

„Glaubst du, sie werden endlich kapieren, was in ihren Mythen geschrieben steht, schon seit es Menschen gibt? So wie die paar wenigen, die weiter dachten als Mammuts zu jagen oder Pflanzen in Alkohol zu verwandeln oder das Überleben der Spezies sicherzustellen, indem sie ihr Sperma so breit wie möglich streuten?"

Avory schmunzelte über Marvins Beschreibung der urmenschlichen Hauptanliegen. „Werden sie endlich begreifen, dass sie nie allein sind? Dass wir und Big G immer anwesend sind? Dass sie aus ihrem Inneren geführt und geleitet werden?"

„Bestimmt. Mit der Zeit. Sie werden verstehen, dass sie aus allen Lebenslagen Kraft schöpfen können, und dass alles was ihnen widerfährt, eine Chance ist, Verständnis und Mitgefühl zu vertiefen. Sie werden begreifen, dass sie nicht gerettet werden müssen..."

„...weil sie immer im Zustand der Gnade waren, sind und sein werden. Das vergessen sie dummerweise, wenn sie das Lebensgewand überstreifen." Marvin schüttelte den Kopf. „Was für ein tückisches Set-up. Was für eine clevere Falle, die Menschen einander mit diesem ganzen Sünder-, Schuld- und Retterkram gestellt haben."

Victoria wandte ein: „Du musst berücksichtigen, Marvin, dass es für die meisten ein Riesenschock sein wird, zu akzeptieren, dass alle Teilchen eine reine Projektion einer einzigen Kraft sind. Das ist doch das eigentliche Herzstück aller Mysterien. Erinnerst du dich, als wir Naturkräfte vor Äonen ebenfalls zugeben mussten, dass wir nichts anderes sind als eine solche Projektion? Ich erinnere mich an eine ganz bestimmte Naturkraft, die ziemlich Mühe hatte, das hinzunehmen."

Marvin war plötzlich sehr an seinen Bildschirmen interessiert.

„Wir haben damals akzeptiert, dass wir dieses Rätsel nie vollkommen verstehen werden", fuhr Victoria fort. „Wir sind es zufrieden, unsere Rolle im vorbestimmten Spiel so gut wie möglich zu spielen. Das wird auch für unsere menschlichen Freunde so sein. Das Upgrade ermöglicht tiefe Einsichten und wird den Schleier über dem sogenannten Geheimwissen lüften."

Victoria überließ die beiden ihren Aufgaben. Marvin schaute zu Avory hinüber. „Die Erkenntnis der wahren menschlichen Identität wird die meisten ziemlich erschüttern."

„Ja, sie werden zuerst ziemlich aus der Fassung geraten – was gar nicht so schlecht ist. Wenn sie dann verstehen, dass sie eine Rolle spielen, werden sie darin überzeugen. Die Bürde des Egos abzuwerfen ist bestimmt eine unglaubliche Erleichterung. Jetzt bin ich sogar noch neugieriger auf unsere fünf Freunde. Bin gespannt, wie gut sie sich von ihren Lektionen in der Kunst des Leidens erholt haben. War ja ziemlich übel. Hoffentlich hat's den Zweck erfüllt."

Marvin hatte das letzte Wort. „Das hoffe ich allerdings auch. Wär sonst die totale Verschwendung wirklich guten Leidens gewesen, wenn sie so unwissend wären wie zuvor."

◆

Vorsichtig stellt Reto sein Glas auf den Steintisch, bereit für diese Begegnung der Köpfe und Herzen, die er über viele Monate geplant und schließlich organisiert hatte. Er hatte die vier Männer und Frauen wieder sehen wollen, die das Schicksal vor einem Jahrzehnt zusammengewürfelt hatte. Haki, die in ihre afrikanische Heimat zurückgekehrt war, die sprühende Barb, die sie durch die dramatischen Ereignisse in Indian Wells begleitet hatten, Shiv, der brillante Kopf, der wahrscheinlich noch immer daran herumbastelte, die Sonne auf die Erde zu holen und die Fusion zu erreichen, und schließlich der coole Ali Ben Calif, den lebhaften Araber, den Reto als echten Freund betrachtete.

Und Reto war immer noch Reto. Er wollte Ergebnisse vergleichen. Nicht um die anderen zu übertrumpfen – das war definitiv Vergangenheit. Er war überzeugt, dass ihnen das Vergleichen von Erfahrungen eine breitere Sicht ermöglichen würde, ein umfassenderes Verständnis einer größeren Wahrheit. Trotz der Risiken, vier so beschäftigte, unabhängige Individuen in so kurzer Zeit zusammen zu bringen,

hatte Reto die Einladungen verschickt. „Lasst uns das Neue Jahr gemeinsam in Indian Wells einläuten. Villas im besten Hotel, Butler Dienste und Golfplätze inbegriffen. Flugtickets liegen bereit." Den Rest überließ er dem Schicksal.

Seit einer halben Stunde sitzt Reto lesend am Pool. Da versucht offenbar jemand sein Bestes, nicht gehört zu werden. Mit einem breiten Lachen dreht er sich um, und Barb springt in seine Arme. „Ich dachte schon, dass ich die erste bin. Ich hatte es ja nicht weit. Aber ich wollte dich auch einen Moment für mich haben." Barb zieht einen Rattan Sessel heran und lässt sich mit einem dramatischen Seufzer hinein fallen. „Du siehst toll aus, Reto. Anders."

„Ja, der Alterungsprozess hat auch vor mir nicht Halt gemacht. Ganz im Gegensatz zu dir!"

„Nein, nein, nein. Darum geht's überhaupt nicht. Du siehst besser aus! Aber auch sehr anders." Barb runzelt konzentriert die Stirn und beißt sich auf die Lippen. Ihr Mund, von feinen Linien eingerahmt, ist noch immer sehr verführerisch. „Du scheinst fließender irgendwie, auch wärmer, zugänglicher."

Sie schauen einander überrascht an. Wie schnell die Jahre überwunden sind.

„Ich könnte wirklich eine dieser eiskalten Colas ertragen, die ihr beiden euch da unter den Nagel gerissen habt!" Ali lächelt den Mann und die Frau auf der Terrasse an. „Ich hoffe, ich störe nicht."

Barb begrüßt Ali sehr viel zurückhaltender als vorhin Reto. Damenhaft streckt sie die Hand aus. Die Linien, die das Alter in seine Züge gemeißelt hat, machen Ali nur noch attraktiver. Als sie es wagt, in seine bodenlos dunklen Augen zu blicken, spürt sie Schmetterlinge im Bauch und einen leisen Anflug von Erschrecken.

„Ali, wie wunderbar, dich wieder zu sehen", sagt sie höflich, bevor Ali sie für eine innige Umarmung an sich zieht, und ihre Knie nachgeben. „Die Zeit hat deine Schönheit noch vergrößert, Barb. Was für einen Zauber hast du da gewirkt? Du könntest damit Milliarden verdienen." Barb nimmt das Kompliment entgegen wie ein wertvolles Geschenk.

Reto beobachtet amüsiert den Funkenflug zwischen Ali und Barb. Mal sehen, wie sich das entwickelt. Dann verfliegen alle Gedanken. Reto hört als einziger die leichten Schritte auf den Steinplatten. Eine Gestalt kommt durch die Palmen, wie ein Staatsoberhaupt das eine Ehrengarde abschreitet. Kopf hoch, der gertenschlanke Körper in fließender Bewegung. Reto schießt die Party durch den Kopf, die junge Haki im meergrünen Kleid. Jetzt sieht er eine Frau in ihrer Blüte, eine Königin. Ihre Hand fühlt sich warm an, warm und stark.

„Letzter zu sein, ist offenbar mein Schicksal." Sein singendes Englisch ist unverkennbar. Alle vier wenden sich um, um den schlaksigen Inder zu begrüßen, der in all den Jahren kein Gramm zugelegt hat. Reto starrt ihn mit zusammen gekniffenen Augen an. Ist es ein Trick der Sonne, die sich im Wasser spiegelt? Irgendwie scheint Shiv's lange, schmale Gestalt in ein schimmerndes Licht gehüllt.

Sie begrüßten sich ausgiebig, setzten sich – und schwiegen. Es schien, als müssten sie erst einmal ein Gefühl für einander entwickeln.

„Wir sind heute hier zusammen gekommen..." begann Barb mit süßlichem Pathos, dann grinste sie. „Das ist die Frage, nicht wahr? Will sie jemand beantworten?"

„Da ich diese Zusammenkunft organisiert habe, werde ich eine Erklärung versuchen. Zuerst einmal – ich bin so glücklich, dass ihr alle gekommen seid ... ohne eine Erklärung zu verlangen und auf so kurze Anfrage hin." Reto lachte. „Das zeigt, dass ich noch immer das Händchen habe."

„Ein unheimliches Gefühl für Timing, das gebe ich zu. Typisch Anwalt", warf Ali mit einem breiten Lächeln ein.

„Es ist zehn Jahre her, seit wir uns begegnet sind. Und diese Jahre waren die interessantesten meines Lebens..." Reto schaute seine Freunde an, die verständnisvoll nickten. Nachdenklich fügte er an „...und die schwierigsten." Er wandte sich an Barb. „Auf die Reise geschickt hat mich im Grunde die letzte Frage deines Vaters, mit der er uns an dieser schicksalshaften Party zurückließ. Ich wollte, ja musste, eine Antwort finden, meine eigene Antwort. So sehr ich mich auch bemühte, ich konnte diese Frage einfach nicht ignorieren. Sie ließ mir keine Ruhe." Reto lächelte wieder als die anderen nickten und murmelten, „dasselbe hier" und, „wem sagst du das".

„Ich neige nicht zur Esoterik. Ich sehe mich als nüchternen und besonnenen Menschen. Mit der Zeit ist mir klar geworden, dass das, was mit uns passiert ist, kein Zufall war. Es ist viel mehr. Ich bin nur nicht sicher, was dieses Mehr ist." Mit einem verschämten Grinsen sah Reto die andern an, besorgt sich gerade völlig zum Narren gemacht zu haben.

Ali rettete ihn. „Ich weiß, was du meinst, Reto. Auch ich spreche nicht gern über mich selbst. Sehe keinen Grund dafür und keinen Nutzen darin. Deine Einladung war wie ein Aufgebot. Ich konnte sie weder ignorieren noch ablehnen. Ich wusste einfach, dass ich kommen musste, kommen wollte. Ich habe immer noch das Gefühl, zur richtigen Zeit am richtigen Ort zu sein. Weil wir eine gemeinsame Aufgabe haben." Ali klang nicht länger zögerlich, sondern sprach mit ruhiger Überzeugung.

Seine Lippen zuckten amüsiert, als Barb ihn am Arm packte und ihn aufgeregt unterbrach. „Eine Suche! Es ist, als hätte uns Dad auf eine Art Schatzsuche geschickt, um die wahrscheinlich wichtigste Frage, die sich ein Mensch stellen kann oder soll, zu beantworten. Und er wollte nicht nur eine Antwort, sondern fünf. Und ich sag euch noch was. Ich kann es kaum erwarten, etwas über eure Reisen zu erfahren, und ob sich die Essenz eurer Entdeckungen mit meiner deckt."

Shiv war schweigend mit allem einverstanden. Er war überzeugt, dass sie, aus welchen Gründen auch immer, ausgesandt worden waren, um Antworten zu finden – und aufgrund dieser Antworten zu handeln. Wie konnte er über seine Erfahrungen sprechen, ohne sich wie der totale Freak zu fühlen? Es war schwierig genug gewesen, mit seiner Mutter darüber zu reden, aber mit vier Leuten, denen er genau einmal begegnet war – vor zehn Jahren?

Auch Haki schwieg. Sie fühlte sich völlig entspannt. Das war die erste große Überraschung. Sie fühlte sich zugehörig, fast schon vom Schicksal geführt. Genau das hätte sich Ethan gewünscht. Dass sie sich wieder trafen, um ihre Gedanken und innersten Gefühle zu teilen und eine Antwort darauf zu finden, wer und was sie waren. Wenn wir das herausfinden können, und glauben, was wir herausgefunden haben, dann würde das Universum vor Freude widerhallen. Haki hatte keinen Zweifel. Aber war sie die einzige, die so dachte? Vielleicht hatten die anderen ganz andere Schlüsse gezogen? Haki fühlte sich durch einen Blick von Reto beruhigt. So lange er Teil dieser Gruppe war, fühlte sie sich sicher.

◆

Marvin nörgelte, die fünf Freunde hingen ja nur herum und schwadronierten. Von Upgrade keine Spur, nur abgetragenere Action-Klamotten. Big G setzte ihm den Kopf zurecht. Er lasse Geduld, Reife und eine gewisse Tiefe in seinen Beobachtungen vermissen. Auch habe er seine Optik falsch eingestellt. Anstatt auf diese normalen Menschendinge zu fokussieren, soll er ihre Lebensgewänder genauer betrachten. Nicht die äußerste Schicht. Die Struktur. Also konzentrierte sich Marvin auf die Schwingungsmuster der fünf physischen Formen und gab ein leises ‚wow' von sich.

„Schau dir diese Teilchen an, Mann. Die rocken!"

Avory sah es auch. Da gab es praktisch nichts Unrhythmisches, nichts Trübes mehr. Transparent, harmonisch, perfekter Farbton, volle Sättigung. „Schick", kommentierte er.

Die Gewänder sind auf dem allerneusten Stand. Ein Mensch in einem solchen Lebensgewand spürt, dass er Teil eines größeren Plans ist – und kein isolierter Fremder in einem fremden Land. Er wird den eigenen Part im Spiel besser erkennen und einschätzen können, genauso wird er die Parts der anderen sehen.

„Die Menschheit", sagte Victoria leise, „reift vom Ich zum Wir und vom Haben zum Sein. Ein viel mitfühlender Geisteszustand."

Diese neue Wahrnehmung bedeutet auch eine neue Interpretation des moralischen Kodexes, der seit jeher in jedem

Individuum eingebaut ist wie ein Kompass. Aufgerüstete Menschen spüren selbst was richtig ist und wahr. „Wenn Gedanken, Worte und Taten auf einer Linie sind, kann ein Mensch die Kraft von allen dreien ernten. Das neue Bewusstsein führt zu einer absoluten individuellen Verantwortlichkeit. Und ich meine absolut! Du musst dein eigenes Leben meistern, bevor du anderen etwas beibringen willst. Das heißt auch, man kann nicht länger Schuld verteilen."

◆

Der zweite Tag der Zusammenkunft zeigte sich von seiner besten kalifornischen Seite. Reto fühlte sich ganz wie zu Hause. Er liebte den Blick durch die Palmen auf den schneebedeckten Mt. San Jacinto; sein Gipfel beeindruckende 3300 Meter hoch. Die Fünf trafen sich auf dem Golfplatz. Etwas Bewegung tat ihnen gut, bevor sie die Gespräche wieder aufnahmen. Barb kannte einen guten Par 3, der zu Fuß zu absolvieren war, anstatt im Golfwägelchen.

Der einzige nicht vollkommen glücklich mit dem Ausflug, war Reto. Überzeugt, der beste Spieler zu sein, musste er die Krone Shiv überlassen. Er konnte kaum glauben, wie diese Giraffe ihre langen Glieder zu einem perfekten Schwung nach dem anderen koordinierte. Das Spiel dieses Kerls hatte die Präzision einer Lenkrakete. Und Reto musste sein bestes geben, um nicht auch noch von Barb geschlagen zu werden. Nur, dass er Haki eine helfende Hand leihen musste, machte das Verlieren erträglicher. Erstaunt und erfreut stellte er fest, dass es ihm fast gar nichts ausmachte.

Bei Sonnenuntergang versammelten sie sich wieder am Pool, jeder mit einem großen Glas frisch gepresster Zitrusfrüchte. Und wieder war es Barb, die als erste das einvernehmliche Schweigen durchbrach.

„Dieses Geschweige hätte mich früher zum Kreischen gebracht. Ich wäre immer kribbeliger geworden bis ich Wörter ausgespuckt hätte wie ein Vulkan. Irgendwelche Wörter, solange sie nur die Stille füllten." Sie schaute in vier verständnisvolle Gesichter. „Mit euch ist es anders. Still zu sein ist wie einen Raum zu öffnen. Die Stille ist wie ein See, in den wir fließen wie Bäche und uns vermischen. Irgendwie braucht es gar keine Worte. Im Gegenteil. Worte scheinen eher zu verbergen oder zu verzerren, wie ich euch wahrnehme." Barb schüttelte ungeduldig den Kopf. „Seht ihr, wie unzureichend Worte sind." Wieder blickte sie die anderen an, die lächelten und nickten.

Ali wandte sich ihr zu. „Ich weiß genau, wie du dich fühlst. Stille, Unbeweglichkeit und Ruhe waren meine schlimmsten Feinde, so lange ich zurück denken kann. Ich hatte das Gefühl ich sei tot, wenn sich um mich herum nichts bewegte oder ich nicht in Bewegung war." Er warf ihr einen Blick zu, der die Schmetterlinge abheben ließ. „Bis mir das Leben den Teppich unter den Füssen wegzog und mich eine Zeitlang auf den Hintern setzte."

„Mich hat es abgeworfen", lachte Reto als er die andern ansah.

„Oh, und ich habe erfahren, wie es ist, ganz ohne Körper zu sein." Haki hatte eigentlich nicht damit herausplatzen wollen. Ihre dunkle Haut konnte das tiefe Erröten nicht verbergen. Reto nahm rasch ihre Hand und drückte sie beruhigend.

Als er alle Augen auf sich gerichtet sah, fühlte sich Shiv verpflichtet, etwas zu sagen. „Was ihr erzählt, überrascht mich nicht. Auch ich musste die Richtung ändern – nach innen und oben."

Er schien keine Einzelheiten nachliefern zu wollen. Ali ergriff wieder das Wort. „Nun gut, wir sind ja nicht hier im schönen Kalifornien nur um an unserem Teint oder am Putten und Chippen zu arbeiten – auch wenn ich das durchaus genieße."

„Du hast Recht. Ich hatte eine Art Plan als ich euch hierher einlud. Ihr seid natürlich zu nichts verpflichtet, aber ich schlage vor, wir vergleichen kurz unsere Geschichten. Ich wäre nicht überrascht, wenn wir zu ähnlichen Schlüssen gekommen wären. Wenn auch auf ganz unterschiedlichen Routen."

„Tolle Idee, Reto. Ich bin neugierig..." Als alle in Gelächter ausbrachen, runzelte Barb zuerst die Stirn, dann lachte auch sie. „Ich bin so geboren, ich weiß, ich erinnere mich! Ok, ich bin immer noch neugierig, übrigens ein sehr wichtiges Charakteristikum in Zukunft, und ich bin ernsthafter, als ich es früher war."

Barb reagierte immer noch mit Trauer auf die Erinnerungen an das tragische Ende der Party, an der sie mit ihren neuen Freunden und ihrem Vater im Gartenhaus geplaudert und gescherzt hatte. Es war nicht länger eine lähmende Trauer, eher eine vertraute Melancholie. Man hielt sie für einen Moment fest und ließ sie dann ohne Bedauern los. „Ich bin jedenfalls total für diesen Austausch. Ich bin sicher, dabei kommt mehr heraus als nur Gerede. Nur ist dieses Hotel dafür irgendwie nicht der richtige Ort. Ich sag euch was. Ich habe immer noch Dads Haus hier in der Nähe, und dort gibt's genug Platz für alle, ohne dass jemand ein Bett teilen muss." Warum hatte sie das jetzt gesagt? Sie wagte es nicht, Ali anzusehen.

Bevor sich Barb ein noch tieferes Loch graben konnte, sagte Ali ganz ruhig: „Ich unterstütze diese Idee. So bequem und luxuriös uns Reto hier untergebracht hat, wofür ich ihm übrigens herzlich danke", er wies mit der Hand auf die elegante Umgebung, „es ist ein Hotel mit einer Hotelatmosphäre. Ich habe auch das Gefühl, wir müssten irgendwo sein, wo es – ich weiß nicht – intimer ist, vielleicht. Und da Ethan einen derart starken Einfluss auf unsere Leben hatte, finde ich es sehr passend, in seinem Haus gemeinsam herauszufinden, was wir jetzt tun sollen."

Es war eine rasche und einstimmige Entscheidung. Am nächsten Morgen würden sie dorthin ziehen, von wo aus sie zu ihren Reisen aufgebrochen waren.

◆

„Stopp! Und. Zwar. Sofort." Victorias Tonfall ließ keinen Spielraum für Interpretation.

Die Orangen blieben mitten in der Luft hängen, schwebten für einen Moment über dem glitzernden Pool und lösten sich in Luft auf. Avory und Marvin, triefend nass und wild grinsend, schüttelten sich. Winzige Regenbogen flogen in alle Richtungen davon. Shiv betrachtete mit offenem Mund den Tanz der Tausenden winzigen Farbexplosionen. Er war auf die Terrasse getreten, während sich die anderen noch mit der Zimmerverteilung beschäftigten. Fasziniert hatte er den Kontrast zwischen den makellos manikürten Fairways und den zerklüfteten Felswänden betrachtet, als er vom eigenartigen Verhalten des Wassers im Pool abgelenkt wurde. Er sah nichts Genaues, außer dieser unglaublichen Lichtshow. Bevor er sich bewegen oder die anderen herbeirufen konnte, war sie vorbei. Ausgelöscht. Vielleicht hatte er sich alles nur eingebildet?

„Puh! Das war eng. Und es musste ja ausgerechnet der Space Cadet sein. Was er wohl gesehen hat? Hoffentlich nicht deinen nackten Arsch unterm Wasserfall, Dude. Sonst hätten wir ihn wohl gleich abschreiben können." Marvin hieb Avory auf den Hintern als sie durch die Hecke tauchten.

„Nein, ich glaube, wir haben gerade genug beschleunigt, um über das menschliche Sehspektrum hinaus zu kommen. Das merkwürdige Verhalten des Wassers hingegen, wird ihm bestimmt zu denken geben."

„Noch so ein Auftritt, und es heißt, zurück an den Plasmawürfel. Ich bin froh, dass wir diesen Auftrag bald erledigt haben", Victoria erlaubte sich einen kleinen Seufzer. „Ihr beginnt euch ein bisschen zu stark mit eurer Menschenform zu identifizieren."

„Ach, komm schon, Miss Fusion. Du weißt doch, wie beengend diese Action-Kluft ist. Wieso nicht das Beste daraus machen, solange wir dazu verurteilt sind, sie zu tragen?"

Victoria musste lachen. Marvin hatte ja Recht. Sollen die Zwillinge ihren Spaß haben auf dieser Mission. Es tat vor allem Marvin gut, und erhöhte seine Toleranz für die

Herausforderungen, denen sich die menschliche Spezies tagtäglich stellen musste. „Du hast Recht, Marvin. Mit dem Begriff Fusion, meine ich. Genau das gelingt unseren fünf Freuden hoffentlich: Die Fusion unterschiedlicher Weltsichten, sich widersprechender Konzepte und letztlich von Zeit und Raum."

„Ach komm. Das ist doch keine Kunst. Dafür müssen sie nur die alten Schinken lesen. Diese Wahrheit ist doch bekannt und erst noch schriftlich niedergelegt seit Menschen gelernt haben, Wörter aneinander zu reihen. Aber wir haben das ja schon x-Mal durchgekaut..."

„Schon. Trotzdem müssen wir es uns immer wieder in Erinnerung rufen. Es ist das Herzstück, und es ist die Bestimmung der Menschheit, dieses Wissen zu integrieren. Klar, das Wissen ist schon immer auf diesem Planeten gewesen, aber..."

„...sie hatten einfach nicht genug RAM oder nicht genügend leistungsfähige Prozessoren, um es zu erkennen", Marvin konnte einfach nicht den Mund halten. „Es ist, als sei diese entscheidende Information auf ihrem Hard Drive versteckt. Wie ein gutartiger Computervirus, der wartet, bis ihn die Software erkennen und aktivieren kann."

◆

Am siebten Tag vollendete laut Genesis Gott sein Werk. Die fünf Freunde machten sich am siebten Tag ans Werk. Sie hatten eine abwechslungsreiche Woche mit Wanderungen verbracht – zu den Ocotillo und Kugel-Kakteen, den duftenden Salbeisträuchern und Seidenpflanzen und durch die wie von Zauberhand geschaffenen Palmenoasen, wo immer der San Andreas Graben für etwas Wasser sorgte. Nach einem Ausflug nach Joshua Tree waren sie via Salton Sea zurückgekommen, noch so eine Schöpfung der Plattentektonik, und zurzeit Kaliforniens größter See, dank einem menschlichen Fehltritt vor einem Jahrhundert.

Sie hatten auch Golf gespielt, Reto siegte einmal. Und Tennis – im Schatten des Stadions, in dem der internationale Zirkus alljährlich zu Gast war. Sie waren auf Rädern unterwegs gewesen, um das Essen in der Umgebung auszuprobieren, lokale Spezialitäten, mexikanische, chinesische und indische Küche. Wenn sie selbst kochten, dann ganz nach Karl Marx: Jeder nach seinen Fähigkeiten, jedem nach seinen Bedürfnissen.

Und sie redeten, öffneten sich einander auf eine Weise, die sie vorher nicht für möglich hielten. Wie unterschiedlich ihre Erfahrungen auch sein mochten, es war, als sprächen sie dieselbe Sprache, verstanden ohne viele Worte, was die anderen durchgemacht und was für Schlüsse sie daraus gezogen hatten.

Jetzt saßen sie auf der Terrasse, umgeben vom leuchtenden Orange und Pink der üppig blühenden Bougainvillea. „Könnten wir wirklich an der Schwelle zu einem neuen Zeitalter stehen?" hatte Ali gefragt, um gleich hinzuzufügen, dass der Begriff New Age natürlich tabu war. Viel zu abgedroschen.

„Das ist nicht völlig daneben." Reto fuhr sich durchs Haar, als helfe ihm das beim Denken.

„Es ist nicht nur plausibel, ich glaube, es ist absolut notwendig", sagte Haki überzeugt. „Wir wissen, dass die Menschheit nicht auf dem eingeschlagenen Weg weiter gehen kann. Sich nicht länger an Konzepten orientieren kann, die entwickelt wurden als gerade einmal 500 Millionen Menschen den Planeten bevölkerten. Das weiß ich ohne jeden Zweifel. Vor allem auch, weil ich in einer sehr anderen Wirklichkeit lebe als ihr. Wir müssen lernen, jeden Menschen als gleichwertig anzunehmen und zu respektieren. Das allein ist schon schwierig genug. Ich bin jedoch überzeugt, wir müssen noch weiter gehen und diesen Respekt allen Lebewesen entgegenbringen."

Barb schaute Haki an und nickte. „Ich bin 100 % einverstanden. Was ich gelernt habe – durch ein mehrfach gebrochenes Herz und lähmenden emotionalen Schmerz – ist, dass im Innersten alles Leben dasselbe ist."

„Im Licht dieser Wahrheit wären Diskriminierung und Krieg nicht mehr möglich. Umso mehr als es immer nur wenige waren, welche die Welt in einen Krieg verwickelten. Die überwältigende Mehrheit der Frauen, immerhin etwa die Hälfte der Weltbevölkerung, wollte nie Krieg. Sie waren und sind vor allem an einer sicheren Umgebung interessiert in der sie ihre Kinder großziehen können. Genügend Nahrung, Bildungsmöglichkeiten und eine anständige medizinische Versorgung. Zudem kann man auch alle Kinder der Anti-Kriegs Fraktion zurechnen. Also reden wir hier über weit mehr als die Hälfte der Menschheit."

„Auch ein Großteil der Business-Gemeinschaft gehört in dein Lager, Haki", schaltete sich Ali ein. „Was ich Tag für Tag im Mittleren Osten erlebe, beweist schon seit Jahrzehnten, dass Konflikt keine Lösung ist. Ich bin sicher, das ist auch deine Erfahrung, dort wo du lebst. Jedenfalls sind – abgesehen von den paar wenigen, die profitieren – die allermeisten Unternehmen nicht an Krieg interessiert. Das ist definitiv ein Konzept, das in die Vergangenheit gehört. Die moderne Infrastruktur ist viel zu wertvoll, um sie sinnlos zu zerstören. Und Unternehmen, die Unfrieden stiften, um Geld zu verdienen – etwa durch Wiederaufbau oder Söldnerdienste – sind in einer modernen Welt zum Untergang verurteilt."

„Mein Land ist stolz darauf, seit Jahrhunderten neutral zu sein", nahm Reto den Faden auf. „Die Schweiz hat wichtige Institutionen wie das Internationale Rote Kreuz und den Völkerbund hervor gebracht. Auch dieses Land muss in der globalisierten Welt eine neue Identität finden. Und das ist nur möglich, wenn es seine engen Grenzen sprengt. Das Igel-Modell bringt's einfach nicht mehr."

„Oh ja, ich höre was du sagst. Es ist ein weltweiter Trend." Ali klang nachdenklich.

„Ich habe eine kleine Geschichte für euch zum Thema Grenzüberwindung – sowohl physisch wie mental", sagte Shiv zögerlich. Dann sprach er über seine Levitations-Erfahrung. Er erzählte sehr nüchtern, sehr wissenschaftlich. So, dass die anderen verstanden, wie die Schwerkraft überwunden werden kann. Haki brachte Theresa von Avila ins Spiel, die ebenfalls in tiefer Meditation levitiert hatte. Und als Reto einen Witz machte über die fliegenden Yogis in der Schweiz, setzte ihm Haki den Kopf zurecht. Gerade er sollte die spanische Mystikerin aus dem 16. Jahrhundert zu schätzen wissen, da sie nicht nur eine hochspirituelle Person gewesen war, sondern auch sehr viel weltliche Macht ausgeübt hatte. Sie hatte den Karmeliter Orden reorganisiert, eine ganze Anzahl von Klöstern gegründet und war weit gereist. Diese mächtige und weise Frau ist ihr beim Aufbau der Buschspitäler stets ein Vorbild gewesen.

Sie wandte sich an Shiv. „Dein Erlebnis ist der Beweis für das Potenzial, das wir eben erst am Entdecken sind." Und mit diesen einfachen Worten nahm sie Shiv jegliches Unbehagen.

„Wenn ich einen gemeinsamen Nenner in unseren dramatischen Geschichten finden müsste, würde ich sagen, wir sind offensichtlich alle reifer geworden. Wir sind mit einer Unabhängigkeit ausgestattet, die nichts mit äußeren Faktoren zu tun hat – mit wahrer oder innerer Unabhängigkeit, weil nichts und niemand sie uns mehr nehmen kann." Shiv schaute die anderen an und sah nur nickende Köpfe und lächelnde Gesichter.

„Du bringst es auf den Punkt, fusion man", grinste Ali den Mann an, den er zu bewundern gelernt hatte. So einschüchternd Shivs phänomenale Denkkapazität sein konnte, Ali beneidete ihn nicht darum. Er hatte gelernt, niemanden um seine Qualitäten zu beneiden oder ihn deswegen zu fürchten. Das war ein wesentlicher Aspekt dieser inneren Unabhängigkeit. Er mochte Menschen, so wie sie waren, und schätzte Seiten an ihnen, die ihm selbst fehlten. „Ich bin ganz und gar einverstanden. Durch meinen Burnout und die innere Suche in der Wüste habe ich Qualitäten gewonnen, die mir niemand nehmen und die ich nie mehr verlieren kann. Sie sind immer mit mir", er lachte laut, „wie die sprichwörtliche Kraft!"

Barb summte die Titelmelodie von Star Wars und schenkte Ali ein strahlendes Lächeln.

„Das, was ich aus meinen Schmerzen und meiner Angst gelernt habe, hat mich stark gemacht", sagte Reto ernst. „Es ist eine andere Kraft als vorher. Sie ist unabhängig von geschäftlichen Erfolgen oder sportlichen Höchstleistungen. Das Selbstbewusstsein, das ich aus dieser neuen Kraft schöpfe, hat nichts mit äußeren Faktoren zu tun."

„Ich bin so froh, dass du das sagst, Reto." Haki berührte seinen Arm. „Vielleicht kannst du dich erinnern. Ich hatte damals ja noch meine Zöpfe und wagte es kaum, den Mund aufzumachen, aus Angst ausgelacht zu werden. Und ich war ständig den Tränen nahe. Jetzt weiß ich, es hat keinen Sinn, jemandem gefallen zu wollen, nur damit sie dich mögen. Wichtig ist einzig und allein, unabhängig zu denken und im Einklang mit deinem Herzen zu handeln."

Barb drückte Haki liebevoll an sich. „Du hast dich ja in eine wahre Tigerin verwandelt. Ich spüre nichts mehr von einem Kätzchen in dir, obwohl du so sanft daherkommst wie eh und je. Ich sehe dich als den Inbegriff der modernen Geschäftsfrau." Dann wandte sich Barb wieder der Gruppe zu. „Wisst ihr was? Wir haben diese neuen Qualitäten durch Erlebnisse gewonnen, von denen wir meinten, sie seien das größte Unglück. Ich war am Boden zerstört als Dad starb. Und hätte ich dir, Reto, damals gesagt, dass du vom Berg stürzen und dir den Rücken brechen wirst oder dass du, Ali, jegliches Interesse an deiner Arbeit verlieren und dich in die Wüste zurückziehen wirst, um deine Seele zu finden ... Ihr hättet mich ausgelacht. So sind wir Menschen. Wir greifen zu allen möglichen Tricks, um Krankheit, Schmerz, Verlust zu vermeiden – genau die Erfahrungen, die uns reifer machen, stärker und innerlich unabhängig."

◆

„Haben sie's endlich gecheckt?"

Avory bedeutete Marvin still zu sein und flüsterte: „Zum Teil. Sie sind nur noch einen Schritt entfernt."

Die Zwillinge alberten am 12. Loch herum, wo der Fairway sich zwischen dem Bernstein Anwesen und den Felsen durchschlängelte. Als vollendete Beidhänder schwangen sie eigenartige doppelseitige Golfschläger. Unnötig zu sagen, dass jeder Schlag das Loch fand – trotz der Dunkelheit.

Victoria materialisierte sich bei ihnen auf dem Grün. Zusammen schlenderten sie zu einer Gruppe hoher Palmen hinüber und legten sich ins weiche Gras. Sie wäre nicht überrascht, wenn Menschen in Zukunft den Zwillingen Konkurrenz machten bei den Spielen, die sie für sich erfunden hatten, zog Victoria sie auf. Das Upgrade synchronisiert die Hirnhälften und stimuliert die kreative Seite. Das hilft den Menschen auch, ruhig und zuversichtlich zu denken. Macht ihnen bewusst, dass sie die Fähigkeit haben, Probleme zu lösen, die im Moment unüberwindbar scheinen – Migration, Hunger, Folgen der Klimaveränderung, riesige ökonomische Ungleichheit, Konflikte. „Diese Herausforderungen zwingen die Menschheit dazu, neue Ansätze zu entwickeln, globale Ansätze, und Lösungen zu finden, die allen dienen. Und wie wir wissen, hat Kreativität einen direkten Einfluss auf die Hirnstruktur."

Die Zwillinge kennen das Thema. Sie wissen, dass neue Gedanken neue Verbindungen im menschlichen Gehirn erzeugen. Neue Verdrahtungen. Tatsächlich formen Menschen ihr Hirn mit dem Input, den sie ihm geben. Marvin meint, der Apollo-8-Erdaufgang müsse einen wahren synaptischen Tsunami ausgelöst haben. Der Blick auf das in der tintenschwarzen Dunkelheit des Alls schwebende exquisite blaue Juwel – die Heimat von damals rund 3,5 Milliarden Menschen – musste einen gewaltigen Sprung in der mentalen Entwicklung ausgelöst haben. Damit das Hirnnetzwerk sich verändert, muss ein Mensch nicht einmal seine Gedanken in Taten umsetzen. Genügend Stimulation – etwas Neues lernen, ein Problem lösen, eine Reise machen, selbst ein Thema von einer neuen Seite betrachten – bewirkt, dass sich neue Synapsen bilden, und sich das Hirn permanent verändert. „Toll, irgendwie". Marvin blickt in den Nachthimmel.

„Nicht irgendwie", schaltet sich Avory ein. „Es ist toll! Toll zu wissen, dass es die Möglichkeit zur Veränderung gibt. Dass du nicht mit einem fix verdrahteten Klumpen grauer Materie festsitzt, sondern seine Flexibilität und Mobilität direkt beeinflussen kannst, durch gezieltes Denken oder Lernen."

◆

„Ich kann nicht glauben, wie komplett ich den Begriff Unabhängigkeit missverstanden habe", sagte Reto mehr zu sich als zu den anderen. Sie hatten es sich im Wohnzimmer bequem gemacht, auf niedrigen Sofas und eleganten Fauteuils. Kleine und große Milchglaskugeln tauchten den weitläufigen Raum in ein warmes Licht. Im Kamin flackerte ein Gasfeuer. Peruanische Kindergesichter strahlten lachend von einer Wand. Beim Betrachten des zweieinhalb auf zwei Meter großen Fotos lachte man unwillkürlich zurück.

Es war Haki, die Reto schließlich antwortete. „Unabhängigkeit ist ein Lieblingsausdruck von Kriegsfürsten. Was sie wirklich damit meinen ist, sie wollen die Unabhängigkeit, Land und Leute für eigene Zwecke auszubeuten."

Barb war tief in Gedanken. Sie dachte an ihren eigenen verzerrten Sinn für Unabhängigkeit, der sie auf zahllose Um- und Abwege geführt hatte. Sich gegen Traditionen und Regeln aufzulehnen hatte ihr ein Gefühl der Radikalität und Freiheit gegeben, bis sie merken musste, dass sie dabei nur sich selbst verletzte. Trotzdem hatte es sich richtig angefühlt, ihre eigenen Standards zu setzen und nach ihrem Rhythmus zu tanzen – anstatt im Gleichschritt mit den Diktaten der Konvention zu marschieren.

„Wahre Unabhängigkeit ist zu wissen, dass du direkten Zugriff auf deine innere Kraftquelle hast", sagte Shiv.

Alis „Jaaaa!" kam aus tiefstem Herzen. Er stand langsam auf und ging zum offenen Kamin bevor er Shiv ansah. „Du kannst das nicht wissen, ich habe es bislang nicht erwähnt. Ich bin aus meiner Wüste genau mit diesem Ausdruck zurückgekehrt. Direkter Zugriff. Jeder Mensch ist dafür ausgerüstet. Niemand muss dir den Weg zeigen oder dir sagen, was du denken oder tun sollst. Jedes menschliche Wesen verfügt über ein eingebautes Modul, das ihm oder ihr erlaubt, direkt auf die höchste Wahrheit zuzugreifen. Irgendwie scheint es mir als würde dieses Modul eben erst aktiviert."

Barb erhob sich ebenfalls und stellte sich neben Ali. „Genau das haben wir alle erlebt, nicht wahr? Harte Lektionen haben uns gelehrt, das uns Liebste und Nächste, das was wir am meisten festhalten wollten, gehen zu lassen."

„In diesem Tauziehen mit dem Leben hat man schlicht keine Chance! Was für eine harte Lektion für einen Typen, der immer gewinnen will", sagte Reto selbstironisch.

„Ich habe das Gefühl, mir ist eine sehr persönliche Version der ‚Theorie von Allem' zuteil geworden – eine Idee, welche die brillantesten Köpfe unserer Zeit in eine wissenschaftliche Form zu bringen versuchen." Shiv schaute jeden seiner Freunde an, um sicher zu sein, dass sie verstanden, was er sagen wollte. „In tiefer Meditation kam ich dorthin, wo alles Wissen verschmilzt, wo sich alles auflöst und ins Nichts übergeht. Diese neurochemische Erfahrung lehrte mich, dass das Nichts die ultimative Wirklichkeit ist, genau wie es die ‚Theorie von Allem' vorschlägt. Man könnte natürlich dieses Nichts auch Fusions-Substanz, Brahman, Gott, Allah, Ishwara, Qi oder was immer du willst nennen. Es gibt wahrscheinlich viele Menschen, die intellektuell, geistig und emotional unabhängig genug sind, um integrative philosophische Konzepte zu entwickeln, wenn sie sich das menschliche Leben auf diesem Planeten ansehen. Meine Erfahrung jedoch hat mich gelehrt, dass am Ende aller Wissenschaft, aller Philosophie, aller

Religion diese geheimnisvolle Substanz liegt. Es geht um Fusion, nicht Spaltung."

Wieder machte Shiv eine Pause, um seine Gedanken zu sammeln. „Ich fühle mich vereint in Zeit und Raum mit den Mystikern aller Zeitalter. Und ich bin überzeugt, jedes Individuum hat seinen oder ihren eigenen Weg zum Ursprung. Du musst nur den ersten Schritt machen. Diese Fusions-Sicht markiert einen Anfang, genau wie wir Fünf an einem Anfang stehen, der vielleicht das Ende dieser eigensinnigen Identifikation mit nur einem Land, einer Kultur, einer Hautfarbe oder Religion markiert."

Barb begann herum zu zappeln, als sie Shivs Worte hörte. Schon seit ein paar Tagen spielte sie mit einer Idee; seit sie sich dem Thema der echten Unabhängigkeit angenähert hatten. Jetzt lieferte ihr Shiv das richtige Stichwort. Die Unabhängigkeitserklärung ist doch das wichtigste Stück amerikanischer Literatur. Aufgesetzt von den Gründervätern vor rund 250 Jahren. Natürlich war es damals eine Erklärung der Unabhängigkeit von einer Besatzungsmacht, doch die Worte berühren die Herzen und Köpfe der Menschen heute noch.

Barb platzte heraus: „Wer sagt, dass wichtige Gedanken, Philosophien und Theorien nur von längst toten weißen Männern stammen müssen? Wir sollten eine neue Unabhängigkeitserklärung schreiben, die ‚Erklärung innerer Unabhängigkeit'."

Die Reaktion kam sofort. Alle sprachen gleichzeitig. Ali wies darauf hin, dass das Original nichts darüber aussagte, was ein Individuum mit dieser Unabhängigkeit anfangen soll. Das müsse der Schlüsselteil werden. Reto sprach über neue Entdeckungen in Jeffersons Manuskript. Der Ausdruck ‚Untertanen' sei sorgfältig gelöscht und durch ‚Bürger' ersetzt worden. Ein wichtiger Schritt gegenüber den alten Ansichten. Anstatt sich als Untertanen einem Herrscher zu beugen, hatten Bürger Anteil an der Macht und konnten selbst herrschen. Ja, hatte Ali eingeworfen, aber auf welcher philosophischen Basis?

Sie hatten damals tatsächlich ein neues demokratisches Konzept entworfen, immer noch basierend auf religiös dominierten, hierarchisch strukturierten philosophischen Konzepten, die Tausende Jahre alt waren. Gemacht für Ziegenhirten, die auf einer flachen Erde lebten, die von der Sonne umkreist wurde.

Reto meinte, Jefferson sei sich dessen bewusst gewesen, da er und Benjamin Franklin die Trennung von Kirche und Staat verlangt hatten. Nur die gute Bürgerschaft war darüber im Dunkeln gelassen worden. „Aber jetzt, mehr als je in der Geschichte, beginnen sich Menschen rund um den Globus zu fragen: Was will dieser mysteriöse, weit entfernte Gott von mir? Will er, dass ich für ihn töte oder die andere Wange hinhalte? Wer sind seine rechtmäßigen Repräsentanten hier auf Erden? Kümmert es diesen entfernten Gott, ob seine selbsternannten Vertreter männlich oder beschnitten sind, im Zölibat leben oder verlangen, dass sich Frauen unter dunklen Tüchern verbergen?"

Als Reto schwieg, sagte Haki, wenn sie diesen direkten Zugriff Ernst nähmen, sei dann nicht der nächste logische Schritt diesen fernen Gott in das Innere jedes Menschen zu verlegen? Ging es nicht genau darum in der berühmten Wiederkunft Christi?

„Ja, ja, absolut", antwortete Reto enthusiastisch. „Das ist genau das, was passieren wird. Und dann wird der ‚Bürger' als verantwortungsvolles und unabhängiges ‚Individuum' anerkannt! Das Recht, politische Vertreter zu wählen, ist schon in Ordnung, aber es hat wenig zu tun mit echter Unabhängigkeit, Selbstverantwortung oder Demokratie."

Auch Ali beteiligte sich wieder an der lebhaften Debatte. „Was heute als Demokratie gilt, wird in Zukunft wie ein Kindergarten aussehen. Dasselbe gilt für unsere traditionellen Moscheen, Tempel und Kirchen. Sie haben die Menschen an diese Schwelle begleitet, aber jetzt müssen wir eigene Antworten auf Fragen finden wie ‚warum sind wir auf diesem Planeten, wo kommen wir her, was ist unsere Aufgabe hier und wo gehen wir hin?' Erst dann sind echte Demokratie und Nächstenliebe möglich. Und wahre Unabhängigkeit können wir nur erreichen, wenn religiöse Direktiven und politische Kräfte – Legislative, Exekutive und Judikative – innere Leitlinien geworden sind. Schließlich sind wir ja mit einem eingebauten unfehlbaren moralischen Kompass ausgerüstet."

Mit einem tiefen Seufzer blickte Ali auf die jetzt von Scheinwerfern beleuchteten Felsen. „Wir würden endlich wahre Demokratie schaffen. Vielleicht sogar inspiriert durch die ersten Schritte, welche die Menschen in meinem Teil der Welt gewagt haben."

Barb warf ein: „Auf der Ebene der DNA sind wir sowieso praktisch identisch. Nur gerade knappe zwei Prozent bewirken alle Unterschiede. Wir kommen nackt in die Welt und wir verlassen sie nackt. Also, was sollen wir vernünftigerweise in der Zwischenzeit tun? Da wir alle der gleichen Spezies angehören, sollten wir doch fähig sein, gemeinsame Antworten zu finden oder etwa nicht?"

Und so redeten sie weiter – aufgeregt, fröhlich, inspiriert von den Möglichkeiten, die sie zusammen entdeckten. Sie spielten einander Ideen zu, gespannt, wie sie bei den anderen ankamen. Sie waren sich einig, dass Unabhängigkeit ohne Richtlinien ins Chaos führt. Reto zog das Golfen als Beispiel heran. Ohne die Fahnen weiß keiner, in welche Richtung er zielen soll. Und wenn alle in verschiedene Richtungen schlagen, werden die Schläger wohl bald einmal für ganz anderes eingesetzt. Es war wichtig zu klären, worauf man sich konzentrieren sollte, was Sinn machte, vernünftig war, vielleicht sogar weise.

„Jede demokratische Gesellschaft, die ihren Bürgern ein gewisses Maß an Freiheit garantiert, muss sich einig sein darüber, wie sie diese Freiheit nutzen will. Ob weise – wie du sagst – oder um so viele materielle Güter wie nur möglich anzuhäufen oder so viel Zerstörungskraft wie die Waffenkammern aufnehmen können", sagte Barb mit großem Ernst.

„Oh, ich bin absolut einverstanden", erwiderte Haki. „Aber damit die Gesellschaft oder die Menschheit über derart lebenswichtige Dinge entscheiden kann, muss sie doch zu allererst eine Idee haben, worum es beim Leben auf diesem Planeten überhaupt geht. Von der wahren Natur des Menschen. Oder wie jemand, den wir alle kennen, sagte: Wer und was bin ich?"

Das war Shivs Stichwort. Er hatte darüber nachgedacht, ihre Einsichten zu Papier zu bringen. Es wäre eine echte Herausforderung, sagte er, die richtigen Worte für eine zeitgemäße Unabhängigkeitserklärung zu finden. Sie muss von allen verstanden werden, unabhängig von Kaste, Hautfarbe, Religion oder Bildungsstand. Und noch mehr: Sie darf niemanden beleidigen. Das allein war schon die Mutter aller Herausforderungen. Und es gab noch einen weiteren Aspekt, den sie sicher auch schon bedacht hatten. Shiv blickte in vier erwartungsvolle Gesichter. „Ihr wisst, wie schwierig es ist, derart persönliche Erfahrungen weiter zu geben. Schließlich hat schon Lao Tse gesagt ‚Die, die reden, wissen nicht; die, die wissen, reden nicht'. Jetzt ist es an der Zeit, zu reden. Also. Wagen wir den Versuch."

Sie waren sich der Fallgruben bewusst und bereit, es zu wagen. Sie kamen überein, jeder soll ein paar Kerngedanken aufschreiben. So präzise und klar wie möglich formulieren, was innere Unabhängigkeit für ihn oder sie bedeutet. Das wird ihnen helfen, sich zu fokussieren.

◆

„Houston, hallo Houston, hören Sie mich? Wir haben lift-off..." Marvin spielte Kontrollzentrum, während er mit einer Handvoll Golfbällen jonglierte. Er ließ sie in einem verrückten Ballett aufsteigen und fallen, sich drehen und wirbeln.

„Ja, sie machen das wirklich ausgezeichnet. Diese neue Software hält, was der Designer versprochen hat." Victoria erlaubte sich ein leichtes Schmunzeln. „Unsere Arbeit ist fast getan. Was gibt euch das für ein ‚Gefühl'?"

Marvin grinste Avory an und sagte: „Es ist eine echte Erleichterung, dass ich deine Visage nicht mehr den ganzen Tag ansehen muss. Auch wenn es ein großer Verlust für die Menschheit ist, wenn ich meinen wohlgeformten Körper aus dem Spiel nehme. Davon abgesehen, kann ich es nicht erwarten, Form aufzugeben. Ich bin sicher, du weißt, was ich meine."

Sie mussten nicht mehr Form annehmen, um das Upgrade zu überwachen, beruhigte ihn Victoria, mahnte gleichzeitig, sich aufs Wesentliche zu konzentrieren. Jetzt konnten sie die Wirkung des Fusionssinns live beobachten. Die fünf Freunde hatten gelernt, ihre fünf Sinne nach innen zu richten und ihre individuellen Wellenlängen zu synchronisieren. Damit aktivierten sie den Fusionssinn. Er erlaubt ihnen einen Blick auf das, was seit Anbeginn der Zeit als Geheimwissen gilt: auf den einzigen Spieler. Victoria lächelte. „Was für eine wunderbare Herausforderung für die Besten der menschlichen Wissenschaftler. Sie sind jetzt gefordert, durch die Komplexität, welche die menschlichen Sinne ihnen vorgaukeln, zu dieser simplen Wahrheit, dieser überwältigenden Einfachheit vorzustoßen."

Die zunehmende Teilchen-Geschwindigkeit der menschlichen Lebensgewänder ist der entscheidende Vorteil. Erdlinge werden verstehen, dass sie viel mehr sind als die langsameren Teilchen, aus denen Körper und Gehirn zusammengesetzt sind. Wer sich mit den schnellen Teilchen identifiziert, überwindet die dualen Kräfte – unten und oben, dunkel und hell, gut und böse, männlich und weiblich.

„Das Ich macht eine Kehrtwendung und stellt fest, dass alles, was es braucht, in seinem eigenen Inneren lebt, und dass die so ersehnte Hochzeitskammer gar kein Schlafzimmer ist, sondern ein Ort im Gehirn wo die Gegensätze verschmelzen." Die Zwillinge quittierten Victorias Erklärung mit einem Kichern. „Das Ich erkennt die Einheit der gesamten Schöpfung und die inhärente Göttlichkeit des Menschen. Von dort aus ist das Individuum nur noch einen Schritt von der Plasma-Ebene entfernt. Davon, die Antriebskraft zu erahnen."

Marvin lag auf den Knien, die gefalteten Hände zu Victoria erhoben wie ein Sünder in der Verzückung der Vergebung. „Segne mich, heilige Mutter, segne dein einfältiges Kind..."

„...Vollkommen dämlich, würde ich sagen." Avory gab Marvin einen Schubs, und der fiel, steif wie ein Brett, zu Boden.

„Das wird das einzige sein, das mir fehlen wird, Bro." Er grinste zu Avory hinauf. „Mit dir herum zu albern. Diese physische Welt hat doch einiges für sich."

„Ist es nicht ein ganz klein wenig eigenartig, dass wir hier sind, um den Wechsel zum dritten und letztlich vierten Aggregatszustand einzuleiten, du hingegen – der sich schon seit Äonen auf diesen Ebenen bewegst – klammerst dich an die erste Ebene, an die langsamsten Teilchen der materiellen Welt." Victoria schüttelte den Kopf.

„Das ist es ja gerade! Ich bin überzeugt, dass die aufgerüstete Menschheit endlich den fantastischen Spielplatz schätzen lernen wird, den sie mit diesem Planeten erhalten hat. Ich sag dir was: Sobald die klar sehen, hat das unglaubliche Veränderungen zur Folge. Die Erde wird wirklich der Garten Eden sein, den ihre heiligen Bücher ihnen von Anfang an vor die Nase gehalten haben."

Avory half Marvin auf die Beine. „Was für eine wunderbare Fortsetzung dieser alten Schinken. Der Schlüssel zum Paradies – aus dem sie herausgeworfen wurden weil sie sich in die göttliche Datenbank gehackt haben – ist die Erkenntnis, dass du gar keinen Schlüssel brauchst. Es stand und steht immer allen offen! Alle Paradiese existieren nur im Hier und Jetzt. Schließlich ist der direkte Zugang das Geburtsrecht eines jeden Menschen."

Victoria nickte. Es war Zeit, das nächste Kapitel in der wunderbaren Chronik der Evolution des Planeten Erde zu schreiben.

◆

Der Duft frischer Croissants dringt durch geschlossene Türen und schleicht sich unter warme Decken – so unwiderstehlich, dass sich die fünf Freude bald um den Frühstückstisch versammeln, wo sie in freundschaftlichem Schweigen zugreifen. Alis Spezialkaffee, Shivs aromatischer Tee, eine eklektische Auswahl an Backwaren, die Barb per Fahrrad herangekarrt hat, Hakis frischgepresste Säfte und Retos Fruchtsalat – alles wird mit anerkennendem Brummeln und zufriedenen Seufzern honoriert.

Sie räumen den Tisch ab und folgen Shiv zu ihrem Stammplatz auf der Terrasse. „Haki, warum eröffnest nicht du die heutige Sitzung?" Shiv blickt die Gruppe mit einem schiefen Lächeln an. „Ich nehme an, ihr habt eure Hausaufgaben gemacht?" Alle nicken wie eine brave Schulklasse.

„Ich musste nicht lange nachdenken, um Antworten zu finden. Das hat mich am meisten überrascht. Sobald ich mich konzentrierte, waren sie sofort da. Ich musste sie nur noch in die richtigen Worte kleiden." Haki schüttelt verwundert den Kopf. „Also. Innere Unabhängigkeit bedeutet für mich

...zu wissen, dass der Tod nichts anderes ist, als den Körper zurück zu lassen und ein neues aufregendes Abenteuer zu beginnen.

...jeden Menschen so anzunehmen wie und wer er ist.

...zu verstehen, dass die Schöpfung durchdrungen ist von Mitgefühl, und dass Mitgefühl die Kraft ist, die alle Unterschiede überwindet und alles verbindet.

Und auf einer sehr persönlichen Ebene bedeutet sie, dass man kein eigenes Kind haben muss – alle Kinder können deine Kinder sein."

Haki schaut auf ihre im Schoss gefalteten Hände als wolle sie sich vor dieser Wahrheit schützen. Sie hat ihren Frieden gemacht mit ihrer Kinderlosigkeit; aber ihr Körper scheint immer noch auf tiefsitzende Muster zu reagieren.

Shivs Augen sind voller Wärme, die Haki fast physisch auf ihrer Haut spürt. Sein Blick sagt: Danke, dass du dich geöffnet hast. Danke für den Mut, dich uns so zu zeigen. Dann nickt er Reto zu.

„Ich nehme an, Kommentare sind nicht erwünscht. Also mache ich einfach weiter. Auch mir fiel es nicht schwer, die Essenz dessen zu formulieren, was ich gelernt habe. Innere Unabhängigkeit bedeutet mir

...erkennen, dass Leiden letztlich ein Weg zur Kraft ist. Leiden ist eine Übung in Loslassen. Es lehrt dich, dich nach innen zu wenden. Innere Unabhängigkeit bedeutet demzufolge, dass die wahre Kraft im Inneren zu finden ist.

Es wird euch kaum überraschen, dass meine Einsichten mit Kraft zu tun haben. Das ist schließlich mein Hauptthema. Also, noch einmal, innere Unabhängigkeit bedeutet für mich

...zu wissen, dass der wirkliche Test der Kraft kommt, wenn dir alle externen Stützen weggenommen werden. Wenn die Sicherheit, die wir in materiellem Besitz, in Status, in einem starken Körper oder in mentalen Konzepten finden, zunichte gemacht wird."

„Leiden kommt vom Klammern. Das ist die grausamste Lektion, die das Leben mich gelehrt hat." Eine sehr kleinlaute Barb streift ihre vier Freunde mit einem kurzen Blick. Nein, sie würde nicht mehr weinen. Sie hatte genug Salzwasser vergossen, um einen Ozean zu füllen. Stattdessen lächelt sie und fügt an, „innere Unabhängigkeit kommt vom Wissen dass

...das gelobte Land im Inneren liegt. Dass es ein geistiger Ort ist.

...die Menschen, die du liebst, dir nie wirklich verloren gehen.

...du nie allein bist. Dein innerer Meister ist immer bei dir."

Ali ist beeindruckt. Keine Spur mehr des Aquarells, über das er sich an Ethans Beerdigung lustig gemacht hatte. Er sieht eine Frau in voller Blüte, die innere Stärke ausstrahlt und eine Gelassenheit, die damals undenkbar schien.

„Ok, sehen wir mal, was ich zu diesen wirklich großartigen Gedanken beitragen kann. Schreibt übrigens jemand diese

Dinge auf oder nimmt sie wenigstens auf?" Die anderen sehen ihn überrascht an. Ali zuckt die Schultern. „Hey, ich finde, das ist wichtiges Zeug, vielleicht wollen wir das ja irgendwann einmal anderen zugänglich machen."

Barb springt auf. „Warum habe ich nicht daran gedacht? Schließlich ist das mein Job. Ich bin froh, dass wenigstens Alis Hirn funktioniert." Schnell verschwindet sie im Haus und kommt gleich wieder mit ihrem Smartphone zurück. „Lasst uns einfach weitermachen, ok? Nachher können wir anderen unsere Gedanken wiederholen und aufnehmen."

„Ich kann's kurz machen", fährt Ali fort. „Innere Unabhängigkeit bedeutet mir

...wo immer du bist Selbstvertrauen und Gelassenheit zu bewahren – in jeder Kultur, jeder Nachbarschaft, in jedem gesellschaftlichen Kreis – weil du weißt und akzeptierst, dass alle aus demselben Stoff gemacht sind, und dass du die Flexibilität hast, dich einzufügen.

Am wichtigsten ist mir

...zu wissen, dass du jederzeit direkten Zugriff auf deine innere Weisheit hast."

Shiv lächelt über den Begriff. Toll, dass der Computer Geek auch darauf gekommen ist. Es klang einfach gut. Er blickt über die blühenden Sträucher auf die Golfspieler, bevor er sich wieder seinem kleinen Freundeskreis zuwendet.

Für mich umfasst die innere Unabhängigkeit folgendes:

...wissen, dass das Universum in guten Händen ist." Er grinst als er die überraschten Gesichter sieht. „Ich wette, das hättet ihr nicht von mir erwartet. Keine Angst, der wissenschaftliche Teil folgt sogleich!

...wissen, dass Geburt und Tod nur eine Illusion sind. Die gesamte Schöpfung besteht schlicht aus Teilchen in unterschiedlichen Aggregatszuständen. Die Gesamtenergie im Universum bleibt sich immer gleich. Nichts kommt dazu. Nichts geht verloren.

...Kohlenstoff wird in den Sternen gebildet. Wir sind eine Kohlenstoff-basierte Spezies. Unsere Körper bestehen aus

Sternenstaub. Eisen, das Endprodukt der Fusion im Kern von Sternen, gibt unserem Blut die rote Farbe. Wir sind Sternenwesen, nicht Sünder.

...aus persönlicher Erfahrung weiß ich, dass die Essenz eines Menschen und die Schöpferkraft des Universums ein und dasselbe sind. Also gibt es nichts wirklich Menschgemachtes.

...erkennen, dass diese Einheit der Kern des sogenannten Geheimwissens ist. Wissen, das bislang zurückgehalten worden ist, vor allem im Westen. Und letztlich glaube ich

...diese Einheit aller Dinge – Fusion – zu erfahren, ist der wahre Sinn und Zweck des menschlichen Lebens."

Nach Shivs Erklärung, vorgetragen in seiner weichen, singenden Kadenz, breitet sich Stille aus, hüllt sie ein und verbindet sie in tiefem Verständnis.

„Ich möchte euch eine Geschichte erzählen", holte Reto seine Freunde sanft auf die Erde zurück. Sie schauten ihn an, aufmerksam und einladend.

„Vor Jahren, noch bevor wir uns an dieser schicksalshaften Party begegnet sind, besuchte mich ein Mann überraschend in meinem Zürcher Büro. Meine Sekretärin stellte ihn als Professor Benedetti vor, offensichtlich ein Italiener, ohne Termin dafür mit einer dicken Mappe. Zuerst dachte ich, er sei bloß ein weiterer reicher Italiener, der mit einem Koffer voll Geld in die Schweiz gekommen ist, um Immobilien aufzukaufen. Im Klartext: Steuerflucht. Aber dieser Mann war ganz anders. Er war schon älter und ein wenig gebrechlich, aber makellos angezogen auf eine etwas altmodische Art. Diese unnachahmliche italienische Eleganz, wisst ihr.

Roberto Benedetti kam von der Universität in Padua, wo schon Galileo lehrte und Kopernikus studierte. Ich fand erst später heraus, dass Benedetti einer der weltbesten Gelehrten in Latein, Koptisch und Altgriechisch war. Ganz bescheiden hatte er sich als einfacher Übersetzer alter Schriften vorgestellt. Sein spezielles Interesse galt den Lehren eines gewissen Jesus von Nazareth. Vieles davon erzählte er mir erst, als wir uns das zweite Mal trafen. Das war, als ich nach meinem Unfall wieder zu arbeiten begann." Reto lachte in sich hinein „...und nach meiner Übung in Loslassen."

Mehr zu sich selbst fügte er an „Er gab mir einen unschätzbaren Hinweis, wie ich mein persönliches Leiden betrachten sollte – einen Rat von Jesus selbst."

Er schüttelte den Kopf, um seine Gedanken zu klären und fuhr fort: „Diese Begegnung mit Benedetti hat mein Interesse an den sogenannten verlorenen Evangelien geweckt. Ich habe ihre Entdeckung genau verfolgt, und was man daraus gelernt hat. Vieles dank den exakten Übersetzungen von Professor Benedetti. Jedenfalls haben wir laut diesen Texten eine extrem kompetente Quelle, die das, was wir Fünf hier individuell erkannt haben, bestätigt."

Als ihn die anderen erwartungsvoll ansahen, sprach er weiter: „Es ist die bekannte Botschaft Jesu an die Menschheit: Das Reich Gottes ist in dir. Mit anderen Worten, das Prinzip, welches das gesamte Universum belebt, ist auch in jedem Menschen verborgen und macht aus jedem Menschen ein göttliches Wesen."

Reto zuckte die Schultern. „Nach dem, was wir in den letzten Tagen ausgetauscht haben, wird euch das wohl kaum überraschen. Stellt euch vor, eine der größten religiösen Ikonen der Menschheit sagt das so klar und einfach. Und kaum jemand versteht, was damit gemeint ist. Der Mensch trägt den göttlichen Funken in sich und es ist seine Aufgabe – und seine Bestimmung – diese Göttlichkeit während seiner Lebenszeit hervor zu bringen. Jesus lehrte, dass der heiligste Tempel der menschliche Körper ist."

Diesmal meldete sich Ali. „Glaubst du, dass dieser Benedetti den direkten Zugriff schon vor Jahrzehnten entdeckt hat, während wir immer noch dem nächsten Muss-Haben-Ding nachjagten, der idealen Partnerin oder was immer uns dauerndes Glück versprach? Unsere islamischen Mystiker, die Sufis, sagen, Gott hat den göttlichen Funken in jeden Menschen gelegt. Und es gibt einen Hadith, der dem Propheten

Mohammed zugeschrieben wird. ‚Jede Seele hat ihre eigene Religion und daher Zugang zu Gott'. Es ist keine Überraschung, dass die herrschende Elite nicht daran interessiert war und ist, diese Wahrheit gedruckt zu sehen. Das hat weitreichende Konsequenzen. Jeder menschliche Körper ein heiliger Tempel. Direkter Zugriff auf das Göttliche." Er warf Shiv einen schnellen Blick zu. „Soviel ich weiß, ist das auch ein zentrales Buddhistisches Konzept oder nicht?" Als Shiv nickte, fuhr Ali weiter: „Das passte nicht sonderlich gut in die orthodoxen Doktrinen jener Zeit. Heute ebenso wenig. Ich bin sicher, auch die herrschende römische Kriegskaste mochte diese Art Botschaft nicht, und schon gar nicht jene, die auf der Interpretation von Gottes Willen Imperien aufgebaut haben." Er atmete tief ein. „Das ist ein Paradigmenwechsel der es verdient, auf die Weltbühne gebracht zu werden."

„Ja, Ali, absolut." Reto ließ sich von Alis Enthusiasmus anstecken. „Genau so sah es Benedetti. Als diese Texte geschrieben wurden, gehörte die höchste Wahrheit Cäsar und den Hohepriestern. Zu wissen, dass die höchste Wahrheit in jedem Individuum wohnt, ist ein zutiefst demokratisches Prinzip. Eines, das perfekt in unsere Zeit passt."

„Natürlich teile ich eure Ansicht, dass gewisse Eingeweihte diese Wahrheit schon seit langem kannten. Sie haben sie meiner Meinung nach nicht aus Boshaftigkeit geheim gehalten oder aus Angst, die Macht zu verlieren. Sie handelten als Wächter dieses Wissens bis die Menschheit bereit war – auf der richtigen Ebene war – um sie verstehen zu können. Und das ist keine Kleinigkeit. Denn die Konsequenz dieses Wissens ist absolute persönliche Verantwortung. Es wird keine Schuldigen mehr geben, weder andere Menschen noch Umstände. Die Verantwortung für absolut alles in deinem Leben, für was immer geschieht, liegt bei dir allein."

Die anderen schauten Haki mit großem Respekt an. Ihre klare Schlussfolgerung verblüffte sie. So, also funktionierten ein mitfühlendes Herz und ein mitfühlender Kopf. Sie sahen, unbefleckt von Sarkasmus, Zynismus oder Dogma, hinter das

Offensichtliche. Haki schien die Reaktion ihrer Freunde nicht aufzufallen. Unbekümmert fuhr sie fort. „Was du gerade gesagt hast, Reto, könnte auch das Rätsel der heiligen Dreifaltigkeit lösen, Vater, Sohn und dieser eigenartige Heilige Geist. Der Sohn steht für das Individuum, für jeden einzelnen Menschen. Der Heilige Geist repräsentiert diese innere Instanz, die wir alle früher oder später entdecken – die uns dazu drängt, nach etwas Größerem, Tieferem, Bedeutenderem zu suchen. Und der Vater, nun, er wäre das ultimative göttliche Prinzip, das den Menschen von innen her leitet." Mit einem zufriedenen Nicken schloss Haki „Ja, jetzt machen ganz viele Dinge plötzlich Sinn."

Reto war überwältigt von dieser beherrschten, klar denkenden Frau mit dem großen Herzen. Er sprang aus seinem Stuhl auf und ging am Pool auf und ab um seine Gedanken zu sammeln. „Noch etwas. Diese alten Texte sprechen wieder und wieder über ,das Wissen, das in der Stille verborgen ist'. Für mich bedeutet das, so lange du deinen fünf Sinnen in den Lärm der materiellen Welt folgst, kannst du auch in zehn Leben dieses Geheimwissen nicht finden. Nur der Suchende, der nach innen schaut, in die Stille, wird fündig."

Shiv blickte Reto an, der jetzt neben einem hohen Saguaro Kaktus stand, in respektvoller Distanz zu seinem beeindruckenden Stachelkleid. „Hier verschmelzen Zeit und Raum erneut, mein Freund. Vor einiger Zeit hat mir mein Hirn ein Mantra geschenkt – als endlich die Stille über meinen wissbegierigen Geist gekommen war und ich in die Tiefe meines Selbst abtauchen konnte. Für mich beantworten die Worte die ultimative Frage nach der menschlichen Identität:

Ich bin das Ewige, das Unterstersterbliche, das alles Durchdringende.

„Das ist dieselbe Botschaft, nicht wahr?" sagte Barb leise. „Wir können demzufolge klar sagen, dass der Mensch göttlich ist. Dass alle Mysterien, Geheimnisse und Reichtümer der Welt – und des ganzen Universums – im Inneren zu finden sind. In jedem einzelnen Menschen, ohne Ausnahme."

„Das ist eine sehr elegante Art, es zu formulieren, Barb",
nickte Shiv. „Noch einfacher könnten wir sagen: Das
individuelle Ich ist der Funke der allem zugrunde liegenden,
alles vereinigenden Lebenskraft."

Shiv fuhr sich durch das dichte kurze Haar und blickte ins
glitzernde Wasser. „Das erklärt auch, was die Hirnforschung
vor einiger Zeit entdeckt hat. Offenbar gibt das Hirn die
Befehle mehrere Sekunden bevor das bewusste Ich eine
entsprechende Entscheidung getroffen hat. Es scheint, diese
Antriebskraft zieht die Fäden an denen wir zappeln. Wir sind
wie Zeichentrickfiguren, die glauben, sie seien individuelle,
selbstbestimmte Wesen. Dabei sind wir bloß Produkte der
Fantasie unseres Designers."

Shiv lachte und fügte an „Dieses neue Wissen beantwortet
auch eine meiner seit langem offenen Fragen. Wie mache ich
einen Gedanken? Jetzt weiß ich, dass ich gar nichts ‚mache'.
Etwas wird in meinem Hirn ausgelöst, bewirkt eine chemische
Veränderung in meinem Körper, verursacht eine Reaktion. Ein
Gefühl zum Beispiel, eine Empfindung, Muskelaktivität..."

Reto war tief in Gedanken. Da gab es diesen einen Satz in
den Verlorenen Evangelien, der ihn immer verwirrt hatte.
Unter dem Titel ‚Die geheimen Worte von Jesus dem
Lebendigen' stand geschrieben: "Wer sucht, soll nicht mit dem
Suchen aufhören, bis er findet, und wenn er findet, wird er
verwirrt sein, und wenn er verwirrt ist, wird er herrschen." Er
hatte die Bedeutung damals nicht verstanden. Aber jetzt warf
Shivs Interpretation seines Mantras Licht auf die Sache, auf
den Widerspruch, nur eine ferngesteuerte Puppe zu sein,
gleichzeitig aber zu herrschen.

Als Reto seine Gedanken aussprach, brach eine animierte
Debatte aus. Sie waren sich einig: Genau das war die ultimative
Frage zu Identität und Realität. Bevor jemand über irgendetwas
herrschen konnte, musste er das Hirn um dieses Enigma herum
winden! War es nicht wie in Platos berühmter Höhlen-
Analogie, in der sich die Leute mit ihrem Schatten
identifizierten? Die Ideen und Gedanken flogen wie Ping-Pong

Bälle über die Terrasse – prallten von einander ab, erhielten neuen Spin, eine andere Flugbahn.

Shiv fasste das Gespräch schließlich zusammen und gab ihm eine klare Form. „Letztlich heißt das: Der Herrscher und der Beherrschte sind eins. Auf der subtilsten der subtilen Schwingungsebenen sind alle Energien dieselbe. In der Wissenschaft reden wir von der Großen Vereinheitlichung – das Verschmelzen der elektromagnetischen, der schwachen und der starken Kraft. Alles wird durch dieselbe Energie in Bewegung gesetzt, auch ihr und ich."

Das stoppte die Diskussion. Sie schauten einander an. Wagten noch nicht ganz, das Undenkbare zu denken.

Nachdem Shiv sie ins All mitgenommen hatte, holte Barb die Freunde wieder auf den Boden zurück. „Jetzt, da wir dieses Geheimwissen entschlüsselt haben, Wissen, das seit tausenden von Jahren von Eingeweihten weiter gegeben wird, was machen wir damit? Sagen wir den Leuten: Hey, du bist der einzige Gott, den es gibt? Alles, was du siehst und hörst und riechst und schmeckst und berührst – und alles andere auch – ist Ausdruck einer einzigen Kraft? Also heb deinen Hintern und fang an in deinem Inneren nach der Wahrheit zu schürfen?" Sie zwinkerte allen schelmisch zu. „Ach ja, und übrigens, vergesst den freien Willen..."

In das Gelächter hinein sagte sie: „Ich habe gerade an ein tolles Bild gedacht. Vielleicht erinnert ihr euch, dass ich an jener Party über Jeans sprach. Wie dieses Kleidungsstück die ganze Welt erobert hat. Jeans waren die Lieblingsbekleidung der Goldsucher. Wir könnten doch einen neuen Goldrausch starten! Nur müssen die Leute diesmal im Inneren schürfen. Nach der Substanz suchen, die nie altert. Das wäre doch eine noble Aufgabe." Sie schwieg einen Moment, dann sagte in ehrfürchtigem Ton „Ich habe eben noch etwas verstanden. Es ist die Bestimmung einer jeden Menschenseele, sich in Gold zu verwandeln. Das ist es, was uns die Alchemisten sagen wollten. Wir sollen uns selbst in Gold verwandeln."

„Was für ein anschauliches und einleuchtendes Bild, Barb", warf Haki ein. „Und ja, die Frage bleibt, was tun wir mit diesem Wissen? Ich meine, wenn es uns ernst ist mit dieser neuen Unabhängigkeitserklärung müssen wir das, was wir herausgefunden haben, mit anderen teilen. Ist es wirklich Zeit, dass die Leute erfahren, dass sie göttlich sind und daher unsterblich? Zeit, das am besten gehütete Geheimnis aller Zeiten zu enthüllen, das Herzstück der Mysterien sozusagen?"

„Es ist Zeit, höchste Zeit." Es gab Gelächter, Rufe und Applaus.

„Es ist Zeit. Definitiv." Shivs Stimme stellte die Ruhe wieder her. „Seht doch, wo die Wissenschaft heute steht. Mit ihrer ,Theorie von Allem' stehen die Physiker auf der Schwelle zu wichtigen Durchbrüchen. Sie glauben, alles verschmilzt bei genügend hohen Temperaturen zu einer Substanz. Neurowissenschaftler haben herausgefunden – darüber haben wir vorhin gesprochen – dass bewusste Entscheidungen eine Illusion sind. Eine andere Größe steuert das Individuum. Und dann habe ich noch meine eigene Erfahrung, als mein Ich und die Lebenskraft miteinander verschmolzen."

Reto nickte mit vollem Einverständnis. „Erinnert ihr euch, dass wir gesagt haben, Unabhängigkeit braucht Richtung? Unsere Erklärung könnte vielleicht dazu beitragen, menschliche Anstrengungen in eine Richtung zu lenken, die dem Leben Sinn gibt. Wir könnten Schlüsselsätze vorschlagen, die unser neu gewonnenes Wissen – Gnosis, wie es die alten Griechen nannten – zusammenfassen. Wir wissen aus den Verlorenen Evangelien, welche die gnostischen Texte aus dem zweiten Jahrhundert enthalten, dass Jesus sagte: „alles Wissen ist innen, und nur dort zu finden."

„Spannend, Reto. Der Buddhismus enthält dieselbe Botschaft: Jeder Mensch muss seinen Weg zum Wissen gehen. Budh heißt wörtlich erwachen, verstehen, wissen. Es ist die Sanskrit Wurzel, von der auch Buddha abgeleitet ist." Shiv seufzte. „Wissen, vor allem über deine eigene Identität, ist nicht, was ich glaubte, als ich mit dem Uni-Studium begann.

Man findet es in keinem Buch. Es gehört weder dem Westen noch dem Osten, weder in die Vergangenheit noch in die Zukunft. Jedem Menschen ist es beschieden, das höhere Wissen in sich selbst zu finden. Direkter Zugriff ist jedem Menschen möglich. Die Wahrheit kann nicht über die fünf Sinne gefunden werden, nur indem man sie zu einem nach innen gerichteten Strahl bündelt."

In das Schweigen zitierte Reto: „Es liegt in der Stille verborgen."

Die fünf Freunde saßen einträchtig beisammen und blickten in die Flammen, die im Kamin tanzten. „Warum übernimmst nicht du die Formulierung der neuen Unabhängigkeitserklärung, der Erklärung der inneren Unabhängigkeit, Shiv?" brach Barb den Bann. Unisono stimmten die anderen zu. Die Debatte nahm wieder Fahrt auf und hielt das Quintett bis tief in die Nacht wach, bis sie schließlich zufrieden waren mit dem Destillat des im Grunde unfassbaren Themas. Sie hatten ein paar Schlüsselsätze formuliert. Material, mit dem Shiv arbeiten konnte.

◆

„Halleluja und so!" Marvin machte hinter der Hecke ein kleines Tänzchen. „Ich glaube, sie haben's geschnallt."

„Jedenfalls sind sie dem Projektor hart auf den Fersen", grinste Avory. „Jetzt kann dieses ständig beschworene New Age endlich anfangen. Das geheime Wissen wird endlich enthüllt."

„Ja, Bro. Das ist alles gut und schön. Aber selbst wenn sie ihren eigenen Erkenntnissen trauen, haben sie immer noch nicht gemerkt, dass alles nach dem großen Spielplan läuft. Bist du sicher, sie können damit umgehen, nichts anderes als Figuren im endlosen Buch des Lebens zu sein? Werden sie, liebste Miss Vicky, Wisserin des nicht zu Wissenden, jemals begreifen, dass alles das" – Marvins Handbewegung schloss das ganze Universum mit ein – „eine Fata Morgana ist?"

Victoria schenkte den beiden jungen Männern ein enigmatisches Lächeln. „Das werden sie, meine lieben Jungs. Es ist ihre Bestimmung."

◆

Ali, Barb, Haki und Reto machten sich früh am nächsten Morgen auf den Weg. Barb schlug einen Ausflug in die Wüste vor, eine Wanderung durch die fantastischen Palmenhaine wo vor Jahrhunderten die Vorfahren der Agua Caliente Cahuilla Indianer gelebt hatten. Sie bezahlten Eintritt und parkierten das Auto auf einem praktisch leeren Platz, schulterten ihre Rucksäcke und machten sich auf in den Canyon. Schon bald waren sie erfüllt von der spektakulären Szenerie. Sie stiegen auf durch felsige Schluchten, hinauf zum knochentrockenen, von der Sonne verbrannten Grat. Die Palmenoase unten im Tal war bald nur noch ein grüner Fleck inmitten der Ödnis. Sie sprachen kein Wort, bis Haki auf dem mit Kakteen bewachsenen Grat um eine Pause bat. Sie tranken Wasser und genossen die herrliche Sicht, die unendliche Weite in Rost- und Brauntönen, in Grau und Gold, gefleckt mit dem intensiven Grün der wilden Palmenhaine. Diese stille Schönheit lag ausgebreitet unter einem makellosen, tiefblauen Himmel. Noch immer wollte keiner die Stille durchbrechen, deutete höchstens auf ein Langhornschaf, das auf einem Fels posierte wie ein Modell, oder einen besonders lustigen Kugelkaktus, der aussah, wie ein verwunschener Zwerg. Langsam wand sich der Pfad wieder abwärts, den stattlichen Palmen entgegen, die mit ihren fächerartigen Blättern das helle Sonnenlicht zerschnitten. Und endlich tauchten sie in ihren tiefen, kühlen Schatten ein.

Sie gingen auf sandigen Pfaden, hörten den Geschichten aus alter Zeit zu, welche die Palmwedel einander zuflüsterten. Reto machte sich auf, einen versteckten Seitencanyon zu erkunden und verschwand zwischen den weiten Röcken der Palmen. Zögernd gingen sie ihm nach. Sie folgten einem dunkelbraunen Rinnsal, gerade genug Wasser, um leuchtend grünen Gräsern die Lebensgrundlage zu sichern. Das Bächlein wuchs zu einem Bach. Es war wie ein Spaziergang durch ein Märchenbuch. Der Weg bog scharf ab. Die Gruppe hielt an. Sie starrten mit offenen Mündern auf das Wasser, das über blassgraue Felsen stürzte – über Jahrhunderte geglättet und geformt – und in einem flachen Becken zur Ruhe kam. Wo immer der sandige Grund etwas Feuchtigkeit speicherte, sprossen Dutzende hellgrüne Babypalmen und Gräser. Tausend Regenbogen tanzten in der Gischt.

Die Sonne verzieht sich hinter die Bergkette, und vier zufriedene Wanderer kehren heim, neugierig auf das, was ihr Freund aus den gemeinsamen Ideen gemacht hat. Er ist nicht da. Der Arbeitstisch im Wohnraum ist sorgfältig aufgeräumt – keine Papiere, keine Bücher, Laptops oder andere störende Dinge. Einzig vier Ausdrucke liegen vor vier Stühlen und eine Notiz von Shiv. Er ist auf dem Golfplatz und wird rechtzeitig zurück sein, um ihre Gedanken anzuhören.

1. Das Ziel des Lebens ist es, die wahre eigene Identität zu finden und mit ihr eins zu werden.

Körper und Geist sind komplexe molekulare Strukturen. Unsere Gedanken, Gefühle und Handlungen sind durch unsere DNA und den Input der fünf Sinne bestimmt. Unsere wahre Identität ist feinstofflicher als die Sinne und der Intellekt. Unsere wahre Identität liegt jenseits des Ichs. Es ist eine alles vereinende Lebensenergie, die das Universum und jedes einzelne Lebewesen antreibt.

2. Die Gesetze des Universums können im eigenen Körper erkannt werden.

Das Universum befindet sich in ständigem Wandel. Die Gesamtsumme der vorhandenen Energie bleibt unverändert. Nichts wird je beigefügt oder entfernt, nur verwandelt, deshalb kennt das Universum weder Tod noch Geburt. Wir werden unsere unsterbliche Identität nur erfahren, wenn wir uns mit der allem zugrundeliegenden, feinstofflichen Lebensenergie identifizieren und nicht mit den ständig sich verändernden Teilchen unseres Körpers und Gedankenstroms.

3. Körper und Geist bilden das Kostüm für die Seele – und nur für ein einziges Leben.

Wenn wir uns nur mit Körper und Geist identifizieren, erleben wir Verlust und Tod. Körper und Geist zerfallen. Die Seele zieht weiter und schlüpft in unendlich viele menschliche Rollen. Wie in einem Stern werden sich auch die feinstofflichen Partikel schließlich zersetzen, die unsere DNA für zahllose Leben tragen und die wir Seele nennen. Die Gesetze des Universums legen fest, dass alles was zusammengefügt ist wieder aufgelöst wird. Nur die allem zugrundeliegende reine Lebensenergie ist ewig.

4. Der Mensch ist die am höchsten entwickelte Kreatur dieses Planeten.

Das menschliche Denkvermögen ist mit der einzigartigen Qualität ausgestattet, das größte Geheimnis des Lebens zu entschlüsseln. Wir haben die Möglichkeit, unser Menschsein zu überwinden und uns mit der unsterblichen inneren Lebensenergie zu identifizieren. Der Mensch hat die Fähigkeit, die Einheit aller Dinge zu erleben und zu verstehen, dass wir alle Teil dieser geheimnisvollen Einheit sind.

5. Männlich und weiblich haben denselben Ursprung und sind gleichwertig.

Äußerlich repräsentieren die beiden verschiedenen Körpertypen das menschliche Geschlecht. Innerlich repräsentieren sie die linke und rechte Hirnhemisphäre. Das Ziel des Lebens ist es, alle Dualitäten zu einer inneren Vision der Einheit aller Dinge zu verschmelzen. Diese neurochemische Erfahrung der Verschmelzung der rechten und linken Hirnhälfte wurde als 'mystische Hochzeit' beschrieben. Deshalb ist die ultimative Hochzeitssuite das menschliche Gehirn.

6. Leiden ist der direkte Weg zu innerer Stärke und Weisheit.

Leiden ist ein Kunstgriff des Lebens, um uns von den Äußerlichkeiten wegzulocken und unsere Aufmerksamkeit nach innen zu wenden. Leiden ist eine Fokussierung der fünf Sinne auf ein bestimmtes mentales oder physisches Problem. Durch Leiden wachsen persönliche Stärke und Mitgefühl.

7. Wir alle sind Reisegefährten auf dem Weg zum selben Ziel: Die Einheit aller Dinge zu erleben.

Jedes sich bewegende Teilchen im Universum ist eine Erscheinungsform der alleinigen, allem zugrundeliegenden Kraft. Diese subtilste Kraft ist unsere wahre Identität. Sie bewegt uns von innen heraus. Deshalb: Was immer uns begegnet, ist Teil von uns selbst. Wenn wir töten, töten wir einen Teil von uns selbst, wenn wir hassen, hassen wir einen Teil von uns selbst, wenn wir Mitgefühl verbreiten, tun wir es für uns selbst.

8. Innere Unabhängigkeit des Einzelnen und ein tieferes Verständnis der menschlichen Identität sind notwendig, um eine wirklich fortschrittliche demokratische Gesellschaft hervorzubringen.

Religionen und kulturelle Normen sind wie Eltern, die ein Kind an die Schwelle des Erwachsenseins begleiten. Von da an müssen wir unsere eigene Suche nach Weisheit beginnen. Wir müssen lernen, dass jede Aktion eine Reaktion verursacht, und den Konsequenzen mit Mut und Weisheit gegenüberzutreten. Das Zeitalter der Demokratie wird erst erblühen, wenn wir uns mental von ICH zu WIR und von HABEN zu SEIN entwickeln.

9. Lasst uns das Leben heiter leben, als gäbe es freien Willen, wohlwissend, dass es ihn nicht gibt.

Das Universum wird von einer einzigen Lebenskraft angetrieben, wie soll es da freien Willen geben? 'Freier Wille' ist ein Konzept, gebunden an eine Welt, die mit dem Prinzip der Nichtdualität noch nicht vertraut ist. Das Verständnis des freien Willens beginnt an einem dualen Ort, wo das Individuum sich von der alles antreibenden Lebenskraft getrennt fühlt. Auf der zweiten Stufe der Erkenntnis erfährt das Individuum, dass die Ich-Identität eine Projektion der eigenen inneren Lebenskraft ist. Am Ende des Weges erfährt das Individuum das universelle Antriebsprinzip und das individuelle ICH als ein und dieselbe Kraft.

10. Wisse den Grund für die Existenz des Universums.

Das Spiel des Lebens wird von einer einzigen Lebenskraft gespielt. Sie inszeniert den kosmischen Tanz für sich selbst – zur Freude ihrer selbst!

In wortlosem Einverständnis nimmt sich jeder ein Exemplar und begibt sich in eine stille Ecke, um zu lesen. Barb sitzt am Pool, hypnotisiert vom sprudelnden Wasser. Sie denkt an die Zeit, als sie hier Wochen und Monaten damit zugebracht hat, dem Wasser beim Fallen zuzusehen. Jetzt hat ihre Lebensreise sie wieder hierher geführt. Das Papier liegt in ihrem Schoss. Sie ist erfüllt von tiefer Dankbarkeit und vom Gefühl, etwas vollbracht zu haben. Dankbar, dass ihr Schmerz sie zur Einsicht und zum Frieden geführt hat. Plötzlich schreckt sie auf, völlig überrascht und ein bisschen schockiert. Das, was sie so lange als die schlimmste Erfahrung ihres Lebens angesehen hat – der Verlust von Vater und Sohn – fühlt sich jetzt an wie eine von vielen Szenen in ihrem ureigenen Film.

Ali hockt auf dem kurzgeschorenen Rasen unter einem beleuchteten Orangenbaum. Shiv hat einen fantastischen Job gemacht mit dieser Erklärung. Hat die ganze Breite ihrer Ideen in zehn prägnanten Punkten zusammengefasst. Wahnsinn. Ali schätzte sich als kompetent genug ein, um zu beurteilen, was Shiv da geschaffen hat. Schließlich ist seine Fähigkeit, komplexe Dinge schnell zu begreifen, zusammen zu fassen und die wichtigsten Informationen daraus zu ziehen, einer seiner großen Wettbewerbsvorteile im Geschäft.

Im Wohnzimmer liegt eine Gestalt zusammen gerollt auf dem Sofa, mit geschlossenen Augen und einem verwunderten Lächeln auf dem Gesicht. Sie hat die bedruckten Seiten unbewusst übers Herz gelegt. Wie um Himmels willen kann es sein, dass die kleine, verwaiste Hakika Hasina heute hier ist mit diesen wunderbaren Menschen, in diesem großartigen Haus, an etwas beteiligt, das sie gar nicht richtig einordnen kann. Dennoch weiß sie, dass sie genau hierher gehört und genau das zu tun hat. Es gab gar keine Alternative.

Reto kann nicht wegschauen. Er ist gefangen von Hakis friedvollem Gesicht. Wenn die Erklärung diese Stimmung in Menschen auslösen kann, dann haben sie die richtigen Worte gefunden. Auch er ist beeindruckt, wie Shiv ihre Ideen eingefangen hat. Werden andere verstehen, was sie zu sagen versuchen? Ist es überhaupt möglich diese Dinge zu verstehen, wenn man sie nicht selbst erlebt hat? Nun ja, sobald Shiv zurückkommt, will er ihn fragen.

Nach einer Weile driften die vier ohne sich abzusprechen Richtung Küche, um das Abendessen vorzubereiten. Das Resultat ist ein leckeres Couscous mit verschiedenen Gemüsen und einer scharfen Harissa Sauce. Als Nachtisch ist Schokoladenmousse vorgesehen. Schließlich ist eine kleine Feier durchaus angebracht.

Shivs Timing ist perfekt. Gerade als Haki den Tisch deckt, kommt er durch die Tür und wird empfangen von fröhlichen Gesichtern und einer Umarmung von Haki, vor der er nicht einmal zurück weicht. „Lasst uns essen, bevor wir reden", befiehlt Barb aus der Küche. Im Dampf ringelt sich ihr kastanienbraunes Haar ums Gesicht. Ihre Augen glänzen vor Lebensfreude. Ali trägt Platten mit Couscous, Karotten, Kartoffeln, Bohnen und Paprika auf, während Reto damit beschäftigt ist, für ihren wohlverdienten Nachtisch Nonas berühmte Mousse zu kreieren.

Mit einem schüchternen Lächeln wischte sich Shiv die letzten Schokoladespuren aus dem Gesicht. „Nun?"

„Ich sage nur: Große Vereinheitlichung." Reto lachte den Inder an und klatschte ihn ab. Alle brachen in Gelächter aus.

„Du hast das fantastisch gemacht, Shiv, einfach fantastisch." Haki strahlte ihn an. „Ich würde kein Wort ändern. Und ich bin sicher, die anderen ebenfalls nicht. Bleibt eigentlich nur eine Frage: Werden Leute, die nicht solche Dinge erlebt haben, uns Glauben schenken?"

Nach einer langen Pause sagte Reto „Nein. Hoffentlich nicht." Als ihn die anderen verwundert ansahen, lieferte er die Pointe. „Shiv hat es in der Erklärung perfekt zusammengefasst. Die Leute sollen nicht länger einem Guru oder einem Rezept folgen. Sie sollen ihren eigenen Weg zur inneren Unabhängigkeit finden. Nicht einfach uns glauben. Aber ich bin sicher – zumindest hoffe ich es – dass einige die Fragen aufnehmen werden, die wir stellen. Shivs ‚wie mache ich einen Gedanken?' zum Beispiel. Das allein kann einen wissbegierigen Kopf auf eine aufregende Reise schicken, um herauszufinden, was einen Menschen wirklich antreibt."

„Du hast ja so Recht, Reto. Genau!" Barb kippelte aufgeregt mit ihrem Stuhl. „Und wenn du einmal auf dem Weg bist, kannst du nicht mehr stillstehen. Dennoch, bis jemand wirklich alle Punkte der Erklärung versteht, wird er oder sie viel Blut, Schweiß und Tränen vergießen. Glaubt mir, hier spricht die Expertin." Sie schlug sich auf die Brust und fügte an „Das Geheimnis aller Geheimnisse zu kennen, wird dem Leiden wenigstens einen Sinn geben."

Shiv hörte konzentriert zu, wie seine Freunde auf den Entwurf reagierten. „Was wir hier vorschlagen ist zuerst einmal ein intellektuelles Konzept, richtig? Und damit können die Leute anfangen. Es ist keine Frage einer bestimmten Glaubensrichtung oder einer ausschließlichen Philosophie. Es ist ganz einfach ein Destillat unserer Erfahrungen."

„Genau das gefällt mir daran", mischte sich Ali in die Debatte. „Egal wo man anfängt, man wird diese Dinge auf eine ganz persönliche Art und Weise erfahren. Mich hat die Arbeit, vielmehr die Überarbeitung, dahin geführt. Arbeit, Arbeit, Arbeit, rund um die Uhr, und ich genoss es erst noch."

„Bei mir war's fast genau so." Reto seufzte tief. „Ich genoss es ebenfalls mich zu pushen, meine körperlichen Grenzen auszutesten – vorzugsweise im Vergleich mit anderen", schloss er mit einem Lachen.

„Klingt vertraut, nur tat ich es intellektuell." Shiv zuckte die Schultern.

„Ja, und ich versuchte ständig, mein kreatives Potenzial noch weiter auszudehnen und immer neue Wege zu suchen, wie ich mich ausdrücken kann." Barb schaute Haki an, die mit einem entrückten Ausdruck auf dem Gesicht am Tisch saß.

„Ich bin bis an die äußersten Grenzen des Verständnisses gegangen, des Mitgefühls, und habe versucht alle, die mir über den Weg liefen, zu retten", sagte sie schließlich. „Und jetzt weiß ich, dass gar niemand gerettet werden muss." Nach einer kurzen Pause fuhr sie fort: „Und so sind wir alle mit Begeisterung und großem Engagement unseren Weg gegangen, oder nicht?"

„Bis zum Punkt, an dem uns das Schicksal abstürzen ließ", antwortete Barb.

„Es gab uns Zeit zum Nachdenken. Das ist alles. Das Schicksal verfolgt keine bösen Absichten." Reto lachte in sich hinein und gab Ali ein Zeichen, der offenbar noch etwas anzufügen hatte.

„Dennoch war es entscheidend aus der täglichen Routine gerissen zu werden und unsanft auf dem Hintern zu landen. Wie wenn man in der Schule in die Ecke geschickt wurde, um darüber nachzudenken ob es richtig war, im Pult der Angebeteten einen Frosch zu verstecken..."

„Ich wurde ja nicht herausgerissen wie ihr", sagte Shiv ernst. „Ich habe euch den Traum, den ich in jenem Gartenhaus erwähnte, nie erzählt. Ich begegnete nicht nur den drei Naturkräften in Form von Hindu Gottheiten, sondern ich sah auch die Göttin Kali, so klar und deutlich, dass ich sie hätte berühren können. Sie lud mich ein, sie in ihrer westlichen Klause zu besuchen, bevor sie mit einem anzüglichen Zwinkern verschwand."

„Willst du damit sagen, dass Kalifornien Kalis westliches Zuhause ist?"

„Was weiß ich denn schon? Klar, sie hat mich nach Kalifornien gebracht, wo die Frage eines sterbenden Mannes mich auf eine Reise schickte, um die Wissenschaft des Geistes zu entdecken. Und jetzt bin ich wieder hier. Als Wissenschaftler muss ich die Kali-Frage offen lassen bis ich Beweise finde." Mit einem Kali-mäßigen Zwinkern überraschte der stets so genügsame Shiv alle, indem er den letzten Rest des Nachtisches verputzte.

„Tolle Geschichte", seufzte Barb. „Wir sind alle völlig verschiedene Wege gegangen. Keine gemeinsame Kultur, Bildung, Religion oder Philosophie. Dennoch haben unsere

Wege zu denselben Einsichten geführt – und unserem Leben neue Tiefe und Bedeutung gegeben. Wir haben alle erlebt, wie die Irrungen und Wirrungen des Lebens einen zur Weisheit führen."

„Der Topf voll Gold am Ende des Regenbogens", nimmt Haki den Faden auf. „Ich glaube, es ist gar nicht so schwierig, unsere verschiedenen Wege unter einen Hut zu bringen." Sie schweigt bewusst, um das Staunen auszukosten, das ihre Aussage bewirkt hat. „Wir sind so verschieden wie die Farben des Regenbogens, aber letztlich sind wir aus demselben Licht gemacht."

Ihr größter Triumph ist es, Shiv aus seiner fast übernatürlichen Ruhe aufgerüttelt zu haben. Er springt tatsächlich auf ... jedenfalls so schnell seine Giraffenglieder es zulassen.

„Du hast es getan, Haki. Du hast die Essenz unserer Unabhängigkeitserklärung, der Theorie von Allem, der Großen Vereinheitlichung und allem anderen heraus destilliert. Das Licht trifft auf einen fallenden Regentropfen und die gesamte Schöpfung findet sich in den Farben des daraus resultierenden Regenbogens. Letztlich ist jedes Teilchen, das je existiert hat, eine Projektion desselben Lichts, und findet seinen Weg zurück zur Quelle."

Reto ist genau so aufgeregt. „Ich hab's bestimmt schon x-Mal gesagt: Der Regenbogen ist doch ein Zeichen des Bundes zwischen Schöpfer und Schöpfung."

„Gesagt und gehört und geschrieben und gelesen schon eine Million Mal, aber nie wirklich verstanden." Ali sieht Shiv an, der einfach dasteht und seine vier Kameraden im größten Abenteuer ihres Lebens anlächelt. Dann sagt er „Das ist es! Nur wenn wir das universelle Antriebsprinzip in uns erfahren, werden wir unsere wahre Identität erkennen."

Epilog

Die Naturkräfte stehen auf der Terrasse des leeren Strandhauses. Jede Spur der Bewohner ist getilgt. Kein Molekül der Möbel, der technischen Einrichtung bleibt zurück. Die Formen, die Victoria, Marvin und Avory gewesen sind, lösen sich auf. Ihre Energie verschmilzt zu einem blendenden Lichtstrahl. Er umrundet in einem einzigen Augenblick den Wissensgürtel dieses winzigen Planeten. Von der Sonne aus gesehen der dritte Klunker in diesem Sonnensystem im Orionarm der Spiralgalaxie namens Milchstraße.

In Las Vegas wirft Johnny ‚Chip' Dougan ein Full House auf den Tisch – Asse und Neunen. Ein Blitz aus weißem Licht erhellt das Kasino. In einer höllischen Kakophonie speit jeder Spielautomat Kredittickets und Münzen aus, zum ungezügelten Entzücken der tausenden von Spielern.

Im Mittleren Osten taucht das sonderbare Lichtphänomen die protestierenden Menschenmassen in blendende Helle. Die Demonstrierenden verstehen es als Segen und Zeichen der Unterstützung für ihren Kampf um Freiheit.

Im Himalaya drängt sich auf einem schneebedeckten Felssims eine Gruppe Mönche aneinander, die verblichenen roten Roben gegen die eisige, dünne Luft zusammen gehalten, und schauen voller Staunen und Konzentration auf das Licht, das über den schwarzen Himmel fährt. Ruhig wenden sie sich ihrem kleinen Kloster tief in den stillen Bergen zu. Sie wissen, die Erde öffnet ein neues Kapitel.

Der Vulkan auf der Japanischen Insel Kyushu speit Asche und Gesteinsbrocken, in Vorbereitung einer mächtigen Eruption. Als das Licht ihn trifft, gibt er einen tiefen Seufzer von sich und erlischt.

Marvin hat der Versuchung heldenhaft widerstanden.

Die Autorinnen

Als Reporterin und Journalistin folgte NORA BROWN den Spuren des Langen Marsches in China, sprach mit den Überlebenden eines Terroranschlags in Ägypten und dokumentierte das Flüchtlingselend in der Demokratischen Republik Kongo. Sie ist Autorin mehrerer Bücher, lebte viele Jahre in Australien, den USA und heute in der Schweiz.

Nora

Stella

STELLA DUNN arbeitete viele Jahre als Journalistin, Redakteurin und Laufbahnberaterin. Eine Begegnung mit der eigenen Sterblichkeit inspirierte sie schon früh, Sinn im weltlichen Drama zu finden. Auf ihren ausgedehnten Reisen um die Welt hat sie sich ein fundiertes Wissen über östliche und westliche Philosophie angeeignet. Heute lebt sie mit ihrem Mann in der Schweiz und in Kalifornien.

Nora und Stella arbeiten seit über 25 Jahren zusammen.

 eBook und
Multimedia Enhanced eBook
Ausgaben erhältlich bei iTunes

Original Soundtrack
erhältlich bei iTunes

www.ingramcontent.com/pod-product-compliance
Lightning Source LLC
Chambersburg PA
CBHW071248170626
46809CB00001B/124